本书系北方民族大学中央高校基本科研业务费专项资金2019年青年人才培育项目"域外镜像下的清末民初妇女运动与女性观变迁研究"（项目编号：2019KYQD18）结项成果

本书受北方民族大学中国语言文学国家级一流本科专业建设资助

清末文学书写内外的"新女性"研究

施文斐 ○ 著

中国社会科学出版社

图书在版编目（CIP）数据

清末文学书写内外的"新女性"研究／施文斐著． 北京：中国社会科学出版社，2024.7． -- ISBN 978-7-5227-4099-7

Ⅰ．I206.2

中国国家版本馆 CIP 数据核字第 2024ZV2957 号

出 版 人	赵剑英
责任编辑	杨　康
责任校对	杨　林
责任印制	戴　宽

出　　版	中国社会科学出版社
社　　址	北京鼓楼西大街甲 158 号
邮　　编	100720
网　　址	http://www.csspw.cn
发 行 部	010-84083685
门 市 部	010-84029450
经　　销	新华书店及其他书店
印　　刷	北京明恒达印务有限公司
装　　订	廊坊市广阳区广增装订厂
版　　次	2024 年 7 月第 1 版
印　　次	2024 年 7 月第 1 次印刷
开　　本	710×1000　1/16
印　　张	17.25
插　　页	2
字　　数	259 千字
定　　价	99.00 元

凡购买中国社会科学出版社图书，如有质量问题请与本社营销中心联系调换
电话：010-84083683
版权所有　侵权必究

目　录

缘起　清末国族危局与"新女性"建构 …………………………（1）

第一编　踏破范围去　女子志何雄

第一章　清末女界改造运动的理论建构 ………………………（9）
　第一节　国家与国民——"国家有机体说" ………………（9）
　第二节　"生利、分利说"的性别指向 ……………………（12）
　第三节　国族话语下的"罪女论" …………………………（18）

第二章　"新女性"建构的范本与基本向度 ……………………（23）
　第一节　"西方美人"与东西方关系的性别化表述 ………（24）
　第二节　西方女杰——中国"新女性"的构建范本 ………（26）
　第三节　"新女性"建构的基本向度："合群"思想与
　　　　　爱国意识 …………………………………………（33）
　第四节　"新女性"建构的基本向度：尚武精神与女性的
　　　　　"雄化"倾向 ………………………………………（37）

第三章　清末女子教育与三方势力博弈下的"新女性"构想 …（41）
　第一节　梁启超的"女学"倡议与清末女子教育的
　　　　　立场问题 …………………………………………（41）
　第二节　微妙的一致：清末女子教育中的"贤妻良母主义" …（48）

第三节　母性神话与"国民之母"的似是而非 …………………（52）
　　第四节　"新瓶"与"旧酒"：保守势力与维新派主导下的
　　　　　　贤妻良母教育 ………………………………………………（56）
　　第五节　反击："女国民"理念的提出 ……………………………（66）

第四章　"新女性"的养成之道与成长神话 ……………………………（69）
　　第一节　"女学生"的遐想 …………………………………………（69）
　　第二节　女杰传记：女豪杰的养成与"速成" ……………………（72）
　　第三节　"凝视"抑或"仰视"：西学镜像中的女留学生 ………（76）

第二编　吾侪得此添生色　始信英雄亦有雌

第五章　革命赋权与女豪杰的"男性标尺" ……………………………（87）
　　第一节　革命赋权：清末语境中的女权革命论 …………………（87）
　　第二节　从军："男性标尺"与革命女性的男性主义倾向 ………（90）
　　第三节　革命女性的激进化倾向 …………………………………（92）
　　第四节　对"男性标尺"的质疑与反思 …………………………（97）

第六章　中国传统小说与清末"女豪杰"形象建构 …………………（101）
　　第一节　"女版"的《水浒传》：科技昌明与草莽气息并存的
　　　　　　《女娲石》 ………………………………………………（101）
　　第二节　清末"女豪杰"与中国传统小说中的"女刺客" ……（105）
　　第三节　"暴力女"：清末"女豪杰"建构中的联想偏好 ……（107）

第七章　国族立场与性别立场夹缝下的"女豪杰"建构 ……………（111）
　　第一节　柔弱·妇德·美貌：性别气质的择选与"女豪杰"
　　　　　　形象建构 …………………………………………………（111）
　　第二节　雄化·仇男·对抗压制："梁山好汉"式的另类
　　　　　　"女豪杰" …………………………………………………（117）

第三节　权力诉求："女豪杰"建构中的"共谋" ………… （123）

第八章　性别身份与文学内外的秋瑾形象建构 ………… （128）
　　第一节　"天壤王郎"之憾与秋瑾的才名焦虑 ………… （128）
　　第二节　性别气质与秋瑾的易装实践 ………… （140）
　　第三节　革命女豪杰与"苦情戏"女主——秋瑾文学形象
　　　　　塑造中的"价值贬低"现象 ………… （149）
　　第四节　国族立场与性别立场夹缠下的"秋瑾之死" ………… （156）

第三编　娶妻当娶意大里　嫁夫当嫁英吉利

第九章　"嫁夫当嫁"与"娶妻当娶"
　　　　——清末语境中的革命伴侣构想 ………… （167）
　　第一节　"国妻""国家的寡妇"与国族话语宰制下的
　　　　　"新女德" ………… （169）
　　第二节　"国妻""国夫"与国族话语征用下的
　　　　　"自由结婚" ………… （171）
　　第三节　"自由花"意涵的转变与"自由结婚"说的
　　　　　转向 ………… （178）
　　第四节　罗兰夫妇与吴樾夫妇 ………… （181）
　　第五节　公私领域的割裂：男性凝视下的革命伴侣想象 …… （186）

第十章　清末小说中的国族叙事与女性身体 ………… （191）
　　第一节　为国"舍身"：另类的女性楷模 ………… （192）
　　第二节　"女色救国论"——救国狂想曲下的文学操演 ………… （195）
　　第三节　以国族的名义——"抑情" ………… （201）
　　第四节　双重立场夹缠下的"国女"崇拜 ………… （206）
　　第五节　解放？驯化？——女性解放议题的复杂性 ………… （209）

第十一章　清末革命小说中的"仇恨"叙事 …………………（213）
　第一节　"说明"成癖——清末特色的民族主义书写 ………（213）
　第二节　"仇男"——性别仇恨的言论表达与文学书写 ……（222）
　第三节　历史记忆的重构与预设路径的偏离 ………………（229）

第十二章　另类的"新女性"：傅彩云与《孽海花》…………（235）
　第一节　《孽海花》的元叙事与两个叙事维度 ………………（235）
　第二节　性别视角下的"西方美人"与中国知识分子 ………（247）
　第三节　"西方美人"镜像下的"仿写"与"戏仿" …………（252）
　余　论　未完成的叙事——如何解决傅彩云的模糊性 ………（258）

尾声　落寞的收场
　　——民初妇女参政运动 …………………………………（260）

参考文献 ………………………………………………………（267）

缘　　起

清末国族危局与"新女性"建构

与西方的女权运动不同，中国近代妇女解放运动并非促发于女性自身的性别觉醒，而是导源于"种族竞争之世界"① 中维新派男性精英们痛感到的国族身份焦虑。在欧风美雨的洗礼下，标举着"物竞天择之理"的社会达尔文主义被成功地引入了清末中国，改写着"过渡时代"② 的国人之于世界格局的传统认知。华夏中心主义的"天下观"与"华夷之辨"被颠覆，已然沦为"劣等民族"的国人更在震惊与错愕之中不得不接受这样一个新的游戏规则，"今日之世界，乃种族竞争之世界，优者胜而劣者败，强者存而弱者亡"③。在西方列强主导的国际新秩序下，作为"想象的共同体"的国家身份迫切地需要重新被想象、重新被构建。但是，亡国灭种的国族危机又使得这一重建国家身份的企图只能无奈地导向"弱女""病夫"等女性化、病态化的身份

---

① 《华族女学校学监下田歌子论兴中国女学事》，载李又宁、张玉法主编《近代中国女权运动史料（1842—1911）》（上册），（台北）龙文出版社股份有限公司1995年版，第567页。

② "过渡时代"是梁启超为19世纪末20世纪初的中国所做的时代定性，其《过渡时代论》开篇即言，"今日之中国，过渡时代之中国也"。处于东西方文明交错、新旧势力更迭的时代洪流中，"今日中国之现状"，恰如梁启超所形容的"实如驾一扁舟，初离海岸线而放于中流，即俗语所谓两头不到岸之时也"。具体参见梁启超《饮冰室文集》（第二册），北京日报出版社2020年版，第95页。

③ 《华族女学校学监下田歌子论兴中国女学事》，载李又宁、张玉法主编《近代中国女权运动史料（1842—1911）》（上册），（台北）龙文出版社股份有限公司1995年版，第567页。

隐喻，并与西方列强的强壮肌肉形成鲜明对比。从某种意义上讲，维新派精英分子持有的女性化、病态化的国家身份想象可以视为欧洲殖民者惯用的东方主义逻辑的一种延续，是对西方视野下近代中国形象的接受与认同。从这一角度而言，东方知识精英似乎与欧洲殖民者达成了某种"共谋"关系，但"自我东方化"①的出发点却显然有别于欧洲殖民者借本质化、刻板化的东方想象以合理化殖民主义行径的企图，而是在于借女性化的屈辱境遇以唤起国人的危机意识，进而拥护变法维新的政治主张，并最终实现富国强民的国族愿望。而且，就当时中国女界的整体状况而言，"二万万女子"的实际存在状态与愚昧、病弱、闭塞的国家形象极为符合，落后的女性性别群体与同样落后的女性化、病态化的国家形象保持了相当程度上的异质同构，并因此成为维新派男性精英最方便动用的论述资源与言说符号。维新派男性精英之于女性群体表现出的前所未有的关注热情与改造欲望很难在性别文化的框架下获得全面的解释。

即以维新派热心倡导的"戒缠足"为例。尽管这一主张确实在客观上促成了女性身体的极大解放，但就其发起的初衷而言，却更多地生发于西方视角下缠足本身招致的羞耻与嘲笑。在近代国际博览会这一国家综合实力的竞争场上，小脚妇人与窄小弓鞋时常被视为清国的顽风陋习而被公然展示，"外人过者无不嗤之以鼻"②，国人亦以之为"最可痛哭、最难忍受之奇辱"③。较早踏出国门的外交官黄遵宪对此深有感焉，"惟华人缠足，则万国同讥；星轺贵人，聚观而取笑；画图新报，描摹以形容；博物之院，陈列弓鞋；说法之场，指为蛮俗。欲

---

① 该理念直接借用于周游的相关论述，具体参见周游《国族符号、"自我东方化"与国族想象——读杨瑞松〈病夫、黄祸与睡狮〉》，《史林》2014年第4期。

② 《圣路易会场之中国大耻辱》，《警钟日报》第153号，1904年7月27日，转引自郑大华、邹小站主编《辛亥革命与清末民初思想》，社会科学文献出版社2012年版，第56页。

③ 《诸君曾闻美国赛会之衊视华人否》，《浙江潮》第10期，1903年12月8日，转引自郑大华、邹小站主编《辛亥革命与清末民初思想》，社会科学文献出版社2012年版，第72页。

辩不能，深以为辱"①！康有为上光绪帝《请禁妇女裹足折》的立论同样建立在对西方视角的借用上，"吾中国蓬筚比户，蓝缕相望，加复鸦片熏缠，乞丐接道，外人拍摄传笑，讥为野蛮久矣！而最骇笑取辱者，莫如妇女裹足一事，臣窃深耻之"②。不仅如此，由缠足引发的耻辱感更在社会进化论的理论支持下上升为对缠足妇女的整体性批判，"流传弱种"的女性被斥责为"亡国之源，亡种之源"③。在西方视角的刺激与国族危机的促迫下，缠足以及缠足妇女成为国家耻辱的标志以及种族衰败的根源，"戒缠足"自然也就成了女界改造运动的重要议题。

综上可知，在强国保种、救亡图存的国族意志以及"与白种争胜"的种族竞争下，女性问题早已跨越了性别框架的牢笼而被赋予了国家民族的象征意义，但此种象征意义显然又是负面的、消极的，与落后的国家形象始终保持着相当程度上的异质同构。这无疑又传达出了这样一个信息，即维新派男性精英在"民族国家"的构想之初就已然设定了"女性"之于国家身份的"他性"境遇。无论是从国族身份的性别隐喻而言，还是从亡国灭种的现实危机来看，此种女性化、病态化的"他性"异质都是必须被革除的，维新派倡导的以"戒缠足，兴女学"相号召的女界改造运动其首要目的也正在于此。许多倡设女学的言论，如《论女子教育为兴国之本》（《顺天时报》，光绪三十一年七月十三、十五日）、《兴女学议》（《中国新女界杂志》第三期）、《论提倡女学之宗旨》（《大公报》，1904年5月20日）等均以抨击女性群体的"他性"开篇，如"紧缠其足，生性戕伐，气血枯衰"④，"不学无术，识见浅

---

① 黄遵宪：《禁止缠足告示》，载陈铮编《黄遵宪全集》（上册），中华书局2005年版，第531页。

② 康有为：《请禁妇女裹足折》，载李又宁、张玉法主编《近代中国女权运动史料（1842—1911）》（上册），（台北）龙文出版社股份有限公司1995年版，第508页。

③ 竹庄：《论中国女学不兴之害》，载李又宁、张玉法主编《近代中国女权运动史料（1842—1911）》（上册），（台北）龙文出版社股份有限公司1995年版，第639页。

④ 吕碧城：《论提倡女学之宗旨》，载夏晓虹编《中国近代思想家文库 金天翮·吕碧城·秋瑾·何震卷》，中国人民大学出版社2015年版，第50页。

小","不能独立生存，不能自谋活计"①，"只顾自己，不顾国家"，"既不能相夫兴家，又不能教子成人"②，等等，都被视为导致种族衰败、国家贫弱的重要原因。唯有通过"戒缠足""兴女学"等手段将其尽行革除，才能确保强壮子嗣的诞育、减轻丈夫的家庭负担以使国家民族免受二万万女子的拖累。正是在这一意义上，维新派男性精英将旨在革除"他性"的女界改造运动提升到了强国保种、富国强民的高度上来。

梁启超在《中国积弱溯源论》（1901）一文中对导致国家老大病弱的原因进行过全面探讨，并将之归结为彼时民众普遍缺乏国家意识，"不知国家与国民之关系也"③。虽千年帝制的思想禁锢与愚民政策难辞其咎，但民众自身也负有不可推卸的责任，"呜呼！吾国之受病，盖政府与人民，各皆有罪焉"④。改造国民性的"新民"议题由此提上日程。又因为"国家有机体说"以及"生利、分利说"的性别化运用，使得一直以来被遮蔽的女性性别群体对于国族复兴的重大价值与重要意义被前所未有地挖掘出来、凸显出来，二万万女子不可再袖手旁观、置身事外，而须自我改造、努力自新以成为符合国族期待的"新女性"。号召二万万女子迅速行动起来的言论在当时比比皆是，或从正面慷慨激励，以"崇女论"的论调高度赞美女子为"社会之母""文明之母""国民之母"；或从反面激烈谴责，以"罪女论"的论调控诉女子为"养成今日麻木不仁之民族"⑤，"不能诞育国民"⑥的"亡国灭种"的历史罪

---

① 佛群：《兴女学议》，载李又宁、张玉法主编《近代中国女权运动史料（1842—1911）》（上册），（台北）龙文出版社股份有限公司1995年版，第656页。
② 《敬告我国民同胞》，载李又宁、张玉法主编《近代中国女权运动史料（1842—1911）》（上册），（台北）龙文出版社股份有限公司1995年版，第425页。
③ 梁启超：《饮冰室文集》（第二册），北京日报出版社2020年版，第16页。
④ 梁启超：《饮冰室文集》（第二册），北京日报出版社2020年版，第14页。
⑤ 黄公（秋瑾）：《大魂篇》，载夏晓虹编《中国近代思想家文库 金天翮·吕碧城·秋瑾·何震卷》，中国人民大学出版社2015年版，第100页。
⑥ 林宗素：《侯官林女士叙》，载夏晓虹编《中国近代思想家文库 金天翮·吕碧城·秋瑾·何震卷》，中国人民大学出版社2015年版，第3页。

人。而无论是"崇女论"还是"罪女论",无论是正面激励,还是反面谴责,其共同目标都是号召二万万女子"勿放弃责任"①,迅速行动起来,"速振!速振!!女界其速振!!!"② 对于全体国民而言,当自新为"新民";对于二万万女子而言,亦当自新为"新女性"。无论是"新民"还是"新女性",体现的都是清末之际重塑国民性的强烈诉求。作为清末国族复兴伟业的重要组成部分,女界振兴被寄予了无限厚望,关于"新女性"的想象与建构大量出现在清末之际的思想言论与文学书写中,并在不同立场、不同视角、不同价值观的复杂交错中展现出国族与女性之间的巨大张力。

---

① 何香凝:《敬告我同胞姊妹》,载李又宁、张玉法主编《近代中国女权运动史料(1842—1911)》(上册),(台北)龙文出版社股份有限公司1995年版,第404页。
② 秋瑾:《精卫石·序》,载夏晓虹编《中国近代思想家文库 金天翮·吕碧城·秋瑾·何震卷》,中国人民大学出版社2015年版,第103页。

第一编

踏破范围去　女子志何雄

第 一 章

清末女界改造运动的理论建构

第一节 国家与国民——"国家有机体说"

"1899年《清议报》刊载的《国家论》译著,是伯伦知理'国家学'学术体系在近代中国的最初传播"①,伯伦知理(J. K. Bluntschli, 1808—1881)对近代中国政治学发展做出的重要贡献就是提出了"国家有机体说"。保皇党下属的实业机构广智书局曾于1902年(光绪二十八年)出版过伯伦知理的《国家学纲要》译著,其中有言:

> 国家者,盖有机体也。然又非动物植物之出于天造者比也,实由屡经沿革而成者也……人之造国家,亦如天之造一种有机体也……国家之为物,元与无生气之器械相异。器械虽有枢纽可以运动,然非若国家之有支体(笔者注:肢体)五官也,且器械不能长育,唯有一成不变之运动耳。岂同国家可随其心之所欲,有临机应变之力乎。②

这一理论旋即被梁启超吸纳,并在《政治学大家伯伦知理之学说》(1903)一文中作了进一步阐发。在继承了伯伦知理关于"国家

---

① 王昆:《晚清时期西方政治学引入的两种学术体系——以伯伦知理与小野塚喜平次为中心的讨论》,《湖南师范大学社会科学学报》2016年第2期。
② [德]伯伦知理:《国家论》,梁启超译,《清议报全编》(卷九),横滨新民社辑印。

有机体"的"有意志""有行动""有四肢五官""能发育生长"等表述的基础上,梁启超进而认为,"国家既为有机体,则不成有机体者,不得谓之国家"。据此标准来看,"中国则废疾痼病之机体也,其不国亦宜"①。因为彼时的清末中国仅仅"积人而成""徒聚人民",民众无意志、无行动、无发展,无法承担起将国家凝聚为"有机体"的重任。

梁启超《少年中国说》(1900)与《中国积弱溯源论》(1901)的论证逻辑可以说都是"国家有机体说"的延续。在《少年中国说》(1900)中,梁启超将"国体"与"人体"相类比,"欲言国之老少,请先言人之老少"②。而国之"老大",实就木不远、堪堪待死,"国为待死之国,一国之民为待死之民""普天下灰心短气之事,未有甚于老大者"③。而国缘何"老大"?"老大"之病因究竟为何?梁启超在《中国积弱溯源论》(1901)一文中对此进行了系统而全面的探讨。在这篇文章中,梁启超不仅延续了"国家有机体"的论证逻辑,更令人瞩目地引入了"疾病隐喻",将"国体"视为"人体",更视为弱到极点的"病体",今日之急务就是探察中国"致弱之原"。"是故善医者,必先审病源",否则,"则亦虽欲救之而不得所以为救之道"④,而导致国家老大病弱的一个重要原因就是民众普遍无国家意识、无合群意识,与之相对立的奴隶性(而非国民性)与利己主义(而非利他主义)则深入民众之脑髓,落实于民众之言行,而丝毫"不知国家与国民之关系也"⑤。长此以往,国焉能不病?焉能不亡?梁启超认为,此种局面的造成虽说是千年来封建帝制长期实行的思想禁锢与愚民政策所致,"数千年之民贼,既攘国家为己之产业,縶国民为己之奴隶……遂使一国之民不得不转而自居于奴隶,性奴隶之性,行奴隶之行,虽欲爱国而

---

① 梁启超:《饮冰室文集》(第四册),北京日报出版社2020年版,第60页。
② 梁启超:《饮冰室文集》(第二册),北京日报出版社2020年版,第8页。
③ 梁启超:《饮冰室文集》(第二册),北京日报出版社2020年版,第9页。
④ 梁启超:《饮冰室文集》(第二册),北京日报出版社2020年版,第13页。
⑤ 梁启超:《饮冰室文集》(第二册),北京日报出版社2020年版,第16页。

有所不敢,……则惟有漠然视之,袖手而观之。家之昌也,则欢娱焉,醉饱焉;家之败也,则褰裳以去,别投新主而已"①。但民众自身仍负有不可推卸的责任,"呜呼!吾国之受病,盖政府与人民,各皆有罪焉"②。对封建专制政体的声讨因而在相当程度上内转为民众自身的自省与自谴、自查与自新。改造国民性的"新民"议题也就随之提上日程。

应该说,梁启超借"国家有机体说"将"国家"与"国民"前所未有地紧密联系为一体。所谓"一舟之覆,无一物而不沉;一马之奔,无一毛而不动",国家与国民是休戚与共、荣辱与共的共同体,国民之于国家的兴衰存亡负有不可推卸的责任。正唯如此,梁启超对于清末国人的责难,所谓导致"国体"老大病弱之"罪",实就全体民众而发。不过,其中是否理所应当地必然包括女性在内呢?在传统性别秩序中,女性"理应"退居到内帏深处,"理应"保持社会公共空间中的缺席状态,女性的存在价值"理应"从属于其不同生命阶段中的不同男性(父、夫、子),虽是生命个体却并无独立人格可言。她存在,也不存在。因此,在梁启超关于国家"积弱"之"病原"的探讨中,虽其矛头直指民众的种种劣根性并痛下针砭、大声疾呼,但这一批判的矛头其实并没有特别指向女性。作为导致国体病弱之"罪人",二万万女子可能被包含在这并无国民性的"国民"之中,不过,考虑到"女国民"等提法的后出,更可能的情况是,二万万女子在传统性别秩序的惯性下被直接忽略掉、无视掉。

梁启超对"生利、分利说"进行引介与发挥,他将女性与国家、"国体"加以紧密联系,凸显女性之于国族兴衰的极端重要性,并由此提出女性也当为"国体"之病弱负有责任,且负有主要责任。

---

① 梁启超:《饮冰室文集》(第二册),北京日报出版社2020年版,第17页。
② 梁启超:《饮冰室文集》(第二册),北京日报出版社2020年版,第14页。

第二节 "生利、分利说"的性别指向

《论女学》是梁启超的长篇论作《变法通议》（1897）中的一个重要章节。该文首先对"生利、分利说"做了如下引介：

> 凡一国之人，必当使之人人各有职业，各能自养，则国大治。其不能如是者，则以无业之民之多寡，为强弱比例差，何以故？无业之民必待养于有业之人，不养之则无业者殆，养之则有业者殆。斯义也，西人译者谓之生利、分利。①

以此论衡之清末中国的实际情况，则"生利者"仅占中国总人口数量的约四分之一，"中国即以男子而论，分利之人将及生利之半，自公理家视之，已不可为国矣。况女子二万万，全属分利，而无一生利者？"② 显然相较于男性群体，梁启超关注的实为二万万女子并无一生利者这一严重问题，并由此推导出"兴女学"的必要性与迫切性。因为女子分利缘于"无业"，"无业"实缘于"无学"，女子由于"无学""无业"，而只能待养于男子，于是拖累男子，进而拖累整个国族。故而梁启超得出结论，"天下积弱之本，则必自妇人不学始"③。这一严密的逻辑推导有着鲜明的性别指向：为了改变国家积贫积弱的局面，女子必须有能力自立；为了获得自立能力，就必须接受女子教育。"兴女学"于是成为题中的应有之义，而男性分利者的存在事实则被技术性忽略。

须承认的一点是，尽管梁启超倡导的"兴女学"建立在强国保种的国族立场上，但确实触及了两性之间深刻的性别不平等问题，认为女性应当同男性一样平等地享有接受教育的权利："今夫言治国而

---

① 梁启超：《饮冰室文集》（第一册），北京日报出版社2020年版，第35页。
② 梁启超：《饮冰室文集》（第一册），北京日报出版社2020年版，第35页。
③ 梁启超：《饮冰室文集》（第一册），北京日报出版社2020年版，第35页。

必推本于学校，岂不以人才者，国之所与立哉？岂不以中国自有人才，必待教而始成哉？夫必谓彼二万万为人才，而谓此二万万为非人才，此何说也？"① 梁启超的深刻之处在于他并没有将两性之间深刻的性别不平等完全归结为"女子无才便是德"之类的谬论，而是认识到性别不平等实为封建专制的必然产物，是诸多不平等社会关系中的一种：

> 不平等恶乎起？起于尚力。平等恶乎起？起于尚仁。等是人也，命之曰民，则为君者从而臣妾之；命之曰女，则为男者从而奴隶之。臣妾、奴隶之不已，而又必封其耳目，缚其手足，冻其脑筋，塞其学问之途，绝其治生之路，使之不能不俯首帖耳于此强有力者之手。久而久之，安于臣妾，安于奴隶，习为固然而不自知。于其中有人焉，稍稍自疑于为臣妾为奴隶之不当者，反群起而哗之。②

从这一层面而言，无论是君主奴役臣民，还是男性奴役女性，都是权力极其不对等情况下的"压制"所致，"压力使然也"③，而"不学"则可使被压制者甘于臣妾、奴隶的境遇而不自知，这实在是"愚民"的一种手段。梁启超将女性的"不学"置放在封建专制的背景下进行讨论，说明梁启超已初步认识到了女性问题绝非单纯的性别革命就能解决的，而必须与反君主专制、求自由民主的政治革命相结合，这一思路在清末知识分子圈中得到了普遍呼应，并迅速导向女性主体性立场的女权革命，如丁祖荫在《女子家庭革命说》（1904）一文中就对"女权"与"民权"的关系作过如下明确表述：

---

① 梁启超：《饮冰室文集》（第一册），北京日报出版社2020年版，第40页。
② 梁启超：《饮冰室文集》（第一册），北京日报出版社2020年版，第39页。
③ 梁启超：《饮冰室文集》（第一册），北京日报出版社2020年版，第39页。

> 虽然，女权与民权，为直接之关系，而非有离二之问题。欲造国，先造家；欲生国民，先生女子。政治之革命，以争国民全体之自由；家庭之革命，以争国民个人之自由，其目的同。政治之革命，由君主法律直接之压制而起；女子家庭之革命，由君主法律间接之压制而起；其原因同。①

女权革命与民权革命是"蝉联跗萼而生"②的共生关系，女权革命唯有参与到民权革命的伟大历程中才有可能获得成功，这是由清末中国的实际情况所决定的，也是近代中国女性解放的正确路径。不过尽管梁启超的思路与其后的女权革命者有相通之处，但梁启超《论女学》一文的写作意图主要还是为了论证女性与国族之间的深刻关系，意在表明女子"不学"的严重危害性：不仅加剧了性别关系的不平等，"惟其不能自养，而待养于他人也，故男子以犬马奴隶畜之，于是妇人极苦"③，也会拖累男子，"故终岁勤动之所入，不足以赡其妻孥，于是男子亦极苦"④，进而造成家庭关系的不和谐。饱受女子拖累的男子，即便"故虽有豪杰倜傥之士，苟终日引而置之床笫筐箧之侧，更历数岁则必志量局琐，才气消磨"⑤，如此一来势必进一步拖累国族，最终导致"国体"的老病。更为重要的是，"无学"的女子无法胜任教养未来国民的"母教"职责，而"保国""保种"以及"保教"正是梁启超认为最可忧虑的"三大事"。梁启超还认为，"治天下"的两大根本——"正人心"与"广人才"都与"妇学"有着密切关联，"（正人心、广人才）必自蒙养始，蒙养之本，必自母教始，母教之本，必自妇学始，故妇学实天下存亡强弱之大原

---

① 初我（丁祖荫）：《女子家庭革命说》，《女子世界》1904年第4期。
② 金天翮：《女界钟》，载夏晓虹编《中国近代思想家文库 金天翮·吕碧城·秋瑾·何震卷》，中国人民大学出版社2015年版，第7页。
③ 梁启超：《饮冰室文集》（第一册），北京日报出版社2020年版，第35—36页。
④ 梁启超：《饮冰室文集》（第一册），北京日报出版社2020年版，第36页。
⑤ 梁启超：《饮冰室文集》（第一册），北京日报出版社2020年版，第37页。

也"①。因此说,女子教育,亦即梁启超所说的"妇学",由学而择业的"生利"一面关联着国家的富强("强国"),又由教养子女的"母教"一面关联着未来国民的养成("保种"),"妇学"之于国族兴亡的极端重要性于此已显豁无遗。在严密的逻辑推导下,"全属分利,而无一生利"的二万万女子被贴上了"国族之累"的标签,根源性地成为国家"积贫""积弱"之病原,要为国家的"积贫""积弱"承担起几乎全部的罪责,被视为在重振国族的复兴之路上亟待改造的落后对象。

须明确的一点是,如果进一步探究"生利、分利说"的原初表述就会发现,为了说明"妇学"之于国族复兴的重要性,梁启超在借用这一学说时,其实对李提摩太(Timothy Richard,1845—1919)的"生利、分利说"进行过有意的"曲解",尽管梁启超深知"国之不国"的局面并不能全然归罪于女性。关于"生利、分利说"的本源,有学者指出,当为英国传教士李提摩太在1893年发表的两篇文章《论生利分利之别》《生利分利之法一言破万迷说》。这两篇文章于发表的第二年,即1894年,即由上海广学会以铅印本的形式正式出版,定名为《生利分利之别》,"在以后的若干年里,李提摩太的这本小册子被多部国人所编的丛书吸纳而得以刻印出版,其中包括梁启超所编的'西政丛书'"②。"西政丛书"于1897年由慎记书庄刻印,而这一年与梁启超《论女学》的发表时间恰为同一年,③李提摩太的"生利、分利说"对于梁启超的影响是确定无疑的。

颇值玩味的是,梁启超之于李提摩太"生利、分利说"的阐发其实并不完全符合理论本身,而是在这一学说的阐释中巧妙地夹带了性别维度,从而使得这一学说能更为便利地为其"女学论"的阐发提供必要的理论基础。有学者已指出,李提摩太的"生利、分利说"其实

---

① 梁启超:《饮冰室文集》(第一册),北京日报出版社2020年版,第37页。
② 刘慧英:《"生利说"的来源及衍生于妇女问题》,《南开学报》(哲学社会科学版)2009年第6期。
③ 具体论证参见刘慧英《"生利说"的来源及衍生于妇女问题》,《南开学报》(哲学社会科学版)2009年第6期。

并没有在性别层面上特别提及女性,也从未表述过女性是"分利者"之类的观点。事实上,李提摩太倒是特别指出"教养幼儿之妇女"以及纺纱织布等工作均属于"生利"之列,① 因此说,李提摩太提出的"生利、分利说"其实与性别问题并无关联。显然,梁启超对于该学说的阐发带有有意曲解、为我所用的意味,并不符合该学说的理论事实,就中国封建时代长期存在的"男耕女织"的家庭劳作模式来说,也并不符合中国的历史事实。

不知何故,梁启超1902年发表的《新民说》对其五年前在《变法通议·论女学》中发表的观点,即"况女子二万万,全属分利,而无一生利者"做了一定程度的修正。在《新民说》第十四节"论生利分利"中,女性虽仍被划定为"不劳力而分利者",但梁启超的表述显然已趋于温和客观,"论者或以妇女为全属分利者,斯不通之论矣"。除了生育之于人类繁衍的贡献外,梁启超在一定程度上肯定了女性家内劳动的价值,"故加普通妇女以分利之名不可也"。但他依然认为,"虽然,中国妇女则分利者十六七,而不分利者仅十三四"②。这一修正过的观点虽然更符合事实,但实已于事无补,其最初发表的绝对化论述已造成了强烈的舆论反响,并成为当时探讨女性问题的主要立论依据。

在《论女学》发表的第二年,严复在《论沪上创兴女学堂事》(1898)一文中就对当时中国女界的状况表达了与梁启超相同的观点,"妇人既无学问,致历来妇人毕生之事,不过敷粉缠足,坐食待毙而已。一家数口,恃男子以为养,女子无由分任"③。其立论依据显然是性别化的"生利、分利说"。盖梁启超之于这一学说的阐发因逻辑之严密而极具说服力,将国家衰败的根源不容置疑地直指隐没于内帷深处

---

① 具体论证参见刘慧英《"生利说"的来源及衍生于妇女问题》,《南开学报》(哲学社会科学版) 2009 年第 6 期。
② 梁启超:《新民说》,黄坤评注,中州古籍出版社 1998 年版,第 156 页。
③ 严复:《论沪上创兴女学堂事》,载王栻主编《严复集》(第二册),中华书局 1986 年版,第 468 页。

的女性，不禁使人豁然开朗，"原来如此！"陈东原在《中国妇女生活史》（1928）中曾这样评价过梁启超版的"生利、分利说"，认为"这是当时一个最强有力的见解。这个见解，即是要以女子教育作女子经济独立的手段；而女子之经济独立，目的又在富国强民"①。金天翮《女界钟》（1903）在论及女子教育时，则在梁论的基础上，将"生利、分利说"与"国家有机体说"加以综合运用，"教育者，造国民之器械也。女子与男子，各居国民之半部分，是教育当普及。吾未闻有偏枯之教育，而国不受其病者也。身体亦然，其左部不仁，则右部亦随而废"②。女子教育之于国家的重要性在形象生动、浅显易懂的说理中表露无遗。"生利、分利说"在清末的文学书写中也得到了运用，《黄金世界》中的张氏就对女子"不学"的严重后果进行过反思："我闻姊姊说中国女人十九都不识字读书，既不识字读书，单靠天生的知识，现世界上的事事物物，形形色色，哪里包罗得尽？就不免牵制丈夫。做男子的内有牵制，外有困难，一身尚顾不来，哪里能谋全群的公益？"③ 显然，这是作者借书中人物之口表达了其对于中国女界的批评态度，其立论的基础就是流行一时的"生利、分利说"。

应该说，无论是经梁启超刻意阐发过的"生利、分利说"，还是此观点在清末思想言论以及文学书写中的广泛运用，基本上都是站在国族立场上来谈女子教育问题。女子教育问题之所以受到前所未有的普遍关注，除学而择业的"生利"而避免拖累男子、拖累国族之外，就是基于女性天然的生育功能以及抚育子女的传统女性职守，所有这些考量都是站在强国保种的国族立场上，而非基于女性自身的性别主体性。也正因为如此，由国族立场延展而来的女子教育只能是以贤妻良母主义为教育宗旨，亦即梁启超所说的"上可相夫，下可教子；近可

---

① 陈东原：《中国妇女生活史》，商务印书馆1937年版，第322页。
② 金天翮：《女界钟》，载夏晓虹编《中国近代思想家文库 金天翮·吕碧城·秋瑾·何震卷》，中国人民大学出版社2015年版，第21页。
③ 碧荷馆主人：《黄金世界》，转引自周乐诗《清末小说中的女性想象（1902—1911）》，复旦大学出版社2012年版，第75页。

宜家，远可善种；妇道既昌，千室良善"①。"国民之母"的理念由此呼之欲出，但充其量也仅为通过未来国民的纽带而与国家发生间接联系，所谓"国民之母"的"母"聚焦的仍是女性的生育功能以及抚育子女的传统女性职守，而非作为主体性存在的女性自身，在国族话语下被高度认可的女性价值仍是依附性的。

第三节 国族话语下的"罪女论"

二万万女子从"分利者"自新为"生利者"，不仅关系着女性自身的独立，更关系着国族的复兴，实具有性别革命与政治革命的双重意义。于是，从来不被视为问题的妇女问题被前所未有地提升到了关乎国家存亡的高度上来，近代女性解放运动在国族话语的强势召唤下浮出地表，经由梁启超阐发的"生利、分利说"更成为这一时期女性动员的重要理论依据，在客观上发挥了促进女性解放运动蓬勃发展的积极作用。但与此同时，性别化的"生利、分利说"连同"国家有机体说"也一道成为清末语境中"罪女论"再度兴起的主要理论来源。

在 19 世纪末 20 世纪初骤然兴起的女性解放运动中，时常可见"罪女"言论。如秋瑾《大魂篇》(1907)，"我中国之所以养成今日麻木不仁之民族者，实四千年来沉沉黑狱之女界之结果也"②。如香山女士刘瑞平《敬告二万万同胞姊妹》(1904)，"吾惟痛哭流涕而责我有责任有义务之国民，……吾惟责我种此恶因产此贱种之二万万同胞姐妹。吾今敢为一言以告我诸姐妹曰：今日国亡种奴之故，非他人之责，而实我与诸君之罪也"③。值得注意的是，"罪女论""崇女论"以及女

---

① 梁启超：《倡设女学堂启》，《饮冰室文集》（第一册），北京日报出版社 2020 年版，第 149 页。
② 黄公（秋瑾）：《大魂篇》，载夏晓虹编《中国近代思想家文库 金天翮·吕碧城·秋瑾·何震卷》，中国人民大学出版社 2015 年版，第 100 页。
③ 刘瑞平：《敬告二万万同胞姊妹》，《女子世界》1904 年第 7 期。

子为"社会之母""文明之母""国民之母"的"母性"神话同时存在于清末语境中,有时竟同时存在于一篇文章之中。如林宗素曾为金天翮《女界钟》(1903)作过叙文,在这篇《侯官林女士叙》中,林宗素首先肯定了"女子者,诞育国民之母"的崇高地位,但同时又认为导致今日亡国危局的正是女子,原因就在于其未能切实履行"诞育国民"之责任,坐令国家亡国灭种。因此,"故今亡国不必怨异种,而惟责我四万万黄帝之子孙;黄帝子孙不足恃,吾责夫不能诞育国民之女子"①。无论是"崇"也好,还是"罪"也好,其立论的出发点显然已超出了性别限阈而直指国族。女性因其生育能力而被赋予了"强国保种"的重大使命进而被推上神坛,又因其辜负了诞育合格国民的国族期待而遭到了"亡国灭种"的舆论谴责,并要为国族危局承担起几乎全部的罪责。

纵观时人言论,所谓"女性之罪"主要集中于如下两点:一为有负于"国民之母"的尊号,未能诞育出合格的国民;一为有负于"生利"的期待,仍坐食待养以至于拖累丈夫、累及国族。就前者而言,女子未能尽到"为母"的责任;就后者而言,女子未能尽到"为妻"的责任。女性的传统性别职守,即所谓的"母职"与"妻职",在国族话语的强力规制下,均与国家之存亡、民族之兴衰发生了深刻关联:未能诞育出合格国民的母亲将使国家陷入亡国灭种的危机中,未能实现"生利"的妻子则将继续拖累丈夫,并进而拖累国族。清末之际谈及的女性问题往往并不是性别问题,而是政治问题、国族问题。当二万万女子被指斥为导致国家衰败的罪魁祸首时,巧妙地实现罪责转移的男性精英们则可以继续站在道德的制高点上对女性性别群体进行符合国族意志的批判与改造。在这样一个由男性精英主导的国族话语中,历来疏离于国家政治生活的女性性别群体毫无话语权可言,其所能做的也只是在声势浩大的群体声讨中"主动"地背负起沉重的十

---

① 林宗素:《侯官林女士叙》,载夏晓虹编《中国近代思想家文库 金天翮·吕碧城·秋瑾·何震卷》,中国人民大学出版社2015年版,第3页。

字架。

在炼石（燕斌）《女界与国家之关系》（1907）一文中，作者在"病女""病妇""病子孙""东方病夫"之间建立起了彼此关联的逻辑链条，其中的罪责归属可谓不言而喻：

> 迟之既久，举步维艰。周身气血，不能流通，斯疾病生矣。此时为病女，将来即为病妇。病体之遗传，势必更生病子孙。使仅为一人一家之事实，则所关尚细；无如千百年来，统二万万之妇女，已皆沦于此境界，迄未改革焉，则其人种之健全，必不可得。彼"东方病夫"之徽号，诚哉其有自来矣！①

须知，此段文字本是就缠足之害而发，但作为缠足受害者的广大女性并没有得到应有的同情，反而成为导致民为"病夫"、国为"病国"的罪魁祸首，其立论依然是"强国保种"的国族立场。"罪女论"的自我内化使得广大女性在启蒙之初就被置放在了不利的位置。在亡国灭种的"原罪"重压下，女性性别群体极大地丧失了自我辩护的立场而不得不接受男性话语霸权的宰制。而作为亟待被革除的"他性"存在，女性的他者化处境也导致了厌女情绪在社会上（包括女性性别群体内部）的迅速蔓延。此种针对女性（包括女性气质，甚至女性性别身份）的他性化指认在辛亥革命前后变得尤为严重。金天翮在《女界钟》（1903）中就曾以"装饰之害"为题对女性的妆容服饰进行过猛烈批判，"缠足与盘髻"被视为"女子之娇惰腐败之劣根性"；各种首饰，如"穿耳""手钏""约指"则被指为女性的奴隶标志，"皆为野蛮时代男子降伏女子之一大确证，一大表记"；繁复琐碎的女性装饰更是徒耗心力、消磨光阴，"皆足以玩物丧志，借琐耗奇，夫安有余暇以攻书史谈天下事也？"② 总之，女子装饰百害而无一利。女性精英之于女性

---

① 转引自夏晓虹《晚清女子国民常识的建构》，北京大学出版社2016年版，第211页。
② 金天翮：《女界钟》，载夏晓虹编《中国近代思想家文库 金天翮·吕碧城·秋瑾·何震卷》，中国人民大学出版社2015年版，第12页。

装饰的批判则更加痛彻而毫不留情。在秋瑾看来，女性装饰就是女子奴性的体现，且做了奴隶而毫不自知，"搽脂抹粉，评头束足"，"作男子之玩物、奴隶而不知耻"①。《敬告我女国民同胞》（1906）的作者则将女性装饰与是否爱国联系起来，认为"脂粉资和衣饰资"的大量耗费是导致国家贫弱的重要原因，因而根本没有修饰打扮的必要，"试想我中国现今时代，是什么时代？弱到极点，穷到极点，还有什么兴味打扮？"②清末之际的女性修饰由此被赋予了强烈的性别意义与政治意义，早已超越了审美范围，而成为女性独立与否、爱国与否的重要表征。时人言论对才女之学的批判亦大体如此，远远超出文学领域而被赋予了政治意涵。其被斥的原因多指向才女之学的脱离现实、无关兴亡，但知沉溺于"披风抹月，拈花弄草"的唯美情感体验，③热衷于表达柔弱、哀感的女性气质等。

"女性"，无论是隐喻意义上的，还是现实意义上的，从国家身份的构想之初就处在一种边缘化、他者化的"他性"境地，是亟待被改造的落后对象。尽管在维新派男性精英的笔下，国家身份确实时常性别化为"病夫""弱女"，但那更多的只是唤起民族自尊的一种言说策略，真正为男性精英们所渴望塑造的实为那个在成功地摆脱"他性"负担后复归阳刚的"少年中国"形象，而维新派倡导的女界改造运动也恰恰正是在这一点上勾连起了国家身份的想象与重构。"故女子为社会中最要之人，亦责任至重之人也。"④深居内帏的"第二性"在国族危亡的清末语境下突然变得极端重要，并被认定为关系着国族存亡的主要责任人，而现实中的二万万女子显然远远没有达到这突然而至的新标准、新期待。二万万女子被寄予了太多的国族期待而被如此这般

---

① 秋瑾：《精卫石·序》，载夏晓虹编《中国近代思想家文库 金天翮·吕碧城·秋瑾·何震卷》，中国人民大学出版社2015年版，第103页。
② 《敬告我女国民同胞》，载李又宁、张玉法主编《近代中国女权运动史料（1842—1911）》（上册），（台北）龙文出版社股份有限公司1995年版，第425页。
③ 梁启超：《饮冰室文集》（第一册），北京日报出版社2020年版，第36页。
④ 何香凝：《敬告我同胞姊妹》，载李又宁、张玉法主编《近代中国女权运动史料（1842—1911）》，（台北）龙文出版社股份有限公司1995年版，第404页。

地赞美，又被如此那般地谴责，而女性所应做的，就是"其急湔除旧习，灌输新知，游学外国，成己成人"，① 即刻赎罪、努力自新，"速振！速振！！女界其速振！！！"② 努力成长为符合国族期待的"新女性"。

---

① 何香凝：《敬告我同胞姊妹》，载李又宁、张玉法主编《近代中国女权运动史料（1842—1911）》，（台北）龙文出版社股份有限公司1995年版，第404页。
② 夏晓虹编：《中国近代思想家文库 金天翮·吕碧城·秋瑾·何震卷》，中国人民大学出版社2015年版，第103页。

第二章

"新女性"建构的范本与基本向度

"新女性"究竟所指为何？据学者考证，"新女性"一词在19世纪后半叶尚未出现，当时最为流行的术语是"新女界"。"新女界"显然指代的是整个女性群体，就女性个体而言，常见的说法是"女子""女杰""女英雄"等。"新女性"一词最早出现在1918年胡适在北京女子师范学校的一次题为"美国的妇女"的讲演中，用来描述那些所谓"新妇女"，即"衣饰古怪，披着头发……言论非常激烈，行为往往趋于极端，不信宗教，不依礼法，却又思想极高，道德极高"①的"另类"女性。如果从"新民"的构词来类推"新女性"还会发现，所谓"新女性"，也可能是动宾结构，当指能自新的女性，"自新"之路主要就是接受教育（尤其是职业教育），最终成为自食其力的"生利"者，而非一味拖累男性乃至整个国家有机体的"分利"者。通过考察"新女性"一词的缘起可知，专用术语本身的模糊性在相当程度上说明了当时即将浮出地表的"新女性"本身尚处在一个存在多种可能性，因此无法被明确界定的阈限性状态，这是一个"充满焦虑的时刻"，同时也是一个"建构的时刻"②。

---

① 胡适：《美国的妇人——在北京女子师范学校讲演》，《胡适文存》（四），生活・读书・新知三联书店2014年版，第58页。
② ［美］胡缨：《翻译的传说——中国新女性的形成（1898—1918）》，龙瑜宬、彭珊珊译，江苏人民出版社2009年版，第6页。

第一节 "西方美人"与东西方
关系的性别化表述

19世纪末20世纪初,《天演论》标举的"物竞天择之理"引发的意识形态革命使得"中国民气为之一变"①,救亡图存、强国保种的民族主义热情空前高涨,其重要的论说策略——"社会有机体说"亦深入人心。然而,鉴于清末中国内忧外患、灾难频仍、民不聊生的社会现实,当中国的男性精英试图在西方主导的"帝国—殖民"世界体系中重建国家身份时,亡国灭种的国族危机迫使他们只能将国家的生物学喻体无奈地投射到"病夫""弱女"的身体上。

东西方的性别化表述广泛见诸时人笔端。如1902年奋翮生(蔡锷)发表于《新民丛报》的《军国民篇》一文即将"老大帝国"与西方列强的关系比作"罹癫病之老女"与"犷悍无前之壮夫"之间展开的打斗,既老且病的女性一方显然毫无胜算的可能,"亦无怪其败矣"②。梁启超《尚武论》(1903)中亦有类似的性别化表述,认为"二千年之腐气败习"已然"深入于国民之脑",遂使"群国之人,奄奄如病夫,冉冉如弱子,温温如菩萨,戢戢如驯羊"③,"其人皆为病夫,其国安得不为病国也"④。在经历了甲午国耻后,梁启超笔下的中国更是一派"鬼脉阴阴,病质奄奄,女性纤纤,暮色沉沉"⑤的阴暗气象,沦为集"女体、病质、暮气"于一身的"老大帝国"。如何让女性化、病态化的"国体"脱离"女体"的不堪境地而实现由弱变强、去阴转阳、返老还童的国族复兴,是彼时中国男性精英不断叩问的重要课题,由此而产生的种种设想往往还是通过性别化的表述呈现

---

① 胡汉民:《述侯官严氏最近政见》,《民报》1906年第2号。
② 奋翮生(蔡锷):《军国民篇》,《新民丛报》1902年2月。
③ 梁启超:《新民说》,黄坤评注,中州古籍出版社1998年版,第186页。
④ 梁启超:《新民说》,黄坤评注,中州古籍出版社1998年版,第191页。
⑤ 梁启超:《新民说》,黄坤评注,中州古籍出版社1998年版,第83页。

出来。

　　梁启超于1902年3月起陆续发表于《新民丛报》"学术"栏的《论中国学术思想变迁之大势》一文中关于东西方关系的论述就是此种性别化表述的典型运用。梁启超在该文中热烈地畅想了当今世界上的两大文明，即泰西（欧美）文明与泰东（中华）文明之间结成的跨种族联姻。依据"男女同姓，其生不蕃"的优生学理论，梁启超认为，这一东西合璧的婚姻"必能为我家育宁馨儿"，并最终实现"亢我宗"①这一保种、强种的种族诉求。事实上，诸如此类借东西方混血以强国保种的热烈畅想自晚清以来便不绝于耳。易鼐在《中国宜以弱为强说》（1898）一文中即明确表示，中国转弱为强的关键就在于"合种以留种"。所谓"合种"，即"黄人与白人互婚也"，并断言，"如以黄白种人互为雌雄，则生子必硕大而强健，文秀而聪颖"②。这一黄白人种通婚的设想在梁启超笔下转喻为东西方两大文明之间的联姻。二者的相通之处在于都期待着借跨种族通婚以实现保种、强种的生殖目的；不同的是，梁文中明确地标注了泰西文明的性别身份，即"西方美人"。换言之，泰西文明只能以"西方美人"的女性身份才能被接纳为泰东文明的妻子。在这场东西方联姻的热烈畅想中，"西方美人"只能以妻子与母亲为其性别角色期待，只能以改良黄种为其价值体现，东方文明作为丈夫与父亲的男性主体地位并不因西方文明的介入而有丝毫动摇，这无疑是两大文明联姻的根本前提。

　　显然近代以来，尤其是甲午国耻引发的国族身份的女性化蜕变并没有消磨，反而极大地刺激了男性精英渴望由弱变强、去阴转阳、返老还童的男性化国族诉求，恢复国族男性性别身份的努力从来就不曾消歇过，而这一愿望的最终实现则有赖于"西方美人"的成功引入。

---

　　① 梁启超：《饮冰室文集》（第二册），北京日报出版社2020年版，第175页。
　　② 易鼐：《中国宜以弱为强说》，转引自刘人鹏《"西方美人"欲望里的"中国"与"二万万女子"——晚清以迄五四的国族与"妇女"》，《清华学报》（台北）2000年新30卷第1期。

所谓"欧美文明窈窕之花,将移植于中国"①,以富于科学精神与革新意识的泰西文明更新泰东文明那早已陈腐的学术传统与知识结构,使他那腐败不堪的病质弱体得以在欧风美雨的滋养下重新焕发出少年般的健康光彩,并最终重现往昔的强者雄风。这一激荡着男性狂想的国族欲望是梁启超所谓"二十世纪,则两文明结婚之时代也"②这一论断发出的原初动机,亦是其终极目标所在。这一论断同时也强烈地暗示了唯有聪慧、强壮、独立,且富于生产力(经济上的"生利"与子嗣上的生育)的"西方美人"才有资格在"老大帝国"重返阳刚体魄的治疗过程中担当重任,而与"西方美人"形成鲜明对照,即便"则固日日香花祈祝,求为欧美扶桑之一足趾而不可得者也"③的中国二万万女子则成为边缘化的他者,"西方美人"正是在这一意义上成为男性精英为中国女界指定的效法榜样。显然,在男性精英的设想中,唯有"西方美人",或以"西方美人"为榜样而成就的"中国美人"才有资格被纳入男性化国族的身体中,并真正为国家有机体的康复作出卓有实效的贡献。

第二节　西方女杰——中国"新女性"的构建范本

在"新女性"的建构历程中,发挥催化作用的重要范本就是清末之际通过人物传记等书写方式被大量引入国内的"西方女杰"。据学者考察,在清末女性传记出版史上,《世界十二女杰》(1903)可堪"首开近代女子新传出版之风的历史定位",紧随其后出版的《世界十女杰》(1903)、《(近世欧美)豪杰之细君》(1903)"则将1903年充分

---

① 倪寿芝(柳亚子代执笔):《黎里不缠足会缘起》,转引自夏晓虹《晚清文人妇女观》(增订本),北京大学出版社2016年版,第77页。
② 梁启超:《饮冰室文集》(第二册),北京日报出版社2020年版,第175页。
③ 柳亚子:《哀女界》,载李又宁、张玉法主编《近代中国女权运动史料(1842—1911)》(上册),(台北)龙文出版社股份有限公司1995年版,第464页。

地演绎成'西方女杰传记'出版年"①，并带动其后几年如杨千里《女子新读本》（1904）、许定一《祖国女界伟人传》（1906）、《祖国女界文豪谱》（1909）等一系列女性传记的连续出版。诚如《世界十二女杰》的广告词，"中国数千年来，废女子不用，而女子之杰出者益寥寥罕闻矣。读此书载世界女杰，皆可歌可泣，可敬可慕，饷我中国，吾知女子中必有闻而兴起者也"②。显然，所有这些女性传记，"无论是编译还是撰著，其目的都在为中国女界提供取法榜样"③。并且，为了能够使"西方女杰"的榜样力量更加深入人心，一些女界先锋还有意识地将文法艰深的文言改编为白话，秋瑾创办"文俗并用"的《中国女报》的目的就在于此，当时虽已有《女子世界》，"然而文法又太深了。我姊妹不懂文字又十居八九，若是粗浅的报，尚可同白话的念念；若太深了，简直不能明白呢。所以我办这个《中国女报》，就是有鉴于此"④。出于同样的目的，陈撷芬将《世界十女杰》改编成了白话版的《世界十女杰演义》，"所以我将这十个女豪杰的事，编做白话，既可以与诸位姊妹消消闷，又可以晓得我们女子中的人物。倘然看得合式，就可以学他也做一个女豪杰出来，岂不是件有益的事么？"⑤且紧接在标题后面，还有"以花边框起的'西方美人'四字"⑥，这不仅在"西方女杰"与"西方美人"之间明确了一种身份同构，而且也与梁启超的引进"西方美人"以"亢我宗"的国族狂想相呼应。"西方女杰"无疑成为中国女界反观自身、重构自身的重要镜像。

---

① 夏晓虹：《晚清女子国民常识的建构》，北京大学出版社2016年版，第39页。
② 《广智书局出版书目·世界十二女杰》，转引自夏晓虹《晚清女子国民常识的建构》，北京大学出版社2016年版，第42页。
③ 夏晓虹：《晚清女子国民常识的建构》，北京大学出版社2016年版，第41页。
④ 秋瑾：《敬告姊妹们》，载夏晓虹编《中国近代思想家文库 金天翮·吕碧城·秋瑾·何震卷》，中国人民大学出版社2015年版，第98页。
⑤ 楚南女子：《世界十女杰演义》，转引自夏晓虹《晚清女子国民常识的建构》，北京大学出版社2016年版，第107页。
⑥ 夏晓虹：《晚清女子国民常识的建构》，北京大学出版社2016年版，第108页。

一 "西方女杰"的示范性之一：国家意识

"欧美诸强国……对于女界，实行开明主义，与男子受同等之教育。其爱国之理想，国民之义务，久令灌注于脑筋。故其女国民，惟日孜孜以国事为己责；至于个人私利，虽牺牲亦不之惜。斯其国始得为有民，宜其国势发达，日益强盛，而莫能之侮。"① 显然，"日孜孜以国事为己责"的"欧美诸强国"的女国民正是符合国族期待的"西方女杰"。在以"西方女杰"为镜像反观自身时，凸显出的是中国女界国家意识的普遍缺乏，而国家意识正是近代国族复兴历程中改造国民性的首要目标，同时也是国族话语下女性自新的首要方向。《世界十女杰·序》中这样写道："中国女子占民数之半，以余所闻，则有殉夫者，殉姑者，有殉父母者，其下有殉其所欢者。所殉之人不同，所殉之法不同，要之牺牲于一人，而非牺牲于全国。纵翻尽列女，闺秀诸传，无以易我言也。"② 局限在家庭/家族内部的传统妇德在近代国族话语下被视为等而下之的"私德"，与标举国家主义的"公德"可谓云泥之别。国家意识于是成为编选本国女杰传记的重要标准，如许定一《祖国女界伟人传》（1906）的入选标准就是"有文学，武德而知种族主义、爱民主义之女子"，至于那些"徒有个人私德，称为贞女节妇者"③ 则不在入选之列。金天翮曾对三千年来中国女界的整体情况做过如下明显不合历史事实的断言："括而言之，则三千年来中国女子，常注意于个人之私德，而于公德则直可谓之未尝闻也。"所谓"公德"，就是"爱国与救世"④。以这一标准来衡量花木兰等中国传统女杰，就会发现其貌似爱国主义的行为其实并非"真有爱国救世之诚"，不过是

---

① 炼石（燕斌）：《〈中国新女界杂志〉发刊词》，转引自夏晓虹《晚清女子国民常识的建构》，北京大学出版社2016年版，第119页。
② 《世界十女杰·序》，转引自夏晓虹《晚清女子国民常识的建构》，北京大学出版社2016年版，第49页。
③ 转引自夏晓虹《晚清女子国民常识的建构》，北京大学出版社2016年版，第51页。
④ 金天翮：《女界钟》，载夏晓虹编《中国近代思想家文库 金天翮·吕碧城·秋瑾·何震卷》，中国人民大学出版社2015年版，第10页。

"家族主义"的救父、救子、救夫而已,"乃亦因家族之刺激逼极,不得已而出于此途,吾不敢讳言也。无论诸人,即东汉时代之初之女国民海曲吕母,啸集亡命,倾产数百万,酿醇酒,买刀剑衣服以赠少年,一若有俄国虚无党员之风,究其志愿,不过杀一琅琊宰,报其子之仇,相与入海,如是而已"①。

1903年,西方女杰传记的刊印蔚然成风。夏晓虹指出,"外国女杰之所以有必要大批输入中国",主要原因就在于"合于新理想的中国女性典范极度缺乏"②。缺乏国家意识的中国传统女杰显然不符合国族话语之于女界典范的要求,因此必须以国家思想加以改造。从"花木兰"形象在20世纪初的再接受中就很能看到"新女性"标准对花木兰形象的重塑。在花木兰的个人品质中,巾帼不让须眉的"勇武"首先得到了清末语境的普遍肯定。柳亚子曾为《女子世界》"传记"栏目撰写过五篇中国古代女性人物传记,其中一篇即为花木兰张目,誉之为"中国第一女豪杰女军人家"。许定一则称赞花木兰为"祖国之女军国民"③。花木兰"勇武"的"军人气质"之所以受到清末语境的普遍肯定,正在于契合了当时对于"尚武精神"的高度推崇。许定一《祖国女界伟人传·自叙》(1906)慨言道:"自缠足恶俗流行,祖国女子遂不武矣。不知不武实弟二天性也。然居于二十世纪竞争时代,弱肉强食,惟以铁血是赖,则能生存。"④ 楚南女子《中国女子之前途》(1903)一文中盛赞花木兰为"十九世纪以前吾女界之英杰",因为她不仅"以一弱女子只身万里","奏凯而旋",而且在十余年的军旅生涯中居然没有一丝柔弱表现,"虽其伙伴亦互惊异而相谓曰,同行二十年,不知木兰是女郎。伟哉!以此一言,可知其在军中之日,无一毫

---

① 金天翮:《女界钟》,载夏晓虹编《中国近代思想家文库 金天翮·吕碧城·秋瑾·何震卷》,中国人民大学出版社2015年版,第22页。
② 夏晓虹:《晚清女子国民常识的建构》,北京大学出版社2016年版,第49页。
③ 许定一:《祖国女界伟人传·木兰》,转引自夏晓虹《晚清女子国民常识的建构》,北京大学出版社2016年版,第52页。
④ 许定一:《祖国女界伟人传·自叙》,转引自夏晓虹《晚清女子国民常识的建构》,北京大学出版社2016年版,第53页。

儿女子气矣!"①

"世界无公理,国民有铁血。"② 此种摒弃女性气质的"女武士"形象体现出的"铁血主义""尚武精神"不仅是女性人格重塑的重要标的,更关乎国家民族之存亡,其义甚大,但这样一位在中国传统文化语境中诞生出的"女武士"武则武矣,但在国家大义上仍甚为欠缺,与西方女杰相比不免等而下之。梅铸《法国救亡女杰若安传》(1907)即将贞德与花木兰作比较,认为花木兰在救亡图存的国家意识上远逊于贞德,因为花木兰"亦不过代父从军,并没有什么大功劳,能以把一个亡国,都振兴起来。照法国若安那种样子,那真是从古以来少有的女杰哩"③。蒋智由则将花木兰、贞德、批茶夫人[笔者注:《汤姆叔叔的小屋》的作者,美国女作家斯托夫人(Harris Beecher Stowe, 1811—1896)]分别视为"身家主义""国家主义""世界主义"的代表。相较而言,木兰的替父从军,其行其志虽令人敬佩,但"固只知有身家者",不脱身家主义之牢笼,比之贞德的国家主义自然落于下风,较之批茶夫人不分种族,一视同仁的世界主义更显出格局的狭促。④ 要之,作为中国传统女杰典范,花木兰虽在"尚武精神""铁血主义"上呼应了清末之际的时代需求,但发乎传统孝道的替父从军虽则在客观结果上同样是保家卫国,但终究与直接生发于国家主义的爱国精神隔了一层,花木兰形象在国民意识、国家主义上的"补强"也就成了清末语境下花木兰形象重塑的主导方向。

为了迎合清末国家主义的强烈召唤,柳亚子在《中国第一女豪杰女军人家花木兰传》(1904)中赋予了花木兰充满现代意识的言说方

---

① 楚南女子:《中国女子之前途》,载李又宁、张玉法主编《近代中国女权运动史料(1842—1911)》(上册),(台北)龙文出版社股份有限公司1995年版,第393页。

② 亚庐:《哀女界》,载李又宁、张玉法主编《近代中国女权运动史料(1842—1911)》(上册),(台北)龙文出版社股份有限公司1995年版,第467页。

③ 梅铸:《法国救亡女杰若安传》,《中国新女界杂志》3期,1907年4月,转引自夏晓虹《晚清文人妇女观》(增订本),北京大学出版社2016年版,第107页。

④ 具体论述参见夏晓虹《晚清文人妇女观》(增订本),北京大学出版社2016年版,第117页。

式,"我虽女子,亦国民一分子也",掷地有声地表明了花木兰的国民意识;虽然也有因怜惜老父弱弟而自愿出征的表述,但仍慨言道,"执干戈以卫社稷,国民之义务也",表明了其与国民意识相匹配的爱国精神;与此同时,花木兰的女性性别意识也得到了凸显,"且我闻俚俗之恶谚矣,曰'妇人在军中,则兵气不扬。'咄咄妖孽!谁以腐败之恶名誉,污辱我女界者,我其誓雪此耻哉!"① 如此一来,花木兰在国民意识、国家主义与女性性别意识的加持下完成了由传统女杰向现代女杰的转型,具备了可与西方女杰一较高下的资格,为清末知识精英重塑本土女杰以抗衡西方女杰提供了可资利用的"新女性"典范,"可知祖国女界素多伟人,非徒泰西女子能之",且较之舶来的西方女杰更加亲切可感,易启人追模效法之思,"可以启其人皆可为尧舜之思,则自弃者,亦当可以有立志者矣"②。

二 "西方女杰"的示范性之二:暴力激进革命

通过国家意识的植入,传统的"中国女杰"/"中国美人"将会一如其异国范本——"西方女杰"/"西方美人"那样成为符合国族期待的"新女性"。无疑,这一改造思路对于二万万女子具有示范作用。还须注意的是,尽管彼时引入的"西方女杰"涵盖了女军人、女护士、女教育家、女政治家等多种职业,但呈现出鲜明的激进色彩与暴力倾向的女革命党,尤其是俄国女虚无党人,无疑是"西方女杰"群像中最夺人耳目的形象之一。可以说,"西方女杰"从其引入中国伊始,就被迅速地导引上了激进革命的方向,这无疑与当时国内外的形势密切相关。"西方女杰"大量引入中国的1903年正是20世纪初期国内革命风潮风起云涌之时,这一革命风潮又受到了20世纪初大盛一时的无政府主义思想的强力助推,在诸多方面均与帝制中国

---

① 亚卢(柳亚子):《中国第一女豪杰女军人家花木兰传》,《女子世界》1904年第3期。
② 许定一:《祖国女界伟人传·自叙》,转引自夏晓虹《晚清女子国民常识的建构》,北京大学出版社2016年版,第53页。

有着极大相似性的俄国则成为彼时无政府主义思想的重要输出地,并促进了清末中国革命思潮的迅速激进化。"在中文小说世界中,俄国最初并且最重要的象征便是她的革命。"在1902—1911年间,"至少有三十个关于俄国革命的故事以中文出版,翻译和原创都包括在内"①。以俄国著名的女虚无党人索菲亚·佩罗夫斯卡娅为原型的人物传记《俄国虚无党女杰沙勃罗克传》(《浙江潮》1903年第7期)、《苏菲亚传》(东京《民报》第15号,1907年7月5日)均问世于此一阶段,并以其无与伦比的原型力量在虚构的文学书写与现实的社会实践中引发了以其为蓝本的"中国女杰"/"中国美人"的大量复制。

除了俄国女虚无党人外,彼时引入中国的"西方女杰"也多以激进革命的姿态呈现在国人眼前。据学者考察,《世界十女杰》的编选原则就有鲜明的革命倾向。入选该书的女杰有参加过巴黎公社革命者,有刺杀法国大革命激进派领袖马拉者,也有参与过意大利民族统一运动者,标题也多冠以"无政府党女将军""为自由流血者"等醒目字样,而这"当然是出于凸显革命情怀的刻意安排"②。不仅如此,在此类女杰传记中,时常会出现激进革命的言论。如《世界十女杰》(1903)的首篇《无政府主义女将军:路易·美世儿》的开篇即言:"今而后吾惟设自立、自杀两途请速取择,而不愿再醉生梦死,以涊[觍]颜立于世界也。""各出死力以驱逐奴隶我、压制我之魔之鬼,以还我有生以来自由之权利也;否则,其各制爆药于室中,架薪炭于里巷,霎时使我同胞四万万可耻可辱、不自由之种类歼尽灭尽。"③这样一种推崇暴力的极端化言论与金天翮同年发表的"女权革命论"代表作《女界钟》可谓如出一辙。据金天翮的观点,暴力革命是实现民

---

① [美]胡缨:《翻译的传说——中国新女性的形成(1898—1918)》,龙瑜宬、彭珊珊译,江苏人民出版社2009年版,第128页。
② 相关具体论述参见夏晓虹《晚清女子国民常识的建构》,北京大学出版社2016年版,第47页。
③ 《无政府主义女将军:路易·美世儿》,转引自夏晓虹《晚清女子国民常识的建构》,北京大学出版社2016年版,第46、47页。

权复归的终极手段,"十八世纪之革命起也。今吾中国命运不能待矣。吾愿以猛烈手段,用硫强之水,炸裂之药,重重轰洗,重重破坏,快刀断乱麻,引锥破连环。我将为君一拳槌碎黄鹤楼,君亦为我一脚踢翻鹦鹉洲。快哉快哉!"① 女子也应同男子一般,参与到以暴力手段复夺民权的斗争中来,"其要求也,绞以脑,卷以舌,达以笔,脑涸、舌敝、笔秃而溅以泪,泪尽而进以血,血溢而助以剑,剑穷而持赠以爆裂丸与低列毒炮,则破坏之事也"②。在复夺民权的斗争中复夺女权,这同样须采取暴力手段,"女权之剥削,则半自野蛮时代圣贤之垂训,半由专制世界君主之立法使然,然而终不可以向圣贤君主之手乞而得焉。自出手腕,并死力以争已失之利权,不得则宁牺牲平和,以进于激烈之现象"③。金天翮的暴力革命论调得到了女界精英们的积极响应。在《女界钟》的第九节"结论"中,金天翮还列举了可供中国女子效法的众多"善女子",其中不仅有中国传统女杰中的花木兰、海曲吕母、越女、秦良玉、红线女、聂隐娘,更有西方女杰中的玛利侬、贞德、韦露、苏菲亚。虽然其中也有如娜丁格尔(笔者注:南丁格尔)这样的女护士形象,但毫无疑问,被金天翮引为"女子师"的更多的是呈现出暴力化倾向的女侠、女豪杰与女革命党,激进革命之于女性典范的价值取向也就不言而喻了。

第三节 "新女性"建构的基本向度: "合群"思想与爱国意识

在《中国积弱溯源论》(1901)这篇文章中,梁启超从风俗层面分

---

① 金天翮:《女界钟》,载夏晓虹编《中国近代思想家文库 金天翮·吕碧城·秋瑾·何震卷》,中国人民大学出版社2015年版,第14页。
② 金天翮:《女界钟》,载夏晓虹编《中国近代思想家文库 金天翮·吕碧城·秋瑾·何震卷》,中国人民大学出版社2015年版,第32页。
③ 金天翮:《女界钟》,载夏晓虹编《中国近代思想家文库 金天翮·吕碧城·秋瑾·何震卷》,中国人民大学出版社2015年版,第26页。

析导致国家"积弱"的根源时,总结出"奴性""愚昧""为我""好伪""怯懦""无动"六大病因。其中,在分析"为我"这一病因时,梁启超提出了"群"的概念,而"我"则以是否"合群"为据,区分为"一身之我"和"一群之我","同是我也,而有大我、小我之别焉"。梁启超之所以倡导"合群",就是因为"合群"被视为弱肉强食的竞争时代的获胜法宝,"当此群与彼群之角立而竞争也,其胜败于何判乎?则其群之结合力大而强者必赢,其群之结合力薄而弱者必绌"。至于如何增强群之"结合力",那就是"捐小我而卫大我"①,也就是为了群体利益而勇于牺牲个体的意志、愿望乃至于生命。而当今之国人,"人人心目中,但有一身之我,不有一群之我"②。国家兴亡与己全无干系,"亡此国而无损于我也,则束手以任其亡,无所芥蒂焉;甚且亡此国而有益于我也,则出力以助其亡,无所惭怍焉"。国家与国民并没有形成休戚与共、荣辱与共的有机体,离心离德、一盘散沙。究其原因,实是国人毫无国家意识而以利己主义为尚所致,"此无他,为我而已矣"③。写及此,梁启超不觉追念往事,"昔吾闻明怀宗煤山殉国之日,而吾广东省城,日夜演戏。初吾不甚信之。及今岁到上海,正值联军之入北京之日,而上海笙歌箫鼓,熙熙焉,融融焉,无以少异于平时,乃始椎胸顿足,痛恨于我国民之心既已死尽也"④。梁启超为彼时国民国难之际全无心肝的木然表现而痛心疾首,这样一种袖手旁观、麻木不仁的国民状态在一些清末小说中也有呈现。在忧患余生(连梦青)以庚子国变为创作背景的小说《邻女语》(1903—1904)中,小说开篇就描述了这样一番景象:

> 话说北方庚子年,义和团大乱之后,两宫仓卒出走。这班在京的文武各官,除有权势的,扈驾西奔,其余的官,不是舍不得

---

① 梁启超:《饮冰室文集》(第二册),北京日报出版社2020年版,第21页。
② 梁启超:《饮冰室文集》(第二册),北京日报出版社2020年版,第21页。
③ 梁启超:《饮冰室文集》(第二册),北京日报出版社2020年版,第22页。
④ 梁启超:《饮冰室文集》(第二册),北京日报出版社2020年版,第22页。

家眷,不肯离开,就是弄不到川资,不能远走。京城的地面虽大,京官虽多,却无一个为国捐躯,尽他们平日八股上所说"孝弟忠信礼义廉耻"八个字意义,都早把这八个字忘了。但见那一班在京的尚书、侍郎、翰林、主事,门口挂的是"大日本顺民",车上插的也是"大日本顺民"。一霎时间,京城内外,无论大大小小的人家,都变了外国人民,没有一个不扯外国旗号。

——《邻女语》第一回"弃国狂奔仓皇南走
毁家纾难慷慨北行"

小说借宦家子弟金不磨的视角,写了一群"如排山倒海而来"的"游勇溃兵",他们"背大旗的背大旗,背枪的背枪,抬缸灶的抬缸灶",虽是从战场上溃败下来,却并没有一个带伤,这令金不磨大惑不解,"这不是中国的兵么?怎么打起仗来,便跑得一个也没有,难道没有去打仗不成?怎么打了败仗下来,还是一个没有带伤的,跑得这么样快、这么样多?"接下来,金不磨又看到了一队一队衣号鲜亮的士兵,但这些士兵并没有被派上战场,而是用来给出京逃难的官员们开道护驾,做起保镖来。目睹于此,金不磨又不觉愤慨:"怨不得中国要打败仗了!这一队一队的兵丁,不去救太后皇上的驾,倒来这里替这些尚书、侍郎、太太、姨太太保镖。"此处,值得注意的还有这样一处细节,即从京中逃难出来的贵官女眷们的表现:"那坐八轿的,都是一个个美貌妖娆,香气喷溢,仿佛上海滩上的女倌人一样;坐四轿的,不是雏鬟鸦婢,即是半老徐娘,个个在轿子里嬉皮着脸,向路人微笑。"金不磨向人打听才知道:"果然是江苏、浙江、湖南三省大员,在京里逃出来的官眷。坐八轿的,就是姨太太;坐四轿的,就是少奶奶、小姐、丫头、老妈子。"(《邻女语》第三回"美人拥兵豪仆丑妆官样架 壮士赠马书生神勇俗人惊")国难当头、生灵涂炭,此时正是朝廷用人之际,然而平日里满口忠孝节义的官员们却弃国事于不顾,私征军队,但保家身,花枝招展的女眷们更是仪态安闲、笑逐颜开,为自己能安然逃离京城暗自得意。国家官员尚且如此,普通民众更待如何也就不难想见了。《邻女语》展现的包括广大女性在内的普通民众于国难之际毫无动容、全无心肝的木然表现正是彼时国人不爱国、不合群、为小我、为私利的缩影。

在《中国积弱溯源论》(1901)这篇文章中，梁启超针对民众普遍缺乏国家意识、爱国精神的国民状态提出了两条自新的途径：一是为"合群"，一是为"捐小我而卫大我"。二者殊途同归，都是号召全体国民勇于舍弃个人私利，为"大我"、群体、国家做出牺牲，甘于奉献，从而将国民与国家凝结为一体同心的命运共同体。"合群"，以及由此而引发的"大我"与"小我"、"公德"与"私德"的关系辨析等被女界精英们迅速吸纳并广泛征用，"合群""大我""公德"由此成为"新女性"改造的基本向度，在近代女性解放运动中发挥着重要的引导作用。

即以吕碧城与秋瑾为例。这两位女界先锋人物倡导的女性爱国论均以"合群"为重要的理论支点，并在各自的阐发中呈现出温和与激进的两种倾向。吕碧城在《女子宜急结团体论》(1907)一文中专门论证过女性"合群"的重要性与迫切性。从国家层面而论，吕碧城套用了"覆巢之下无完卵，漏舟之中无完人"的传统经验，说明了女性结团体，"牺牲个人之利益，以图公共之利益"，"己身可藉之以存立"的道理，否则，"一旦外患乘之，终至国亡家破，而身亦随之为奴隶，为牛马"。从性别层面而言，女性结团体，将有助于实现男女平权。否则，"女权必不能兴，女权不兴，终必复受家庭压制"。显然，在吕碧城的论述中，结团体，即"合群"，具有政治革命与性别革命的双重意义，女性无法超脱于外，否则难逃沦为奴隶（无论是亡国之奴隶，还是家庭之奴隶）的厄运，"故吾深望同胞，急结成一个完备坚固之大团体"①。在秋瑾的相关言论中，"合群"与"救国"密切相关，实为一体两面、互为因果的存在。在《警告我同胞》(1904)一文中，秋瑾极

---

① 吕碧城：《女子宜急结团体论》，载李又宁、张玉法主编《近代中国女权运动史料(1842—1911)》（上册），（台北）龙文出版社股份有限公司1995年版，第682页。

力倡导"合群"理念,认为若要"免得做那亡国的贱奴",就"须大家丢了自私自利的意见,结个团体","列位如不甘心做那亡国的贱奴,不如真真的大大的结起一个极坚固的团体来"。与吕碧城的温和立场不同,秋瑾倡导的"合群"理念更为激进,要求每个人都要存个"毁家拼命"的念头,并不惜一死,"于今能够个个都存个毁家拼命的念头,今日死一千,明日死一千,宁可将中国人死尽了,再把空旷地方与外国人。外国人得了空旷的地方,没有人替他当奴隶、做苦工,他也就不能安享的"①。须知,秋瑾此文的写作当是有感于目睹了日人欢送军人上前线的场面,并感慨于日人"祈战死"的尚武精神,进而希望国人也能争做军人、优待军人,奋勇杀敌、视死如归。故而,其对于不怕死的大无畏牺牲精神诸多礼赞,并号召大家都要"毁家拼命",如若不达目的宁可中国人都死尽,在语言表述上呈现出明显的极端化倾向。该极端化倾向的产生自有其得以激发的具体语境与时代氛围,也与秋瑾本人一以贯之的激烈个性有关。这种带有极端化色彩的态度在20世纪初迅速形成的革命风潮中,也是处理"大我""小我"的关系时惯常采用的,诸如"国妻""国女""娶妻当娶""嫁夫当嫁""辱身救国""舍身救国"等言论中都有着要求个体无条件服从群体意志的极端化倾向存在,是个体与群体/国族关系处理的重要标尺。

第四节 "新女性"建构的基本向度:尚武精神与女性的"雄化"倾向

梁启超在《中国积弱溯源论》(1901)一文中引入的"疾病隐喻"令人瞩目,清末中国的"国家有机体"被视为弱到极点的"病体"。"国体"之所以为"病体",原因就在于国民皆为"病夫","其人皆为病夫,其国安得不为病国也"②。倡导尚武精神于是成为改造"国民

---

① 秋瑾:《警告我同胞》,载夏晓虹编《中国近代思想家文库 金天翮·吕碧城·秋瑾·何震卷》,中国人民大学出版社2015年版,第88页。

② 梁启超:《新民说》,黄坤评注,中州古籍出版社1998年版,第184、190、192页。

性"的应有之义。奋翮生（蔡锷）《军国民篇》（1902）与梁启超《论尚武》（1903）是20世纪初倡导尚武精神与"军国民"思想的两篇代表性文章。两篇文章在立论依据、观点表述等方面有诸多相似之处。以《论尚武》为例。梁启超认为，斯巴达、日耳曼、俄罗斯、日本、脱兰士哇尔等国之所以能"驰骋中原，屹立地球"，就在于他们"无不恃此尚武之精神"，而精神又与体魄相关，"有健康强固之体魄，然后有坚忍不屈之精神"，"柔脆无骨之人，岂能一日立于天演之界？"因此，尚武精神的培养首先在于锻炼身体、强健体魄，"吾望我同胞练其筋骨，习于勇力，无奄然颓惫以坐废也！"梁启超因而号召国人热心从事体育锻炼，"务使举国之人，皆具军国民之资格"①。

梁启超倡导的尚武精神显然与蔡锷倡导的"军国民资格"内在相通。关于何者为"军国民"，蔡锷在《军国民篇》（1902）一文中做过专门阐释："军国民主义，昔滥觞于希腊之斯巴达，汪洋于近世诸大强国。欧西人士，即妇孺之脑质中，亦莫不深受此义。盖其国家以此为全国国民之普通教育，国民以奉斯主义为终身莫大之义务。"具体而言，所谓"军国民主义"，其主要内涵之一就是在全体国民中普及军事教育，以使"军人之智识，军人之精神，军人之本领，不独限之从戎者，凡全国国民皆宜具有之"②。从而形成全民皆兵的国家军事实力。这不仅要求有强健体魄与尚武精神为物质前提与精神保障，同时也要求整个国家形成重视军人、优待军人的良好社会氛围，如此方能在世界竞争、强敌环伺的国际形势下立于不败之地。强体、尚武、军国民等思想在清末民初产生了广泛而深远的社会影响，进而形成了"军国民"教育方针。1911年，各省教育总会将"预使全国人民克尽当兵义务，必先于学校教育趋重尚武主义"的决议呈请学部照办。1915年，袁世凯特别勘定"尚武"的教育宗旨。③

---

① 梁启超：《新民说》，黄坤评注，中州古籍出版社1998年版，第184、190、192页。
② 奋翮生（蔡锷）：《军国民篇》，《新民丛报》1902年2月。
③ 转引自周乐诗《清末小说中的女性想象（1902—1911）》，复旦大学出版社2012年版，第25页。

凡此种种的新动态，无不聚焦于强体、强军、强国这一"强"的国族诉求，而"弱"，则被视为一种"病"，是导致国家衰败、亡国灭种的"病"，是导致国为"病国"、民为"病夫"的罪魁祸首。与之相对应的"弱"，如身体的孱弱、精神意志的柔弱、文学表现的娇弱等也就在强体、强军、强国这一强烈的国族诉求下遭到了无情的贬斥。正如清末流行的一大书写策略——"疾病隐喻"暗示的那样，病弱的"国体"在东西方的性别化表述中只能沦为等而下之的"女体"。在传统的男权话语中，"女体"似乎生来就与弱、病有着天然的联系。而在男性化的国族话语中，病态的、弱的、女性化这三者基本上就是同构关系，都是男性化国族机体的异质存在。因此，无论从亡国灭种的现实危机而言，还是从国族身份的性别隐喻来看，此种病态的、弱的、女性化的"他性"异质都必须予以革除。唯有祛除帝国肌体中的"他性"异质——女性化、弱的、病态化的部分，"病质奄奄，女性纤纤"①的"老大帝国"才能去阴转阳、返老还童、变弱为强，最终实现"少年中国"的华丽转身，革除"他性"的女界改造运动也因此而在隐喻层面上成了医治帝国病体的一剂良药。

从深层的社会心理而言，近代女界改造运动的种种举措，如"戒缠足""兴女学"，包括批判专注于抒发个体感伤情调的才女之学，等等，都可以从性别隐喻层面加以解读。"国体"如若要去阴转阳、返老还童，恢复男性化的强健体魄与阳刚气质，就必须祛除"女性化异质"，这一点仅需看一下此类批判文字的立论点便可知晓。如国族话语对于传统才女之学的批判，"古之号称才女者，则批风抹月，拈花弄草，能为伤春惜别之语，成诗词集数卷，斯为至矣。若此等事，本不能目之为学"②。沉溺于"批风抹月，拈花弄草"的唯美情感体验成为才女之学软弱、感伤、脱离现实的重要表征并遭到批判。对于那些并非才女之学，但同样趋于感伤、柔弱的文学表现，梁启超同样将之上

---

① 梁启超：《新民说》，黄坤评注，中州古籍出版社1998年版，第83页。
② 梁启超：《饮冰室文集》（第一册），北京日报出版社2020年版，第36页。

升到国族层面而予以谴责。如中国传统文学中那些纯粹表达个体化情感的，或表达反战、厌战情绪的文字：

> （国外）一切文学、诗歌、戏剧、小说、音乐，无不激扬蹈厉，务激发国民之勇气，以养为国魂。惟我中国之轻视之也如彼，故举国皆不屑措意，学人之议论，词客所讴吟，且皆以好武喜功为讽刺，拓边开衅为大戒。其所谓名篇佳什，类皆描荷戟从军之苦况，咏战争流血之惨态，读之令人垂首丧志，气夺神沮；至其小说、戏剧，则惟描写才子佳人旖旎冶媟之柔情；其管弦音乐，则惟谱演柔荡靡曼亡国哀思之郑声。一群之中，凡所接触于耳目者，无一不颓损人之雄心，销磨人之豪气。恶风潮之所漂荡，无人不中此恶毒，如疫症之传染，如肺病之遗种。虽有雄姿英发之青年，日摩而月刓之，不数年间，遂颓然如老翁，靡然如弱女。呜呼！群俗者冶铸国民之炉火，安见颓废腐败之群俗，而能铸成雄鸷沉毅之国民也？①

在国族话语的强力碾压下，"弱"的种种可憎显露无遗：身体的孱弱，精神意志的柔弱，文学表现的娇弱，不自立的（拖累国族），不合群的（利己），无关国族大义而纯粹个体抒怀的，有违尚武精神而表达厌战情绪等皆被贴上女性化、弱的、病态化的标签而遭到打压。处于时代舆论的风口浪尖上，女界改造的迫切性可谓不言而喻，而这一改造的方向必将是强的、雄的、男性化的，以一种全新的男性风貌彰显革命的坚定姿态。

---

① 梁启超：《新民说》，黄坤评注，中州古籍出版社1998年版，第188页。

第三章

清末女子教育与三方势力博弈下的"新女性"构想

第一节 梁启超的"女学"倡议与清末女子教育的立场问题

梁启超在《变法通义·论女学》（1897）一文中曾对才女传统进行过批判："古之号称才女者，则批风抹月，拈花弄草，能为伤春惜别之语，成诗词集数卷，斯为至矣。若此等事，本不能目之为学。"此段文字常被视为梁启超否定才女传统的重要论说，但事实上如若将此段文字置放在"兴女学"的上下文语境中就会发现，梁启超真正的目的是否定才女传统的唯尚诗词而不求实学的创作倾向，而并非单纯的"才女批判"。在梁启超看来，此种局限于一己天地的感伤情调的抒发无助于经世致用的现实需求，在清末的国族危机中更显现出不问世事的不合时宜之感。此种脱离实际、无关现实的"虚学"不唯女子不可深耽其间，男子亦不可仅专注于此，"其为男子，苟无他所学，而专欲以此鸣者，则亦可指为浮浪之子，靡论妇人也"[①]。对才女传统的诗词取向的否定实际上指向了一个问题，即为新兴的清末女子教育确立一个真正有利于经世致用的课程设置体系，而非重蹈才女传统偏于"虚学"的覆辙。

---

① 梁启超：《饮冰室文集》（第一册），北京日报出版社2020年版，第36页。

清末之际，"具体到课程设置和教学实践，能供参考的，只能是西方和近邻日本的经验"，"清末女学追摹的只能是西方和日本的女学典型"①。梁启超就将日本女学的课程设置体系作为重要的参考对象，"日本之女学，约分十三科：一修身，二教育（言教授及蒙养之法），三国语（谓日本文），四汉文，五历史（兼外国史），六地理，七数学，八理科（谓格致），九家事，十习字，十一图画，十二音乐，十三体操"②。这一课程设置体系本身具有鲜明的现代性、进步性，与专注于"接受道德规范，文化修养不求高深，一般只需学习浅近实用的知识"③的传统女教自是不可同日而语。梁启超在积极参与创办的中国女学堂（又称"中国女学会书塾"）的课程设置上就采用了现代课程体系，以"史志、艺术、治法、性理"作为基础课程，"另设算学、医学、法学三门专修科"④，所谓"采仿泰西、东瀛师范，以开风气之先"⑤，梁启超倾心的课程设置体系实舶来自西方世界，代表的是传统中国试图引入现代西方教育体系的一种尝试，但在借鉴西方课程体系/形式的同时，在根本的教育宗旨、办学理念/精神上仍难以摆脱传统伦理道德，尤其是传统性别秩序的深刻影响。梁启超在参与制定经正女学堂试办章程时，就对"尊孔奉儒"的旧学观念表示出了足够的敬意，"学堂之设悉遵吾儒，圣教堂中亦供奉，至圣先师神位"⑥。在为中国女学堂撰写的《倡设女学堂启》中，梁启超对该新式学堂教育宗旨的阐发在相当程度上就是传统女教的延续，"上可相夫，下可教子；近可宜家，远可善种；妇道既昌，千室良善"⑦。换言之，能够相夫教子、

---

① 黄湘金：《史事与传奇——清末民初小说内外的女学生》，北京大学出版社2016年版，第21、19页。
② 梁启超：《饮冰室文集》（第一册），北京日报出版社2020年版，第40页。
③ 黄湘金：《史事与传奇——清末民初小说内外的女学生》，北京大学出版社2016年版，第19页。
④ 《上海新设中国女学堂章程》，《时务报》1897年12月4日。
⑤ 《女学会书塾开馆章程》，《女学报》1898年第9期。
⑥ 《上海新设中国女学堂章程》，《时务报》1897年12月4日。
⑦ 梁启超：《饮冰室文集》（第一册），北京日报出版社2020年版，第149页。

宜家善种的"贤妻良母"就是该新式学堂的人才培养目标。至于中国女学堂的办学理念则可直接概括为"中学为体，西学为用"，即所谓"复前代之遗规，采泰西之美制，仪先圣之明训，急保种之远谋"①。"保种之远谋"自然体现的是强国保种的国族诉求，为了实现此国族诉求，则须"复前代之遗规"，"仪先圣之明训"，也就是以传统伦理道德为仪轨，复兴重视"母仪""胎教"的"三代女学之盛"，而西方先进的教学体系充其量仅为实现如上目标的"美制"而已。

梁启超《变法通义·论女学》（1897）一文中还提出了关于女子教育公共化的问题，这是在教学内容/课程体系之外，近代女子教育"完胜"传统私塾教育的又一方面。研究明清才女传统的美国学者高彦颐认为："中国人文化生活的私人化，因此起到了扩大女性视野的作用，她不必迈出家门半步，便可享受如私人藏书和戏台等文化资源。"② 此种"私人化"的女子教育究竟能为多少普通家庭的女性所利用暂且放在一边，闭锁深闺的"私人化"学习本身就存在不容忽视的缺陷，那就是缺少公共化、社会化的教学环境而使得知识学问难以在交流互动中增进。对此，梁启超曾发表过如下言论：

> 若是夫中国之宜兴妇学，如此其急也。虽然，今日之中国，乌足以言妇学？学也者，匪直晨夕伏案，对卷伊吾而已。师友讲习，以开其智，中外游历，以增其才，数者相辅，然后学乃成。今中国之妇女深居闺阁，足不出户，终身未尝见一通人，履一都会，独学无友，孤落寡闻。以此从事于批风抹月，拈花弄草之学，犹未见其可，况于讲求实学，以期致用，虽有异质，吾犹知其难矣。③

---

① 梁启超：《饮冰室文集》（第一册），北京日报出版社2020年版，第150页。
② ［美］高彦颐：《闺塾师——明末清初江南的才女文化》，李志生译，江苏人民出版社2005年版，第165页。
③ 梁启超：《饮冰室文集》（第一册），北京日报出版社2020年版，第40页。

只有实现女子教育的公共化、社会化，女性才有可能与同窗好友切磋学问，在游历中外时增长见闻，所有这些都是封闭式、私人化的传统女塾教育无法比拟的。由此，作为女性解放的第一步，身体的解放——"戒缠足"也就被正式提上了日程，并与"兴女学"构成了因果关联，"是故缠足一日不变，则女学一日不立"①。1907年（光绪三十三年）清廷颁布的《学部奏定女学堂章程折》中明确规定："女子缠足，最为残害肢体，有乖体育之道，各学堂务一律禁除，力矫弊习。"② 创办于上海的中国女学堂在章程设置上特别强调"尤以不缠足为第一要义"③，其他女学堂也多如此规定，"堂中规条缠脚女儿一概不收"④，出于现实的考量，缠足女性确实无法胜任新式女学堂中普遍开设的体育课程以及体操、运动会等体育活动。缠足与否迅速成为女性进步与否的重要标志，成为奴性的"旧女性"与自立的"新女性"相区别的标志性身体符号。

关于"兴女学"与"戒缠足"之间的关系阐释同样存在国族立场与性别立场的区分。梁启超在《戒缠足会叙》（1897）中就将"戒缠足"与"兴女学"相联系，认为欲救今日中国之"积弱"必自"女教"始，"且中国之积弱，至今日极矣。欲强国本；必储人才；欲植人才，必开幼学；欲端幼学，必秉母仪；欲正母仪，必由母教"。而彼时的二万万女子却普遍失教、失学而唯以缠足为务，身处奴隶境地而不自知，"今不务所以教之，而务所以刑戮之倡优之。是率中国四万万人之半，而纳诸罪人贱役之林，安所往而不为人弱也？"⑤ 此处，虽然梁启超批判了中国女子教育的严重缺失以及女性地位的普遍低下，但其

---

① 梁启超：《饮冰室文集》（第一册），北京日报出版社2020年版，第40页。
② 《学部奏定女学堂章程折》，载璩鑫圭、唐良炎主编《中国近代教育史资料汇编·学制演变》，上海教育出版社2007年版，第593页。
③ 《上海新设中国女学堂章程》，转引自夏晓虹《晚清文人妇女观》（增订本），北京大学出版社2016年版，第23页。
④ 《上海妇女学堂清单》，《上海新报》1873年2月29日，转引自周乐诗《清末小说中的女性想象（1902—1911）》，复旦大学出版社2012年版，第86页。
⑤ 梁启超：《饮冰室文集》（第一册），北京日报出版社2020年版，第116页。

"戒缠足""兴女学"的立论点显然是国族立场的,其惯用的"生利、分利说"以及"国家有机体说"仍发挥着逻辑支撑作用。梁启超在谈论新式女学堂普遍开设的体操科目时也同样是从保种、强种的人种学角度出发来谈的,认为西方的"种族之学者"改进人种的方式很多,其中之一就是女子体操。因为习练体操可以强筋健体,"然后所生之子,肤革充盈,筋力强壮也"。梁启超因此认为,女子体操"亦女学堂中一大义也"①。换言之,新式女学堂的教育目标之一就是通过体操等体育活动培养出能诞育未来健康国民的母亲——"国民之母"。

此一国族立场上的女性体育观得到了女性精英们的普遍接受,如吕碧城就认为,"国家者个人之集合体也。若体育不讲,其害于国家、害于种族者,可胜言哉?况女子为国民之母,对国家有传种改良之义务"②。但与此同时,女性精英更会站在女性自身的主体性立场上谈论体育对于女性的好处。吕碧城《兴女学议》(1906)就认为,体操有助于纠正女性的不良体态,"吾国闺秀,非伏案读书,则垂头刺绣,以致腰脊屈曲如弯弧状。无论其害于身体,即仪表上亦不雅观。……岂昔所谓'女德'中之'妇容'者,必须此文弱之态欤?今欲矫正其体态,则非体操不为功。体操者矫正其体态,使之活泼健全也"③。秋瑾在锻炼方面可谓身体力行,热情极高。赴日后的秋瑾常常到东京麴町区神乐坂武术会练习体操、剑击和射击技术,④还在家信中表达了身体康健带来的自信与快乐,"妹近在学校,身体甚耐劳,日习体操,能使身躯壮健"⑤。

与吕碧城一样,秋瑾在谈论女子体育时,虽持国族立场的主流论调,但更多的还是基于女性自身的主体性立场,如"戒缠足"与"兴

---

① 梁启超:《饮冰室文集》(第一册),北京日报出版社2020年版,第38页。
② 《兴女学议》,载夏晓虹编《中国近代思想家文库 金天翮·吕碧城·秋瑾·何震卷》,中国人民大学出版社2015年版,第72页。
③ 《兴女学议》,载夏晓虹编《中国近代思想家文库 金天翮·吕碧城·秋瑾·何震卷》,中国人民大学出版社2015年版,第73页。
④ 郭延礼:《秋瑾年谱》,齐鲁书社1983年版,第63页。
⑤ 郭延礼:《秋瑾年谱》,齐鲁书社1983年版,第64页。

女学"二者的关系论辩,秋瑾在其自传性弹词作品《精卫石》中就用了相当篇幅铺写了缠足之于女性的种种害处,其发言立论的出发点完全站在女性自身的性别立场上,将缠足带给女性的极度痛苦的生命体验与极度屈辱的生存状态用富于共情力与感染力的细腻笔法一路娓娓道来:

> 唉!可怜,自从缠了双足,每日只能坐在房中,不能动作。往往有能做的事情,为了足不能行,亦不能做了,真正像个死了半截的人。面黄肌瘦,筋骨束小,终日枯坐,血脉不能流通,所以容易致成痨病。就不成痨病,也是四肢无力,一身骨节酸痛。……只怪自己把自己看得太不值钱,不去求自己生活的艺业、学问,只晓得靠男子,反死命的奉承巴结,谄谀男子,千方百计,想出法子去男子前讨好。听见喜欢小脚,就连自己性命都不顾,去紧紧的裹起来。缠了近丈的裹脚布,还要加扎带子,再加上紧箍箍的尖袜套、窄窄的鞋,弄到扶墙摸壁,一步三扭,一足挪不了半寸,惟有终日如残废的瘸子、泥塑来的美人,坐在房间。就搽了满脸脂粉,穿了周身的绫罗,能够使丈夫爱你,亦无非将你作玩具、花鸟般看待,何曾有点自主的权柄?况且亦未必丈夫就因你脚小、会打扮,真的始终爱你。如日久生厌了,男子就另娶他人,把妻子丢在一旁,不揪不采,坐冷宫,闭长门,那就凄凉哭叹,挨日如年了。①

秋瑾将女性的缠足之苦与不得不依附于男性的生存状态相联系,指出缠足是女性无法外出求学而自甘奴隶处境的根源,"这都是缠足之害"②,"一身惟知依靠男子,毫无自立的性质的缘故,所以

---

① 秋瑾:《精卫石》,载夏晓虹编《中国近代思想家文库 金天翮·吕碧城·秋瑾·何震卷》,中国人民大学出版社2015年版,第106、107页。
② 秋瑾:《精卫石》,载夏晓虹编《中国近代思想家文库 金天翮·吕碧城·秋瑾·何震卷》,中国人民大学出版社2015年版,第107页。

受此惨苦"①。而只有"戒缠足""兴女学"才能改变女性被奴役的境遇,"谋自己养活自己的学问、艺业"②,"常常运动,自由自在,谋自立之生业"③。在秋瑾的思想言论中,放脚、求学、执业、自立四者的因果逻辑链条始终建构在女性自身的性别立场上,"争如放足多爽快?行道路、艰难从不绉眉头。身体运动多强壮,不似从前娇又柔。诸般事业皆堪做,出外无须把男子求。求得学问堪自食,手工工艺尽堪谋;教习学堂堪自养,经商执业亦不难筹。自活成时堪自立,女儿资格自然优"④。"戒缠足"意味着身体解放,但身体解放只是女性解放的第一步,从"戒缠足"的身体解放开始,女性终将成为真正经济独立与精神独立的主体性存在。在《〈实践女学校附属清国女子师范工艺速成科略章〉启事》(1905)中,积极动员女性赴日留学的秋瑾就用带有强烈行动感与鼓动性的文字描写了大脚女性踏上出洋之旅时的无比雀跃,"束轻便之行装,出幽密之闺房,乘快乐之汽船,吸自由之空气"⑤。于此,"戒缠足""兴女学"就在女性主体性的性别立场上建构起了紧密的因果关联。虽然秋瑾也曾站在国族立场上看待女子教育,其在《致湖南第一女学堂书》(1904)中的立论几乎就是梁启超观点的翻版:"人人皆执一艺以谋身,上可以挪(帮)助父母,又可以助夫教子,使男女无坐食之人,其国焉能不强也?"但秋瑾倡导女性自立的最终目标

---

① 秋瑾:《精卫石》,载夏晓虹编《中国近代思想家文库 金天翮·吕碧城·秋瑾·何震卷》,中国人民大学出版社2015年版,第108页。
② 秋瑾:《精卫石》,载夏晓虹编《中国近代思想家文库 金天翮·吕碧城·秋瑾·何震卷》,中国人民大学出版社2015年版,第108页。
③ 秋瑾:《精卫石》,载夏晓虹编《中国近代思想家文库 金天翮·吕碧城·秋瑾·何震卷》,中国人民大学出版社2015年版,第107页。
④ 秋瑾:《精卫石》,载夏晓虹编《中国近代思想家文库 金天翮·吕碧城·秋瑾·何震卷》,中国人民大学出版社2015年版,第129页。
⑤ 秋瑾:《〈实践女学校附属清国女子师范工艺速成科略章〉启事》,载夏晓虹编《中国近代思想家文库 金天翮·吕碧城·秋瑾·何震卷》,中国人民大学出版社2015年版,第91页。

是为了成就女性作为主体性存在的人格独立,"脱男子之范围"①,实现男女平权。这与期待着能够培养出既有强壮身体能诞育未来国民,同时又有足够的知识技能教养未来国民的国族立场有着根本不同。

不同的立场决定了清末女子教育之于未来"新女性"的不同设想。国族立场与女性主体性性别立场始终并存于清末女子教育之中,左右着女子教育的教育宗旨与育人目标,也深刻地影响着人们之于未来"新女性"的想象与建构。

第二节 微妙的一致:清末女子教育中的"贤妻良母主义"

纵观戊戌维新至辛亥革命时期关于"兴女学"的言论,往往隐含了这样一种价值判断,即由于身体素质、受教育程度、见识眼界以及生存能力等方面的严重匮乏,彼时的二万万女子既不能成为直接创造社会财富的"生利者",也很难胜任主持中馈、相夫教子的传统性别职守,以至于"牵累男子"②"流传弱种"③,并最终贻害整个国族。女学之兴,不仅有助于女性提升优质育儿的母教素养,同时也能培养一定的知识技能以使丈夫免受家庭之累。正是基于这样的认识,旨在改造女性的女子教育被提上日程。在清末语境中早已取得社会共识的"社会有机体说"以及经由梁启超阐发的"生利、分利说"则在倡导女学的相关言论中作为重要的理论依据被广泛应用,如"苟非女子有自主

---

① 夏晓虹编:《中国近代思想家文库 金天翮·吕碧城·秋瑾·何震卷》,中国人民大学出版社2015年版,第83页。
② 《记日本女子教育发达》,载李又宁、张玉法主编《近代中国女权运动史料(1842—1911)》(上册),(台北)龙文出版社股份有限公司1995年版,第287页。
③ 竹庄:《论中国女学不兴之害》,载李又宁、张玉法主编《近代中国女权运动史料(1842—1911)》(上册),(台北)龙文出版社股份有限公司1995年版,第639页。

之知识能力，则男子必为家计之所累"①"不教育，则无艺能，亦无职业。不能自养，而男子之累重，而家道苦矣！"② 不仅如此，女子的"无学"更将进一步危害到整个国家民族，成为亡国灭种的罪魁祸首，"故无女子教育，则直接废全国之女子，更间接废全国之男子，今世无足重轻之玩物，直为亡国之一大原因"③。因此，女子必须求学以"自立"，"兴女学"的初衷显然并非基于女性主体性立场的实现经济独立进而人格独立，而是为了"增一职业之妇，即减一坐食之人"④，以免拖累男子、累及家庭、为害国族，其立论点显然是男性化的国族立场。

将"社会有机体说"与性别化的"生利、分利说"加以融会贯通，并在女学言论中得到出色应用的还有近代日本女教育家下田歌子，其代表的明治时期的女子教育理念可以说是清末女学胚胎之初的重要理论资源。

在《华族女学校学监下田歌子论兴中国女学事》（1902）一文中，下田歌子对彼时的中国女界状况有过这样一番评论：

> （女子无教、无业）并使壮年男子，抱非常之志者，亦为其家族所累，而于无形之中，不可告人之处，生出无穷之阻力，以销磨其志气，更何望其有所赞助，以谋国家之治安乎？由此观之，国中之女学不兴，不惟将一国女子，尽弃为无用之物，并且累及一国男子，皆归于无用之地，以如此之国民，而立于今日生存竞争之世，欲其不败，不可得也。……不独女子一身，孱弱病苦，

---

① 《问中国女子人格宜用何种养成之法方可完全》，载李又宁、张玉法主编《近代中国女权运动史料（1842—1911）》（上册），（台北）龙文出版社股份有限公司1995年版，第421页。

② 《论女子教育为兴国之本》，载李又宁、张玉法主编《近代中国女权运动史料（1842—1911）》（上册），（台北）龙文出版社股份有限公司1995年版，第603页。

③ 纯夫：《女子教育》其一，载李又宁、张玉法主编《近代中国女权运动史料（1842—1911）》（上册），（台北）龙文出版社股份有限公司1995年版，第642页。

④ 师竹：《论女学之关系》其二，载李又宁、张玉法主编《近代中国女权运动史料（1842—1911）》（上册），（台北）龙文出版社股份有限公司1995年版，第591页。

> 已成废物，为男子之大累，即其所生子女，亦决不能强健，弱种相传，愈传愈弱，今日之世界，乃种族竞争之世界，优者胜而劣者败，强者存而弱者亡，五洲虽大，岂能容此弱劣之民族，并立于大地之上乎？①

在此段文字中，下田歌子运用的理论不仅有"社会有机体说"、性别化的"生利、分利说"，还有20世纪初在西方与东亚的思想界取得普遍共识的社会达尔文主义。作为当时流行的主流话语，该理论认为人类社会一如自然界一般，同样通行着弱肉强食、适者生存的强者逻辑，而唯有"强种"，方能"强国"，方能于此"种族竞争之世界"中立于不败之地。女性因其生育功能被赋予了"强种"的人种使命，并经由"强种"而与"强国"的国家目标发生间接的关联。因此，在这一男性化的国族诉求中，要求女性的并不是其自身的人格独立与智能提升，而是立足于生育功能的"母职"以及"母职"的完美实践，女子教育的最高目标也正在于此。日本是西方文明的亚洲范本。这一导源于日本的理论在清末中国产生了深刻的影响，并与维新派男性精英"强国保种"的国族诉求高度契合，从而成为一种重要的外部力量，直接参与到以"兴女学"相号召的清末女界改造之中。

可见，女学兴起之初衷，实发端于富国强种的国族意愿，其背后隐含的男性中心主义直接决定了女学的宗旨是培养既能"相夫兴家"，又能"教子成人"，既能"主张家庭教育"②，又能"为男子内助"③，

---

① 《华族女学校学监下田歌子论兴中国女学事》，载李又宁、张玉法主编《近代中国女权运动史料（1842—1911）》（上册），（台北）龙文出版社股份有限公司1995年版，第567页。

② 《敬告我女国民同胞》，载李又宁、张玉法主编《近代中国女权运动史料（1842—1911）》（上册），（台北）龙文出版社股份有限公司1995年版，第425页。

③ 《记日本女子教育发达》，载李又宁、张玉法主编《近代中国女权运动史料（1842—1911）》（上册），（台北）龙文出版社股份有限公司1995年版，第287页。

"以助良人之职务"① 的"贤妻良母"。这一保守的工具化论调符合国族的根本利益，同时也因其对女性家内角色的忠实恪守以及对传统性别秩序的足够敬意而得到了保守势力的普遍认可，贤妻良母主义因而成为19世纪末20世纪初女学初兴之际普遍奉行的主流话语，并迅速得到了中国精英阶层的积极响应。在《敬告我女国民同胞》（1906）一文中，作者认为："有学问的文明女子，可以为贤妇，可以为贤母，可以主张家庭教育，于国家有密切的关系，所以要看重。至于那没学问的腐败女子，既不能相夫兴家，又不能教子成人，'家庭教育'四个字，一点儿不明白，但知讲究在脂粉衣饰上，把自己看成玩物。……这一类的人，于国家毫无关系。"② 能否成为"相夫兴家""教子成人"的贤妻良母已然被视为"文明女子"与"腐败女子"的分界点，而"文明"与"腐败"的分界点就在于是否接受过新式女子教育，女学于己、于家、于国的重要性由此显现，而"于己"的重要性显然还要以"于家""于国"的重要性为进一步的衡量标准。这一立论的基础同样是国族立场的，而非女性主体性立场。

由于立场上的保守与温和，贤妻良母主义并不困难地就得到了清廷的官方认可，并成为清末女子教育的根本宗旨所在。早在1904年（光绪二十九年）由清廷颁布的《奏定蒙养院章程及家庭教育法章程》中就规定："所谓教者，教以为女为妇为母之道也。……故女子只可于家庭教之，或受母教，或受保姆之教，令其能识应用之文字，通解家庭应用之书算物理，及妇职应尽之道，女工应为之事，足以持家教子而已。"③ 在1909年颁布的《学部之女学教育宗旨》中更将其进一步

---

① 中国之新民（梁启超）：《近世第一女杰罗兰夫人传》，载李又宁、张玉法主编《近代中国女权运动史料（1842—1911）》（上册），（台北）龙文出版社股份有限公司1995年版，第323页。

② 《敬告我女国民同胞》，载李又宁、张玉法主编《近代中国女权运动史料（1842—1911）》（上册），（台北）龙文出版社股份有限公司1995年版，第425页。

③ 《奏定蒙养院章程及家庭教育法章程》，载朱有瓛主编《中国近代学制史料》（第二辑 下册），华东师范大学出版社1989年版，第748页。

地明确为"以良母贤妻派,为全国女学教育宗旨"①。其力图培养的"贤妻良母"与维新派精英分子梁启超倡导的"新女性"形象,即"上可相夫,下可教子;近可宜家,远可善种"②高度吻合。值得注意的是,就思想根基而言,梁启超的"新女性"构想是中国传统家庭观念与西方民族国家观念相结合的产物,但在坚守女性的传统性别职守这一点上,主张改良主义的维新派却与墨守成规的清廷保守势力达成了微妙的一致。民国政府成立后,贤妻良母主义依然是女子教育的根本理念。1915年,教育总长汤化龙曾有言:"余对于女子教育之方针,则务在使其将来足为贤妻良母,可以维持家庭而已。"③这一观点在第二年发表的《关于整理教育方案》中成为官方表述:"女子注重师范及职业,并保持严肃之风纪,今且勿骛高远之谈,标示育成良妻贤母主义。"④可以说,贤妻良母主义体现了清末民初女子教育的官方态度,是这一时期女子教育的主流话语。

第三节 母性神话与"国民之母"的似是而非

民国政府成立后,"母性主义"一度作为女子教育的宗旨被明确提出,"女子教育,尤需确认培养博大慈祥之健全的母性,实为救国保民之要图,优生强种之基础"⑤。"母性主义"显然并非民国时期的发明,究其源头可一直溯源到清末女学胚胎之初就已兴起的"贤妻良母"这一与明治日本有着深刻渊源的女子教育理念,以及在此基础上被赋予丰富国族意涵并得以迅速中国化的"国民之母",而无论是立足于家庭范围的"贤妻良母"也好,还是更具政治色彩的"国民之母"也好,

---

① 《学部之女学教育宗旨》,《教育杂志》1909年第4期。
② 梁启超:《倡设女学堂启》,《饮冰室文集》(第一册),北京日报出版社2020年版,第149页。
③ 《记事·汤总长之教育意见》,《教育杂志》1914年第6期。
④ 陈景磐:《中国近代教育史》,人民教育出版社1979年版,第240页。
⑤ 《国民党中央执委四次全体会议宣言中之教育方针》,载杜学元《中国女子教育通史》,贵州教育出版社1995年版,第494页。

都在相当程度上参与建构了基于女性生殖能力的母性神话。在这一"母性神话"的建构过程中,梁启超《近世第一女杰罗兰夫人传》(1902)开篇的一段文字不容忽视:

> 罗兰夫人何人也?彼生于自由,死于自由。罗兰夫人何人也?自由由彼而生,彼由自由而死。罗兰夫人何人也?彼拿破仑之母也,彼梅特涅之母也,彼玛至尼、噶苏士、俾士麦、加富尔之母也。质而言之,则十九世纪欧洲大陆一切之人物,不可不母罗兰夫人,十九世纪欧洲大陆一切之文明,不可不母罗兰夫人。何以故?法国大革命为欧洲十九世纪之母故,罗兰夫人为法国大革命之母故。①

而且这段气势磅礴、情感充沛的文字不仅将罗兰夫人与"自由"相联系,在此后直接启发了罗兰夫人以"自由花"的意象在中国语境中的迅速传播。梁启超反复运用了"某某之母"的修辞手法并进行了颇能自洽的逻辑推导:因为罗兰夫人是法国大革命之母,而法国大革命又是欧洲19世纪之母,因此说,罗兰夫人既是欧洲大陆一切人物之母,又是欧洲大陆一切文明之母。此种"某某之母"的修辞手法在清末语境中迅速掀起了"跟风"热潮,如吕碧城在《为郑教习开追悼会之演说》(1907)中就曾对此修辞手法进行过套用,"过去之女子,为现在世界之母;现在之女子,为未来世界之母"②。再如"女子者,文明之母也""女子者,人类之母也""女子者,社会之母也",等等,此修辞手法的套用可谓风靡一时,成为清末母性神话建构的典型论调。

这一"母性神话"在"救国保民""优生强种"这一强烈的国族

---

① 中国之新民(梁启超):《近世第一女杰罗兰夫人传》,载李又宁、张玉法主编《近代中国女权运动史料(1842—1911)》(上册),(台北)龙文出版社股份有限公司1995年版,第318、319页。

② 吕碧城:《为郑教习开追悼会之演说》,载夏晓虹编《中国近代思想家文库 金天翮·吕碧城·秋瑾·何震卷》,中国人民大学出版社2015年版,第76页。

诉求下被极大地神化，简直到了左右国家兴亡的地步。如彼时的常见论调："国本在家，家本在女，欲观国中教化之盛衰，必以家中女人之贤愚为定格。"①"国无名媛，将从何处觅贤妇以佐佳儿而诞育贤子哉！斯其家未有不败，种未有不弱，国未有不衰。"②"所生子嗣不能强壮。种既不强，尚何望其强国乎？""于是病夫之称未已，而贱种之呼又起矣！"③ 未能履行"强种"责任的女子须承担"亡国灭种"的罪责，当然，出色完成"强种"职责的女子就会得到顶礼膜拜般的赞美，如《女子为国民之母》（1904）中的言论就极为典型：

> 国民是已经贵重的了，女子还是国民的大母，那贵重的还了得。……女学是强种的根本，女学是强国的基础，没有女子，安有国民？要培养国民，先培养女子，要崇拜国民，先崇拜女子。国民呀！国民呀１谁产生国民呀？女子呀！我再起立，高唱三声，女子为国民之母！女子为国民之母！女子为国民之母！④

这样一种"女子崇拜"的亢奋言论能否果真落到实处，关键还是要看女子是否有能力不负"培养自主自治之国民"⑤ 的"国民之母"这一国族期待，对"国民之母"的"铸造"也被提上日程，"国无国民母，则国民安生；国无国民母，所生之国民，则国将不国。故欲铸造国民，必先铸造国民母始"⑥。继"贤妻良母主义"后，旨在培养

---

① 任保罗：《论家之本在女》，载李又宁、张玉法主编《近代中国女权运动史料（1842—1911）》（上册），（台北）龙文出版社股份有限公司1995年版，第415页。
② 炼石：《女界与国家之关系》，《中国新女界杂志》1907年第2期。
③ 师竹：《论女学之关系》其二，载李又宁、张玉法主编《近代中国女权运动史料（1842—1911）》（上册），（台北）龙文出版社股份有限公司1995年版，第587页。
④ 《女子为国民之母》，《顺天时报》光绪三十一年六月十七日。
⑤ 《振兴女学之关系》，载李又宁、张玉法主编《近代中国女权运动史料（1842—1911）》（上册），（台北）龙文出版社股份有限公司1995年版，第605页。
⑥ 亚特：《论铸造国民母》，载李又宁、张玉法主编《近代中国女权运动史料（1842—1911）》（上册），（台北）龙文出版社股份有限公司1995年版，第460页。

"国民之母"的教育成为彼时女子教育的又一宗旨,"建造国家,必赖良国民,养成良国民,必恃国民之贤母,养成国民之贤母,是在女子教育"①。

尽管以"国民之母"为宗旨的女子教育的兴起代表着女子教育理念上的重大变化,但贤妻良母教育与国民之母教育二者之间还是有着本质上的相通之处,因为"贤妻良母之义务",就是"为国家担铸造国民之责任"②,作为"国民之母"的女子,也对国家负有"传种改良之义务"③。无论是"贤妻良母"的女学宗旨,还是"国民之母"的女学期待,"保种""强种"这一立足于女性生育功能的国族诉求都发挥着根本导向作用,既是近代女学得以兴起的初衷,也是女学培养目标的旨归所在。当然,相较于"贤妻良母","国民之母"的新构想显然更有助于在"母性"的生物性与"国民"的政治性之间建立起更为密切的关联,从而使得母亲的职能得以相当程度地公共化与政治化,但即便如此,母亲,或者说作为母亲的女性之于国家政治生活的参与仍然是通过她的"种"——作为儿子的"国民"来间接实现的,其本身仍被排斥于国家政治生活之外,绝非可以独立参与国家政治生活的政治主体,其被圈定的理想化的生活空间仍然是家内,其被规定的理想化的职守仍是妻职,尤其是母职,这与"贤妻良母"教育在本质上其实并无二致,只不过被赋予了更加明确的国族意涵而更显新意、更富于鼓动性而已。事实上,国语话语下的"贤妻良母"教育同样重视国民意识的培养与国家意识的灌输,"凡国家思想,即寓于各科学之中,而油然发现乎外"④,只不过是通过具有国家思想与国民意识的母亲将

---

① 《论女子教育为兴国之本》,载李又宁、张玉法主编《近代中国女权运动史料(1842—1911)》(上册),(台北)龙文出版社股份有限公司1995年版,第601页。

② 《论女子教育为兴国之本》,载李又宁、张玉法主编《近代中国女权运动史料(1842—1911)》(上册),(台北)龙文出版社股份有限公司1995年版,第602页。

③ 吕碧城:《兴女学议》,载夏晓红编《中国近代思想家文库 金天翮·吕碧城·秋瑾·何震卷》,中国人民大学出版社2015年版,第72页。

④ 《论女学宜先定教科宗旨》,载李又宁、张玉法主编《近代中国女权运动史料(1842—1911)》(上册),(台北)龙文出版社股份有限公司1995年版,第654—655页。

这一理念传递给作为未来国民的子嗣,"家庭教育,感化最大,若其母无国家之思想,公共之观念,则其子出而任事,必无裨于国家,而有碍于公众,我国通弊,大率在此。则使女子有国家思想,公共观念,以为异日陶铸幼童之地者,固当今第一要务也"。其致力培养的是能诞育未来合格国民的"国民之母",而不是真正具有性别主体性的"女国民"本身,女性之于国族的联系仍是间接的,"非欲其干预外事也"①。

究其实质,"国民之母"理念的提出,实为相夫教子的"贤妻良母"这一女性工具论在近代民族国家框架下的一种更贴合国族期待的应对性修辞,并因其特别凸显了"国民"二字以及与国民、国民意识、国家意识等关键词发生的强烈共振而赢得了国家主义者的青睐;同时也因其特别凸显了"国民"二字,从而又能与"女国民"理念发生某种似是而非的联想,从而获得了女权主义者的普遍认同。这是一种双重意义上的"取巧",不仅巧妙地掩饰了女性主体性严重缺失的根本缺陷,同时也在国族话语的套用下,极大地掩盖了其与"贤妻良母主义"其实并无二致的男性中心主义立场。这也就是为什么在20世纪初期政治领域的革命风潮以及性别领域的女权主义迅速兴起后,"贤妻良母主义"遭到了猛烈批判,而"国民之母"仍能处变不惊、风生水起。

第四节 "新瓶"与"旧酒":保守势力与
维新派主导下的贤妻良母教育

受制于贤妻良母的培养目标,保守势力主导的女学堂在课程设置上主要侧重于培养女子的家政技能,而不必与男校课程同。《论女学宜先定教科宗旨》(1907)一文中即列举了"伦理学""工艺""家政学""算学""簿记学"五种治家必不可少的科目作为女子教育的习修重

---

① 勇立:《兴女学议》,载李又宁、张玉法主编《近代中国女权运动史料(1842—1911)》(上册),(台北)龙文出版社股份有限公司1995年版,第631页。

点,至于"其余历史、舆地等科,亦均以适宜于妻母之道为鹄的"①。《论女学宜注重德育》(1906)一文也认为:"若寻常妇女,但使受普通教育而已。"所谓"普通之学",仅有"文字""算数"两种,因为"凡此二端,皆治家必不可之事"②。即使就面向家外空间的职业能力而言,也仅以贴补家用,"佐理生计之内助"③ 的程度为宜,相关的女子职业教育"科目不必太高,但求应用;年限不可过久,暂定速成;规模不事崇宏,第期远荫;考取不取苛刻,惟择中材"。其最终的培养目标仅在于"使我全国女界,各能自谋其生活"④,女子教育因此被窄化为"类似于家庭经济学之类的玩意儿"⑤。

在一些维新派的女学言论中,甚至可以看到以所谓"女子性质"的性别本质主义为女子教育提供似是而非的理论依据。曾因译介过《天演论》而引发近代中国意识形态革命的严复在女子教育方面的表现相当保守。他认为,从生理学角度而言,女子"最郑重、最分明之天职"就在于"继续种类,无使灭绝",且经所谓的医学证明,如女子不履行为妻、为母的"天职",那么,必将对女子自身造成难以估量的损害,"凡女子而不为妻母者,其精神形体往往不良,而致成大病者有之",这是其"反天性违自然之大罚也"。在严复看来,女子必须履行妻职、母职,这才是合乎自然的选择,否则就是违反自然天性,必将受到自然的责罚。而且,过度的智育也会有碍于女性天职的履行,因为如果女子"过于智育",那么,必将导致所谓"女子性质"的衰弱,

---

① 《论女学宜先定教科宗旨》,载李又宁、张玉法主编《近代中国女权运动史料(1842—1911)》(上册),(台北)龙文出版社股份有限公司1995年版,第654页。

② 《论女学宜注重德育》,载李又宁、张玉法主编《近代中国女权运动史料(1842—1911)》(上册),(台北)龙文出版社股份有限公司1995年版,第627、626页。

③ 《女子教育》其二,载李又宁、张玉法主编《近代中国女权运动史料(1842—1911)》(上册),(台北)龙文出版社股份有限公司1995年版,第644页。

④ 蔡湘:《论中国今日亟宜普设手工女学校及传习所》,载李又宁、张玉法主编《近代中国女权运动史料(1842—1911)》(上册),(台北)龙文出版社股份有限公司1995年版,第650页。

⑤ [美]胡缨:《翻译的传说——中国新女性的形成(1898—1918)》,龙瑜宬、彭珊珊译,江苏人民出版社2009年版,第184页。

"则女性必衰",这反过来又将进一步加剧女性对于妻职、母职的反感,"女性之衰非他,一曰不事嫁娶,二曰不愿生育"。因此,严复得出结论,"女子智育必于女性相妨"。在严复看来,女子教育必须处理好女子智育与女子"天职"如何平衡的问题,"智育程度当达何点,乃能无害于生生之机,此甚难解决之问题也"①。同样立足于性别本质主义的教育理念,一些言论还认为,女学的科目设置不妨在"旧时家政之裁缝、烹饪"的基础上,多多提倡"图画、雕刻之美术"以及"编织、造花、制果"等,因为这些科目,或者说工艺技能的培养"合乎女子性质"②,进而必将有助于其未来履行为妻、为母的所谓"天职"。通过以上对于女学科目设置理念的分析可知,贤妻良母教育仅在于提升女性履行传统性别职守的能力,而无意于让受教育女性就此走向社会空间以谋求职业发展,更无意于对"男外女内、内外有别"的传统性别秩序发起任何挑战。

事实上,维新派男性精英们对于传统性别秩序的维护是相当自觉的,这一点与保守势力并无本质区别。1907年3月8日,清廷颁布了《学部奏定女子小学堂章程》和《学部奏定女子师范学堂章程》,这是我国第一套官方制定的女学章程,在培养目标、课程设置等方面均参照了欧美与日本的教育教学体系,显示出了一定的进步性,但在办学宗旨上仍不脱传统性别秩序的规制,将"三从四德"贯彻在教育理念与课程设置之中,如《学部奏定女学堂章程折》(光绪三十三年正月二十四日,1907年3月8日)中就明确规定了女子教育的办学宗旨,"盖言王化始于正家。倘使女教不立,妇学不修,则是有妻而不能相夫,有母而不能训子。家庭之教不讲,蒙养之本不端,教育所关,实非浅

---

① 严复:《进化天演——夏期讲演会稿》,载黄克武编《中国近代思想家文库·严复卷》,中国人民大学出版社2014年版,第430页。
② 《女子教育》其三,载李又宁、张玉法主编《近代中国女权运动史料(1842—1911)》(上册),(台北)龙文出版社股份有限公司1995年版,第645页。

鲜。此先圣先王化民成俗所由必以妇学为先务也"①。在《学科程度章第二》第三节中重申了"女德"教育的重要性，"中国女德，历代崇重，凡为女、为妇、为母之道，征诸经典史册先儒著述，历历可据。今教女子师范生，首宜注重于此务，时勉以贞静、顺良、慈淑、端俭诸美德，总期不背中国向来之礼教与懿嫕之风俗。其一切放纵自由之僻说（如不谨男女之辨及自行择配，或为政治上之集会演说等事。）务须严切屏除，以维风化"②。同时将《列女传》《女诫》《女训》《女孝经》《家范》《内训》《闺范》《温氏母训》《女教经传通纂》《教女遗规》《女学》《妇学》等传统家训、女教方面的书籍规定为"修身之课本"③。显然，清廷官定的女学章程仍是以"三从四德"的传统女性道德为根本教育宗旨。这一教育宗旨培养出来的只能是有能力完成"为女、为妇、为母"这些传统女性职守的依附型女性，将一切可能对传统性别秩序构成挑战的新风气、新气象一概斥为"放纵自由之僻说"而加以彻底否定。

除了"三从四德"的传统女性道德在新式女学堂中堂而皇之地出现外，清廷在学生行为规范乃至于学堂结构设计上都谨守"内外之别"的传统性别秩序，在公共社会空间中硬生生地开辟出了一块与世隔绝的封闭空间。《学部奏设女学堂章程折》（1907）中明文规定"内外有别，严立门禁"，学堂建置"应分别内堂外堂，外堂为各男职员所居，内堂为各女职员及女学生所居，界限谨严，力求整肃"④。《学部奏定女子师范学堂章程》（1907）中还明确规定女学生"不得任意外出"，如需外出，"必须家人来接，方令其行"。学生亲属有事来访，"须先经

---

① 璩鑫圭、唐良炎主编：《中国近代教育史资料汇编·学制演变》，上海教育出版社2007年版，第583页。

② 璩鑫圭、唐良炎主编：《中国近代教育史资料汇编·学制演变》，上海教育出版社2007年版，第584、585页。

③ 璩鑫圭、唐良炎主编：《中国近代教育史资料汇编·学制演变》，上海教育出版社2007年版，第586页。

④ 《光绪新法令》第七类，转引自刘巨才编著《中国近代妇女运动史》，中国妇女出版社1989年版，第232、233页。

总理、监督察验属实，始准在外面客厅接见；若非亲族，一概不准在学堂接见"①。学堂内尚且如此恪守"严内外之防"的"古训"，学堂外对于女性社会活动的诸多限制，如"少年女子断不宜令其结队入学，游行街市，且不宜多读西书"②也就不难想见了。

  反观维新派知识精英创办的女学堂，其在办学宗旨、育人目标等方面与清廷官方女学章程可谓如出一辙。中国女学堂是第一所由中国人自己创办的新式女学堂。作为该学堂的发起人之一，梁启超秉持的办学宗旨就是贤妻良母主义，所谓"上可相夫，下可教子；近可宜家，远可善种；妇道既昌，千室良善"③。另一发起人经元善的论调与梁启超完全一致，之所以尤重"兴女学"，将女子教育视为"学校本原之本原"，就是基于女性的生育功能以及抚育子嗣的传统妇职，是"有淑女，而后有贤母；有贤母，而后有贤子"④这一"保种"逻辑下的自然产物。正唯如此，虽然中国女学堂在课程设置、教学方法等技术层面仿效了泰西、东瀛的办学经验而呈现出一定程度的进步性，但在根本的教育宗旨上仍是"以彝伦为本"，"启其智慧，养气德性，健其身体"，即智育、德育、体育的最终目的就是将现在的女学生培养成未来的贤妻良母，"以造就其将来为贤母为贤妇之始基"⑤。为了实现这一贤妻良母主义的育人目标，中国女学堂在课程设置上除了唐诗、古文、女红、体操、针补等课程之外，还明确将《女孝经》《女四书》《幼学须知句解》《内则衍义》作为灌输传统女德的教科书。在学校的日常工作管理上，中国女学堂同样严格遵守"严内外之别"的基本原则，还颇具匠心地设计了一种类似于"虎符"的"对牌"，"半存学生家中，

---

  ① 璩鑫圭、唐良炎主编：《中国近代教育史资料汇编·学制演变》，上海教育出版社2007年版，第591页。
  ② 《奏定蒙养院章程及家庭教育法章程》，载朱有瓛主编《中国近代学制史料》（第二辑 下册），华东师范大学出版社1989年版，第748页。
  ③ 转引自《经元善致郑陶斋、杨子萱、董长卿三君论办女公学书》，梁启超《饮冰室文集》（第一册），北京日报出版社2020年版，第149页。
  ④ 刘巨才编著：《中国近代妇女运动史》，中国妇女出版社1989年版，第121页。
  ⑤ 《女学会书塾开馆章程》，《女学报》1898年第9期。

请假验牌领回，次日到馆，仍将对牌取去"①。章程还规定，"凡堂中执事，上自教习、提调，下至服役人等，一切皆用妇人。严别内外，自堂门以内，永远不准男子闯入"②，显示出了一种试图将新式女学堂仍规制于"家内"空间的强烈企图。

贤妻良母教育在教学内容上的严格限制以及对传统性别秩序的忠实坚守反映出了男性社会之于受教育女性公共性、独立性的严重焦虑。客观来说，新式女学堂的开设确实不可避免地增多了年轻女子暴露于公共视野的可能性，这不仅使得女性性别群体内部"道德的私领域女性"（良家女子）与"非道德的公领域女性"（妓女）之间发生了界域混淆，以至于官方不得不下达"妓女不能再以学生制服装束揽客"③之类的政令，且更为严重的是，受教育女性，尤其是那些受教育程度远远超出家政技能的女性还很可能凭借着教育赋权而逾越内外空间的规制，从而给传统性别秩序造成颠覆性破坏。

1902年发表于《新民丛报》第7号的一篇人物传记《女士张竹君传》就展现了这样一位跨越传统性别秩序的女执业者。这位张竹君女士（1876—1964）是中国近代早期以女医生身份活跃于公共医疗领域的职业女性。具有教会背景的她在工作之余时常在医院附近的一个礼拜堂宣讲福音，同时还频繁地发表个体自由、男女平权等女权言论。极具性别意味的是，这位武装了艰深学问且拥有公共职业的女性每次出诊时总是一副男性般的西装革履的装扮，在努力淡化女性身份的同时，更拒不履行妻职、母职等女性"天职"，她坚持认为，"子女牵缠"等家庭负担将会妨碍其投身于国族事业，因此，"持不嫁主义"，"以为当舍此身以担今日国家之义务"。张女士的特立独行令传记作者马君武赞叹有加，"吾窃不解二十三岁之弱女子，何以文明程度，高起

---

① 《女学会书塾开馆章程》，《女学报》1898年第9期。
② 梁启超：《上海新设中国女学堂章程》，《时务报》（第47册）1897年12月4日。
③ 《广东南区第二次绥靖会议各审查组审查点报告》，转引自[美]季家珍《历史宝筏：过去、西方与中国妇女问题》，杨可译，江苏人民出版社2011年版，第90页。

如此"①。马君武所说的"文明"显然并不仅止于张竹君的学识素养与执业能力，更在于其独特的性别操演中体现出的独立精神与性别主体意识。这一整套持续的男性化性别再生产赢得了如马君武那样激进革命青年的热烈赞赏，但同时也似乎在客观上"验证"了保守势力以及趋于保守的维新派之于女子教育的严重忧虑，即男性化的学问素养将会使受教育女性不再甘心受制于传统性别角色的约制，而是企图跳出家内空间的界域以独立身份进入社会公共空间，其所引发的必将是对传统性别秩序的冲击与挑战。就清末女子教育的实际情况而言，确实有一些女学生拒绝承担向来被视为女子传统职守的家务劳动，"女子一入学校，归家恒与旧日家庭风习枘鑿不相容，如裁缝、烹饪等事，不特不能，且深恶之，以为此贱事何与于我者"②。更有甚者抱持"不婚主义"，拒绝扮演为妻、为母的传统性别角色。1906年刊发于《顺天时报》的《论女子教育宜定宗旨》一文即将"以女国民之资格，而越女子之范围"视为女子教育之"流弊"，那些"以独立社会为荣名，择配甚苛，且终身不肯字人者"，"起男女之竞争，而至于互相冲突者"③尤为作者所警惕。同年刊发的《续论女子教育宜定宗旨》(1906)一文更直言道，"女子普通之本分，直在为人之妻，为人之母"，那些"因学问优秀，无足与为配偶"以至于孤子一生的女性则有违本分，"大悖人理"④。

相较于保守势力，秉持改良主义的维新派在权衡传统的女性家内职守与受教育女性的职业空间拓展这一问题上表现出了更为复杂的心态。以梁启超为例。早在1897年发表的《论女学》一文中，梁启超即

---

① 马君武：《女士张竹君传》，载黄世祥编《马君武集》，华中师范大学出版社1991年版，第2页。
② 《女子教育》其三，载李又宁、张玉法主编《近代中国女权运动史料（1842—1911）》（上册），（台北）龙文出版社股份有限公司1995年版，第645页。
③ 《论女子教育宜定宗旨》，载李又宁、张玉法主编《近代中国女权运动史料（1842—1911）》（上册），（台北）龙文出版社股份有限公司1995年版，第621页。
④ 《续论女子教育宜定宗旨》，载李又宁、张玉法主编《近代中国女权运动史料（1842—1911）》（上册），（台北）龙文出版社股份有限公司1995年版，第622、623页。

立足于富国强种的国族立场主张"妇学实天下存亡强弱之大原也",认为"妇人无业"是导致国家贫弱的"最初之起点"。因此,女子教育的首要目标就在于根除女性"生而不事事,而嗷然待哺于人者也"的"奴隶性",大力发展女性的职业技能,使"全属分利,而无一生利者"的二万万女子皆能"人人各有职业,各能自养"①,唯如此,才能"变易其依赖之性质,而养成独立之性质",才能改变生利者寡而分利者众的现状而使国家走向富强。要之,"使女子能自谋生活,亦国家富强之道也"②。似乎是为了证明自己的观点,梁启超于同年专门发表了一篇赞美职业女性的人物传记《记江西康女士》(1897年3月23日),着力展现出了全然不同于贤妻良母的另一种"新女性"风貌,同时也颇为曲折地表达了维新派男性精英之于职业女性的复杂态度。

同张竹君女士一样,康爱德女士(1873—1931)的人生经历也颇具传奇色彩。她早年即跟随传教士养母前往美国接受西方教育,1896年以优异成绩毕业于摩尔斯根大学医学部后旋即回国,并在九江、南昌等地挂牌行医、创办医院,成为活跃于公共医疗卫生领域的首位女医生。令梁启超叹服的是,康女士研修的正是国人倾慕不已的"西学"之一——西医,以时人的眼光来看,这完全是一门男性化的艰深学问,其本身就是现代性的体现。出于对康女士的一片崇敬之情,梁启超以热情洋溢的笔调渲染了毕业典礼的盛大场面:只见"服中国之服"的康女士以"矩步拾级,冉冉趋而上"的庄严姿态缓步登上了讲台,与会的全体教职人员以及官方人士,"彼校教习,若他校之教习,其地之有司,若他国之有司",无不钦佩于康女士的学业成就,"皆肃然而起,违位而鞠躬焉,以为礼",至于"门内门外"数以千计的"十余国之

---

① 梁启超:《变法通议·论女学》,《饮冰室文集》(第一册),北京日报出版社2020年版,第35—37页。
② 《论女子教育宜定宗旨》,载李又宁、张玉法主编《近代中国女权运动史料(1842—1911)》(上册),(台北)龙文出版社股份有限公司1995年版,第620页。

学徒"更是"观者如堵墙,则皆拍手赞叹"①。显然,这是一个充满了象征意味的场景描述。在这个极具国际性的世界舞台上,一个东方女子以其扎实的西学造诣获得了西方价值体系的认可,也为被西人贬斥为"土番"的祖国赢得了尊重。康女士坚持"服中国之服"出席典礼的行为可视为对中国身份的一种坚守,其本身则在西方眼光的注视下成为黄种民族的化身,国族自豪感因这样一位优秀的职业女性油然而生,这显然是对职业女性的一种积极肯定。

不过,事情却并非这样简单,因为从梁启超的修辞策略中,我们还可以体察到一种试图将职业女性加以男性化的书写企图。于是,在东西方文化镜像的彼此映照下,西方现代大学的毕业典礼与东方古老科举的殿试程仪在文化潜意识层面构成了某种奇妙的互文效应,缓步走向讲台的康女士也就顺势化身成了前往太和殿觐见的新科进士,其性别身份实际上已然在有意无意间发生了置换。这一隐含了性别置换的"新女性"书写使得掌握了男性化学问的康女士形象总是仿佛有着传统男性文人的模糊面影重叠其上,若有似无、挥之不去。当然,这一在文本修辞中隐含着的性别置换也很可能只是文化心理使然而并非作者的有意为之,不过这也恰恰表明了这样一种文化认知的存在可能性,即掌握了男性化学问的女性已经很难再牢笼于传统的性别范围中。这样一种文字表层的热烈赞美与文字里层的否定意味之间的矛盾在相当程度上表明了梁启超之于职业女性的复杂态度,即受教育女性,尤其是那些掌握了男性化艰深学问的女性完全有能力从幽闭、阴暗的内帏深处走到前台的聚光灯下,以一种近乎男性的独立身份过一种无须家庭男性成员中介的独立生活,在享受性别自由的同时承担起不受传统性别秩序规制的风险,成为无法被定义的"第三种人"。

应该说,这样的职业女性形象与梁启超一直以来倡导的贤妻良母主义发生了严重脱节,与其草拟的《倡设女学堂启》(1897)、《上海

---

① 梁启超:《记江西康女士》,《饮冰室文集》(第一册),北京日报出版社 2020 年版,第 113—114 页。

新设中国女学堂章程》（1897）等文中一以贯之的保守论调大相径庭，再一次显示出了维新派之于女子教育，或者说未来"新女性"构想的矛盾之处。基于现代国族立场的考量，维新派男性精英们当然希望女性能成为自食其力的"生利者"以免拖累丈夫、累及国族，但根深蒂固的男性中心主义立场又使其不免抱定这样一种想法，即女性在拓展社会职业空间的同时，还应自觉地承担起"贤妻良母"的家内职守，而不能使传统性别秩序因国族立场的介入而遭到破坏。简而言之，即希望未来之"新女性"能尽可能地将国族立场与男性中心主义立场同时兼顾起来，"大而言之，固将担任国民一分子之义务；小而言之，则亦相夫育子，谋一家之幸福而有余"①，在传统的家内职守之外再将国家义务与种族责任叠加其上，这可以说是一种男性中心主义下的双重工具化论调。从这一意义上讲，维新派倡导的女界改造运动很难说是真正意义上的性别解放。尽管维新派主张的"兴女学""戒缠足"确实在客观上使女性性别群体从物质身体与家内空间的双重禁锢下获得了极大的"解放"，但那更多的只是为了释放女性在"人的再生产"与"物质的再生产"两方面的人力资源潜能，其所指向的实为男性中心主义下的"工具的解放"，而非女性性别立场上的"人的解放"。也正因如此，当戊戌变法失败后流亡日本的梁启超在亲眼见证了对女性家内职守的遵循并不必然与富国强民的国家主义发生矛盾后，他也就很少再去坚持早年力倡的"女性执业论"，而是极大地回归到了更符合男性中心主义立场的"贤妻良母主义"。这一女学思想上的转变在梁启超的长女梁令娴的相关言论中可以得到间接印证。她曾在商务印书馆创办的《妇女杂志》创刊号上发表过题为《敬述吾家旧德为妇女杂志说》（1915年1月5日）的文章，在深情追忆了祖母与母亲主持中馈、相夫教子的美好德行后这样写道："吾之述此非敢自炫，以为即此可见

---

① 《振兴女学之关系》，载李又宁、张玉法主编《近代中国女权运动史料（1842—1911）》（上册），（台北）龙文出版社股份有限公司1995年版，第606页。

妇人在家庭中实有莫大事业，苟能尽相夫教子之天职，即能为世间造福。"① 二十天后，梁令娴又应中华书局创办的《中华妇女界》之邀在其创刊号上发表了题为《所望于吾国女子者》（1915年1月25日）的文章，在继续鼓吹"贤妻良母主义"的同时，更将其进一步拔高为女性"天职"的全部，"能相夫斯为良妻，能教子斯为贤母。妇人天职，尽于此矣"②。梁令娴的言论当可为梁启超后期女学思想之管窥。

要之，维新派虽然出于国族立场的考量曾一度主张女性应成为"生利"的执业者，并因此在客观上对"男外女内、内外有别"的传统性别秩序造成过一定的冲击，但为保守势力与维新派共同倡导的"贤妻良母主义"就其核心宗旨而言，仍是致力于培养能够胜任传统家内角色的女性。无论是保守势力，还是维新派，共通的男性中心主义立场使得妻职、母职的传统身份界定在清末女子教育章程中并未发生过本质上的改变，反倒在"强国保种"的国族意愿下得到了进一步的巩固与强化。女性仍被局限在家内空间的界域之内，其与国家、民族之间的关联更多的只能是通过家庭男性成员获得间接性的实现，而不被允许以独立的姿态在家外的社会公共空间中谋求更具性别主体性的个体发展。

第五节　反击："女国民"理念的提出

"贤妻良母"，就其本质而言，实为资产阶级政治改良主义在女子教育领域中的延续，反映的是"妇女解放运动中的一股改良主义思潮"③。20世纪初，妇女运动的领导权已然从戊戌变法时期的维新派逐渐转移到了新兴的资产阶级革命派手中，维新派热心倡导的贤妻良母主义在革命派看来不过是为了培养男子的"高等奴隶"而已。陈以益

---

① 梁令娴：《敬述吾家旧德为妇女杂志说》，《妇女杂志》1915年第1卷第1号发刊辞，1915年1月5日。
② 梁令娴：《所望于吾国女子者》，《中华妇女界》1915年第1期。
③ 刘巨才编著：《中国近代妇女运动史》，中国妇女出版社1989年版，第219页。

就曾在《男尊女卑与贤妻良母》（1909）一文中直言不讳地揭露了"贤妻良母主义"的男性中心主义立场，"且夫贤母云者，良妻云者，均对于男子而言"，所谓"具普通之智慧，有普通之能力"，其目的仅在于使女性能够更好地履行"相夫教子"的工具化职能，"若是，则女子之性质，岂仅能襄教而不能独立者乎"。并进一步指出，"贤妻良母之主义"与"男尊女卑之谬说"不过是"二而一，一而二"的关系，"彼男子之教育，授种种之专门学问，今于女子则仅授以普通之学识而止，非重男轻女耶，非与男尊女卑之谬说相等耶。所谓平等者何在，所谓平权者何在"①。相较于革命派的男性精英，女性先觉者们的反应更为激烈：

> 若犹漫然曰："兴女学"，"兴女学"，而不谋所以巩固自立之基础，吾恐其教育之效果，不过养成多数高等之奴隶耳，于吾振兴夫何有？吾亦尝闻诸侈谈女学之言矣，彼固曰："中国女学不兴，故家庭腐败，嗟儿女之情长，使多少英雄气短。吾今将提倡女学，使能自立，无为我大好男儿累。"咄咄！女界之振兴，果尽于是耶？苟若此，则贤内助之资格，于彼男子诚利矣，于吾女界何？于吾祖国何？②

作风温和的吕碧城在一定程度上认可了"助夫训子"的传统性别职守，也不拒绝"国民之母"的国族期待，"今之兴女学者，每以立母教，助夫训子为义务。虽然，女子者，国民之母，安敢辞教之责任？"但同时更认为女学的目标实不止于此，"若谓除此之外，则女子之义务为已尽，则失之过甚矣"。因为"女子亦国家之一分子"，"盖中国者，

---

① 陈以益：《男尊女卑与贤母良妻》，载朱有瓛主编《中国近代学制史料》（第二辑 下册），华东师范大学出版社1989年版，第682、681、681页。
② 黄公：《大魂篇》，载夏晓虹编《中国近代思想家文库 金天翮·吕碧城·秋瑾·何震卷》，中国人民大学出版社2015年版，第101页。

非尽男子之中国，亦女子之中国也"①。在这里，吕碧城明确地传达出了"女国民"的新理念，并认为，女子教育当以"授女子以完全精神上之智识"②为目标，而不是"只令其讲习为乳媪及保姆，以保育幼儿之事"。正是因为秉持着完全人格的"女国民"教育理念，吕碧城才对张之洞将女子教育矮化为保姆教育的做法甚为愤慨，在《札学务处办敬节育婴学堂》（1904年7月22日）颁布后不久，吕碧城就撰文声讨："试问我高尚独立之女国民，肯甘心为服役幼儿之乳媪、保姆乎？某督者，何轻人太甚！诚可谓之目盲心死矣。"吕碧城倡导的"女国民"理念代表的实为"贤妻良母"之外的又一种"新女性"构想，即"尽国民义务，担国家之责任，具政治之思想，享公共之权利"的"国家之一分子"③。陈以益亦持相同观点，希望"全国女子"都能成为拥有"完全之人格""独立之能力"的"独立自营大国民"④。不同于"贤妻良母"的性别依附性，"女国民"理念呈现出了一种鲜明的女性主体性意识，昭示着女权革命的到来。

"女学的培养目标，其实关系到对一种现代女性形象的想象和建构。"⑤ 以清廷学部为代表的保守势力，以维新派知识精英为核心的温和改良派以及主张激进革命的资产阶级革命派都依据着各自的政治文化立场规制着女学的办学宗旨，构建着符合各自期待的"新女性"形象。"贤妻良母""国民之母""女国民"等新理念纷至沓来，并作为新的女性身份符号多方参与到了清末之际的思想言论与文学书写中，共同铸造了一派众声喧哗的"女学"图景。

---

① 吕碧城：《论某督札幼稚园公文》，载夏晓虹编《中国近代思想家文库 金天翮·吕碧城·秋瑾·何震卷》，中国人民大学出版社2015年版，第58页。
② 夏晓虹编：《中国近代思想家文库 金天翮·吕碧城·秋瑾·何震卷》，中国人民大学出版社2015年版，第80页。
③ 吕碧城：《论某督札幼稚园公文》，载夏晓虹编《中国近代思想家文库 金天翮·吕碧城·秋瑾·何震卷》，中国人民大学出版社2015年版，第58页。
④ 刘巨才编著：《中国近代妇女运动史》，中国妇女出版社1989年版，第168页。
⑤ 周乐诗：《清末小说中的女性想象（1902—1911）》，复旦大学出版社2012年版，第85页。

第四章

"新女性"的养成之道与成长神话

第一节 "女学生"的遐想

中国女学堂是中国第一所由国人自办的新式女学堂,其开风气之先的进步意义不言而喻,但与此同时又秉持着贤妻良母主义的教学宗旨,恪守"严内外之别"的传统性别秩序,在彰显进步性的同时,又呈现出相当程度的保守主义倾向。这样一种进步性与保守性并存的情况也体现在该女学堂的招生要求上。尽管标榜"立学之意,义主平等",但中国女学堂实际上仅招收八岁至十五岁的"良家闺秀",奴婢娼妓一概不收。① 由上海传教士创办的知名女校中西女塾也是如此,仅招收"所谓上等家庭的女儿"②。清廷学部官方颁布的《学部:奏定女学堂章程折》(1907)对学生的家世背景、个人品行也做了同样严格的规定:"须取身家清白,品行端淑,身体健全,且有切实公正绅民及家族为之保证,方收入学。"③ 应该说,新式女学堂的设立催生了一种全新的女性身份——女学生,此种社会化的新女性身份全然不同于才女传统中教养于闺塾中的女才子,因为才女的养成"本身就是一个特权的存

---

① 《女学会书塾开馆章程》,《女学报》1898年第9期。
② 刘巨才编著:《中国近代妇女运动史》,中国妇女出版社1989年版,第119页。
③ 《学部:奏定女学堂章程折》,载璩鑫圭、唐炎良编《中国近代教育史资料汇编·学制演变》,上海教育出版社2007年版,第589页。

在"①，一般仅局限于富于诗书教养的上流社会以及传统知识分子家庭，而较少惠及并无多少文化素养的普通人家。社会化办学的新式女学堂从根本上改变了教育资源私人化、特权化的局面，将普遍受教育的福祉惠及每一位有心向学的女性，但这其实只是理论上的美好愿景。新式女学堂颇为苛刻的招生条件本身就将绝大多数女性排斥在外，而且，就实际的入学人数来看也是极其有限的。换言之，有资格、有条件、有能力就读于新式女学堂的女性仅仅是二万万女子中凤毛麟角的极少数人，远远没有达到全民普及的程度。从这一层面而言，近代女子教育实际上走的是"精英教育路线"。

近代女子教育之所以走上"精英教育路线"，与女子教育得以催生的"亡国灭种"的时代危局以及由此而产生的"强国保种"的国族期待密切相关。这是一群被寄予极高期望的新女性群体，从其诞生之日起就被赋予"仪型海内"②的典范职责，女学生自身于此也有明确认知，如广东香山女学校的学约就彰显了女学生身为女界表率的自许与自豪，"同具神经，同负肢体；神明之裔，国民之母。天赋之权利，尔当享之；人类之义务，尔当尽之。尔当勉为世界之女豪，尔毋复作人间之奴隶"③。清末社会将太多的"新女性"想象都寄托到了新兴的女学生群体上，在不吝"溢美"的同时，也在客观上使得一些女学生难免自视甚高，生出一份目无下尘的自傲来。小说《新茶花》（1907）就借一青楼妓女武林林之口表达了对女学生骄人做派的不满，"罢罢，中国此刻的女学，真还在幼稚时代，那女学生一进了学堂，就如封了王一般，一张便字条还写不出，就只当自己是个文明人，带起眼镜，拖起辫子，看人不在眼里"④。此段对女学生充满鄙夷的言论出自一位妓

---

① 高彦颐：《闺塾师——明末清初江南的才女文化》，李志生译，江苏人民出版社 2005 年版，第 18 页。
② 《上海新设中国女学堂章程》，《时务报》（第 47 册）1897 年 12 月 4 日。
③ 《香山女学校学约》《女子世界》第 7 期，1904 年 7 月，转引自夏晓虹《晚清文人妇女观》（增订本），北京大学出版社 2016 年版，第 24 页。
④ 钟心青、平坨、吴双热、李定夷等：《中国近代小说大系：新茶花·十年梦·兰娘哀史·茜窗泪影等》，百花洲文艺出版社 1996 年版，第 105 页。

女之口,从中可见女学生确实为高人一等的新身份阶层,一旦拥有了女学生的身份认定就似乎具有了可以傲视其他群层的资本,这自然会招致其他群层难以掩饰的嫉妒,当然也会让人不禁生出羡慕、效法之心。获得女学生身份的唯一办法就是进入女学堂就学,但女学堂的招生条件又往往十分苛严,于是也就有了"曲线救国"的各种"操作","多有远地女生,因在乡里行为有玷,潜逃远出,而入女校者;有业属下流,为人妾保,而入女校者;又有年岁甚长,已嫁人育子,而假报年岁投考女校者"[①],流品驳杂,不一而足。在运用各种手段隐瞒、篡改身份以千方百计进入女校的案例中,有一些确乎出于对知识学问的强烈渴慕,不过也有人抱着求知欲之外的功利性目的,希图借女学生身份的获取以实现身份转换乃至于阶层跨越。其间尤其引起女学界"公愤"的恐怕就是妓女进学,乃至于妓女办学,其间的理由其实不难理解。

虽则圣人发表过"有教无类"这一平等享有教育权的言论,但妓女进学必将极大地模糊身份"至贱"的妓女与身份"至崇"的女学生二者之间的界限,从而造成"良贱无别""贵贱倒置"的群层混淆与身份错乱。女学界乃至于政界普遍反对妓女进学固然是对妓女这一女性群体的不公正待遇,但从客观上说,妓女进学确实会对近代女学的发展造成极为不利的负面影响。作为国族危局催生的新生事物,维新派人士尽管已充分顾及了新式女学堂可能对传统性别秩序造成的严重冲击,并在科目设置、校舍结构、学生行为规范以及日常生活管理等方面作出了符合传统道德规范的种种严格规定,但无论怎样的"严内外之防",女学堂终究还是建置在社会公共空间之中这一基本事实是不可改变的,女学生因此也就不可避免地暴露在公众视野下,成为普通民众品头论足,甚至于聚众围观的对象,而这显然与良家女子理应深闭闺中的传统信念大相背离,并与传统社会对于生活在社会公共空间

---

① 贵林:《上学部条陈为普及女学校事(附呈普及女校办法说帖)》,《惠兴女学报》第4期,1904年8月11日,转引自黄湘金《史事与传奇——清末民初小说内外的女学生》,北京大学出版社2016年版,第324页。

的女性,如青楼妓女、三姑六婆等的种种负面评价产生联想。梁启超、经元善等维新人士创办的中国女学堂尽管校规异常严格,但仍"遭到一些人的破坏",甚至于"一些地痞流氓"竟然"围着女学堂起哄,往校园里扔砖头石块",以至于"上海知县不得不出示严禁,并派人在校外巡逻"①。

在国族危机的促迫下诞生的新式女学堂尽管力求培养出符合时代需求的"新女性",但也必须充分顾及传统道德规范的强大约束力,以确保培养出来的"新女性"有资格成为仪范女界的楷模与表率。所有这些都使得新式女学堂必须在招生条件、学生管理等方面恪守以传统性别秩序为准则的高规格道德要求,并由此使得近代女子教育在相当程度上走上了"精英教育路线",有为数甚多的女性因此无法进入女学堂接受正规学习。不过即便如此,清末社会的信息空间中仍有一些学堂之外的渠道可供女性开发智识、增长见闻,如书籍、报刊、演说、弹词等,成为正规女子教育的有益补充。

第二节 女杰传记:女豪杰的养成与"速成"

相较于传统的私塾教育,近代新式学堂在教育思想、课程设置上的一个鲜明特点,就是国家思想、国民意识的强化灌输。至于清末的女子教育,无论其教育宗旨如何,也都以培养具有国家思想、国民意识的女学生为主要育人目标。许多热心于女子教育的革命家、教育家都已意识到传统女教中国家思想、国民意识,即所谓"公德"的严重缺乏,主张女权革命的金天翮就曾明确指出:"括而言之,则三千年来中国女子,常注意于个人之私德,而于公德则直可谓之未尝闻也。"所谓"公德",指的就是"爱国与救世"②。主张女国民教育的吕碧城同样不满于传统女教中公德教育的严重缺失,"充其量之所极,不过由个

---

① 刘巨才编著:《中国近代妇女运动史》,中国妇女出版社1989年版,第127页。
② 金天翮:《女界钟》,载夏晓虹编《中国近代思想家文库 金天翮·吕碧城·秋瑾·何震卷》,中国人民大学出版社2015年版,第10页。

人而进为家族主义，绝无对群体之观念"，要求今日之女子教育必须以培养具有国家思想、国民意识的女国民为己任，"使对于家不失为完全之个人，对于国不失为完全之国民而已"①。即使是秉持"贤妻良母主义"的女子教育也并非就必然与国家思想、国民意识的公德教育绝缘，而是同样将之作为女子德育的重要内容，"若家庭之间，无国家思想，则男子出而任事，必薄于爱国之感情，而儿童之脑中，亦无爱国之印象"②。对于家庭男性成员，尤其是子嗣后代的影响而言，为妻、为母者的国家思想、国民意识是必备无疑的。

人格的陶铸需要榜样的力量。局限于家族主义的中国传统女性典范已无法适应新的时代需求，大量引介的西方女杰传记也就接替了传统的女教读本《列女传》《女诫》等成为重构"新女性"的理想范本。这一1903年集中出版西方女杰传记的热潮当可追溯到梁启超在《新民丛报》第十七号（光绪二十八年九月一日）、第十八号（九月十五日）连续发表的《近世第一女杰罗兰夫人传》，之后又有"首开近代女子新传出版之风"③的《世界十二女杰传》（1903）以及《世界十女杰》（1903）、《女子新读本》（1904）、《祖国女界伟人传》（1906）、《祖国女界文豪谱》（1909）等一系列女杰传记的相继出版，④为致力于培养"新女性"的清末女子教育提供了可资效法的楷模。吕碧城在《兴女学议》（1907）"德育篇"中就尤重人物传记对于学生品德教育的重要性，"历史、传记，载历代兴亡及圣贤豪杰之遗事，是宜取其最有兴会之文，以激刺其脑筋，俾想象当年之状态，而发爱国之忱"⑤。女杰传记的大量出版也为那些出于各种原因无法接受正规女子教育的女性提

---

① 《兴女学议》，载夏晓虹编《中国近代思想家文库 金天翮·吕碧城·秋瑾·何震卷》，中国人民大学出版社2015年版，第64、65页。
② 《论女学宜先定教科宗旨》，载李又宁、张玉法主编《近代中国女权运动史料（1842—1911）》（上册），（台北）龙文出版社股份有限公司1995年版，第652页。
③ 夏晓虹：《晚清女子国民常识的建构》，北京大学出版社2016年版，第38页。
④ 夏晓虹：《晚清女子国民常识的建构》，北京大学出版社2016年版，第38—40页。
⑤ 《兴女学议》，载夏晓虹编《中国近代思想家文库 金天翮·吕碧城·秋瑾·何震卷》，中国人民大学出版社2015年版，第69页。

供了某种"居家自修"的途径。原本局限于湘潭一隅的秋瑾在初到京城后正是通过大量阅读"新书新报"才迅速打开了视野,提升了格局。秋瑾在给妹妹秋闺珵的家信中就特别提到了梁启超创办的《新民丛报》,"任公主编《新民丛报》,一反以往腐儒之气","此间女胞,无不以一读为快,盖为吾女界楷模也"①。秋瑾所说的"吾女界楷模"当为《新民丛报》上刊载的《罗兰夫人传》《东欧女豪杰》等小说中介绍的罗兰夫人、苏菲亚等女豪杰,她们的英雄事迹是秋瑾走上革命道路的指路明灯,秋瑾最后的拒绝出逃、捐躯报国很难说不是受到了罗兰夫人的潜在影响,"我们自然无法猜测秋瑾此时是否有意取法罗兰夫人,但平时既熟知其事迹,人物形象早已深印脑际,又尝要人学法,一旦处于相同情境,不必自觉,行事即可与罗兰夫人一般无二"②。

在清末小说的文学书写中,阅读女杰传记往往是女性"自我提升"的重要途径。《自由结婚》中的女主人公关关就是一个以"女国民"自任的女学生,其阅读范围说明了其国家思想、国民意识的来源:"书桌上罗列各种普通学教科书,此外还有什么政治浅说、民约论讲义、通俗法兰西革命史等书,都是看已熟烂,书中都有红字批着。"墙上挂着的"古今东西、女豪杰的照相"显然是关关女豪杰人格的取法对象。如此充满了时代新风的书房陈设不觉令小说的男主人公黄祸拍案惊奇:"姊姊,怪不得你的政治思想如此富足,原来有这种预备工夫吗!"(《自由结婚》第三回"巾帼老英雄片言警弱女 将军真人杰一死为同胞")《狮子吼》中出场不多的女豪杰女钟也是如此,闺中闲暇随手翻看的都是《维新儿女英雄记》、法国罗兰夫人小传之类的英雄传记。至于被清末进步女性普遍视为人生楷模的罗兰夫人本身,在为其作传的梁启超看来必然也是受到了英雄传记的深刻影响方能成就如此英雄事业。文章这样写道:"(罗兰夫人)年十岁,即能自读一切古籍","而尤爱者,为布尔特奇之英雄传,常置身卷里",且生效法之心,"以其

---

① 沈祖安:《拼把头颅换凯歌——从秋瑾的诗歌看她的革命思想》,转引自黄湘金《史事与传奇——清末民初小说内外的女学生》,北京大学出版社2016年版,第99页。

② 夏晓虹:《晚清女性与近代中国》,北京大学出版社2004年版,第214页。

中之豪杰自拟,……往往自恨不生二千年前之斯巴达、雅典,则掩卷饮泣,父母诧之,而不能禁也"①。

颇有兴味的是,在《黄绣球》这部清末小说中,罗兰夫人俨然成了女主人公黄绣球的精神导师,并出现在她高烧之后恍惚迷离的梦中,扮演着类似于中国古典小说中密授天书的九天玄女角色。这位中国化了的西方女杰传授给黄绣球的正是罗兰夫人早年读过的《英雄传》:"做这传的人,生在罗马国,把他本国的人同以前希腊国的人各拣了二十五位,都是大军人、大政治家、大立法家,一抵一个的两相比较。我自十岁上,就很爱看这个传。后来听说有两位著名将相,一个叫俾士麦,读此传最熟;一个拿破仑,至终身未尝释手。"(《黄绣球》第三回"梦中授读英雄传 天外飞来缧继灾")西方女杰将其早年阅读的英雄传记秘授给未来的中国女杰,象征性地表明了西方女杰在中国本土女杰启蒙过程中的引领作用,人物传记则在女豪杰的人格养成中发挥了精神传承的载体作用。与现实生活中长期的精研苦读不同,黄绣球经历的是有如"神启"般的迅速开悟,一觉醒来的她就已然脱胎换骨、判若两人了,从原本大字不识的家庭妇女一跃而为志向远大、见解深刻,且富于行动力的知识女性,"黄绣球一看,才也自家晓得是梦,略安息了一回,便照常起身。梦中的事,居然记得碧清,顿然脑识大开,比不到什么抽换肠胃,纳入聪明智慧的那些无稽之谈,却是因感生梦,因梦生悟,把那梦中女子所讲的书,开了思路,得着头绪,真如经过仙佛点化似的,豁然贯通"。此番巨变令黄绣球的丈夫黄通理大感不解,暗暗称奇,"怎么他竟变了一个人?""但是大凡的女豪杰、女志士,总读过书,有点实在学问,游历些文明之地,才能做得到。如今他却像是别有天授的。便这般开通发达,真令人莫测。"(《黄绣球》第三回"梦中授读英雄传 天外飞来缧继灾")

在"神启"式的女豪杰"速成"中,显现的是"慌乱世相"的清

---

① 梁启超:《近世第一女杰罗兰夫人传》,载李又宁、张玉法主编《近代中国女权运动史料(1842—1911)》(上册),(台北)龙文出版社股份有限公司1995年版,第319页。

末社会迫切地渴望女豪杰"出世"以拯救世界的急切心理,此种急切心理在肆意的文学想象中达到了一种近乎狂想的程度,激荡于清末之际的各种思想言论与文学书写中,诸如"欲……,必……"之类句式的大量使用在女性与国族之间建构起了前所未有的"因果关联",典型者如《〈女子世界〉发刊词》(1904),"欲新中国,必新女子;欲强中国,必强女子;欲文明中国,必先文明我女子;欲普救中国,必先普救我女子,无可疑也"[①],似乎非女子就无法救中国,只有女子才能救中国。亡国灭种的危局促迫又使得"新女性"的养成过程必须缩短,于是,启灵于"神启""天授"或索性天赋异禀、无师自通的"速成"手段也就在所难免了。

第三节 "凝视"抑或"仰视":西学镜像中的女留学生

1902年11月至1903年6月间,署名为岭南羽衣女士的小说《东欧女豪杰》在梁启超创办的《新小说》上连载。作者为中国留学生的华明卿以及俄国女虚无党人苏菲亚都设置了富于神话色彩的出生经历。苏菲亚出生时有"白鹤舞庭,幽香满室"的祥瑞出现,心知其绝非常人的母亲因此而"十分疼爱"她。苏菲亚长大后果然不负期望,"秀慧无伦,两岁便能识字,五岁便会吟诗,……真是过目不忘,闻一知十"(《东欧女豪杰》第二回"裴莪弥挺身归露国 苏菲亚垢面入天牢")。这是清初才子佳人小说惯用的才女书写模式,异国女性在中国传统小说的叙事套路下得以中国化。华明卿的出生经历则借用了"投胎转世"的传统叙事套路,她显然是一位"倚剑美人"转世,血液中流淌着侠女基因,这也暗示着华明卿其后将一如其异国镜像苏菲亚一样走上救国之路,因为在苏菲亚的中国化书写中,其女革命者的形象总是与中

[①] 《〈女子世界〉发刊词》,载夏晓虹编《中国近代思想家文库 金天翮·吕碧城·秋瑾·何震卷》,中国人民大学出版社2015年版,第44页。

国古典小说中的侠女形象发生这样那样的重合。对于普通的中国读者而言，其相对陌生的虚无党身份经由此种强行嫁接的文化共振而获得了理解的可能性。

被华明卿的出生神话借用的不止于"投胎转世"的传统叙事套路，其中更挪用了中国古代神格化英雄的降生神话。因一场怪梦而莫名怀孕的老妪被自己生出来的女婴"吓得面如土色，以为一定是个怪物，连忙用一件破衣包了，背着人抱到一个僻静地方放下就走"（《东欧女豪杰》第一回"雪三尺夜读自由书 电一通阴传专制令"）。无性而孕、弃婴荒野的情节不禁让人联想起中国古代神格化英雄——周部族始祖后稷的诞生经历，只不过与《诗经·大雅·生民》的记载不同的是，被生母遗弃的女婴（华明卿）并不如后稷那样被自然力救护（"牛羊腓字之，鸟覆翼之"），而是受到了来自西方的一位美国女传教士的庇护。在中国传统神话故事中，改变命运的神奇力量来自自然，而在清末"新女性"的成长神话中，改变命运的神奇力量则来自西方，并借由西方力量的介入，从此开启了这位女性注定不平凡的一生，中国传统小说叙事套路的多重借用也因西方元素的融入而呈现出了清末小说特有的时代感与现代性。此种时代感与现代性首先体现在华明卿的人生经历，尤其是求学经历上。华明卿的知识结构包括了东西方文化的精华，其本人则随女传教士远渡重洋、赴美读书。在女传教士去世后，又凭借着优异成绩获得了经济资助而被派往瑞士留学，而此时正是西历一千八百七十三年（1873），即清穆宗同治十二年。可以说，华明卿的人生经历远远超出了当时普通中国女性的生活轨道而具有极大的超前性，带有一种天方夜谭般的乌托邦色彩，而这一女性乌托邦的创造力量正是来自西方。

对西方目光的在意在维新派男性精英中颇为普遍。以康有为戊戌变法期间的上书《请禁妇女裹足折》（1898）为例。就禁缠足的理由而言，康氏或站在女性的立场上，如"女子何罪，而自童幼，加以刖刑，终身痛楚"，设想缠足之于女子的肉体摧残；或站在国族的立场上，如"为其母裹足，故传种易弱也。今当举国征兵之世，与万国竞，而留此弱种，尤可忧危矣"，深切地忧虑缠足将要导致亡国灭种的危机，国族立场与女性立场穿插运用于文章之始终。值得注意的是，康氏此文的开篇引入了西方视角，并写尽了在西方目光的凝视下，老大帝国呈现出的种种"野蛮"景象，"方今万国交通，政俗互校，稍有失败，辄生讥轻，非复一统闭关之时矣！吾中国蓬荜比户，蓝缕相望，加复鸦片熏缠，乞丐接道，外人拍影传笑，讥为野蛮久矣！"其中"最骇笑取辱者"则"莫如妇女裹足一事"，这令康氏"深耻之"①。在西方目光的凝视下，缠足无异于国耻。来自西方的强烈视线引发了中国男性精英的严重焦虑，此种焦虑情绪被进一步地转嫁到女性身上，于是传统的"罪女论"逻辑在国族话语的重新包装下于清末之际再度出场。女性被要求按照男性精英预设的方向（这一方向时常改变）重塑自身以自新为"新女性"，辅佐（而不是拖累）男性以重建国家身份。符合这一期待的女性将被引为国家之骄傲，而背离这一期待的女性则被斥为国家之耻辱。西方，作为横亘于清末国人精神深处的强大外来压力，在引发普遍时代焦虑的同时，多向度地参与到了"新女性"形象的重构之中，成为二万万女子重塑自身的重要镜像。就"新女性"的形象构建而言，《东欧女豪杰》中的华明卿仅仅是一个虚构的文学形象，但其因为西方力量的介入而得以传奇化的成长经历则确有现实依据，那就是梁启超《记江西康女士》（1897）的传主——康爱德。

被中国父母遗弃，被西方人收养而得以接受西方教育，从此开启全新的人生，成为中国第一位女医生，康爱德的成长经历对于彼时的中国女性而言同样具有一种天方夜谭般的乌托邦色彩。在表达了由衷赞美后，梁启超借由这一难得的案例在文末着重探讨了康爱德何以有别于中国传统女性的原因，那就是出洋，并接受西方教育。据梁启超所言，康爱德的被遗弃实为塞翁失马般的幸运，"使其不丧父母，不伶仃无以自养，不遇昊格矩，不适美国，不入墨尔斯根大学，则至今必

---

① 康有为：《请禁妇女裹足折》，载李又宁、张玉法主编《近代中国女权运动史料（1842—1911）》（上册），（台北）龙文出版社股份有限公司1995年版，第508页。

蚩蚩然、块块然、戢戢然，与常女无以异。乌知有学？乌知有天下？"①显然，梁启超认为康爱德之所以能从"蚩蚩然、块块然、戢戢然"的"海内二万万之女子"中超拔出来，其根本原因就在于被外国养母收养而得以出洋留学的神奇经历。梁启超的这一观点影响深远，在清末的思想言论中常有呼应，如何香凝《敬告我同胞姊妹》（1903）中有言，"女子为社会中最要之人，亦责任至重之人也"，闭守深闺的传统女性显然无法肩此重任，"又岂终日困守香闺，步不出户者所能胜任也？"于是寄希望于海外留学，号召众姊妹"涮除旧习，灌输新知，游学外国，成己成人"②。海外留学成为二万万女子自新而为"新女性"的重要途径。

事实上，早在1895年的科举考试中就已出现了"旅行即学习的西方观念"的策问题目，出洋留学以获取新知愈来愈成为时人的普遍共识，女学倡导者更是如此。女子教育关乎国家命运的论调被不断复制，其背后的理论依据依然是梁启超的"生利、分利说"，如"夫男女既皆受教育，则莫不有其所以自立之具。女无依赖于男，男亦无依赖于女，国必强，非然者国即随之而弱"③。"呜呼！国内若是者占民数之半，国乌得不亡哉！由此观之，女学之关系于国之存亡，实大矣！可不悚耶？"④女子进学关乎国家存亡已成为时人的普遍共识，然而，国内女学之衰微令人倍感挫败，"我国女学之不振，已四千余年，欲兴女学，无从措手"⑤，"瞻我祖国，不可久居，学业无成，徒染锢习耳！"⑥ 在

---

① 梁启超：《饮冰室文集》（第一册），北京日报出版社2020年版，第114页。
② 何香凝：《敬告我同胞姊妹》，载李又宁、张玉法主编《近代中国女权运动史料（1842—1911）》（上册），（台北）龙文出版社股份有限公司1995年版，第404页。
③ 《共爱会同人劝留学启》，载李又宁、张玉法主编《近代中国女权运动史料（1842—1911）》（上册），（台北）龙文出版社股份有限公司1995年版，第673页。
④ 陈彦安：《劝女子留学说》，载李又宁、张玉法主编《近代中国女权运动史料（1842—1911）》（上册），（台北）龙文出版社股份有限公司1995年版，第673页。
⑤ 陈彦安：《劝女子留学说》，载李又宁、张玉法主编《近代中国女权运动史料（1842—1911）》（上册），（台北）龙文出版社股份有限公司1995年版，第673页。
⑥ 《共爱会同人劝留学启》，载李又宁、张玉法主编《近代中国女权运动史料（1842—1911）》（上册），（台北）龙文出版社股份有限公司1995年版，第675页。

这一情形下，出洋留学、"肄业他邦"① 以"采他国之长，而为拯救同胞之计"② 也就被一些热心女学者视为女性求学的最佳选择。留学女性被寄予了重振女界、重振国家的无限期待，"凡我留学者，未尝不为我国女界幸，及将来之中国幸也"，"无量事业、无量幸福，安知不胚胎于今日少数之女子?"③ 这一热烈的召唤得到了女性群体的积极响应，并化作了富于鼓动性的美好畅想——愿"最亲爱之姊妹"都能"束轻便之行装，出幽密之闺房，乘快乐之汽船，吸自由之空气，络绎东渡，豫备修业"④。或索性直接取法于欧美，亲身感受"欧美自由之风潮"，成为"我女界之一线光明"⑤。《记江西康女士》这篇人物传记，正是展现了西方教育在深刻改变中国女性命运方面的重大影响，同时也借由叙事笔法的巧妙运用表达了男性化的西学在构建"新女性"形象时发挥的重要作用。

从性别隐喻的层面而言，西学，尤其是在清末国人看来极具现代性的西方医学显然是男性化的，且康爱德在专攻医学的同时，"遂通数国言语文字、天文、地志、算法、声、光、化、电、绘画、织作、音乐诸学"⑥，从而建构起一个体系完整、结构复杂的知识结构。建构西学知识体系的愿望早在光绪二十二年（1896）梁启超刊登于《时务报》上的《西学书目表》中即已体现，开列西学科目，或西方学术思想、

---

① 《共爱会同人劝留学启》，载李又宁、张玉法主编《近代中国女权运动史料（1842—1911）》（上册），（台北）龙文出版社股份有限公司1995年版，第675页。
② 陈彦安：《劝女子留学说》，载李又宁、张玉法主编《近代中国女权运动史料（1842—1911）》（上册），（台北）龙文出版社股份有限公司1995年版，第673页。
③ 秋瑾：《〈实践女学校附属清国女子师范工艺速成科略章〉启事》，载夏晓虹编《中国近代思想家文库 金天翮·吕碧城·秋瑾·何震卷》，中国人民大学出版社2015年版，第91页。
④ 秋瑾：《〈实践女学校附属清国女子师范工艺速成科略章〉启事》，载夏晓虹编《中国近代思想家文库 金天翮·吕碧城·秋瑾·何震卷》，中国人民大学出版社2015年版，第91页。
⑤ 吕碧城：《女子宜急结团体论》，载李又宁、张玉法主编《近代中国女权运动史料（1842—1911）》（上册），（台北）龙文出版社股份有限公司1995年版，第681页。
⑥ 梁启超：《饮冰室文集》（第一册），北京日报出版社2020年版，第113页。

文学艺术的一长串书单（如卢梭《民约论》、黑格尔《法哲学》、卢梭《社会契约论》、赫尔岑《谁之罪》、车尔尼雪夫斯基《怎么办》等）也成为清末小说惯用的一种写作套路，用于建构具有现代性的"新女性"形象。

西学不仅可以服务于社会、有助于国家，西学武装下的女性也能凭借西学的加持而实现经济独立与社交公开，从而摆脱传统性别秩序下的从属境遇，这与中国传统文化体系中的知识女性——才女及其赖以赋权的才女传统形成了鲜明对比。梁启超于1896年发表的《论女学》一文中就针对才女以及才女之学率先发难，"古之号称才女者，则披风抹月，沾花弄草，能为伤春惜别之语，成诗词集数卷，斯为至矣。若此等事，本不能目之为学"①。才女之学专注于表现个体化的感伤情绪与唯美体验，因其脱离现实，无关兴亡而在国族危局的清末语境下被贬斥为"无用之学"，1904年5月11日《大公报》刊登的《读碧城女史诗词有感》一文转述了吕碧城针对才女传统的批评性言论，"吾中国古亦多才女，而惟以吟风弄月消耗其岁月者，盖尚无提倡实学之举，故皆以有用之精神耗费于无用之地"②。何香凝则由才女之学仅专注于抒发一己之感伤情调进而批判其国家意识的缺乏，大有"才女不知亡国恨"之感，"其上者则沉溺于词赋，研心于笔札，叹老嗟悲之声，充斥乎闺房，春花秋月之词，缤纷于楮墨，不知国家为何物，兴亡为何事，土地日削，置若罔闻，其必待肌肤之辱，死亡之惨，及身而后觉乎？"③才女的诗词遣性遭到否定，才女的道德操守受到质疑，其身为闺秀才媛的文化精英身份也被无情消解，而沦为"蠢同鹿豕"④的

---

① 梁启超：《饮冰室文集》（第一册），北京日报出版社2020年版，第36页。
② 《读碧城女史诗词有感》，《大公报》1904年5月11日。
③ 何香凝：《敬告我同胞姊妹》，载李又宁、张玉法主编《近代中国女权运动史料（1842—1911）》（上册），（台北）龙文出版社股份有限公司1995年版，第404页。
④ 《论女子教育为兴国之本》，载李又宁、张玉法主编《近代中国女权运动史料（1842—1911）》（上册），（台北）龙文出版社股份有限公司1995年版，第602页。

"二万万之游民土番"① 中的一个。随着本土才女传统归于沉寂，在推崇西学，号召出洋的清末语境中，能将女性从"游民土番"的低等序列中超拔出来的也就只能是男性化的西学了。

女留学生在西方社会的表现往往具有关乎重建中国国家形象的重要作用。毕业典礼是梁启超在《记江西康女士》中着力书写的重要场面。经由"矩步拾级，冉冉趋而上的"的语言处理，康爱德的步态已与传统文人士大夫的"方步缓行"生成了联想，而成绩优异，"所领执据，又为头等"的她缓步走向讲台的样子又令梁启超不禁联想起了科举时代下传统文人一生渴慕的高光时刻——殿试胪唱，康爱德的女性身份由此被极大地淡化，在双重的联想中召唤出来的是传统文人士大夫的模糊面影。精通西学的康爱德形象经由梁启超的书写策略而与传统文人士大夫的面影发生了重合，这体现了梁启超之于女性自新之路的设想，也内含着重建中国国家形象的期待。这万众瞩目的高光时刻被刻意安排在了一个国际化的环境之中，梁启超极写观礼人数之众、所属国籍之多，"门内门外，十余国之学徒以千计"②，并不无夸饰地展现了西人对于（包括康爱德在内的）两位中国女留学生的高度敬意，"皆肃然而起，违位而鞠躬焉，以为礼"。中国女留学生的男性化姿态被置放于西方目光的聚焦之下，但此次并不是来自西方世界的居高临下的凝视，而是赞叹不已、羡佩不已的仰视，并由此造就了一种"中高西低"的画面效果，这一点借由两位女士矩步拾阶、冉冉而上的空间上升而得以凸显出来。这一画面效果显然具有象征意义，足以让痛感"西人本侮中国甚，谓与土番若"③ 的梁启超得以一吐胸中之愤懑。此种因留学女性的出色学业表现而倍感国族荣耀的心态在吕碧城的文字中也

---

① 梁启超：《倡设女学堂启》，《饮冰室文集》（第一册），北京日报出版社 2020 年版，第 149 页。

② 梁启超：《记江西康女士》，《饮冰室文集》（第一册），北京日报出版社 2020 年版，第 114 页。

③ 梁启超：《记江西康女士》，《饮冰室文集》（第一册），北京日报出版社 2020 年版，第 113 页。

有体现：

> 昔吾国有康爱德及石美玉二女士者，游学美国，入墨尔斯根之大学，学中之学生，以数千计。卒业之期，二女士俱领得头等文凭，观者数千人，无不拍手咂舌，震动内外。当时总教习宣言于众曰："此后慎勿轻视支那人也！彼之才力，迥非我国所及。"①

总教习当众发表的所谓宣言未必真实存在，但却从中折射出了国人渴望借此扬眉吐气的真实心态，女留学生的出色学业表现极大地改善并提升了古老中国的国际形象与国际地位，清末语境中反复言说着的女性与国族之间的密切关系由此得到了进一步夯实。

"新女性"从其构建之日起就被纳入了强国保种、富国强民的国族伟业之中，"新女性"的养成之道也在不断地开发之中，从就学于新式女学堂到远渡重洋留学海外，从女杰传记的研读自修到多渠道（白话报刊、大众演说、弹词说唱等）地接受时代新风的影响，所有这些都是女性群体提升自我以呼应新时代需求的途径，并在现实生活与文学想象、国族期待与性别诉求以及政治文化立场的多重并存中小心地调整着自己的步伐，不断修正着前进的方向。

---

① 吕碧城：《兴女学议》，载夏晓虹编《中国近代思想家文库 金天翮·吕碧城·秋瑾·何震卷》，中国人民大学出版社 2015 年版，第 70 页。

第 二 编

吾侪得此添生色　始信英雄亦有雌

第 五 章

革命赋权与女豪杰的"男性标尺"

第一节　革命赋权：清末语境中的女权革命论

由于社会达尔文主义与种族进化论的理论局限以及根深蒂固的男性中心主义立场，维新派知识分子更多地关注工具论意义上的女性对于国家民族的责任与义务，明确的女权诉求则次之。"女权"理念直至1902年至1903年间革命派人士马君武译介的《女权篇》《女人压制论》《女权宣言书》等西方女权主义著作集中出版后才被正式引入中国。女权意识的逻辑起点可一直追溯到法国18世纪启蒙主义的"天赋人权"论，是"人生而平等"进而"性别平等""男女平权"这一逻辑推导下自然延展的产物，但就近代中国的实际情况而言，其直接的理论渊源则生发于1903年出版的中国首部女权革命著作——《女界钟》。同吕碧城一样，《女界钟》的作者金天翮并不否认女性性别群体的传统母职期待，并进一步赋予了其"国民之母"的崇高地位，但他同时更看重的是如何将工具性职能的"国民之母"铸造为"有所谓男女平权，女子参政之说"的"女国民"[①]，并将参政权视为女权复兴的终极目标。

关于女权复兴的方法与途径，金天翮提出的一个重要思路就是将女权革命与旨在推翻清朝专制统治的民族民主革命相结合，并将希望

[①] 金天翮：《女界钟》，载夏晓虹编《中国近代思想家文库 金天翮·吕碧城·秋瑾·何震卷》，中国人民大学出版社2015年版，第6页。

寄托在未来资产阶级民主共和国的成功建立上,"破坏而建设,乃吾男子与女子共和之义务也","男女共和,以制造新国民为起点,以组织新政府为终局"①,在推翻专制、恢复民权的同时恢复女权。这一将民权斗争与女权斗争相并置,在民主共和的革命历程中实现男女平权的"女权革命论"在当时的资产阶级革命派中享有很高的共识度。马君武在译介西方近代自由平等学说时就已对男女平权的理念有所关注,认为唯有通过"君民间之革命"与"男女间之革命"这两大革命才能使"人民为君主之奴仆"的君主专制与"女人为男人之奴仆"②的性别专制得到根本改变。丁初我的观点表述得更为简洁:"欧洲十八九世纪,为君权革命世界;20世纪,为女权革命世界。今中国犹君权时代也,民权之不复而遑言女权。"③可以说,女权意识从其萌发之初就融入了民权革命之中,民权革命的胜利被认为是实现男女平权的必要前提,女权的实现也唯有投身到民权斗争中才能成为可能。至此,继早期维新派倡导的旨在维护现行政权的维新改良后,女性又被纳入了革命派主导的旨在推翻清朝专制的民族民主斗争之中。此次,"她"的身份将不再是"专注于女子应尽之义务,其收效于爱国也,半受间接之影响"的"贤母良妻",而是被要求"与男子服同等之义务",以"其收效于爱国也,多受直接之影响"④的"女国民"身份投身于革命的洪流之中,与二万万之男子携手演出"驱除异族、光复河山、推倒旧政府、建设新中国之活剧"⑤。应该说,相较于片面强调责任义务且又固守传统性别秩序的"贤妻良母主义","女权革命论"许下的美好愿景显然

---

① 金天翮《女界钟》,载夏晓虹编《中国近代思想家文库 金天翮·吕碧城·秋瑾·何震卷》,中国人民大学出版社2015年版,第32、41页。

② 马君武:《弥勒约翰之学说》,载莫世祥编《马君武集》,华中师范大学出版社1991年版,第145页。

③ 丁初我:《女子家庭革命说》,《女子世界》1904年第4期。

④ 《论女学宜先定教科宗旨》,载李又宁、张玉法主编《近代中国女权运动史料(1842—1911)》(上册),(台北)龙文出版社股份有限公司1995年版,第653、654页。

⑤ 亚卢:《哀女界》,载李又宁、张玉法主编《近代中国女权运动史料(1842—1911)》(上册),(台北)龙文出版社股份有限公司1995年版,第466页。

对那些思想激进的女性而言更具鼓动性与诱惑力,该理论因而被许多革命派创办的妇女刊物普遍接受,如《女报》(《女学报》)《女子世界》《中国新女界杂志》《神州女报》《留日女学会杂志》等都主张将女性解放运动与民族民主革命相结合,鼓励女性在争取民族解放独立与实现民主共和的同时,争取女性自身的权利。借助于报纸、刊物等现代媒介的广泛传播,"女权革命论"成为继"贤妻良母主义""国民之母"后,在中国女界产生深刻影响的新理念。

不同于西方女权运动建立在个人主义上的"自我赋权",由于与民族民主革命的紧密结合,中国近代女权运动从一开始就带上了"革命赋权"的意味。正是与民族民主革命的紧密结合赋予了女性走向社会、参与革命的正当理由与合法身份,也提供了复兴女权的重要途径。一些激进女性更是站在女性主体性性别立场上主张女性应更积极、主动地投身到复兴女权的斗争中去,而不能坐等男子的慷慨赠予。因为"权也者,乃夺得也,非让与也"①,"善自助者,决不乐他人代为筹长策"。如待赠于男子,女子将会"全失自由民之资格,而长戴此提倡女权者为恩人,其身家则仍属于男子"②。与此同时,女性也将积极投身于革命事业视为他日要求完全女权的政治资本,"盖权利为义务之报酬"③,"今日义务"正是"他日权利之张本",女性唯有"与男子奋袂争先,共担义务,同尽天职"④,才能在革命成功后,毫无愧色地要求包括参政权在内的完全的女性权利,与男子同享"共和之幸福"⑤。此类言论虽立足于女性自身的主体性立场,但同时也与号召女性积极投身革命的国族意志高度契合,在客观上极大地提升了女性的革命意愿

---

① 金天翮:《女界钟》,载夏晓虹编《中国近代思想家文库 金天翮·吕碧城·秋瑾·何震卷》,中国人民大学出版社2015年版,第4页。
② 龚圆常:《男女平权说》,载李又宁、张玉法主编《近代中国女权运动史料(1842—1911)》(上册),(台北)龙文出版社股份有限公司1995年版,第405页。
③ 社英:《论女子当具责任心》,《东亚丛报》1913年第3期。
④ 《留日女学会杂志发刊辞》,《留日女学会杂志》1911年第1期。
⑤ 《中华女子竞选会缘起》,载谈社英编著《中国妇女运动通史》,妇女共鸣社1936年版,第52页。

与革命热情，与国族立场保持了高度的一致。

第二节 从军："男性标尺"与革命女性的男性主义倾向

女权意识的觉醒不无意外地衍生出了"一切向男性看齐"的男性主义倾向。男性主义倾向的产生与国民意识中"平权平责"的思想也有一定关联，如松江女士莫虎飞曾言："盖天生男女，未始有异，同具耳目，同具手足，同赋自由之权，同赋主人翁之责任。是故男子当尽爱国之责任，女子亦当尽爱国之责任；男子当尽国民之义务，女子亦当尽国民之义务。"① 一些女性急于通过承担与男子完全相同的责任与义务以显示自己完全有资格同男子平权，在极大地增强了女性社会责任感的同时，也催生出了如未能达到"男性标尺"就不能与男子"平权平责"的潜台词，广东女学堂学生张肩任的言论可堪代表："现世之女子，不知吾辈之学界浅陋，脑力未优，一切知识皆不男子若，试问有何能力可与男子平权？"② 秋瑾亦有类似言论："现世之女子，……智识不及男子，不能得平权；人材不及男子，不能得参政。"③ "男性标尺"的达标被视为女性实现性别平等、权利平等的必要前提。

为了显示自己具有并不输于男子的能力，有为数甚多的革命女性对军队这一历来被视为男性专属的领域表现出了前所未有的参与冲动。辛亥革命时期，汉阳女子吴淑卿率先举起了女子革命军的大旗。在参军意愿被拒后上书黎元洪宣称："观今之世界，当要人人努力自强，当要应尽国民之责任。若想热心爱国，非立起当兵之志不可也。呜呼！今何时乎？今何时乎？非世界盛行重兵主义而竞争剧烈之时乎！凡为

---

① 松江女士莫虎飞：《女中华》，《女子世界》1904年第5期。
② 张肩任：《欲倡平等先兴女学论》，《女子世界》1904年第2期。
③ 秋瑾：《秋瑾集》，中华书局1960年版，第32页。

国民者，皆当思尽当兵之义务也。"① 黎元洪终于答应了吴淑卿的要求，但命令其自己组建女子革命军。"招收女子军的布告贴出后，来报名参军的妇女达数百人之多，不到10天工夫，一支来自四方的女子军便组建起来"②，经过短期的军事训练后，这支女子革命军奔赴汉口战场，纪律严明，作战勇敢，一时间威名大震。其他热心从军者也普遍怀有战场杀敌的强烈意愿，并往往从性别对比的角度积极肯定女性的作战能力，认为无论男女，凡"大汉国民"皆应"尽当兵之责任"③，"彼爱国健男儿，已热忱奋发，为所当为。我女子素不乏真诚爱国者，奈何阒其无闻"④（《女子军事团警告》）。"至今尚未有女子军事组织出现，这是女界的耻辱。"⑤（《尚侠女学代表薛素贞上陈都督书》）女子投军，不仅是爱国主义精神的体现，同时也彰显了好女子不输男儿的性别尊严，"奋身不顾，小娘子无让须眉；乘盾为荣，大国民休轻脂粉"⑥（《女子北伐队缘起》）。辛亥革命时期，女子北伐光复军（女子荡宁队）、女子军事团（上海女子北伐敢死队）、同盟女子经武练习队、女子尚武会、浙江女子国民军等女子军事团体的纷纷组建正是这一理念感召下的时代产物。

在女军人形象更多地停留于文学想象的清末之际，一些有革命倾向的小说也对英姿飒爽的女性军事团体进行过纸上的"预演"。小说《自由结婚》（1903）中就展现了怀有光复大志的光复党极有章法、颇具规模的一次军事操演：

且说一飞公主（笔者注：光复党首领）看看时候已经不早，便请黄祸去看操，黄祸欣然同往。不多一刻，到了操场。只见这

---

① 吴淑卿：《吴淑卿女士投军文》，《民立报》1911年10月31日，转引自刘巨才编著《中国近代妇女运动史》，中国妇女出版社1989年版，第331页。
② 刘巨才编著：《中国近代妇女运动史》，中国妇女出版社1989年版，第331页。
③ 谈社英编著：《中国妇女运动通史》，妇女共鸣社1936年版，第35页。
④ 刘巨才编著：《中国近代妇女运动史》，中国妇女出版社1989年版，第340页。
⑤ 刘巨才编著：《中国近代妇女运动史》，中国妇女出版社1989年版，第334页。
⑥ 刘巨才编著：《中国近代妇女运动史》，中国妇女出版社1989年版，第338页。

场广大无垠，地面铺着草皮，修得整整齐齐。场中有女兵一队，约一千人，衣装一律，气象严肃，步伐整齐，器械精致，吓得黄祸目瞪口呆，莫赞一词。步兵操完，又有马兵来操。直跑，横跑，斜跑，无一种不练熟。看的人眼底生花，操的人反井井有条，自始至终，一丝不乱。不用说人了，就是骑的马，也要比寻常的人好得多哩！马兵操完，又有炮兵来操。试放大炮三座，声音隆隆然震动山谷，好像雷响一般。炮兵操完，那一千余步兵又排列原处，齐声唱那光复歌。歌喉一转，天地变色。黄祸又呆又惊，喜极而悲，眼中泪珠滴下来不知多少。高呼光复党万岁，爱国万万岁几声，方才散场。

——《自由结婚》第十五回"一曲浩歌看步伐止齐愧杀天下男子　三雄执手愿隐帆匿楫避他恶海狂涛"

光复党的成员都是女性，这是一个隐蔽在深山中的女性乌托邦世界，同时也是试图通过暴力革命手段推翻清政府的女性军事团体。清末之际，此种形诸笔端的文学畅想在辛亥革命时期众多女性军事团体奔赴沙场的实践行动中终成现实。

第三节　革命女性的激进化倾向

"救亡事业无男女，几辈英雄亦我流。"[①]"女权革命论"极大地调动了女性群体的革命意愿与革命热情，动员了一切可以动员的力量，同时也鼓舞了以一己之身为国族效力的女英雄主义行为，促成了渴望与男性并肩战斗于枪林弹雨中的女军人、女革命者的大量涌现。此类形象相当契合革命派精英的"新女性"构想，在金天翮倡导的"女权革命论"中就明确要求女性成为"思想发达、具有男性之人""坚贞

---

① 杜清池：《赠吴、庄、周三女史》其四，《女报（女学报）》1902年第9期。

激烈、提倡革命之人"①。革命女性亦以能比肩男性为自己的奋斗目标，成立于1911年的女子尚武会"以养成女子尚武精神，灌输军事学识为宗旨"②，成立于1912年的女子北伐队也以"奋身不顾，小娘子无让须眉"③相号召。此类富于尚武精神的革命女性形象与1903年前后兴起的"西方女杰热"构成了互文效应。在《世界十二女杰》（1903年2月出版）、《世界十女杰》（1903年3月出版）、《（近世欧美）豪杰之细君》（1903年8、9月间出版）等大量译介的女性人物传记中，除了从事社会公共事业的女执业者、社会改革者外，最博人眼球的就是那些积极投身革命斗争的女革命者、女军人、女刺客、女无政府主义者，如法国大革命时期的女革命者罗兰夫人、俄国虚无党成员苏菲亚等皆被树立为可供二万万女子效法的女性典范。且由于当时俄国女虚无党人暗杀行动的频频得手，惯于"以俄为鉴"的中国革命党人从中获得了极大启发，暗杀于是被许多革命党人视为首选的革命手段。

清末革命派启灵于大搞暗杀活动实与国族危局下促发的深重焦虑有着密切关联。维新立场的梁启超尽管不认同俄国虚无党的无政府主义宗旨，但也佩服其暗杀手段，"无一不使人骇，使人快，使人散羡，使人崇拜"，并视暗杀为敌我力量对比、人心向背、资金供应等多方面综合考量下的"最后之手段""最适之手段""独一无二之手段"④。相较于漫长的革命过程，直截、快速、小规模/个人行动的便捷都使得暗杀的成本远远降低，且收效甚快，可谓立竿见影。此种"速成"式的革命极大地投合了清末危局下的普遍焦虑心态，并引发了暗杀成风的清末革命风潮。同时，可能也是受到了俄国虚无党成员多为女性的启发，激进革命者往往将暗杀视为女性参与革命的最佳方式，"以暗杀于

---

① 金天翮：《女界钟》，载夏晓虹编《中国近代思想家文库 金天翮·吕碧城·秋瑾·何震卷》，中国人民大学出版社2015年版，第24页。
② 刘巨才编著：《中国近代妇女运动史》，中国妇女出版社1989年版，第342页。
③ 《女子北伐队缘起》，《民立报》1912年1月16日。
④ 梁启超：《论俄罗斯虚无党》，《饮冰室文集》（第四册），北京日报出版社2020年版，第151、155页。

女子更为相宜"。蔡元培自述其三十六岁以后，就已决意参加革命工作，"觉得革命止有两途：一是暴动，一是暗杀"，并在加入同盟会后，还专门参加了"一个学习炸弹制造的小组"①。蔡元培1902年创办的爱国女学校即有目的地对学生进行革命熏陶与暗杀训练，"为高材生讲法国革命史、俄国虚无党历史，并由钟先生及其馆中同志讲授理化，学分特多，为练制炸弹的预备"，"年长而根柢较深的学生"则会被介绍加入同盟会，参加专门从事暗杀活动的秘密小组，为革命预备下"暴动的种子"和"暗杀的种子"②。

查吴玉章《辛亥革命·暗杀活动的风行》（1961）可知，俄国虚无党人流亡到日本并传授旅日的中国革命党人制造炸药的时间大约是在1905年俄国资产阶级民主革命失败后，"至一九〇五年后，这种暗杀活动更为扩大了，同盟会特地组织了一个专司暗杀的部门，由方君瑛（女）负责主持"③。走激进革命路线的秋瑾就曾在横滨专门学习过制作炸药，④归国后又在上海虹口厚德里研制炸药以做起义准备，这期间还曾发生过不慎被炸药炸伤的意外，"瑾伤手，为怕敌人发现，忍痛将炸药隐藏起来，事后警察搜查，因无发现佐证脱险"⑤。秋瑾的暴力革命手段可以说是对当时激进革命风潮的一种积极呼应。金天翮在《女界钟》（1903）中就号召女性"以猛烈手段，用硫强之水，炸裂之药，重重轰洗，重重破坏"⑥，要"泪尽而进以血，血溢而助以剑，剑穷而持赠以爆裂丸与低列毒炮"⑦，总之，不惜一切代价，不计一切后果，

---

① 蔡元培：《我的教育界的经验》，载沈善洪主编《蔡元培选集》（下册），浙江教育出版社1993年版，第1352、1351页。
② 蔡元培：《我的教育界的经验》，载沈善洪主编《蔡元培选集》（下册），浙江教育出版社1993年版，第1352页。
③ 郭延礼：《秋瑾年谱》，齐鲁书社1983年版，第78页。
④ 郭延礼：《秋瑾年谱》，齐鲁书社1983年版，第64页。
⑤ 郭延礼：《秋瑾年谱》，齐鲁书社1983年版，第85—86页。
⑥ 金天翮：《女界钟》，载夏晓虹编《中国近代思想家文库 金天翮·吕碧城·秋瑾·何震卷》，中国人民大学出版社2015年版，第14页。
⑦ 金天翮：《女界钟》，载夏晓虹编《中国近代思想家文库 金天翮·吕碧城·秋瑾·何震卷》，中国人民大学出版社2015年版，第32页。

调用各种激烈手段以期革命的完全胜利。秋瑾也持有相同观点，号召人人都要有"存个毁家拼命的念头"，"人人都怀了这个念头，与他死斗，断没有不胜的道理"。否则，就"今日死一千，明日死一千，宁可将中国人死尽了，再把空旷地方与外国人"①。1905年8月26日，曾断言"今日之时代，非革命之时代，实暗杀之时代也"② 的革命志士吴樾暗杀出洋考察五大臣未遂而遇害，噩耗传至日本，悲恸万分的秋瑾作《吊吴烈士樾》诗，其"前仆后继人应在，如君不愧轩辕孙！"③ 是自勉，也是对吴樾的遗愿"予愿予死后化一我而为千万我，前者仆，后者起，不杀不休，不尽不止，则予之死为有济也"④ 的积极呼应，秋瑾自己则在吴樾烈士遇害的两年后，为革命事业奉献了宝贵的生命。

需补充的一点是，秋瑾阅读过表现女刺客暗杀事迹的清末革命小说《女娲石》，这一点从徐自华的回忆文字中可以证知。徐自华曾将秋瑾比作《女娲石》传奇"四十八位女豪杰"之一的琼仙，秋瑾本人欣然接受，并认为徐自华也可与书中人物相比拟，"七十二位女博士，君亦在焉"⑤。这部小说着重表现的花血党就是一个"专讲刺杀"的女性革命团体，有着为数众多的女刺客，"见习刺杀生三百二十四人"（《女娲石》第九回"秦夫人发明电马 瑶女士误击气球"），暗杀活动屡屡得手且成绩非凡，动辄"同时刺死大臣七人"（《女娲石》第五回"捉女妖君主下诏 挥义拳侠女就擒"），"同时刺死督抚州县三百余人""刺民贼三百八十四员，亲王二人亦被刺"（《女娲石》第七回"刺民贼全国褫魂 谈宗旨二侠入党"），等等，充满了信口开河的革命狂想色

---

① 秋瑾：《警告我同胞》，载夏晓虹编《中国近代思想家文库 金天翮·吕碧城·秋瑾·何震卷》，中国人民大学出版社2015年版，第88页。
② 吴樾《〈暗杀时代〉自序》，载石峻主编《中国近代思想史参考资料简编》，生活·读书·新知三联书店1957年版，第761页。
③ 郭延礼：《秋瑾年谱》，齐鲁书社1983年版，第64页。
④ 吴樾《〈暗杀时代〉自序》，载石峻主编《中国近代思想史参考资料简编》，生活·读书·新知三联书店1957年版，第762页。
⑤ 徐自华：《徐自华集》，郭长海、郭君兮辑校，浙江古籍出版社2014年版，第164页。

彩。秋瑾未必会对此种小说情节信以为真，但此类革命小说试图通过女革命者形象的塑造引导女性走上革命道路的创作意图是十分明显的，且此种影响的发生往往是潜移默化、润物无声的，因为小说具有"不可思议之力"，很难让人明确地区分现实与虚构之间的界限。梁启超在《论小说与群治之关系》（1902）中就表达了此种观点，"凡读小说者，必常若自化其身焉，入于书中，而为其书之主人翁"，"夫既化其身以入书中矣，则当其读此书时，此身已非我有，截然去此界以入于彼界"，"文字移人，至此而极"。正是鉴于小说不可思议的艺术感染力，清末"小说界革命"才寄"改良群治""新民"的愿望于小说，"故今日欲改良群治，必自小说界革命始；欲新民，必自新小说始"①。从这一层面来讲，《女娲石》之于秋瑾的影响虽未必是直接的、决定性的，但却很可能与其阅读范围中的其他革命小说、女杰传记乃至于倡导激进革命的"新书新报"等形成"合力"，推动秋瑾一如书中人物般思考、行动。对于女学生等广大女性读者而言，"她们对人物传记、时事论说的接受与对虚构作品的理解其实并无大的区别，同样会对后者产生真切的体验，甚至会在生活中效仿某些人物形象的举动"②。即以秋瑾为例，其临难之际的拒绝出逃、慷慨赴死未尝不是意识深处刻意效法罗兰夫人的结果。

综上可知，在宣扬激进革命的革命派文字中，从军、暗杀、爆炸等关键词不断地诉诸思想言论与文学书写之中，其共同营造的舆论氛围推动着向往革命的女性以一种更加激进的姿态投身于革命事业之中，在激进革命中实现民权解放，在民权解放中实现女权革命。

---

① 梁启超：《论小说与群治的关系》，《饮冰室文集》（第三册），北京日报出版社2020年版，第107、108页。

② 黄湘金：《史事与传奇——清末民初小说内外的女学生》，北京大学出版社2016年版，第105—106页。

第四节 对"男性标尺"的质疑与反思

女革命者的激进化倾向不可避免地导致了女性的男性化、暴力化，这与恪守传统性别秩序的贤妻良母产生了强烈的冲突。作为民族民主革命时期热烈召唤的"新女性"典范，秋瑾无疑是其中的卓越代表。在其自传性弹词作品《精卫石》中，秋瑾就表达了毫不逊于男子的报国志愿，"算吾身，亦是国民壹分子，岂堪坐视责难辞。无奈是、志量徒雄生趣窄，然而亦，壮怀未肯让须眉"①。在其赴日后及归国就义前的诗作中也充斥着大量的英雄式自述，诸如"英杰""英雄""人中雄"等词语的密集运用无不体现了英雄式的自我期许，"头颅血"、"骨节解"、断头饮血等血腥意象也是层出不穷，"世界和平赖武装"、"赤铁主义当今日"（《宝刀歌》）、"但恃铁血主义报祖国"（《宝剑歌》）等诗句更可视为其暴力革命意志的直白宣言。除了话语层面上的自我书写，秋瑾还凭借着男装、佩倭刀、骑马巡街等男性化的装扮实践显示自己对女性性别身份的拒斥态度。她曾毫不隐讳地直言自己倾心男装的心理动机，"我对男装有兴趣，……中国通行着男子强女子弱的观念来压迫妇女，我实在想具有男子那样坚强意志，为此，我想首先把外形扮作男子，然后直到心灵变成男子"②。强烈的男性主义倾向导致了其对女性性别职守的极度厌恶："人生处世，当匡济艰危，以吐抱负，宁能米盐琐屑终其身乎？"③ 甚至还产生了法律离婚的念头以防止不幸的婚姻"有污英雄独立之精神"④，其本人也最终弃绝了女性性

---

① 秋瑾：《精卫石》，载夏晓虹编《中国近代思想家文库 金天翮·吕碧城·秋瑾·何震卷》，中国人民大学出版社2015年版，第105页。

② ［日］小野和子：《中国女性史1851——1958》，高大伦、范勇编译，四川大学出版社1987年版，第63页。

③ 徐自华：《鉴湖女侠秋君墓表》，《徐自华集》，郭长海、郭君兮辑校，浙江古籍出版社2014年版，第178页。

④ 秋瑾：《致秋誉章书》（其五），载郭延礼、郭蓁编《秋瑾集 徐自华集》，中华书局2015年版，第63页。

别身份，抛家弃子、典质钗环，义无反顾地踏上了革命之旅，并最终在一起试图暴力反清的未遂事件中英勇就义。

秋瑾遇难后旋即作为杰出的女性革命先驱被纪念、被缅怀，在其就义后不到一个月的时间里，就有署名明夷女史者发表了《敬告女界同胞》（1907）一文对秋瑾为国为民流血牺牲的女革命者身份做了明确界定，"以国民之权利，民族之思想，牺牲其性命，而为民流血者，求之吾中国四千年之女界，秋瑾殆为第一人焉！……以巾帼而具须眉之精神，以弱质而办伟大之事业，唤起同胞之顽梦，以为国民之先导者，求之吾中国二万万之女界，秋瑾又为第一人焉"①！秋瑾本人也成为号召女性投身革命的一面鲜活旗帜，辛亥革命时期女子北伐队的发起誓言即为"乃看革命功成，克奏罗兰伟业；待到共和局定，聊慰秋瑾幽魂"②。至此，她那短暂而又激烈的革命历程被彻底地融入近代民族民主革命之中，成为辛亥革命时期最具言说价值的政治符号。严格来说，秋瑾实际上具有女权主义者与民族革命者的双重身份，她渴望能在"扫尽胡氛安社稷"的民族民主革命中实现"由来男女要平权"（《自由歌》）的女权主张，其发表的《敬告中国二万万女同胞》（1904）、《敬告姊妹们》（1907）等文章无不充满了高昂的女权意识，尽管如此，秋瑾的女权主义者身份还是被做了淡化处理，"她的故事首先属于壮丽的革命史，其次才属于探索性的女性史"③，有资格融入主流政治叙述首先应当是一个契合男性化国族立场的女革命者，而不是追求女性性别权利的女权主义者。

应该说，在秋瑾身上集中体现出的男性主义倾向就其客观效果而言确实有助于动员女性走出家门、投身革命，男性化、暴力化的女革命者也因此而成为辛亥革命时期热烈追捧的"新女性"形象，但以贬

---

① 明夷女史：《敬告女界同胞》，载李又宁、张玉法主编《近代中国女权运动史料（1842—1911）》（上册），（台北）龙文出版社股份有限公司1995年版，第454页。
② 谈社英编著：《中国妇女运动通史》，妇女共鸣社1936年版，第33页。
③ ［美］季家珍：《历史宝筏：过去、西方与中国妇女问题》，杨可译，江苏人民出版社2011年版，第254页。

低、漠视、否认女性性别身份为代价换取的英雄光环是否真的有助于女性地位的切实提升呢？以"男性标尺"评估、衡量自身的存在价值又是否真的有利于女性自身的解放呢？一些女性对此表示怀疑。龚圆常在《男女平权说》中即对女性革命、从政、参军以示不弱于男子的做法持否定态度，"然天赋既殊，义务即异，性有所近，才有所长，政治从军，男宜优于女，教育美术，女宜优于男，相辅而行，不可事事相提并论也"①。方君瑛更对当时女界普遍秉持的"男性标尺"提出了直接批评："吾见今人之倡女权者，辄不论是非，惟日效男子之所为，如出言不端，行为不正，皆男子之过也，而女子亦效之，乌得不遗人以口实乎？"有许多女性对革命派男性精英倡导的"女权革命论""革命赋权说"颇不以为然，方君瑛就并不认同像男人那样投身革命是复兴女权的唯一方式这样的观点，而是主张在复兴女学中复兴女权，"中国女子之无权，实由于无学，既已无学而无权，则欲倡女权，必先兴女学"，并奉劝那些"一切向男性看齐"的革命女将"必先以兴女学为事，而勿侈言女权也可"②。吕碧城也持相同观点，那些受国族话语的鼓动而投身革命的女性在她看来是盲目的、冲动的，并对此提出了批评："近时有志女士，或奔走国事，或提倡女权，其志愿之伟，令人惊叹，然大率终年碌碌，一无所成。盖事业与权利，皆随个人之资格而为进退者也。人格未成，且不能救己，遑言救国哉？"与其依附于男性精英倡导的"革命赋权说"，不如站在女性自身的性别立场上着力于通过教育以培养完全之人格，"为今之计，惟有极力求学，学成而后，展其经纶，偿其志愿，斯可耳"③。在《论提倡女学之宗旨》（1904）一文中，吕碧城还借用比喻说明女性完全人格的养成与民族主义运动之间的关系。她将前者比作"根核"，将后者比作"枝叶"，认为二者

---

① 龚圆常：《男女平权说》，载李又宁、张玉法主编《近代中国女权运动史料（1842—1911）》（上册），（台北）龙文出版社股份有限公司1995年版，第404、405页。
② 方君瑛：《兴女学以复女权说》，《江苏》1903年第3期。
③ 吕碧城：《为郑教习开追悼会之演说》，载夏晓虹编《中国近代思想家文库 金天翮·吕碧城·秋瑾·何震卷》，中国人民大学出版社2015年版，第76页。

虽"固有密接之关系",但"有根核方能发其枝叶"①,出于对女性自身利益考量的女性性别立场远比贸然盲从于国族立场更为明智、更为重要。

在一些女性先觉者看来,女性首先应具备完全、独立的人格,然后才有资格、有能力以"国民"这一政治主体的新身份独立地、清醒地参与到民族民主斗争中去,而非仅止于国族话语强烈召唤下的革命冲动。否则,盲从于国族主义的女革命者将无法摆脱国族立场下的工具性境遇,此类女性在无政府主义者何震看来不过是"国家奴隶"而已,与"贤妻良母主义"的"家庭奴隶"并无任何本质上的区别。

---

① 吕碧城:《论提倡女学之宗旨》,载夏晓虹编《中国近代思想家文库 金天翮·吕碧城·秋瑾·何震卷》,中国人民大学出版社2015年版,第51页。

第 六 章

中国传统小说与清末"女豪杰"形象建构

　　清末之际的女豪杰形象塑造尚缺乏现实依据，想象大于现实，理念大于形象，"女豪杰小说集中出现在20世纪第一个十年的前半段，但现实中的女豪杰要到20世纪的第二个十年，即一批勇敢的女性积极投身辛亥革命，才渐成气候"[①]。因此，女豪杰的形象塑造在吸收"西方女杰"现代精神与女性意识的同时，不得不求助于中国传统小说的人物形象、人物类型，在故事情节的设计上对于中国传统小说也多有借鉴。所谓"中国传统小说"，即相较于"新小说"的"旧小说"，主要指在梁启超"小说界革命"兴起之前，深受传统"说话"艺术以及说书场文化影响的章回体小说，清末小说家在塑造女豪杰形象时多从中国传统小说的艺术宝库中搜寻可资利用的创作素材。

　　接下来，笔者将对《女娲石》《痴人说梦记》等清末革命小说之于中国传统小说的多方面借鉴以及时代新风下的新变加以专章探讨。

第一节 "女版"的《水浒传》：科技昌明与草莽气息并存的《女娲石》

　　针对《女娲石》这部清末女权小说，王德威认为："作者一再提醒

[①] 周乐诗：《清末小说中的女性想象（1902—1911）》，复旦大学出版社2012年版，第35页。

我们，该小说是《水浒传》的女权版。它舍兄弟情谊而代之以姊妹情谊，舍厌女症候群而代之以厌男症候群。"① 在这部具有浓郁乌托邦色彩的清末小说中，有若干个为了一个共同目标而结成的女性团体，如中央妇人爱国会、花血党、春融党、白十字会等，一如《水浒传》中好汉们上梁山之前就已结成若干"山头"，如少华山、清风山、对影山、桃花山、二龙山等。当然，女性结团体的目的与梁山好汉不同，江湖好汉们啸聚山林是为了打家劫舍、除暴安良、替天行道，而在诞生于20世纪初的小说《女娲石》中，女性团体则带有鲜明的政治色彩与女权色彩。除了政治目标外，"厌男""杀男"是某些女性团体，如花血党、魏水母三姊妹结成团体的主要动机。许多女性团体的机关总部所在地都有着浓烈的女性乌托邦色彩，宛如从男性主导的世界中彻底隔离开来的"真空"地带，这里只有女人，且居所高大煊赫，饮馔精美异常，有众多使女随身伺候，平日里除了出去砍男贼外，就是聚坐一处谈笑风生、饮酒唱歌，如魏水母所在的女性群体，因为她们坚信"一国的民气，全从音乐发表出来"，"窃谓观一国之强弱，万不可不从音乐下手"（《女娲石》第十五回"绮琴抵掌论音乐 水母当筵动急泪"）。除了致力于"音乐救国"外，有的女性团体，如花血党对科学发明表现出了异常浓厚的兴趣以及旺盛的创造力。花血党的机关总部天香院就到处洋溢着炫酷的未来科技感，各种稀奇古怪的发明比比皆是，如空气灯、留声器、无线电接电机器等，此外，还有仿佛电动车般可反复充电的电马（且沿途设有充电桩式的配套设备）以及爆炸威力堪比炸弹，"能生瓦斯四百六十三万倍"的小手枪，是天香院引以为傲的"党中十大发明之一"（《女娲石》第九回"秦夫人发明电马 瑶女士误击气球"）。

当被卖到在外人看来就是妓院的天香院后，女主人公金瑶瑟和贴身使女凤葵就进入了一个充满了科幻色彩的未来世界。在这个独立王

---

① ［美］王德威：《被压抑的现代性——晚清小说新论》，宋伟杰译，北京大学出版社2005年版，第186—187页。

第六章　中国传统小说与清末"女豪杰"形象建构

国中，五条电车轨道纵横交错其间，每到一处，便有电梯可供升降，只需"将手往楼侧机关一按"，就会"落下一个外圆中空的机器来"，人进去坐定后，"机关一发，机器便渐渐缩上"。到了指定楼层后，也无须多走一步路，可以"氧气瓦斯车"代步，行到楼梯口后，便可乘坐氧气瓦斯车直接"缘梯而上，如履平地"。天香院的饮食理念以及配套开发的饮食机器系统同样令人叹为观止，但见餐室中，"中间一张桌子，放着两副机器，两边摆着两张橡皮安乐椅，却没见饭菜"，进餐时，只需"仰身仰体的睡在椅上，拿着机器两个铜脚放在椅梁上面，用手一按，露出一个乳嘴来，端端与口相对"，此时只见"两个电气金盘，托着好些菜饭直入机器，即听得机器内吃吃杂杂乱响"，待食物被彻底搅拌粉碎后，只需"用口接着乳嘴"，自会有"纯洁精液"流入口中，但觉"口内细汁，甘美芬烈，百珍皆集，沁人心脾"。如此一来，导致人体生病的所谓"盐类质""土类质"之类的有害物质就都可以过滤掉，而只留下"最合卫生食料"的"纯洁精液"，"人的身体机关至少可用四百年，若没一点差错，再没死的道理"（《女娲石》第六回"天香院女界壮观　秦夫人科学独辟"）这一"科学理念"就可以实现了，至少在理论层面上是这样的。此种热衷于科技开发的科学热情以及种种匪夷所思的"科学理念"在其他女性团体中也普遍存在，如白十字会的洗脑院等。科技力量代表的现代文明直接消解了传统观念之于女性性别群体蠢然无知的刻板印象，带给女性性别群体以一种走在时代前端的高度自信与昂扬姿态，科技赋能的加持同时也昭示着《女娲石》中的若干女性团体指向的是现代与未来，从而与《水浒传》好汉世界的草莽气息有了本质不同。

不过，尽管精神内核上有着本质不同，但《女娲石》在人物形象塑造乃至于情节构思上还是让人多次联想到《水浒传》，如小说第二十四回"捉革命追赶女豪　屠男类截杀古渡"中写到金瑶瑟为了躲避追兵而逃到渡口，恳请"女船家"渡人救命，结果不想遭遇到专在河上干杀人买卖的"捣命母夜叉三娘子"魏水母而险些丧命，幸亏及时报出名号才化险为夷，这段文字完全就是《水浒传》第三十六回"没遮拦

追赶及时雨 船火儿大闹浔阳江"的翻版。魏水母质问女扮男装、落入彀中的金瑶瑟"还是要科甲,还是要捐班?""要捐班时,好好将金银拿来,咱老娘泼风也似一板刀,与你送终。若要科甲时,咱老娘与你一品状元,三鼎魁甲,砍你一十八片板刀,与你一个十八学士。"这段问话与《水浒传》中船火儿张横质问宋江等人:"你三个却是要吃'板刀面'?却是要吃'馄饨'?""若还要吃'板刀面'时,俺有一把泼风也似快刀,在这艎板底下。我不消三刀五刀,我只一刀一个,都剁你三个人下水去。你若要吃'馄饨'时,你三个快脱了衣裳,都赤条条地跳下江里自死!"简直如出一辙。金瑶瑟之所以得脱险境,也是因了临死前的一声长叹,"唉!我瑶瑟刺后不成,出京以来,东奔西走,不曾替国家做半点事业,今夜横死在此"。魏水母听到金瑶瑟的名号后就立即放下屠刀,倒身便拜,这与船火儿张横一听到面前的黑胖子就是"山东及时雨宋公明"时的反应完全一致。再如小说第八回"触党忌连破酒色戒 示金言大施因材心"中,凤葵因耐不住花血党的种种清规戒律擅自外出寻衅滋事,然后又折返回来大闹天香院的故事就完全照搬《水浒传》第四回"赵员外重参文殊院 鲁智深大闹五台山"的情节设计,凤葵本人则可以说是鲁智深与李逵的结合体。除了《水浒传》之外,在《女娲石》的情节设计上留下深刻烙印的还有《三国演义》以及《红楼梦》,前者如小说第三回"秋娘重逢故人 瑶瑟两刺太后"中,金瑶瑟刺杀胡太后的情景就明显模仿了《三国演义》中的"曹操刺董卓",后者如小说后两回出场的一团"痴气"的翠黛,其人物形象塑造明显带有贾宝玉的影子,翠黛等众姊妹们彼此打趣的场景也很让人联想起大观园的红楼女儿。

凡此种种,都说明了《女娲石》与中国传统小说之间存在深刻联系,尽管作为"小说界革命"后兴起的"新小说",《女娲石》中充斥着大量富于时代特征的新思想、新观念,但在人物形象塑造、故事情节设计上尚无法与旧小说彻底割裂开来,这固然说明了创作理念、表现手法等一时难以摆脱传统习惯的束缚,不过也说明了作者之于"女豪杰"的认知尚停留在概念化层面。在中国文化语境中,真正现代意义上的"女豪杰"要到辛亥革命时期才群体登场,在此之前,人们对于"女豪杰"的认知更多地只停留在粗疏的想象阶段。因此,当这一想象中的纸上"女豪杰"在骨骼之外需再充实上鲜活血肉时,就不得不从中国传统小说中那些喜闻乐见的人物形象上汲取创作灵感。从其参照的对象多为江湖好汉、草莽英雄这一点来看,虽然清末之际对于现代意义上的"女豪杰"尚缺乏明确认知,但却直觉地感受到了清末危局下召唤出的"女豪杰"是无法归类于传统女性形象中的"新女性"的,她们的横空出世必将对传统性别秩序造成强烈的冲击。

第二节 清末"女豪杰"与中国传统小说中的"女刺客"

清末小说中的女豪杰形象往往带有中国传统小说中"侠女"的鲜明印记。《女娲石》中金瑶瑟等女豪杰们彼此之间就以"侠女"相称呼,《痴人说梦记》中的两位女豪杰的姓名设定,"你名慕隐,是慕的聂隐娘"(《痴人说梦记》第十九回"改男装一舸泛清淮 折侠妹单车走燕市")也体现了其与传统侠女聂隐娘的关联。在具体的叙事手法上,清末女豪杰的行事做派也颇有传统侠女的风范,如《俄国虚无党女杰沙勃罗克传》的传主"虚无党中出色巨子女豪杰"沙勃,亦即清末语境中最为著名的俄国女虚无党人苏菲亚·利沃夫娜·佩罗夫斯卡娅(Sophia Lvovna Perovskaya,1853—1881),在遭到父亲的软禁后,沙勃先是大笑然后扬言:"生我也,权操而父,杀我也,恐权不操而父。"随后就趁着月黑风高之夜,"漏深月白,乃越万仞铜网,匿身于同学之家,遂斩发易男子装",冲出家庭藩篱而投身血色革命,"其嗜革命、嗜流血之行乃益炽"[①]。沙勃能"越万仞铜网"如履平地,想必有飞檐走壁的功夫,此处写法无疑借鉴了传统侠女的行事做派。

---

① 任克:《俄国虚无党女杰沙勃罗克传》,载李又宁、张玉法主编《近代中国女权运动史料(1842—1911)》(上册),(台北)龙文出版社股份有限公司1995年版,第331页。

一如聂隐娘、苏菲亚，"行刺"往往是清末女豪杰们的"标配"行为，此种刺杀行为广泛地存在于清末女豪杰的形象塑造中，女豪杰几同女刺客。与传统侠女不同的是，传统侠女的刺杀动机往往出于"恩报"，这是一种知恩图报的私德，且往往被施恩者所利用，成为铲除异己的工具，聂隐娘、红线女莫不如此。而清末小说中的女豪杰们则有着鲜明的国家观念，其行刺动机全然是为了国家利益而非个体私德，如《女娲石》中的金瑶瑟之所以刺杀胡太后就是因为此"贼婆"虐杀维新志士，"好贼婆，我四万万同胞何罪？今日活活断送你一人之手。久想生食你肉，今日还不下手，更待何时？"（《女娲石》第三回"秋娘重逢故人 瑶瑟两刺太后"）此种国家观念正是清末女豪杰相较于传统侠女的本质区别，国家观念的强力灌输也正是清末之际男性精英们大量引入西方女杰传记的重要原因之一，无外乎借此为中国女性树立可资效法的楷模。

夏晓虹对清末女杰传记加以通盘考察后发现，中国传统女杰形象在清末语境中也完成了符合时代需求的"被改造"，如"中国第一女豪杰女军人"的花木兰、"中国民族主义女军人"的梁红玉等，诸如"女豪杰""女军人""民族主义"等标签都是清末语境中重塑女性的热门词语，"代父出征"的花木兰也被赋予了鲜明的国民意识，"我弟方幼，我又无长兄，谁代我父行者？我虽女子，亦国民一分子也"。在出于孝道的家庭主义之上叠加了契合时代精神的国家主义，所谓"执干戈以卫社稷，国民之义务也"，"欲牺牲一身以报我民族耳"[1]。传统女杰在时代新风的召唤下焕发出了新的光彩，具有了"现代意识与语言表述"[2]，但作者显然无意于发思古之幽情，而只不过是切合当下的"再创造"。

无论是域外引进的西方女杰，还是接受改造的中国女杰，国家主义、国民意识都是"现代女杰"的新标配，或者说某种意义上的新女

---

[1] 亚卢（柳亚子）：《中国第一女豪杰女军人家花木兰传》，《女子世界》1904年第3期。

[2] 夏晓虹：《晚清女子国民常识的建构》，北京大学出版社2016年版，第57页。

德。所谓"爱国与救世乃女子之本分也"①，在国家主义的强劲鼓动下，为了国族利益而勇于自我牺牲、敢于行刺政敌的"女刺客"形象备受青睐，与女刺客形象形成映照关系的固然有经现代理念改造过的中国传统女杰，如柳亚子《中国女剑侠红线聂隐娘传》（1904）中的红线女、聂隐娘，更有直接来源于当时风头正劲、频频得手的俄国虚无党，尤其是女虚无党成员。著名的无政府主义者何震就曾直言："盖今日欲行无政府革命，必以暗杀为首务也。"② 这一暗杀成风的虚无党风潮也直接影响到了清末小说中的女豪杰形象塑造。《女娲石》中的金瑶瑟在接连两次行刺胡太后皆未遂后就曾恨恨自语道："咳！天公，怎么俄国虚无党偏偏教他成事，倒是我瑶瑟便做不来吗？"（《女娲石》第三回"秋娘重逢故人 瑶瑟两刺太后"）这句壮志难酬的慨叹就已分明点出了金瑶瑟的"女刺客"形象塑造与俄国女虚无党人之间的深刻关联。中外两种文化资源，即中国传统侠女与俄国女虚无党人形象，成为清末女豪杰形象塑造的两大源头。

第三节 "暴力女"：清末"女豪杰"建构中的联想偏好

《痴人说梦记》是一部具有浓重空想色彩的清末政治小说。在作者着力塑造的四位男主人公中，公车上书条陈维新主张，圣眷虽隆却无法与保守势力抗衡的宁孙谋、魏淡然二人显然影射的是康有为、梁启超，走上革命道路的黎浪夫影射的则是孙中山。无论是变法，还是革命，最终均以失败告终的结局暗示了作者本人在探索中国改造道路上的迷茫与困惑，最终只能将改造中国的理想寄托在海外拓荒殖民的贾希仙身上，在仙人岛上从零开始开创了一个"新中华世界"。其中，

---

① 金天翮：《女界钟》，载夏晓虹编《中国近代思想家文库 金天翮·吕碧城·秋瑾·何震卷》，中国人民大学出版社2015年版，第10页。
② 公权：《社会主义讲习会第一次开会记事》，转引自夏晓虹《晚清女子国民常识的建构》，北京大学出版社2016年版，第223页。

魏淡然的妻子缀红的形象颇引人注意。作者赋予了这位女性超乎普通女性的智识与远见。在家人依旧沉浸在皇恩正隆的喜悦中时,是缀红率先嗅到了危险气息,"见得透澈",认为"定有大祸在后,我们不可不防",待到"上谕下来,命各处捉拿宁、魏余党,契辛才佩服他妹子(笔者注:即缀红)的先见"。带着外国寻夫与为夫复仇的双重任务,缀红与其闺中密友慕隐,即宁孙谋的妻子双双踏上了女扮男装的冒险之旅。在此之前,二人就已做好了放脚、习武等多种准备,并且,使用暴力手段从其表兄处逼问出了"仇人"——胡大人的姓名与居处。此处,作者极写了缀红的豪放做派:

> 他表兄尚是支吾,不防缀红袖统管里一把小刀子,蓦然拔了出来,冷森森的白光一道,在那表兄的眼前一晃道:"你不说,我今夜和你不得干休!"他表兄原来是个极胆小的人,见这光景。吓得浑身乱抖,两只手抱着颈脖子,战兢兢的答道:"我——我说——我说。"却又顿住了口。缀红道:"快说,快说!"就把那刀在他眼前又晃了一晃。他表兄冷汗直淋,只得说道:"妹——妹夫的仇人,是胡尚书、方郎中。"原来他表兄吓慌了,那时六部尚书里面,却没有一个姓胡的,慕隐虑事,却很精细,便插嘴道:"现在这两个人在那里?"缀红道:"正是,在那里?"他表兄道:"在——在京里。"缀红又把刀子对准他表兄咽喉,做势一戳道:"今夜的事,你不准泄漏,要有半点儿风声,被姨娘知道,仔细你脑袋。"
> ——《痴人说梦记》第十九回"改男装一舸泛清淮 折侠妹单车走燕市"

两性的力量关系对比因暴力的加持发生了反转。这一性别力量的反转在随后的冒险之旅中再次出现。赶车的车夫对女扮男装的慕隐、缀红二人在旅途中的过分讲究,"好容易他们醒来,又要吃茶洗脸"而大发牢骚,忍气不过的缀红索性大喝道:"你算什么东西,敢恁样欺负人,你莫非要和强盗勾通,打劫我们么?我们也不怕你,你不信,叫你知道咱的利害。""说罢,抢前几步,提起一块三百多斤重的石头,在台阶上砸成四段,那台阶的石头,也震裂了。"缀红又指着早已粉身碎骨的石头继续喝骂车夫:"你这驴头比他如何?"在一连串的暴力震慑后,在场男性进入了集体休克状态,"吓的车夫舌头吐了出来,缩不进去,店里有些伙计,也看呆了"。牢骚满腹的车夫态度至此大变,"竟比家里的佣人,还伺候得周到"(《痴人说梦记》第十九回"改男装一舸泛清淮　折侠妹单车走燕市")。

缀红力能"扛鼎"的力量展示很让人联想起《儿女英雄传》中十三妹"举石"的那一段描写。小说写到那是一块二百四五十斤重,且半截深埋土中的巨石,但见十三妹"先挽了挽袖子,把那佛青粗布衫子的衿子往一旁一缅,两只小脚儿往两下里一分,拿着桩儿,挺着腰板儿,身北面南,用两只手靠定了那石头,只一撼,又往前推了一推,往后拢了一拢,只见那石头脚根上周围的土儿就拱起来了;重新转过身子去,身西面东,又一撼,就势儿用右手轻轻的一撂,把那块石头就撂倒了"。然后,"便一手提着石头,款动一双小脚儿,上了台阶儿,那只手撩起了布帘,跨进门去,轻轻的把那块石头放在屋里南墙根儿底下,回转头来,气不喘,面不红,心不跳"。这一番与其娇弱外表反差极大的力量展示同样使得现场围观的一众人等震惊不已:"那跑堂儿的一旁看了,也吓得舌头伸了出来,半日收不回去。""众人伸头探脑的向屋里看了,无不诧异。"(《儿女英雄传》第四回"伤天害理预泄机谋　末路穷途幸逢侠女")

富于炫耀意味的暴力加持导致两性关系发生了深刻逆转。当暴力被赋予向来弱势的女性群体时,一贯强势的男性也不得不在暴力的震慑下"雌伏"。不过,值得注意的是,如此彪悍的十三妹依然是一副娇滴滴的女性打扮,在对十三妹的外貌描写中,仍习用了传统女性描写的程式化套语,如"鼻如悬胆,唇似丹朱;莲脸生波,桃腮带靥"等,但清末小说中的缀红则已是女扮男装的书生模样。应该说,男性化的书生装扮仍不免给人"怯弱"之感,这也是招致车夫这等"粗人"当面牢骚的原因之一，只有当这位"怯弱书生"展现出与其"怯弱"外表反差极大的暴力化言行时，才彻底扑灭了车夫的嚣张气焰。可见，易装是远远不够的，暴力的加持才是导致性别力量对比发生根本逆转的原因所在。至于缀红这一人物的结局则安排得颇显突兀，在一次不期而遇的"遭遇战"中不明不白地丢了性命。小说中这样写道：

> 逛了几日，有些厌烦，心上又想到复仇的事要紧，便想雇车进京。走到街上，忽见一乘绿呢大轿，前面许多护勇簇拥着，街上的人，说是胡大人，子里（笔者注：缀红）毕竟不知轻重，当时也不问情由，就想扑到他轿子面前，要想行刺。一班护勇慌了，手起一枪，打中他的腰里，在地下滚了几滚，登时气绝。
> ——《痴人说梦记》第十九回"改男装一舸泛清淮　折侠妹单车走燕市"

缀红在仅仅"听闻"是仇人胡大人的情况下，就"不问情由"地冲撞队伍想要行刺，结果被一枪毙命，其暴露出的鲁莽、冒失、不计后果与前文一再标榜的智慧、冷静明显割裂开来。可见，超出普通女性群体的诸多优秀品质只是简单地"附着"在人物形象的表面而已，并没有内化为人物性格的有机组成部分，一旦事到临头，只有根深蒂固的"暴力"率先爆发出来。从这一层面来看，相较于智识，暴力与女性的结合似乎更为紧密。所谓"女豪杰"，在一些清末小说中往往首先呈现出举止粗率、动辄使用暴力的"暴力女"，而这样的"暴力女"在中国传统小说中往往就是有违传统性别道德，挑战男性性别尊严的泼妇、悍妇，这样一种形象设定也在相当程度上折射出了时人对尚在想象阶段的"女豪杰"的某些"联想偏好"。

第七章

国族立场与性别立场夹缠下的"女豪杰"建构

第一节 柔弱·妇德·美貌：性别气质的择选与"女豪杰"形象建构

尚武、暴力、粗豪是清末革命派男性精英对于女性群体的新期待。陈以益曾直言："其勿以贤母良妻为主义，当以女英雄女豪杰为目的。"① 被誉为"中国女界之卢骚"② 的金天翮在其女权主义论著《女界钟》中也坚决主张女性当以暴力手段争取民权革命与女权革命的伟大胜利，"吾愿以猛烈手段，用硫强之水，炸裂之药，重重轰洗，重重破坏，快刀断乱麻，引锥破连环。我将为君一拳槌碎黄鹤楼，君亦为我一脚踢翻鹦鹉洲。快哉快哉！"③ 在男性精英的热烈召唤下，女性必须紧紧跟上，朝着"完全天赋之人""自由自在之人""具有男性之人""女界先觉之人""诞育健儿之人""模范国民之人""悲悯众生之

---

① 陈以益：《男尊女卑与贤母良妻》，载朱有瓛主编《中国近代学制史料》（第二辑 下册），华东师范大学出版社1989年版，第683页。
② 夏晓虹编：《中国近代思想家文库 金天翮·吕碧城·秋瑾·何震卷》，中国人民大学出版社2015年版，第4页。
③ 夏晓虹编：《中国近代思想家文库 金天翮·吕碧城·秋瑾·何震卷》，中国人民大学出版社2015年版，第14页。

人""提倡革命之人"①的方向努力自新以不负男性精英的殷殷期待。在标榜"男性""革命"的同时,女性气质,包括脂粉、穿耳、盘头等女性装饰都遭到了贬斥,成为自甘"奴隶玩物"的证据,"且身非花鸟,又非玙羽,何为矫揉造作以自侪于玩好也!"②在国事艰难之际,费时耗资的种种装饰"恶习"还被贴上了"只顾自己,不顾国家"的"不爱国"标签:"我女国民同胞,试想我中国现今时代,是什么时代?弱到极点,穷到极点,还有什么兴味打扮?"③在激进革命的强势话语下,相夫教子的传统女性美德、柔弱娴顺的传统女性气质,繁复多样的传统女性装饰,乃至于诗词等传统才女之学都遭到了彻底否定,取而代之的则是国家主义、国民意识、尚武、男子气概等新女性标准,举止粗豪,动辄暴力相向,一心为国为民而缺乏家庭意识,甚至无情无欲的"女豪杰"形象得以大量催生。

耐人寻味的是,清末小说在书写"女豪杰"英雄事迹的同时,总是会有意无意地渲染其柔弱的女性气质,如《女娲石》中金瑶瑟多次遇险时的仓皇失措就让人大跌眼镜,如"急得汗如雨下,肩背都湿,暗暗叫苦","骇得瑶瑟魂飞魄散,面如死灰","惊得瑶瑟魂不附体","瑶瑟战战兢兢哀求","吓得瑶瑟魂不附体,说话不得,浑身发战,冷汗淋漓"之类的描写在文中比比皆是,与金瑶瑟平日里浑然一副置生死于度外的凛然模样大相径庭,不免给人一种"秒尿"的违和感。这样一种极力渲染"女豪杰"柔弱一面的写作倾向在"秋瑾之死"催生的文学作品中同样存在。有学者已指出,作为一部"以秋瑾的生平事迹作为主线的小说",《六月霜》"存在对历史事实的很大扭曲","对

---

① 金天翮:《女界钟》,载夏晓虹编《中国近代思想家文库 金天翮·吕碧城·秋瑾·何震卷》,中国人民大学出版社2015年版,第24页。
② 金天翮:《女界钟》,载夏晓虹编《中国近代思想家文库 金天翮·吕碧城·秋瑾·何震卷》,中国人民大学出版社2015年版,第11页。
③ 《敬告我女国民同胞》,载李又宁、张玉法主编《近代中国女权运动史料(1842—1911)》(上册),(台北)龙文出版社股份有限公司1995年版,第425页。

主人公秋瑾形象的严重扭曲"①，这主要指的是小说对秋瑾做了不符合历史事实的柔弱化处理，这与历史上秋瑾被捕时的真实情形严重不符。有学者将此种现象，即"女豪杰"的柔弱化处理归结为"当时人们对秋瑾这样的意识远远超前于时代的新女性还缺少足够的理解力所致"，《六月霜》中柔弱化的秋瑾形象之所以产生，就"在于作者不能接受真实的具有激进精神的秋瑾形象"，于是，"通过文学创作"，代之以"一个想象性的更符合公众理解力与接受度的女性形象"②。

确乎如此，秋瑾的行为举止远远超出了传统性别秩序的容忍限度，其遇害的原因从官方层面而言固然是政治问题，不过从舆论层面而言，其实首先是性别问题。士绅阶层的价值观往往代表的是为当时社会普遍认同的基本道德观念，真正触怒士绅阶层的并不是秋瑾意在推翻清政府的政治革命，而首先是其对于传统性别秩序的肆意践踏，这是普遍伦理道德所难以接受的，这恰恰反映了男性群体之于女豪杰形象的矛盾心态。一方面，激进革命的时代氛围热切地呼唤男性化的"女豪杰"出现；另一方面，"女豪杰"的粗豪举止，尤其是公然闯入男性公共领域的"僭越"行为又在性别层面挑战了男性作为优势性别群体的敏感神经，国族立场下召唤出来的"女豪杰"于是转而成为传统性别立场下男性性别尊严的破坏者。国族话语推崇的种种"新女德"也必然会催生出一些意料之外又情理之中的"副产品"，如女性意识的觉醒，乃至于激进的女权意识，现实中的女性并不会全然臣服于国族立场的规制，而在激进政治革命的同时，走上更为激进的女权革命道路，但文学书写中的女性形象则完全可以在作者的笔下随意"拿捏"，以使其在迎合国族期待的同时又不能违背传统性别秩序，既能以男性化的激进姿态奔赴革命奋勇杀敌，又能在临难之际的梨花带雨中展现出女性的柔弱。通过对性别气质的"兼容"处理来消解、补偿"女豪杰"

---

① 周乐诗：《清末小说中的女性想象（1902—1911）》，复旦大学出版社2012年版，第69页。

② 周乐诗：《清末小说中的女性想象（1902—1911）》，复旦大学出版社2012年版，第69页。

的"雄化"给传统性别秩序造成的破坏,尽管此种对既有性别秩序的破坏正是女性投身政治革命造成的客观结果,而积极投身革命正是清末语境中男性精英对于女性的新期待。

性别气质上的纠结深刻地反映了国族立场与男性性别立场在"重塑女性"时的冲突。两种立场均要求对包括"女豪杰"在内的"新女性"进行不容置疑的控制,试图掌控编码女性、定义女性的绝对权威。正是因为此两种立场同时作用于"女豪杰"的形象塑造,才使得"女豪杰"的前后言行总是发生严重脱节,平日里高谈阔论、大义凛然,充满男子气概;一旦身陷险境,立时惊得魂飞魄散,哭得梨花带雨,现出了不堪一击的本相。"女豪杰"形象塑造上的问题与国族立场与男性性别立场同时并存于"重塑女性"的场域中且彼此冲突有着密切关联。展现出"女豪杰"的"柔软"一面将有助于舒缓此类超出常规的女性给普遍性别道德造成的强烈冲击。正是出于这一微妙的男性心理(这一潜意识的存在相当程度上主导了男性作者的创作心理,使其原本的创作动机发生偏差),在将男性化的"女豪杰"加以柔弱化处理的同时,一些"女豪杰"小说或女杰传记往往又着力展现"女豪杰"对于传统价值观,如妇德、孝道的自觉恪守以及怜贫惜弱、悲悯慈爱的母性情怀。

在《近世第一女杰罗兰夫人传》(1902)一文中,开篇热情洋溢的一连串排比将罗兰夫人直接推上了"革命之母"的神坛,但同时也正是这一连串"某某之母"的排比,凸显了这位女革命者的女性身份并将其简化为所谓的"母性"。文中的细节描写颇耐人寻味。在梁启超的笔下,罗兰夫人虽积极地参加革命党会议,但依然谨守本分,"绝不妄参末议",虽偶有发言意愿,也一定强行自抑,"时或欲有所言,吾必啮吾舌以自制","口欲言而唇微啮"①。所有这些细节描写以及罗兰夫人的"内心独白"都无不展示了这位女革命者隐忍、自制而绝不僭越

---

① 梁启超:《近世第一女杰罗兰夫人传》,载李又宁、张玉法主编《近代中国女权运动史料(1842—1911)》(上册),(台北)龙文出版社股份有限公司1995年版,第322页。

男性空间的女性美德，这显示了梁启超在"新女性"构想上的保守一面，同时也表明了这恐怕也是一些男性精英更为认同的"女豪杰"形象，即在听从国族召唤投身革命的同时，仍能自觉恪守传统妇德。换言之，这是国族立场与男性性别立场之于"女性重构"场域中的双重实现。

除了恪守妇德外，女豪杰的"纯孝"也是男性作者乐于表现的重点。在《痴人说梦记》中，作者在女侠缀红的异装冒险开始前，就特意安排了一段极写缀红如何堂前尽孝的文字："天性尤笃，日夜侍疾，真正是衣不解带，目不交睫"（《痴人说梦记》第十八回"兴源店豪商款友 扬州城侠女访仇"），以恪守孝道来抵消性别伦理上的越轨。同样是俄国女虚无党人苏菲亚的人物传记，无论是《俄国虚无党女杰沙勃罗克传》（任克），还是《苏菲亚传》（无首），在着力塑造苏菲亚英勇无畏的革命者形象的同时，都不约而同地渲染了苏菲亚的种种"美德"，如对母亲的眷恋，对孝道的恪守，对贫弱之人的慈悲与怜悯，等等。在《俄国虚无党女杰沙勃罗克传》中，苏菲亚被描述成"性仁慈，锄强扶弱，恤病怜贫，而尤孝于母"①的女性，入狱后的苏菲亚仍不忘寄信给母亲表达哀哀眷恋之情："儿万死，与母长别之日近矣！然儿之有今日，果自求之也，无甚悲恨，惟不得承欢膝下，实儿痛心泣血也。"临刑前仍"以娇滴之声"呼喊母亲："慈母兮慈母，儿从此辞矣！"②化名为"无首"的廖仲恺在《苏菲亚传》中，除了极写苏菲亚的"天性至孝"外，还增添了许多有助于展现女性气质的小细节，如"天性慈爱""善看护病者"，并且"天性有洁癖"，而"洁癖"一点正呼应着苏菲亚道德上的完美无瑕，"其举动光明磊落，毫不可干，以私

---

① 任克：《俄国虚无党女杰沙勃罗克传》，载李又宁、张玉法主编《近代中国女权运动史料（1842—1911）》（上册），（台北）龙文出版社股份有限公司1995年版，第333页。
② 任克：《俄国虚无党女杰沙勃罗克传》，载李又宁、张玉法主编《近代中国女权运动史料（1842—1911）》（上册），（台北）龙文出版社股份有限公司1995年版，第333、334页。

于道义上论，实无一点微污"①。

值得注意的一点是，除了富于女性气质的怜悯、慈爱、洁净之外，这篇人物传记还特别写到了苏菲亚是一位"容貌高美"②的美人儿。应该说，除了走好汉路线的"女豪杰"之外，如《女娲石》中的凤葵、魏水母等，"美貌"几乎是"女豪杰""女刺客"的又一"标配"，这一点在《东欧女豪杰》《女娲石》中的女性虚无党成员以及深受俄国虚无党风潮影响的中国女刺客身上均有体现。鲁迅在《祝中俄文字之交》（1932）中曾提到苏菲亚对于中国革命青年的深刻影响，"那时较为革命的青年，谁不知道俄国青年是革命的，暗杀的好手？尤其忘不掉的是苏菲亚，虽然大半也因为她是一位漂亮的姑娘。现在的国货的作品中，还常有'苏菲'一类的名字，那渊源就在此"③。确乎如此，试想，如果苏菲亚并非美人儿，那么，苏菲亚的革命事迹是否还会在革命青年中这样惹人遐思，浮想联翩呢？所谓"饱刀鍟，红雨热，断美人头"，"痛离魂倩女，冤同精卫"④，富于女性气质的美人儿投身革命，其本身就给革命带来了某种激情与浪漫。同时，以女性的娇躯弱质担负起危险的暗杀任务又总是会不可避免地导致女性自身的被毁灭，于是，崇高的悲剧美学体验由此被激发，其中蕴含的自我牺牲精神也随之得到了凸显，并常常被渲染为一种宗教化的狂热情绪。在苏菲亚的另一篇人物传记《苏菲亚传》（1907）中就出现了大量的宗教术语，如"女员之多，虚无党之特色也。……何大慈大悲大无畏者，多出于女员耶？""女员者，党人之灵魂也。若有女员发愿随喜者，吾党

---

① 无首：《苏菲亚传》，载李又宁、张玉法主编《近代中国女权运动史料（1842—1911）》（上册），（台北）龙文出版社股份有限公司1995年版，第349页。

② 无首：《苏菲亚传》，载李又宁、张玉法主编《近代中国女权运动史料（1842—1911）》（上册），（台北）龙文出版社股份有限公司1995年版，第349页。

③ 鲁迅：《祝中俄文字之交》，《鲁迅杂文集·南腔北调集》，同文书店1934年版，第49页。

④ 《六月霜传奇》，载阿英编《晚清文学丛钞·传奇杂剧卷》（上册），中华书局1962年版，第150页。

当事之以圣徒。"① 刊发于《女子世界》第 7 期的《论铸造国民母》（1904）一文也将"慈悲善良"的女革命者"牺牲现在，牺牲一己"的行为冠以"普渡众生"② 的宗教性赞语。女革命者由此被赋予了又一重神圣光环，她们的死也带上了一种圣徒式的殉道意味，秋瑾的死，恰也大体如此。早在 1905 年写给旅日友人的信中，感愤于中国女界尚无人殉难的秋瑾就明确地表达了"即不获成功而死，亦吾所不悔也"③ 的殉难志愿。她生前的许多诗句，如"此身拼为同胞死，壮志犹虚与愿违"（《赠徐小淑》二章）等无不是殉难者形象的自我演绎，其被捕前的多次拒绝逃走并最终就义的赴死行为更可视为"以身践道"的终极实践。

第二节　雄化·仇男·对抗压制："梁山好汉"式的另类"女豪杰"

如果说男性作者在一些"女豪杰"的形象设定上，还在为女性气质的取舍而纠结不已，那么，在另一些"女豪杰"的形象设定上则完全放弃了挣扎，而将之直接塑造成"梁山好汉"的翻版，《女娲石》的凤葵就是如此。这是一个无论容貌还是性情均完全丧失了女性气质而呈现出强烈雄化倾向的"女豪杰"形象。在与女主人公金瑶瑟初次见面时，小说就借金瑶瑟的视角看到了一个"又黑又肥"的"丑鬼"，举止做派男性化十足，"唱个喏，竟似一个壮士"，且"刚侠好义，却喜生事"。由于其言谈举止的过于粗豪、粗俗以至于其所引发的联想并不是指向逾越传统性别秩序的女侠，而根本就是梁山好汉式的男性草

---

① 无首（廖仲恺）：《苏菲亚传》，载李又宁、张玉法主编《近代中国女权运动史料（1842—1911）》（上册），（台北）龙文出版社股份有限公司 1995 年版，第 347、350 页。
② 亚特：《论铸造国民母》，载李又宁、张玉法主编《近代中国女权运动史料（1842—1911）》（上册），（台北）龙文出版社股份有限公司 1995 年版，第 461 页。
③ 秋瑾：《致王时泽书》，载郭延礼、郭蓁编《秋瑾集 徐自华集》，中华书局 2015 年版，第 56 页。

莽英雄。凤葵的"天真烂漫，不守范围"（《女娲石》第九回"秦夫人发明电马 瑶女士误击气球"）颇让人联想到李逵、鲁智深一类的人物，事实也确实如此。有学者指出，《女娲石》第三回"扮男子瑶瑟出逃 遇洋人凤葵闹店""此处活用了鲁达拳打镇关西的笔法"①。小说写到凤葵因酒店主只顾服侍洋人而遭到了冷遇，于是不觉心中火起，"又起手来愤骂道：'二十八层地狱的臭奴才，两个猪圈子，止认得洋大人，须认不得老娘？'将起手便要打"。被金瑶瑟制止后，凤葵才勉强忍耐下来，但当再次遭到店主人怠慢后，凤葵终于忍无可忍发作起来：

> 凤葵听了，一把无明业火直从心起，大踏步抢到店主身前，一个嘴巴，将店主打翻在地，将身子一跳，骑在店主身上。拿着拳头骂道："娘贼！看见欧洲人便是你的爹爹，反要拍着异种的马屁来压老娘。第一件该打。"说罢，往下一拳，打得店主唇破齿落，满口流血。店主道："打得好。"凤葵又拿着拳头道："老娘和你是同胞，便是没有一钱，也该拿碗饭与老娘充饥。怎么老娘进得你店，熬了一夜，全没见一碗冷饭来？害得老娘肚子里咕咕噜噜打了一夜的官司。第二件该打。"说罢，又是一拳，打得店主头开皮裂，血流满面。店主叫道："洋大人做主呀！"凤葵又拉着拳道："死奴才！你不提起洋大人，老娘倒饶了你的狗命。你说洋大人，偏生勾起老娘的气，老娘与你一拳送终罢！"
>
> ——《女娲石》第四回"扮男子瑶瑟出逃
> 遇洋人凤葵闹店"

此处暴打店主人的场景描写简直就是《水浒传》中"鲁提辖三打镇关西"的翻版，而《女娲石》第八回"触觉忌连破酒色戒 示金言大施因材心"则可以说是对《水浒传》第三回"赵员外重修文殊院 鲁智深大闹五台山"的又一次套用。无论是凤葵入会后的不服管

---

① 欧阳健：《晚清小说史》，浙江古籍出版社1997年版，第263页。

束,"把个天香院闹得天昏地黑",还是凤葵反出天香院、大闹酒店的情节描写,无不能在"大闹五台山"的鲁智深身上找到超越性别的重合之处。应该说,作者在塑造凤葵形象时,直接参考的就是鲁智深的好汉做派,其女性身份则被消解殆尽。《女娲石》中的另一个"女好汉"魏水母则是一个"在古渡野泊,诱杀舟男"(《女娲石》第十四回"捉革命追赶女豪 屠男类截杀古渡")的女强盗,一边唱着淫词浪曲,一边做着"剥野猪"营生,行事做派颇似《水浒传》中的阮氏兄弟。这是否暗示了作者这样一种潜在的创作意识(或者说是性别意识,而这样一种性别意识直接决定了作者的创作倾向),即豪放做派与女性身份是相互抵牾的,豪放做派的赋予只能以女性特质的消解,甚至于女性身份的取消为代价。应该说,这样一种创作倾向反映出的深层心理并不是作者的个例,而是千百年来中国传统性别文化积淀下来的集体无意识,是根深蒂固的性别偏见造成的刻板印象。似乎,男性化的"豪放""粗豪""粗俗"是"女豪杰"革命姿态的应有内涵,"一个具有政治胸怀的女性,似乎总是需要付出女性特质的缺失作为代价。貌丑而知国政与女色误国形成了对比关系,这种套话结构让女性特质因此成为一个负面的符号。而晚清女豪杰继续以压抑女性特质这个负面符号,即刻意地张扬男子气和粗俗化来获得自己政治上的进步"[①]。

在凤葵形象的"雄化"倾向中,有一点与水浒好汉有着惊人的相似,就是对性/异性的异常厌恶以及对食物的异常嗜好。在凤葵的"天真烂漫,不守范围"(《女娲石》第九回"秦夫人发明电马 瑶女士误击气球")中,颇有不遵礼法而崇尚自然的原始意味。在天香院的秦夫人试图向凤葵灌输群体意识、国家意识时,凤葵出于纯粹的自然情感拒绝了群体与国家可以无条件征用自己身体的理念,认为"我这身体,天生的,娘养的,自己受用的",坚持对自己身体的掌

---

① 周乐诗:《清末小说中的女性想象(1902—1911)》,复旦大学出版社2012年版,第41页。

控权。在秦夫人宣布的花血党四条宗旨中,凤葵对其中的前三条:
"世界之中惟我独尊,夫妇儿女无碍无牵。""我有国家独立自尊,权利光荣,永保丕丞。""等级尽灭,政法平等,民贼独夫不共戴天。"
即个体尊严、国家独立、阶层平等均表认同,但唯独对第四条,即
"生殖自由,永断情痴,毋守床笫,而误国事"本能抗拒,理由是
"这却使不得,我还没嫁人的"(《女娲石》第七回"刺民贼全国褫魂 谈宗旨二侠入党")。凤葵"情欲自由"的诉求是"国事"压制下的一种天然反抗,是为了反抗"压制情欲"而要求"情欲自由",而并非为了"情欲自由"而"情欲自由"。也就是说,凤葵的诉求本身是带有反抗性的。这一点从凤葵接下来的"反出天香院,大闹小酒店"中就能体现出来。

  凤葵在某酒店中偶遇四个绿林壮汉,此时酒保正受此四条壮汉的威逼令其找一村妇过来陪酒,奈何村中妇女惊骇之下皆闭门不出,酒保只好找到此时恰好进店的凤葵请她代为应酬:"止要前去,坐在席中,随意喝几杯酒,便算陪了他。少时我便重重叩谢,娘子可怜我呀!"凤葵此时的反应颇耐人寻味,她首先是大骂,"放屁放屁!老娘是不近雄物的",但猛然又转念一想,"呵呀!那不近雄物,是秦丫头说来,老娘别是为他所愚吗?若是平日,老娘便不使。偏生秦丫头说出这样鸟话来,老娘倒要使使。忽又想道:使得,使得。我听巧云娘子说什么文明国也要结婚自由,便是佛爷爷有个尼姑也有一个和尚。我今近了他,便又怎的!偏生秦丫头要在老娘面前捣鬼?"从这段内心活动可知,凤葵应允"陪酒"更多的是出于对秦夫人压制的一种反抗。凤葵以一种仿佛找人打架的豪放姿态答应了"陪酒","老娘是雷公打人,不知生死的。今日倒要陪陪,须不怕了他!"与壮汉们的哄饮更像是一场酒量上的比拼,"一连喝上十碗",将那人喝得"伏着席吐个不止",凤葵于是放声大笑,"这点小本钱,怎够容得老娘!老娘喝个你看"。然后,"一连又喝十碗。丢下碗,将席上肉菜抓着乱吃,一洗而尽",这才"大步出店而去"(《女娲石》第八回"触党忌连破酒色戒 示金言大施因材心")。整个"陪酒"过程全然不涉两性之事,

倒可以分明感受到一种刻意犯规的快感。

凤葵在吃喝上的豪放程度也着实令人叹为观止，已然到了漫无边际、忘乎所以的程度，动辄"一连喝上十碗"（《女娲石》第八回"触党忌连破酒色戒 示金言大施因材心"）。此种毫无节制的饮食方式在《女娲石》中的魏水母身上同样存在，"烧牛肉十二斤，蘸些蒜汁，馒头果三十斤，皮酒四十升"（《女娲石》第十五回"绮琴抵掌论音乐 水母当筵动急泪"）。女豪杰们在饮食上的豪放做派与水浒好汉简直如出一辙。夏志清先生认为梁山好汉们在食欲上的毫无节制在相当程度上是禁绝色欲的一种补偿，"虽不贪女色，却酷爱大碗喝酒，大块吃肉，以此作为补偿"[①]。"极度过剩"的"精力"总要寻找发泄的出口。从这一角度而言，凤葵对性/男性的异常厌恶以及在食欲上的异常放纵可以说是一体两面的。

在对抗秦夫人以群体意志压制个体情欲的过程中，凤葵有过暴虐的过激举动，将两条正在交配的狗活活杀死，并将狗的阳物生生地拖出来，掷向闻风赶来的花血党成员，以至于众女员"东逃西躲，满院沸腾"。这是一种刻意挑衅权威的快感释放，"惹得老娘气来，把这牢院一把火，看你守节来！"（《女娲石》第八回"触党忌连破酒色戒 示金言大施因材心"）"高掷阳物"这一富于象征意味的举动彰显了战胜性/男性的淋漓痛快，此种快感的获得恰恰来自对性的极端蔑视以及对异性的残忍虐杀，并以此挑战花血党对自然情欲的压制。此种饱受压抑而不得，于是索性一并毁灭的扭曲心态在水浒好汉身上同样有所体现，最为典型的当属杨雄杀妻事件的幕后主使——石秀。金圣叹就曾质疑过石秀一再穷究所谓"真相"的心理动机：

> 观巧云所以污石秀者，亦即前日金莲所以污武松者。乃武松

[①] [美]夏志清：《中国古典小说史论》，胡益民等译，江西人民出版社2001年版，第88页。

以亲嫂之嫌疑，而落落然受之，曾不置辩，而天下后世，亦无不共明其如冰如玉也者。若石秀，则务必辩之；背后辩之，又必当面辩之，迎儿辩之，又必巧云辩之，务令杨雄深有以信其如冰如玉而后已。呜呼！岂真天下之大，另又有此一种才刻狠毒之恶物欤？

——《水浒传》第四十六回"扑天雕两修生死书 宋公明一打祝家庄"夹批

确乎如此。在杨雄已然相信石秀清白的情况下，"兄弟何必说得，你身上清洁，我已知了。都是那妇人谎说！"石秀仍执意一辩再辩，"不然；我也要哥哥知道他往来真实的事。""哥哥得知么？这般言语，须不是兄弟教他如此说。请哥哥却问嫂嫂备细缘由！""哥哥，含糊不得！须要问嫂嫂一个从头备细原由。"（《水浒传》第四十五回"病关索大闹翠屏山 拼命三火烧祝家庄"）随着名誉的恢复，洗刷耻辱的动机已然消失，那么，究竟是何种动机鼓动着石秀对嫂嫂出轨一事的所谓"真相"穷究不已呢？现代文学大师施蛰存先生的心理分析小说《石秀》提供了透析人性的解读路径。回到《女娲石》中的凤葵，其对于狗儿的残酷虐杀，究其深层的心理动机，与石秀的因爱而不得，于是索性一并毁灭的扭曲心态实有相通之处。无论是石秀，还是凤葵，这样一种扭曲心态都是性压抑的极端化产物。不同的是，导致石秀饱受性压抑的根源是不近女色的好汉道德，因为好色"不是好汉的勾当"，而导致凤葵性压抑的根源则是"灭四贼"的花血党宗旨，尤其是"绝夫妇之爱，割儿女之情"的所谓"灭内贼"以及"永断情痴，毋守床第"的所谓"灭下贼"，前者剥夺了女性组建家庭的权利，因为一旦组建家庭，难免就会受到传统纲常伦理的束缚，"我国伦理，最重家庭，有了一些三纲五常，便压制妇女丝毫不能自由"，而后者则是要求女性断绝情欲，因为情欲不除，必将贻误国事。"这'下'字是指人身部位讲的，人生有了生殖器，便是胶胶粘粘，处处都现出个情字，容易把个爱国身体堕落情窟，冷却为国的念头，所以，我党中人，务要绝情遏欲，不近浊物雄物，这便名叫灭下贼。"（《女娲石》第七回"刺民贼全国褫魂 谈宗旨二侠入党"）这是以国族的名义对女性身体、欲望以及情感诉求实施的全面征用。

应当说，由于清末之际具有压倒一切优势的国族话语的加入，在花血党的专制独裁与凤葵的个体反抗之间体现出的就不仅仅是爱欲与理性这一世界文明史上始终存在的惯常冲突，而更多的是激进革命的政治诉求与女性生命个体的性别诉求二者之间的深刻矛盾。"妇女解放运动与民族主义运动的双轨并进是中国近代政治叙事的重要特征。与民族主义运动的广泛结合为妇女运动提供了宝贵的合法化途径，但过度依附于国族立场却也导致了女性自身性别立场的极大丧失，从而使其难以摆脱国族话语规制下的工具化境遇。"[①] 在《女娲石》这部具有典型意义的女性革命小说中，"革命要求与个体情爱、国家利益与生命欲望水火不容：入党的英雌必须冷血无情，视男性、视性爱为天敌，否则她们将受到严厉的惩罚"[②]。在国族立场主导下的工具化境遇中，女性被要求从身体到精神的全面皈依。

第三节　权力诉求："女豪杰"建构中的"共谋"

《女娲石》中的凤葵在饱受压抑而不得，索性一并毁灭的扭曲心态下，以极端暴力的方式挑战了花血党对自然情欲的压制，体现的是女性的个体诉求对于群体意志的强力对抗。其挑战的结果不是恢复性的自由，而是性的毁灭以及对男性群体的强烈憎恨。此种"仇男"意识在《女娲石》的魏水母身上体现得尤为鲜明。魏水母刚出场时曾做过一番自我介绍："咱姓魏，名水母，排行第三，浑号捣命母夜叉三娘

[①] 施文斐：《"国族"与"性别"纠缠下的女界改造与女性主体性重构——近代妇女运动与民族主义运动的双重变奏》，《山东女子学院学报》2020年第2期。

[②] 李奇志：《论清末民初思想和文学中的"英雌"话语》，博士学位论文，华中师范大学，2006年，第153页。

子；大姊名山精，浑号花面阎罗；二姊名社狐，浑号猪愁姑子。咱们三个姊妹，立定主意，做些天理人情，专门搜杀野猪，不许世界有半个男子。所以三人分头行事，大姊专在山野，截杀路男；次姊专在城市，盗杀居男；止在咱最不肖，止在古渡野泊，诱杀舟男。"至于其如此痛恨男性的理由，则是根源于对性别不平等的深刻体认："咱老娘的姊妹，被你们压了两千余年，拉着夫纲牌调倒还威风。咱老娘今夜正要与姊妹报仇雪恨！"（《女娲石》第十四回"捉革命追赶女豪 屠男类截杀古渡"）《女狱花》中的沙雪梅也是如此。在觉悟到自身的奴隶地位后，就将"外人看来，也很是和睦"（《女狱花》第三回）的丈夫视为"男贼"，并在一次吵架中将其一拳打死。小说这样写道："秦赐贵见沙雪梅骂他男贼，又走近身来要同他算账，心中又气又恼，对着雪梅小肚皮，就是狠命一脚。岂知雪梅心灵眼快，闪在一边，随手将黑虎偷心的拳头打去，则听'啊呀'一声，'秦赐贵'正变成'寻死鬼'了。"沙雪梅打死丈夫后的直接反应竟然是"心中很是爽快"①。沙雪梅"仇男"的理由与魏水母完全一致："咳！男贼既待我们如此，我们又何必同他客气呢。我劝众位，同心立誓，从此后，手执钢刀九十九，杀尽男贼方罢手！"②（《女狱花》第四回）显然，无论是魏水母，还是沙雪梅，这些"女豪杰"的"仇男"意识均带有强烈的女权主义色彩，是痛感到性别不平等后针对男性群体发起的猛烈反击，并迅速趋于极端化，"不许世界上有半个男子"（《女娲石》第十四回"捉革命追赶女豪 屠男类截杀古渡"）。

统观而言，花血党的"仇男"论调与魏水母、沙雪梅的"仇男"论调有相通之处，但其出发点显然不同，前者站在国族立场上，要求女性"灭内贼""灭下贼"，即毁家、弃情、禁欲，为的是女性从此能安心国事而不为家事所累；而后者则有着鲜明的女性性别立场，为了

---

① 王妙如：《女狱花》第四回，转引自李奇志《论清末民初思想和文学中的"英雌"话语》，博士学位论文，华中师范大学，2006年，第137页。
② 转引自周乐诗《清末小说中的女性想象（1902—1911）》，复旦大学出版社2012年版，第37页。

摆脱千百年来被男性奴役的悲惨命运而号召女性杀尽男贼。尽管立场不同，却是殊途同归，都是通过"仇男""杀男"的极端化方式来确保国族意志或者女性意志的完满实现。在"重构女性"的场域中，国族立场与女性性别立场往往处于彼此冲突、相互矛盾的状态，但在"仇男"这一层面，我们却看到了国族立场与女性性别立场之间达成了某种"共谋"关系。为了使女性能够全身心地投身到革命之中，对于"男贼"的"仇恨"渲染是十分必要的。只有在刻骨仇恨的鼓荡下，女性才能意识到自己的奴隶处境而势必要冲出家庭的牢笼，就如沙雪梅一拳打死丈夫而反出家庭，高喊杀尽男贼，这与花血党"灭四贼"中"灭内贼"/毁家与"灭下贼"/禁欲是完全一致的，可以说从源头上断绝了女性对于两性情感生活、家庭生活的种种幻想，从此只能安心国事，以国家为丈夫，以革命为事业。于此，国族立场与女性性别立场，或者说激进女权立场达成了某种隐秘、完美的"共谋"关系。

　　让我们不妨再回到《女娲石》。在这部号称女权小说的作品中，我们发现女权革命其实并非小说倡导的终极目标，女权革命充其量仅仅是更为宏大的政治革命的工具而已。小说中确实有一些"女子优越论"的论调，如开篇托名中国女史钱挹芳发表的一段言论："唉！世界上的势力全归女子，那有男子能成事的么？""什么革命军，自由血，除了女子，更有何人？""从今以后，但愿我二万万女同胞，将这国家重任一肩担起，不许半个男子前来问鼎。咳！我中国或者有救哩！"钱女史的此番言论显然认为相较于男子，政治革命的领导权更应掌握在女子的手中，因为女子更有能力，"女子是上帝的骄子，有一种天赋的能力"，"今日世界，教育经济，以及理想性质，都是女子强过男子"，"男子有一分才干，止造得一分势力。女子有了一分才干，更加以姿色柔术，种种辅助物件，便可得十分势力"（《女娲石》第一回"感时势唤起女真人　祷英雌祭陨天空石"）。正唯如此，女性须有"三守"："第一，世界暗权明势都归我妇女掌中，守着这天然权力，是我女子分内事。第二，世界上男子是附属品，女子是主人翁，守着这天然主人资格，是我女子分内事。第三，女子是文明先觉，一切文化都从女子开创，守着这天然先觉资格，是我女子分内事。"（《女娲石》第七回"刺民贼全国褫魂 谈宗旨二侠入党"）将所有这些"女子优越论"的主要论调加以综合考察就会发现其中的逻辑脉络：女子必须对自己具有超越男子的能力有绝对信心，必须将政治革命的领导权从能力低下的男子手中夺过来。换言之，女性须更主动地、更积极地、更深层次地与政治革命发生关联，因为"女子优于男子"。显然，其中体现的所谓女权意识并非仅仅指向性别革命。

在清末中国的语境中，女权思想催生于男性精英倡导的女性解放运动，而这一男性主导的近代女性解放运动就其发起初衷而言无疑是国族立场的。女权革命伴随着政治革命而生，也必将接受政治革命的强力规制。辛亥革命爆发之时，一些女军人革命群体的英勇作战赢得了国民政府的热烈嘉奖，但当女界先锋试图以曾参加过辛亥革命，为中华民国的诞生做出过贡献为政治资本，转向女性自身的性别立场向国民政府要求女性参政权时就遭到了男性群体的"群嘲"。正如唐群英向国民政府发出的强烈质问："在革命起义的时候，我们女性从事特务工作、组织炸弹敢死队，和男性一样冒着生命和财产危险从事一些艰巨而危险的任务。为什么现在革命成功了，而女性权益却没有被考虑进去！"[①] 革命女性完全有理由为自己从曾经的男性同盟者那里遭受到的背叛而感到愤怒，现实的走向与男性精英一直宣扬的女权革命路径，即站在国族立场上先实现政治革命，然后再转向女性性别立场上实现女权革命根本不符，所谓"先尽义务，后享权利"被事实证明不过是一个无法兑现的画饼。正如学者李木兰论述的那样："中国文学作品中女战士的形象并不代表女性对男权的渴望，也不代表她们对摆脱女性无权状态的向往。与此相反，她只不过在激励女读者要为某一'崇高目标'献身，这尤其反映在父母有难或发生一场悲惨的社

[①] 《女士打骂参议院》，《正宗爱国报》，1912年12月11日，转引自[澳]李木兰《性别、政治与民主——近代中国的妇女参政》，方小平译，江苏人民出版社2014年版，第104、105页。

会危机的时候。尤其是,就像班昭和其他越界担负起男性职责的模范的女子一样,她这么做只是因为当时特殊历史环境的召唤。因此,这并非暗示着一场性别革命的到来。"① 激进的女权主义号召女性毁家、绝情、禁欲,从此全身心地投身于政治革命的洪流之中,将女权革命的实现维系于政治革命的成功,并坚信随着政治革命的成功,女权革命必将胜利。

---

① [美]曼素恩:《缀珍录——18世纪及其前后的中国妇女》,定宜庄、颜宜葳译,江苏人民出版社2022年版,第280页。

第八章

性别身份与文学内外的秋瑾形象建构

　　清末之际，毅然抛弃自己的女性身份，典质钗环、抛家弃子、孤身一人踏上东瀛求学之旅的秋瑾，可堪当时女性群体中的"异类"。其与丈夫王子芳事实上的婚姻决裂，世论也褒贬不一，"或曰秋瑾狂妇人耳，其夫遇之厚，而瑾终轻之，与人言，则肆詈詈骂。秋瑾狂妇人耳。或曰秋瑾奇女子也，其夫特庸奴耳。瑾之绝之，非瑾之罪也"①。虽世论纷纭，但秋瑾对婚姻的极度不满是确定无疑的。婚姻生活的不幸加剧了原本就清高自许的秋瑾的孤独感，当此种无法排遣的孤独感不断地映射在秋瑾"居无室家之乐，出无戚友之助"的私人生活中时，她也就逐渐完成了"天下最苦最痛之无可告语者"②的"凄凉女"（秋瑾《如此江山·萧斋谢女吟〈秋赋〉》）的自我体认，也使得秋瑾义无反顾地冲破旧家庭的牢笼，在轰轰烈烈的革命事业中完成了自我身份的重塑。

第一节 "天壤王郎"之憾与秋瑾的才名焦虑

　　对婚姻生活的极度不满往往是人们在试图理解"女才子"的少妇

---

① 悲生：《秋瑾传》，转引自夏晓虹《晚清文人妇女观》（增订本），北京大学出版社2016年版，第259页。
② 《与秋誉章书》其九，载郭延礼、郭蓁编《秋瑾集 徐自华集》，中华书局2015年版，第68页。

第八章　性别身份与文学内外的秋瑾形象建构 / 129

"秋闺瑾"何以竟能以一种激进、决绝的姿态走上革命道路时最常用的解析路径,与秋家有通家之谊的陶在东即断言秋瑾之所以"走入革命之途",皆因婚姻不幸所致,"徒以天壤王郎之憾,致思想上起急剧之变化,卒归结于烈士殉名",并假想"浸假王子芳而能如明诚子昂其人者,则当过其才子佳人美满之生活,所谓京兆画眉,虽南面王不易也"①。在陶在东看来,"天壤王郎"的憾恨正是秋瑾走上革命道路的决定性原因。此说虽仅持一端,并没有对秋瑾的革命心理动因做全面的动态分析,但也道出了部分事实。应该说,秋瑾早年的婚姻理想确实不出"郎才女貌""吟诗仙伴侣"(秋瑾《贺新凉戏贺佩妹耆》)的"才子佳人"婚姻范式。秋瑾天生聪慧,"幼与兄妹同读家塾,天资颖慧,过目成诵"②,十一岁即已习作诗歌,"偶成小诗,清丽可喜"。并时常"捧着杜少陵、辛稼轩等诗词集,吟哦不已"③。同时,对旧小说、戏曲等通俗文学作品,如《红楼梦》《镜花缘》《芝龛记》等也甚为熟稔,是深受传统文化浸润的"纯乎一闺秀,纯乎一才子",且自视甚高,常以谢道韫自许,颇以才华自矜,"一时有女才子之目"④。其婚姻理想不出传统文化的范围,"大抵李易安管夫人之际遇,最所心羡,笔下口头,往往见之"⑤。但秋瑾的婚姻对象——富商家庭出身的王子芳显然并非"才子"。在秋瑾看来,他就是一个沉湎于种种习气,所谓"无信义、无情谊、嫖赌、虚言、损人利己、凌辱亲戚、夜郎自大、铜臭纨绔之恶习丑态",且"其终身不能改变"⑥ 的公子哥。即便

---

① 陶在东:《秋瑾遗闻》,载郭延礼编著《解读秋瑾》(上册),山东教育出版社2013年版,第66页。
② 郭延礼:《秋瑾年谱》,齐鲁书社1983年版,第15页。
③ 郭延礼:《秋瑾年谱》,齐鲁书社1983年版,第17页。
④ 陶在东:《秋瑾遗闻》,载郭延礼编著《解读秋瑾》(上册),山东教育出版社2013年版,第64页。
⑤ 陶在东:《秋瑾遗闻》,载郭延礼编著《解读秋瑾》(上册),山东教育出版社2013年版,第66页。
⑥ 秋瑾:《致秋誉章书》其五,载郭延礼、郭蓁编《秋瑾集 徐自华集》,中华书局2015年版,第62页。

有心回护父亲的秋瑾之女王灿芝也不得不在《秋瑾革命传》中写下这样一段文字：

> 王廷钧原是一个年少风流的公子哥儿，到了北京以后，被一班朋友们带着，成天价在外面酒肉征逐，后来又结交上了几个贝子贝勒，常常是花天酒地的混在一起，有时竟彻夜不归，甚至卧倒在酒瓮的旁边，沉醉不醒，所以夫妻之间，时相勃谿。①

导致夫妻二人矛盾公开化的"出居泰顺栈"事件之所以发生，与王子芳的临时起意，"被人拉去逛窑子，吃花酒"② 有关。此种纨绔习气深重的富家公子哥即便是"美丰仪，翩翩浊世佳公子"③，在"颇自负"的"女才子"秋瑾眼中也直与"俗子"无异。在自传性的弹词作品《精卫石》（1905）中，作为秋瑾文学性写照的女主人公黄鞠瑞同样遭受了封建包办婚姻的困境，黄女的多位闺中密友正是以"才子佳人"的婚姻标准为依据，一再叹恨这桩婚姻的极不般配，诸如"才女配匪人""才女配庸人""婚姻误配与俗儿""俗奴浪子配才媛""知己不逢归俗子"④ 的反复言说既是情节需要，同时也是秋瑾之于自身婚姻极度不满的直白宣泄。与现实不同的是，秋瑾安排笔下的黄鞠瑞与一众女友借着忠心使女的掩护及时踏上了东瀛逃亡之旅，将尚未成形的包办婚姻扼杀在了萌芽之中，总算是多少弥补了无可挽回的现实缺憾。在经历了秋瑾执意弃家留学、王子芳篡取

---

① 秋灿芝：《秋瑾革命传》，转引自夏晓虹《晚清文人妇女观》（增订本），北京大学出版社2016年版，第247页。

② 徐自华：《炉边琐忆》，转引自夏晓虹《晚清文人妇女观》（增订本），北京大学出版社2016年版，第248页。

③ 陶在东：《秋瑾遗闻》，载郭延礼编著《解读秋瑾》（上册），山东教育出版社2013年版，第65页。

④ 夏晓虹编：《中国近代思想家文库 金天翮·吕碧城·秋瑾·何震卷》，中国人民大学出版社2015年版，第118、121、123、122、124页。

秋瑾首饰、①早已私行娶妇等事件之后，二人的婚姻关系迅速恶化，原本纨绔习气深重的王子芳更是遭到了秋瑾措辞激烈的道德谴责，在秋瑾的眼中彻底沦为"天良丧尽"、禽兽不如之人，"行为禽兽之不若，人之无良，莫此为甚！""此等人岂可以人格待之哉？"②此时的秋瑾对原本就"以父命，非其大愿"③而嫁的丈夫只剩下满腔仇恨，"一闻此人，令人怒发冲冠"，"妹已衔之刺骨，当以仇敌相见"，并嘱咐其家人，"如后有人问及妹之夫婿，但答之'死'可也"④。

除了沉湎习气的公子哥做派外，令秋瑾"最痛心"者实为王子芳科第仕途的断绝。对此，陶在东曾有如下言论：

> 一般富家子弟，多捐部曹而坐食此息，子芳当然不能例外，女士意殊不屑，然此类京官如习举业，仍可以附监生资格，赴顺天乡闱，取科第显达。子芳为人美丰仪，翩翩浊世佳公子也，顾幼年失学，此途绝望，此为女士最痛心之事。⑤

幼年失学，可知王子芳断无文采可言，这自然令以"才子佳人"为婚姻范式的秋瑾极为失望，更由此导致王子芳只能花钱捐官而无才学应举，无法走科第取仕的正途。相较于"才子佳人"婚姻理想的破灭，丈夫仕途功名的无望才是秋瑾"最痛心之事"。彼时的秋瑾似也难脱"夫贵妻荣"的传统价值观，以"夫贵"为"妻荣"的价值前提。在"夫为妻纲"的传统伦理价值观下，不具有独立人格的女性如果没

---

① 秋瑾《致秋誉章书》其三，"即妹之珠帽及珠花亦为彼篡取，此等人岂可以人格待之哉？"又《致秋誉章书》其五，"近妹曾有一函与子芳，责其百金及珠花、珠帽等事"。载郭延礼、郭蓁编《秋瑾集 徐自华集》，中华书局2015年版，第59、63页。

② 郭延礼、郭蓁编：《秋瑾集 徐自华集》，中华书局2015年版，第59页。

③ 郭延礼：《秋瑾年谱》，齐鲁书社1983年版，第25页。

④ 《致秋誉章书》其四，载郭延礼、郭蓁编《秋瑾集 徐自华集》，中华书局2015年版，第59、60页。

⑤ 陶在东：《秋瑾遗闻》，载郭延礼编著《解读秋瑾》（上册），山东教育出版社2013年版，第65页。

有前程似锦的丈夫可以依附，那么，其自身价值的实现自然也就无从谈起。对于彼时的秋瑾而言，"夫贵妻荣"是实现自身人生价值的唯一途径。王子芳科第仕途的断绝无情地宣告了秋瑾借此实现人生价值的愿望落空，这才是其"最痛心"的真正原因所在。

  秋瑾一直就怀有强烈的功名心，对自己的未来有极高的期许。她自幼"熟读史籍，尤好剑侠传，慕朱家郭解为人"①，"在学习经史诗词以外，特别爱读《芝龛记》等小说"，对女性传奇故事中征战沙场的女英雄"秦良玉、沈云英备极推崇"②。在自传性的弹词作品《精卫石》的开篇，秋瑾写了一众男女英雄在瑶池王母的授意下下凡救世，秦、沈两位"女豪杰"就与知名度极高的花木兰比肩走在女英雄队伍的最前面，"木兰携手秦良玉，沈氏云英联袂偕"③。足见秋瑾对这两位"女豪杰"的青眼相加。通过秋瑾《芝龛记》的题诗可知，彼时尚无明确革命意识的秋瑾之所以对两位明末"女豪杰"尤为激赏，并非出于反清排满的异代共鸣，而是更多地感叹于两位"女豪杰"竟能不倚仗男人而全凭自己的力量直取功业。在《芝龛记》的题诗中，秋瑾就有不甘"雌伏"渴望"雄飞"的鲜明表达，"同心二女肩朝事，多少男儿首自低"（其七），并以建立男性化功业的女英雄自勉，"吾侪得此添生色，始信英雄亦有雌"④。清末盛行一时的"英雌"于此可谓呼之欲出。

  在挚友徐自华看来，秋瑾"好名太甚"⑤，"颇自负，尚意气，好

---

  ① 李奇志：《论清末民初思想和文学中的"英雌"话语》，博士学位论文，华中师范大学，2006年，第107页。

  ② 徐双韵：《记秋瑾》，载郭延礼编著《解读秋瑾》（上册），山东教育出版社2013年版，第65、155页。

  ③ 秋瑾：《精卫石》，载夏晓虹编《中国近代思想家文库 金天翮·吕碧城·秋瑾·何震卷》，中国人民大学出版社2015年版，第109页。

  ④ 秋瑾：《〈芝龛记〉题后（八章 董寅伯之王父所作传奇）》其三，载郭延礼、郭蓁编《秋瑾集 徐自华集》，中华书局2015年版，第96页。

  ⑤ 徐自华：《祭秋女士文并序》，《徐自华集》，郭长海、郭君兮辑校，浙江古籍出版社2014年版，第167页。

胜心甚"①。确乎如此。秋瑾曾在致兄长秋誉章的书信中明言："抚心自问，妹亦非下愚者，岂甘与世浮沉，碌碌而终者？"② 对于女性而言，此种极度渴求声名的好胜心、功名心在彼时的封建伦理秩序下，只能寄希望于丈夫（或子嗣）才有可能间接实现，而王子芳的幼年失学、科第无望显然使秋瑾的功名心化为泡影。慨然赴日后的秋瑾回首自己的婚姻仍难掩不得"佳偶""佳子弟"的一腔幽愤："呜呼！妹如得佳耦，互相切磋（此亦古今红颜薄命之遗憾，至情所共叹），此七八年岂不能精进学业？名誉当不致如今日，必当出人头地，以为我宗父母兄弟光。奈何遇此比匪无受益，而反以终日之气恼伤此脑筋，今日虽稍负时誉，能不问心自愧耶？"③"使得一佳子弟而事，岂（随）[遂]不能稍有所展施，以光母族乎？悲哉，今生已矣！"④ 对婚姻的极度失望竟让秋瑾生出了"今生已矣"的绝望之感。显然，此种深重的绝望并不只出于"才子佳人"式婚姻理想的彻底破灭，更根植于人生价值理想——出人头地、光宗耀祖的全部落空。对于秋瑾而言，平庸无能、习气深重的丈夫不仅毁了自己的婚姻，更毁了自己的人生，这恐怕正是秋瑾何以视丈夫为仇敌，竟直以死人待之的深层原因所在。

婚姻不幸导致的价值失落对于秋瑾而言有着极其深远的影响，其对女性性别群体依附性客体处境的深刻反思与此不无关联。秋瑾是女界革命的先驱，尤其致力于振兴女子教育以培养女性的自立能力与独立精神。其女学主张可从当时流行的"生利、分利说"中找到依据，如在《敬告姊妹们》（1907）一文中，秋瑾就认为女性应当"求一个自立的基础，自活的艺业"，"自己养活自己"而"不致坐食，累及父

---

① 徐自华：《秋瑾轶事》，《徐自华集》，郭长海、郭君兮辑校，浙江古籍出版社 2014 年版，第 164 页。
② 秋瑾：《致秋誉章书》其四，载郭延礼、郭蓁编《秋瑾集 徐自华集》，中华书局 2015 年版，第 60 页。
③ 秋瑾：《致秋誉章书》其四，载郭延礼、郭蓁编《秋瑾集 徐自华集》，中华书局 2015 年版，第 60 页。
④ 秋瑾：《致秋誉章书》其五，载郭延礼、郭蓁编《秋瑾集 徐自华集》，中华书局 2015 年版，第 62 页。

兄、夫子"①。但在《大魂篇》(1907)中，秋瑾又对"生利、分利说"的男性中心主义立场，即"提倡女学，使能自立，无为我大好男儿累"进行了深刻质疑，认为女子教育不当仅止于"贤母良妻主义"，"咄咄！女界之振兴，果尽于是耶？苟若此，则贤内助之资格，于彼男子诚利矣，于吾女界何？于吾祖国何？"② 所谓"欲脱男子之范围，非自立不可"③，秋瑾倡导的"自立"更多地立足于女性自身的性别立场，主张通过学习艺业以求得经济独立，跳出女性的依附性客体处境，恢复独立人格，重获自由新生。

在《精卫石》中，以黄鞠瑞为核心的女性群体互相安慰、彼此激励，并最终在忠心女仆的帮助下毅然踏上了出洋留学之旅，开启了自立幸福人生。有学者已注意到，秋瑾的《精卫石》"集中了各种身份男性的恶，鞠瑞父亲的恶，鞠瑞未婚夫的恶，小玉兄弟的恶，两性关系异常紧张"④。这是一个将男性彻底排斥在外的女性群体，对男性充满了强烈的不信任而寄希望于女性群体自身的群策群力、团结互助，黄鞠瑞对女仆的平等态度与其说是超越阶级性的体现，不如说是重视姊妹情谊的"合群"思想的体现。在这一由女性同胞结成的大团体中，"自立"是最为重要的普遍诉求。秋瑾借黄鞠瑞及多位闺中密友之口反复表达了"自立"之于女性个体生命存在的重要性，认为女子悲惨的生存境遇皆是不能"自立"而受制于男子所致，"女子生为牛马般；受苦受囚还受气，一生荣辱靠夫男"，"不学此生难自立，靠他人总是没相干"，"实因女子无生计，出外难能四处行。身欲奋时行不得，叫人恨煞女儿身！"之所以发出"可怜女子不如人！"的愤愤不平之声，正

---

① 秋瑾：《敬告姊妹们》，载夏晓虹编《中国近代思想家文库 金天翮·吕碧城·秋瑾·何震卷》，中国人民大学出版社2015年版，第98页。
② 夏晓虹编：《中国近代思想家文库 金天翮·吕碧城·秋瑾·何震卷》，中国人民大学出版社2015年版，第101页。
③ 秋瑾：《致湖南第一女学堂书》，载夏晓虹编《中国近代思想家文库 金天翮·吕碧城·秋瑾·何震卷》，中国人民大学出版社2015年版，第83页。
④ 周乐诗：《清末小说中的女性想象（1902—1911）》，复旦大学出版社2012年版，第68页。

是因为秋瑾切实痛感到了女性性别群体绝无独立人格可言的依附性客体处境。正因为如此，秋瑾借小说主人公之口发出号召，"但愿我、姊妹任人图自立，勿再倚男儿作靠山"①。因此，倡导女学以求"自立"在秋瑾的思想理路中也就具有了关乎女性恢复独立人格、重建主体性价值的重大意义。

此外，"自立"与否直接关乎女性婚姻是否幸福这一点也在《精卫石》中得到了生动体现。《精卫石》的一个重要情节就是黄鞠瑞的"抗婚"。这是一桩"才女配庸人""彩凤配凡禽"②的极不般配的姻缘，是封建包办婚姻的产物。如若没有彼时开风气之先的"自立"、"平权"、出洋留学等新思想、新理念的鼓动，薄命红颜恐怕也就只有"若然误配终身恨，不若当时一命捐"③的死路可走了。此处，秋瑾显然是在借题发挥，将一己婚姻中"天壤王郎"的无限憾恨借文学书写表露无遗："道韫文章男不及，偏遇个、天壤王郎冤不冤？"小说借鲍夫人之口极写苟才（笔者注：黄鞠瑞的未婚夫）的不堪：

> 苟才更是不成人！从小就、嫖赌为事书懒读，终朝捧屁有淫朋。刻待亲族如其父母样，只除是、赌嫖便不惜金银。为人无信更无义，满口雌黄乱改更。虽只年华十六岁，嫖游赌博不成形。妄自尊大欺贫弱，自持豪华不理人。亲族视同婢仆等，一言不合便生嗔。要人人趋奉方欢喜，眼内何曾有长亲？如斯行动岂佳物，纵有银钱保不成。相女配夫从古说，如何却将才女配庸人？④

---

① 夏晓虹编：《中国近代思想家文库 金天翮·吕碧城·秋瑾·何震卷》，中国人民大学出版社2015年版，第126、115、123、123、126页。

② 夏晓虹编：《中国近代思想家文库 金天翮·吕碧城·秋瑾·何震卷》，中国人民大学出版社2015年版，第121页。

③ 夏晓虹编：《中国近代思想家文库 金天翮·吕碧城·秋瑾·何震卷》，中国人民大学出版社2015年版，第122页。

④ 夏晓虹编：《中国近代思想家文库 金天翮·吕碧城·秋瑾·何震卷》，中国人民大学出版社2015年版，第120、121页。

将此段台词与秋瑾致兄长书信中对王子芳的连篇痛骂相比较，几乎可以说是家信骂词的翻版。秋瑾在悲叹红粉佳人"遇人不淑""彩凤随鸦"的同时，更将矛头直指封建包办婚姻，"可怜父母行压制，苦了亲生儿女身"，"难道是，真个才人多命薄，都无非、父母连姻不择贤"，"父母全凭媒妁言，婚姻草草便相联。只贪图，今日门楣温饱足；那管你，此生佳配是冤牵"①。秋瑾本人就是封建包办婚姻的受害者。对于矜才自负且热望功名的秋瑾而言，婚姻失败导致的深创剧痛远非琴瑟不谐，更直指人生价值理想的落空。正唯如此，尽管秋瑾与母家，尤其是母亲的关系非常和睦亲近，也不由得在与兄长秋誉章的书信中流露出"父母既误妹"②的怨愤之意。此种恨海难填的憾恨也只能通过文学书写加以弥补了。在《精卫石》中，秋瑾不仅让黄鞠瑞得以出洋留学以"抗婚"，更提出了"学堂知己"的新婚姻理想："一来是、品行学问心皆晓，二来是、情性志愿尽知闻。爱情深切方为偶，不比那、一面无亲陌路人。"如此"自由自主不因亲"③的自主婚姻正是建立在女性进学自立的基础之上。唯经济独立、人格独立，方能享恋爱自由、婚姻自主，才能摆脱旧式婚姻中"一身荣辱靠夫君""此身荣辱付于天"④的依附性客体处境。

令人颇生感慨的是，在秋瑾为二万万女同胞勾画事业婚姻两得意的美好蓝图时，秋瑾自己已将两性情感生活彻底地排除于私人生活之外。赴日后在革命风潮的鼓动下迅速成长为革命者的秋瑾在与兄长的书信中这样写道，"妹近儿女诸情俱无牵挂，所经意者，身后万世名

---

① 夏晓虹编：《中国近代思想家文库 金天翮·吕碧城·秋瑾·何震卷》，中国人民大学出版社2015年版，第122、118、122、108页。

② 秋瑾：《致秋誉章书》其四，载郭延礼、郭蓁编《秋瑾集 徐自华集》，中华书局2015年版，第60页。

③ 夏晓虹编：《中国近代思想家文库 金天翮·吕碧城·秋瑾·何震卷》，中国人民大学出版社2015年版，第127页。

④ 夏晓虹编：《中国近代思想家文库 金天翮·吕碧城·秋瑾·何震卷》，中国人民大学出版社2015年版，第106、108页。

耳","他日得于书记中留一名,则平生愿足矣"①。此时投身于民族民主革命事业中的秋瑾所留意的只有青史留名的英雄事业,"我欲只手援祖国","一洗数千百年国史之奇羞"（秋瑾《宝刀歌》）,并将与王子芳的结合视为自己的人生污点,"断不与此无信义者有污英雄独立之精神"②,"无使此无天良之人,再出现于妹之名姓间方快"③。虽语出豪壮,看似痛快、决绝,然婚姻生活的不幸带给秋瑾的痛苦、孤独、不安定感以及隐隐的悲观意识却无法一挥了之。少妇时期的秋瑾书写过大量的闺怨词,例如:"闺中无解侣,谁伴数更筹？却怜同调少,感此泪痕多。"（秋瑾《思亲兼柬大兄》）难以排遣的孤独感透纸可见。小住京城期间虽渐沐新风,但也难掩"天涯漂泊我无家"（秋瑾《感时》二首）的孤独与感伤,"俗子胸襟谁识我？英雄末路当磨折。莽红尘何处觅知音？青衫湿！"（秋瑾《满江红·小住京华》）走上革命道路后的秋瑾在豪情之余仍时有漂泊孤独之感,在与兄长的信中难掩悲观情绪,"居无室家之乐,出无戚友之助,他日之结局实不能豫定也"④。

此时的秋瑾已渐将"知音难觅"的"孤独"升华为"豪杰羞伍草木腐,怀抱岂与常人同"（秋瑾《赠蒋鹿珊先生言志且为他日成功之鸿爪也》）的"孤高"。秋瑾的孤独是"先知式的孤独",是先知者与周遭环境发生激烈冲突的悲愤心理的表现,体现在生命意识上,就是"宁可玉碎,不为瓦全"⑤的献身豪情。这可以在相当程度上解释秋瑾何以在有充分时间逃走的情形下仍不顾劝阻执意"求死"的深层心理

---

① 秋瑾:《致秋誉章书》其四,载郭延礼、郭蓁编《秋瑾集 徐自华集》,中华书局2015年版,第60页。
② 秋瑾:《致秋誉章书》其五,载郭延礼、郭蓁编《秋瑾集 徐自华集》,中华书局2015年版,第63页。
③ 秋瑾:《致秋誉章书》其四,载郭延礼、郭蓁编《秋瑾集 徐自华集》,中华书局2015年版,第60页。
④ 秋瑾:《致秋誉章书》其九,载郭延礼、郭蓁编《秋瑾集 徐自华集》,中华书局2015年版,第68页。
⑤ 李奇志:《论清末民初思想和文学中的"英雌"话语》,博士学位论文,华中师范大学,2006年,第112页。

动机。1905年（光绪三十一年）秋瑾抵沪后，自上海寄给王时泽的信中有言："吾归国后，亦当尽力筹划，以期光复旧物，与君相见于中原。成败虽未可知，然苟留此未死之余生，则吾志不敢一日息也。吾自庚子以来，已置吾生命于不顾，即不获成功而死，亦吾所不悔也。"①"且光复之事，不可以一日缓。而男子之死于谋光复者，则自唐才常以后，若沈荩、史坚如、吴樾诸君子，不乏其人，而女子则无闻焉，亦吾女界之羞也。愿与诸君交勉之。"② 可以说，秋瑾是以一种"孤绝"的姿态义无反顾地走上革命道路的。舍生取义、成就不世功业是早已将生死置之度外而唯以革命功业为念的秋瑾唯一的价值诉求与人生目标。作为"誓死"意念的文学化处理的产物，头颅、铁血、牺牲等意象大量充斥于秋瑾的革命诗篇中："赤铁主义当今日，百万头颅等一毛。誓将死里求生路，世界和平赖武装。"（秋瑾《宝刀歌》）"头颅肯使闲中老？""无限伤心家国恨"（秋瑾《柬志群》其三）"金瓯已缺总须补，为国牺牲敢惜身。"（秋瑾《鹧鸪天·祖国沉沦感不禁》）"拼将十万头颅血，须把乾坤力挽回。"（秋瑾《黄海舟中日人索句并见日俄战争地图》）此种意象的频频叠加让后世读者在充分感佩于秋瑾"誓死"意志的同时，也不难在慷慨悲歌的背后体察到这位革命的先行者，同时也是俗世的孤独者内心的凄苦、决绝与悲壮。诚如曾与秋瑾在大通学堂共事过的许则华（许啸天）所言："（秋瑾）奋斗又奋斗，痛苦又痛苦，其间不知受尽了多少悲哀，牺牲了多少幸福，才得最后政治人格上大无畏的表示。'秋风秋雨愁煞人'，是她一生奋斗的实录了！"③ 此番对烈士心曲的体察幽微曲折，可堪知音之赏了。

1907年（光绪三十三年）6月2日，秋瑾自绍兴寄给徐蕴华（徐小淑）的绝命词中有云："痛同胞之醉梦犹昏，悲祖国之陆沉谁挽。"

---

① 郭延礼：《秋瑾年谱》，齐鲁书社1983年版，第66、67页。
② 秋瑾：《致王时泽书》，载夏晓虹编《中国近代思想家文库 金天翮·吕碧城·秋瑾·何震卷》，中国人民大学出版社2015年版，第92页。
③ 许则华（许啸天）：《读秋女侠遗集的感想》，载郭延礼《秋瑾年谱》，齐鲁书社1983年版，第130页。

第八章　性别身份与文学内外的秋瑾形象建构　/　139

"虽死犹生,牺牲尽我责任;即此永别,风潮取彼头颅。壮志犹虚,雄心未渝,中原回首肠堪断!"(秋瑾《致徐小淑绝命词》)徐小淑在《秋瑾烈士史略》稿中交代,"此为秋瑾殉国前五日寄给作者之绝笔,缄内并无别简"[①]。舍生取义、杀身成仁的人生信条表明了秋瑾早已将为革命事业献身视为唯一的生命要义,此时的秋瑾也已完成了由寄希望于"夫贵妻荣"的依附性价值体认向"休言女子非英物"(秋瑾《鹧鸪天·祖国沉沦感不禁》)、"漫云女子不英雄"(秋瑾《日人石井君索和即用原韵》)的凸显女性主体性价值的转变。此种人生价值实现主体由他人(男)到己身(女)的深刻转变,自然与秋瑾对平庸丈夫的极度失望密切相关,同时更根植于其对传统性别秩序下女性的依附性客体处境的极度不满,再加上秋瑾渴望成就功业的功名热望、天生难掩的豪侠风概与男性化的逼人英气,这些都使得其对自己的男儿壮志被困在女性躯壳中不得施展而深感痛苦。小住京华期间,与丈夫的矛盾日趋白热化的秋瑾写下了这样的词句:"身不得,男儿列;心却比,男儿烈。"对自己的女性身份痛恨异常,"苦将侬强派作蛾眉,殊未屑!"(秋瑾《满江红·小住京华》)这几乎是秋瑾告别女性身份的明志之作。秋瑾就义后,迅速被奉为堪与南丁格尔、苏菲亚、罗兰夫人、圣女贞德、花木兰、秦良玉、沈云英等中外女杰相比肩的英雄人物而被世人所铭记、所赞颂。[②] 辛亥革命时期,在秋瑾革命精神的强烈感召下,女子从军风行一时,当时的妇女军事团体有女子军事团、女子光复军、女子北伐队、女子军、同盟女子经武练习队、女子尚武会、浙江女子军、女子国民军、女子决死队、女子暗杀队等等。[③] 名震神州的辛亥革命女子北伐队在其发起宣言中慨言道:"乃看革命功成,克奏罗兰伟业,待到共和局定,聊慰秋瑾幽魂。斯诚吾汉族之荣光,岂第

[①]　郭延礼:《秋瑾年谱》,齐鲁书社1983年版,第112页。
[②]　辛亥革命后,中华书局发卖的"世界女杰笺",其第一组共八枚,即上述八位中外杰出女性。具体内容参见夏晓虹《晚清文人妇女观》(增订本),北京大学出版社2016年版,第244页。
[③]　谈社英编著:《中国妇女运动通史》,妇女共鸣社1936年版,第30页。

女同胞之幸福也哉。"① 上海女子北伐敢死队也正是"因为受到革命先烈秋瑾精神感召，奋起从戎，结伴而来，参加了革命斗争"②。秋瑾的英魂可谓不朽。

第二节　性别气质与秋瑾的易装实践

京师大学堂日本教习服部宇之吉的夫人服部繁子曾对秋瑾的丈夫王子芳在永定门火车站送别妻子游东一幕有过如下满怀深情的细腻描写："丈夫面带哀伤，发辫在风中吹得零乱，看着更让人痛心。可他还像一般丈夫应做的那样，提醒秋瑾一路保重，到日本后来信。两个孩子眼巴巴地望着忍心离去的母亲。秋瑾不住地点头，没说话，转过去的脸上也挂满了泪珠。到底是生离死别之情啊！""一声汽笛，列车徐徐开动。我拉起秋瑾的手让她站在车窗前。秋瑾的丈夫抱起男孩向车中招手，奶妈抱着的小女儿也在招手，真是一幕悲剧啊！"③ 妻子只身外出而丈夫居家育儿这一幕颇具有象征意义。这一年，即1904年（光绪三十年），二十八岁的秋瑾毅然踏上了出洋之旅，典质钗环、抛家弃子、骨肉分离，与丈夫王子芳的婚姻关系也处于崩溃的边缘。可以说，秋瑾的出洋，不仅是物理上走出国境的一次"越境"，同时也是精神上脱出家庭范围的一次"越界"——从此告别自己的性别职守与女性身份而以男性化的精神风貌致力于开辟男性化的丰功伟业。此种"转性"首先外显在着装上。1906年（光绪三十二年）正月，秋瑾在绍兴城赴仓桥街蒋子良照相馆摄男装小影，并赋七律一首："俨然在望此何人？侠骨前生悔寄身。过世形骸原是幻，未来景界却疑真。相逢恨晚情应

---

① 谈社英编著：《中国妇女运动通史》，妇女共鸣社1936年版，第33页。
② 杜伟：《上海女子北伐敢死队》，载郭延礼编著《秋瑾年谱》，齐鲁书社1983年版，第116页。
③ ［日］服部繁子：《回忆秋瑾女士》，载郭延礼编著《解读秋瑾》（上册），山东教育出版社2013年版，第127、128页。

集，仰屋嗟时气益振。他日见余旧时友，为言今已扫浮尘。"①（秋瑾《自题小照》）凝望着镜中陌生的男子影像，秋瑾自己也不免生出恍然隔世之感。如其胞弟秋宗章的观感，"英气流露，神情毕肖"②，男装的更易使得秋瑾天然具有的勃勃英气得以不受女装的束缚而尽情释放。易装，并通过照相技术将这一具有纪念意义的瞬间永久定格下来，这可以说是对从前女性身份的一种充满仪式感的告别。此种个体行为对于秋瑾而言，绝非一时的心血来潮，而是带有颠覆传统性别秩序乃至于现行政治文化运作机制的革命意味。回顾中国传统小说戏曲中集中出现的几种"女扮男装"类型形象，此种颠覆性、破坏性的革命性质就愈加彰显无遗。

中国传统小说戏曲中集中出现的"女扮男装"类型大体来说无外乎三种：一为清初才子佳人小说中大量出现的佳人女扮男装外出寻访佳婿人选者；一为因父亲等男性家庭成员的缺席而不得不由女性易装代替承担家族责任者，如花木兰的代父（父老）从军报国，黄善聪（《喻世明言》第二十八卷《李秀卿义结黄贞女》中的女主人公）的替父（父亡）经商养家等；一为女性因不甘才华泯灭等原因女扮男装通过科举考试进入男性政治空间并取得辉煌成就者，如黄梅戏等民间戏曲中广泛流传的女状元、女驸马故事，清中期女诗人陈端生的弹词作品《再生缘》中也有大体相近的叙事脉络。总体而言，以上三种"女扮男装"类型的人物形象并没有对传统性别秩序构成实质上的挑战。清初才子佳人小说中的"女扮男装"固然在一定程度上体现了婚姻爱情观的进步性，但自由恋爱的结果最终还是要取得"父母之命"的伦理认可，且在相当程度上仅为"才女"的某种特权，并不能惠及整个女性群体。至于因男性家庭成员的缺席而女扮男装代替承担家族责任的情形，则并没有削弱，反而巩固了传统性别秩序，使得传统性别秩序即便在男性缺席的情况下也能毫无滞碍地照常运转下去。女性会在

---

① 郭延礼：《秋瑾年谱》，齐鲁书社1983年版，第84页。
② 郭延礼：《秋瑾年谱》，齐鲁书社1983年版，第90页。

易装期间短暂地介入男性社会空间，如外出经商、参军等，但最终还是要回归女性身份，重返家内空间。

　　花木兰功成后就主动拒绝了"尚书郎"的政治上升空间，自觉退出男性领地，"脱我战时袍，著我旧时裳。当窗理云鬓，对镜贴花黄"（《木兰辞》）。《李秀卿义结黄贞女》（《喻世明言》第二十八卷）中的黄善聪最终也是自觉回归女性身份，与多年的商业伙伴结为夫妻。当我们从性别视角出发继续深入考察下去就会发现，《木兰辞》中"出门看伙伴，伙伴皆惊忙：同行十二年，不知木兰是女郎"（《木兰辞》）。并非仅仅赞美花木兰的伪装技术异常高超，居然在长达十余年的时间里从未暴露过自己的女性身份，这是否也意在表明花木兰的女性道德操守/贞节的不容置疑，尽管她长年"混迹"于男性社会空间之中，这一点可以从《李秀卿义结黄贞女》（《喻世明言》第二十八卷）中黄善聪必须坚拒姻缘以表明贞节的情节设置中可获得反证。活跃于男性空间的女性的道德操守总是令人生疑，这几乎是传统性别秩序下形成的根深蒂固的集体无意识。秋瑾在弃绝了女性性别身份与传统女性职守后，却唯独在女性贞操这一点上极为苛责（律己律人），恐怕也与此种社会心理有关。① 至于如女状元、女驸马以及《再生缘》中的才女孟丽君因各种原因进入了男性政治空间，在科考与仕途上取得了令人咋舌的辉煌成就，但在有限的突破之后最终也还是难逃回归女性身份的命运。

　　就文学与现实的关系而言，文学的本质是对社会现实的一种反映，但也因其艺术虚构的文学特性，使得一些文学作品反映的所谓"现实"未必总是与现实十分贴合，而更多地带有想象的成分，由文学想象逆推出来的现实并非必然就是现实本身。此种情况可运用于对如上中国古代戏曲小说中常见的三种"女扮男装"情况的动因解读，但显然无

---

① 秋瑾特别强调女性的贞操，她殷切"寄语女同胞，速求学问重道德，勿为流言所惑，亦勿为流言所中"，鼓励女性洁身自好（秋瑾《致〈神州日报〉编者函》）。转引自李奇志《论清末民初思想和文学中的"英雌"话语》，博士学位论文，华中师范大学，2006年，第113页。

论哪种解读都不适于秋瑾的易装动机。秋瑾曾对服部繁子坦言道:"太太您是知道的,在中国是男子强,女子弱,女子受压迫。我要成为男人一样的强者,所以我要先从外貌上像个男人,再从心理上也成为男人。"① 服装,"关系到社会的既定秩序与政治、文化的意识积淀,体现着一种深厚的社会性别文化传统。在中国的传统文化中,服饰是纲常伦理制度的外化,最讲究的是男女有别",而外表上的易装常被视为有违既定社会伦理秩序的越轨行为。"如果再着了异性的服装闯入其生活圈子,则被视为触犯了社会既定规范,为舆论、法律所不容。"② 而身着男装闯入男性政治空间成就一番轰轰烈烈的男性化功业恰恰正是秋瑾长久以来衷心期待的。

秋瑾关心国事、忧国忧民,虽然是传统诗书文化熏陶出来的闺阁才媛,却也有着传统文人士大夫的爱国情怀与国家意识,绝非局限于一隅天地的吟风弄月之辈可比。早在1894年(光绪二十年),十八岁的秋瑾就感时伤世、忧怀国运,因清政府甲午海战的惨败而写下"绿娥蹙损因家国,系表名流竟若何?"(秋瑾《赠曾筱石》)的感愤诗篇,1900年(光绪二十六年)庚子国变时,秋瑾更是接连写下了《杞人忧》《感事》等爱国主义诗篇,诗中除了抒发高尚的爱国主义精神外,两首诗都表达了直欲如男儿一般驰骋沙场、奋身报国的决心:"漆室空怀忧国恨,难将巾帼易兜鍪。"(秋瑾《杞人忧》)"儒士思投笔,闺人欲负戈。"(秋瑾《感事》)但无奈的是,壮志雄心被困在女性的身体中不得施展,终化泡影。在约作于1905年(光绪三十一年)至1907年(光绪三十三年)间的自传性弹词作品《精卫石》中,秋瑾极力铺写了女性自出生之日起遭受的种种不公平待

---

① [日]服部繁子:《回忆秋瑾女士》,载郭延礼编著《解读秋瑾》(上册),山东教育出版社2013年版,第121页。
② 李奇志:《论清末民初思想和文学中的"英雌"话语》,博士学位论文,华中师范大学,2006年,第109页。

遇，并借梁小玉之口喊出了"却怜生作女儿郎""自恨身非作男子"①的心声。

　　作为中国女界革命的先驱人物，男女平权是秋瑾的纲领性口号，但对于秋瑾自身而言，她渴望的并不是成为平权的女性，而是直接变成男性，"我要成为男人一样的强者，所以我要先从外貌上像个男人，再从心理上也成为男人"②。此时秋瑾的自我价值体认已渐从依附男性的间接性实现转而为不如靠自己的直接性实现，所谓"肮脏尘寰，问几个男儿英哲？算只有蛾眉队里，时闻杰出"（秋瑾《满江红·肮脏尘寰》）。不仅如此，秋瑾期待成就的功业也并非如热心女学的女教育家，或如救死扶伤的女医生、女护士等大众认知中符合女性"特质"的社会化职业，而是"我不甘心无所事事地活着，我一定要胜过男人"，"我要做出男人也做不到的事情"③，这一点在秋瑾赴日后迅速走上激进革命道路上可以得到印证。从这一层面而言，秋瑾的"女扮男装"绝非男性缺席下的替代性应对，而是"与女性对传统社会性别规范的冲撞和革命性破坏相连"④，在颠覆传统性别秩序的同时，极大地刺激和挑战了传统社会的普遍道德认知。至于传统的女性装饰，如穿耳、缠足以及繁复费时的衣饰打扮等皆被秋瑾视为女子物化、奴性、依赖性的标志而痛加贬斥。在《敬告姊妹们》（1907）一文中，秋瑾就拟仿了《西厢记·长亭送别》的排比与叠词，生动地再现了二万万女同胞一味修饰而不知自振的奴隶生涯：

　　　　唉！二万万的男子是入了文明新世界，我的二万万女同胞，

---

① 秋瑾：《精卫石》，载夏晓虹编《中国近代思想家文库 金天翮·吕碧城·秋瑾·何震卷》，中国人民大学出版社2015年版，第121页。
② ［日］服部繁子：《回忆秋瑾女士》，载郭延礼编著《解读秋瑾》（上册），山东教育出版社2013年版，第121页。
③ ［日］服部繁子：《回忆秋瑾女士》，载郭延礼编著《解读秋瑾》（上册），山东教育出版社2013年版，第122页。
④ 李奇志：《论清末民初思想和文学中的"英雌"话语》，博士学位论文，华中师范大学，2006年，第109页。

还依然黑暗沉沦在十八层地狱，一层也不想爬上来。足儿缠得小小的，头儿梳得光光的；花儿、朵儿札的、镶的戴着，绸儿、缎儿滚的、盘的穿着，粉儿白白、脂儿红红的擦抹着。一生只晓得依傍男子，穿的、吃的全靠着男子。身儿是柔柔顺顺的媚着，气虐儿是闷闷的受着，泪珠儿是常常的滴着，生活儿是巴巴结结的做着：一世的囚徒，半生的牛马。试问诸位姊妹，为人一世，可曾受着些自由自在的幸福未曾呢？①

将修饰与女子的奴隶处境相联系，修饰也就成了女子奴性的象征符号。此一观点在彼时诸多言论中均可得见，如吹起女界革命号角的"女界之卢骚"金天翮就在其振聋发聩的《女界钟》（1903）中花费了相当篇幅专论女子的"缠足之害""修饰之害"，将之作为女子奴性的标志加以批判。秋瑾亦是如此，但她更多的是站在女性自身的性别立场上，陈说凡此种种对于女性自身独立生活以及独立人格养成的巨大危害，而非通常立论的国族立场，如针对缠足的批判，国族话语的惯常论调是缠足女性因体弱多病、气血不畅而导致无法诞育健康国民，并因之将亡国灭种的罪责加到缠足女性的头上。而秋瑾的立论则站在女性主体性的性别立场上，关注的是女性自身的健康状况。在自传性弹词作品《精卫石》中，秋瑾就采用了这一论说立场，借女主人公之口批判缠足对于女性自身（而非后代，即未来国民）的危害，"自从缠了双足，每日只能坐在房中，不能动作。往往有能做的事情，为了足不能行，亦不能做了，真正像个死了半截的人。面黄肌瘦，筋骨束小，终日枯坐，血脉不能流通，所以容易致成痨病。就不成痨病，也是四肢无力，一身骨节酸痛"②。至于一些女性希图借助缠足而赢得丈夫的爱的想法，在秋瑾看来更是自处于玩物境地的奴性体现，为独立人格

---

① 秋瑾：《敬告姊妹们》，载夏晓虹编《中国近代思想家文库 金天翮·吕碧城·秋瑾·何震卷》，中国人民大学出版社2015年版，第97页。

② 秋瑾：《精卫石》，载夏晓虹编《中国近代思想家文库 金天翮·吕碧城·秋瑾·何震卷》，中国人民大学出版社2015年版，第106页。

起见，更应彻底摒弃：

> 只怪自己把自己看得太不值钱，不去求自己生活的艺业、学问，只晓得靠男子，反死命的奉承巴结，谄谀男子，千方百计，想出法子去男子前讨好。听见喜欢小脚，就连自己性命都不顾，去紧紧的裹起来。缠了近丈的裹脚布，还要加扎带子，再加上紧箍箍的尖袜套、窄窄的鞋，弄到扶墙摸壁，一步三扭，一足挪不了半寸，惟有终日如残废的瘸子、泥塑来的美人，坐在房间。就搽了满脸脂粉，穿了周身的绫罗，能够使丈夫爱你，亦无非将你作玩具、花鸟般看待，何曾有点自主的权柄？况且亦未必丈夫就因你脚小，会打扮，真的始终爱你。如日久生厌了，男子就另娶他人，把妻子丢在一旁，不揪不采，坐冷宫，闭长门，那就凄凉哭叹，挨日如年了。①

如果说秋瑾"戒缠足"的女性主体性立场与强国保种的国族立场尚有可相通之处，那么，此处号召女性大可不必为了迎合男性的癖好而自贬人格的言论则完全站到了男性中心主义的对立面而代女性群体发声。从这一点来说，秋瑾关乎女性解放的立论并不完全贴合于当时流行的国族话语，而是真正带有纯乎性别立场的女性解放的价值与意义。"戒缠足"正是通过"改造"身体使女性从依附于男子的奴隶处境中解放出来的第一步。从这一角度而言，锻炼身体对于秋瑾来说就不仅止于保持身体健康，而是确保女性获得经济独立、进而人格独立、实现男女平权的身体"本钱"。正因为如此，秋瑾在身体锻炼方面表现得极有热情。赴日后的秋瑾常常到东京麹町区神乐坂武术会练习体操、剑击和射击技术。在与家兄的通信中也表示，"妹近在学校，身体甚耐劳，日习体操，能使身躯壮健"②。

---

① 秋瑾：《精卫石》，载夏晓虹编《中国近代思想家文库 金天翮·吕碧城·秋瑾·何震卷》，中国人民大学出版社2015年版，第107页。
② 郭延礼：《秋瑾年谱》，齐鲁书社1983年版，第64页。

第八章 性别身份与文学内外的秋瑾形象建构 / 147

为了获得身体的自由，秋瑾彻底摒弃了繁复的女性装饰而保持朴素着装，据何香凝的回忆，秋瑾"是一个不事修饰的女子"①，而且还将缠过的脚自行放足，通过男装打扮尽可能地消解掉所有女性气质。在大通学堂学生朱赞卿（原名朱家骏）的眼中，秋瑾的"身材不高大，高鼻梁，时常梳一条辫子，着一件鱼肚白竹布长衫。脚虽缠过，但着一双黑色皮鞋，所以有人说她是男装到底的，但是头是不剃的。她自己起了个别号叫竞雄，因为她愤激于当时男女不平权，她的装束也含有这种意义"②。秋瑾的男装打扮至死不变，据秋瑾的胞弟秋宗章回忆，"姊既归，乃弃和服不御，制月白色竹布衫一袭，梳辫着革履，盖俨然须眉焉。此种装束，直至就义之日，迄未更易"③。综上可知，在秋瑾的易装实践中，更易的并不仅仅是外在的服装打扮，更有内在的精神气质，或者更准确地说，秋瑾天然的男性气质是通过男装操演才得以更为顺畅、更为充分地展现出来，而不是困在女性服饰规制下的女性身份中不得舒展。

最后，我们再从秋瑾的阅读史这一角度大略看一下秋瑾的变装。纵观秋瑾早期的阅读史可知，彼时尚未脱离传统文化范围的秋瑾崇拜的女性偶像群主要有两大类，即"才女"与"武女"，前者典型如谢道韫，后者则涵盖甚多，花木兰、秦良玉、沈云英等女英雄皆令其仰慕不已，且生出效法之心，"劝吾侪今日各宜努力"（秋瑾《满江红·肮脏尘寰》），"脱范围奋然自拔，都成女界雌英"（秋瑾《精卫石·改造汉宫春》）。当"才子佳人"的婚姻理想归于幻灭而不得不以谢道韫式的"天壤王郎"之叹自伤自怨时，在"夫贵妻荣"的依附性价值实现方式不得不转向"休言女子非英物"（秋瑾《鹧鸪天·祖国沉沦感

---

① 何香凝：《回忆孙中山和廖仲恺》，转引自郭延礼《秋瑾年谱》，齐鲁书社1983年版，第81页。
② 朱赞卿：《大通师范学堂》，转引自郭延礼《秋瑾年谱》，齐鲁书社1983年版，第116页。
③ 秋宗章：《六六私乘》，载郭延礼编著《解读秋瑾》（上册），山东教育出版社2013年版，第74页。

不禁》)、"漫云女子不英雄"（秋瑾《日人石井君索和即用原韵》）的女性主体性自我实现后，秋瑾的女性偶像群自然也会由"才女"迅速倒向"武女"，这与秋瑾自身的自我定位由以谢道韫自许的"女才子"转向凭借自身力量赢得不世功业的"女英雄"是同步的。

这样一种人生目标的重大转向在秋瑾入京受到新思想的强烈影响后更显激进。彼时秋瑾刚从闭塞的湖南一隅初入政治文化思潮异常活跃的京城，恰如一块干枯已久的海绵一般急切地吸收各种养分，"凡新书新报，靡不批览，以此深明中外之故，而受外潮之刺激亦渐深"①。秋瑾在暂住吴芝瑛家时曾读过梁启超于《新民丛报》刊载的《罗兰夫人传》《东欧女豪杰》《新中国未来记》等小说，并在给妹妹秋闺瑾的信中说："任公主编《新民丛报》，一反已往腐儒之气"，"此间女胞，无不以一读为快，盖为吾女界楷模也"②。虽然此时的秋瑾"以提倡女学为己任"③而尚未走上排满反清的民族民主革命道路，但从其日后的作为，如主张暗杀、爆炸等暴力革命手段以及临难不惧、舍生取义的大无畏革命精神来看，不能不说没有受到苏菲亚、罗兰夫人这些女革命者的深刻影响。正如夏晓虹所言，关于秋瑾起义失败后"拒绝出逃"的原因，"我们自然无法猜测秋瑾此时是否有意取法罗兰夫人，但平日既熟知其事迹，人物形象早已深印脑际，又尝要人学法，一旦处于相同情境，不必自觉，行事即可与罗兰夫人一般无二"④。并且，秋瑾在世之时即已有人将其与苏菲亚、罗兰夫人相提并论，秋瑾本人对此也并无反对之意，"甚或举俄之苏菲亚、法之罗兰夫人以相拟，女士亦漫

---

① 吴芝瑛：《秋女侠传》，载郭延礼编著《解读秋瑾》（上册），山东教育出版社2013年版，第26页。

② 沈祖安：《拼把头颅换凯歌——从秋瑾的诗文看她的革命思想》，转引自黄湘金《史事与传奇——清末民初小说内外的女学生》，北京大学出版社2016年版，第99页。

③ 吴芝瑛：《秋女侠传》，载郭延礼编著《解读秋瑾》（上册），山东教育出版社2013年版，第26页。

④ 夏晓虹：《晚清女性与近代中国》，北京大学出版社2004年版，第214页。

应之"①。凡此种种都说明了入京后的秋瑾在新书新思想的启发下早跳出了传统文化的范围，而迅速地将具有现代意识的西方女豪杰、女革命者树立为自己的新偶像，并由此预设了今后即将展开的"但恃铁血主义报祖国"（秋瑾《宝剑歌》）的血色革命道路。凡此种种都决定了原本就英气难自弃的秋瑾势必在性别气质上倾向于男性化的阳刚气质，女性装扮的挣脱只不过是为了更无碍滞地彰显男性气质的第一步而已。

第三节　革命女豪杰与"苦情戏"女主
——秋瑾文学形象塑造中的"价值贬低"现象

1907年（光绪三十三年）7月15日，时年三十二岁的秋瑾以谋反罪于浙江绍兴的轩亭口英勇就义。由"秋瑾之死"迅速引发的舆论风潮②以及大量产生于秋瑾遇害同年的"秋瑾文学"都使其得以迅速成为报刊媒体与文学创作的关注焦点，"连续不断的追踪报道，使秋瑾死事的每一细枝末节均毫无遗漏地公诸报端"③。其快速蒸腾的热度远超于不久前慷慨殉难的革命者徐锡麟，在此（秋瑾就义）之前，徐锡麟刺杀安徽巡抚恩铭案一度是报刊媒体的关注焦点。何以秋瑾案能迅速取代徐锡麟案成为媒体焦点呢？或以为秋瑾的死状惨烈，以女子之身而被"斩首"于轩亭口这一历来斩杀"江洋大盗的地方"，而"从前妇女判死刑，最重是绞刑，杀头是没有的"④，因此才取代徐锡麟迅速成为媒体焦点，但徐锡麟惨遭挖心等酷刑最终被残忍虐杀也是到了令人发指的程度。至于并未获得秋瑾口供仅以"秋风秋雨愁煞人"仓促

---

① 吴芝瑛：《秋女侠传》，载郭延礼编著《解读秋瑾》（上册），山东教育出版社2013年版，第27页。
② 相关论述参见夏晓虹《晚清女性与近代中国》，北京大学出版社2004年版，第286—318页。
③ 夏晓虹：《晚清女性与近代中国》，北京大学出版社2004年版，第287页。
④ 转引自夏晓虹《晚清女性与近代中国》，北京大学出版社2004年版，第315页。

论罪,以尚未实行之所谓"乱党"罪名屈杀女界名人等也是舆论大哗的重要原因,尤其在清廷预备立宪的当口发生如此不循法律、草菅人命之冤狱更激起了报刊舆论之于清政府黑暗野蛮的愤怒谴责。但除此之外,秋瑾案中的性别因素,即特意提点出的女性身份,"古今党祸,未有殃及女郎者;有之自秋瑾始"①,无疑是"秋瑾之死"能迅速压过"徐锡麟之死"成为舆论焦点的关节点所在。

夏晓虹指出,为秋瑾申辩者,往往强调其"弱女子"身份,"把秋瑾描述为被官府任意摧残杀害而无丝毫反抗能力的悲惨女性"② 以激起世俗大众同情弱者的普遍心理,不过如果仔细体察此类措辞的言说逻辑,就不难看出在"同情弱者"的表层原因背后更有集体无意识的性别偏见。如《浙抚安民告示驳议》(《时报》1907 年 7 月 27 日):"(秋瑾)仅一弱女子,藏一手枪,遂足扰一郡之治安,岂真如吾国社会所崇拜之九天玄女、骊山老母,有撒豆成兵之神术也耶?"再如《驳浙吏对于秋瑾之批谕》(《申报》1907 年 8 月 1 日):"秋瑾一弱女子,万无通同竺绍康、王金发纠党谋毙之理。""秋竞(瑾)之通匪,并无武匪口供之实证;且武匪欲图谋不轨,而乃结连一学堂之弱女子,既非情理所当有。"③ 报刊登载的悼念诗篇同样多聚焦于秋瑾的女性身份:"女郎也上断头台,时事如斯大可哀。直向裙钗放鹰犬,便凭文字起风雷。"④ "千古伤心第一事,裙钗授首断头台。"⑤ 此类报刊言论的初衷自然是为了表明秋瑾实乃无辜被害的蒙冤之人,为秋瑾平白遭受冤狱而鸣不平,但其立论的性别视角则如出一辙,皆以秋瑾的女性身份,

---

① 桂阳居士:《吊秋瑾女士(并序)》,转引自夏晓虹《晚清女性与近代中国》,北京大学出版社 2004 年版,第 318 页。

② 夏晓虹:《晚清女性与近代中国》,北京大学出版社 2004 年版,第 315 页。

③ 转引自夏晓虹《晚清女性与近代中国》,北京大学出版社 2004 年版,第 315、292 页。

④ 楚北一鹤:《痛秋女士(七律五章)》其二,载郭延礼编著《解读秋瑾》(上册),山东教育出版社 2013 年版,第 391 页。

⑤ 李铎:《哭秋女士》其一,转引自夏晓虹《晚清女性与近代中国》,北京大学出版社 2004 年版,第 318 页。

第八章 性别身份与文学内外的秋瑾形象建构

即所谓"弱女子"为据，断言其绝无参与革命之可能，否则就不符合"情理"，除非"撒豆成兵"的女仙下凡。这无疑是一种男性中心主义性别视角，对女性的革命意志、政治能力乃至于爱国精神、国民意识等都抱有根植于男性中心主义的根深蒂固的强烈怀疑。而当此种习焉不察的社会潜意识作用于清末革命小说的文学构思时，就会不可避免地出现各种女英雄、女豪杰的"造神运动"：女英雄"无孕而生"或女仙转世的出生经历，自小天赋异禀、冰雪聪明的卓越才华，"梦中神授"式的无师自通、瞬间开悟以及想啥来啥、顺畅无比的功业速成等等，在作者尽情地于笔端驰骋非凡想象，享受信口开河的写作快感的同时，其是否也在意识深处潜藏着这样的性别偏见，即如果女性没有仙缘慧根就不可能成就功业，普通女性想要成就功业就非得有神力襄助才可。因此，清末小说中的凡女们往往要经过一番脱胎换骨的"造神"式改造，如此方能具有成为女英雄、女豪杰的资本而不负国族的高度期待。

明乎于此，我们再来考察一下彼时报刊舆论断定秋瑾案为"冤狱"的理由。除了"不得口供"仓促定罪，因徐锡麟案无辜"株连"之外，彼时报刊极力辩称的是秋瑾倡导的革命是旨在争取女性独立的女界革命、男女平权的家庭革命而绝非意在推翻清政府的种族革命，秋瑾仅仅是热衷于女子教育的女界名人而已，"汲汲焉提倡女学，以图女子之独立"，"女士之所谓革命者，如是而已"，"今乃以种族革命见杀，论者所以冤之也"①。也就是说，报刊舆论称秋瑾从事的革命事业仅局限于性别领域而与政治毫无瓜葛。彼时的悼念诗篇也多立足于此，如"相看谁是闺中杰，革命家庭第一人"②。报刊舆论的此种立论点固然有为秋瑾辩解以示清白之良好动机，但同时也不容置疑地拉低了秋瑾高远的革命理想。当然，报刊舆论的辩冤言论有着在清廷的重压下不得不为秋瑾曲意回护的不得已，不过也很有可能就是因为人们根本

---

① 转引自夏晓虹《晚清女性与近代中国》，北京大学出版社2004年版，第291页。
② 李铎：《哭秋女士》其二，转引自夏晓虹《晚清女性与近代中国》，北京大学出版社2004年版，第318页。

无法理解秋瑾,尤其是作为一个女性的秋瑾居然会怀有"推翻异族,光复旧物"的宏大政治理想,比照当时二万万女子的普遍存在状态,她一个女人怎么可能有这种见识?这样一种微妙的社会心理在王金发的友人谢震的回忆文字中即可分明感受到。在谈到秋瑾在时间充分的情况下仍拒绝出逃的理由时,谢震这样说道:"秋瑾以己系女人,毫无证据,即被捕亦无妨,而催金发速行。"① 通过前文论述可知,秋瑾之所以拒绝出逃,实抱有大无畏的自我牺牲精神,要做资产阶级民主革命流血牺牲的女界第一人,所谓"我不入地狱,谁入地狱"②。这是何等的气魄,何等的决绝!然在谢震看来,秋瑾的"拒绝出逃"不过是自恃自己的女性身份,且又没有证据,谅他们也不敢把"我"这个女流怎么样,秋瑾的格局与境界在谢震这里无疑遭到了臆断的矮化。

在秋瑾遇害的当年就迅速升温的"秋瑾文学热"中,小说《六月霜》也极力剖白秋瑾的"家庭革命"立场,着力将秋瑾塑造成一个致力于争取"男女平权"的女性社会活动家,小说作者静观子借虚构人物越兰石女士的视角书写了秋瑾就义前后的事情。这位嫌秋瑾"性子太激烈,宗旨太新奇"而一心要"把他(笔者注:秋瑾)的宗旨,引到纯正的一途上边去"(《六月霜》第一回"破岑寂夫人吟旧句 起风潮女士阅新闻")的越女士很可能就是以秋瑾的挚友吴芝瑛为人物原型塑造的。作者静观子显然对秋瑾抱有深切的同情,认为"秋瑾之死"是一场彻头彻尾的"冤狱","是必有挟私愤而陷害之者,假手于乱党"(《六月霜》第二回"哀同志梦遇热心人 伸公论手编女士传"),但其立论点同样是只承认秋瑾倡导的是家庭革命而绝非种族革命,并假借笔下人物秋瑾之口反复陈说自己"没有政治上种族上的革命凭据","我脑筋里虽也有个革命宗旨,但是我的家庭革命,和他们的种族革命、政治革命是冰炭不相投的。我在东洋,见了那些革命党里的

---

① 谢震:《王君季高行述》,转引自夏晓虹《晚清女性与近代中国》,北京大学出版社2004年版,第214页。
② 王璧华:《秋瑾成仁经过》,转引自周乐诗《清末小说中的女性想象(1902—1911)》,复旦大学出版社2012年版,第62页。

人物，理都不大去理他们的"（《六月霜》第十一回"耳热慷慨悲歌 披忱殷勤劝告"），并极力撇清自己与徐锡麟的关系，"我好端端的在这里教读，除了开通女界风气的念头，并无别的念头。莫说和徐锡麟同党，就是徐锡麟的宗旨，也和我是风马牛不相关的"（《六月霜》第六回"问口供太守惊暴病 定案情女士勉书秋"），"就是那个徐锡麟，我也嫌他的主义太狭。我和他结交，也不过慕他的一个血心罢了"（《六月霜》第十一回"耳热慷慨悲歌 披忱殷勤劝告"）。如此一来，原本"好好的一个热心办学的女子"（《六月霜》第六回"问口供太守惊暴病 定案情女士勉书秋"）的含冤被杀就完全是不明不白地遭到革命党"株连"的结果，"咳！真真可惜，秋女士一片热肠，想要把中国女界的睡狮唤醒，不料他大志未偿，为了一个徐锡麟，就白送了一条性命！"（《六月霜》第十一回"耳热慷慨悲歌 披忱殷勤劝告"）

　　作者静观子的用意自然是借秋瑾"革命宗旨"的反复辩白为其洗刷冤屈，但也正因其"良好初衷"，使得秋瑾的英勇就义变成了中国古典戏曲小说中常见的被屈含冤的"苦情戏"，勇于为革命事业献身的伟大革命者变成了"苦情戏"中常见的悲情女主，在读者为女主的不幸命运唏嘘感叹的同时，女革命者为革命事业终其一生奋斗到底的伟大意义都在读者不吝奉上的大把眼泪中消解殆尽了。为了加重秋瑾身上被屈含冤的"苦情"色彩，静观子显然从秋瑾遇害的时间，即光绪三十三年农历六月六日中获得了灵感，将之与中国历史上"邹衍下狱，六月飞霜"，"齐妇含冤，三年不雨"，尤其是关汉卿著名杂剧《感天动地窦娥冤》窦娥"六月飞雪"事相联系，极写秋瑾遇害时的日月无光、天愁地惨，"可怜这秋女士只为着一腔热血，应了徐锡麟的聘，在明道女学堂内担了一个教习的责任，今日就遭此一劫。当夜斩决之后，轩亭口的地方，阴霾四逼，冤气迷天。直至次日，这股气还是聚结不散，弄得天容惨淡，旭日无光"（《六月霜》第七回"谈异事绅衿讥褚钧 说前因女士谏夫君"）。为了凸显秋瑾无辜受冤的"弱女子"形象，小说还铺写了秋瑾被捕前后的种种软弱表现。当秋女士正在那里胡思乱想之际，闻听富太守的兵丁已到大通学堂，就"把个秋女士吓得四肢都冰了,身上的冷汗,如下雨一般的流个不住"。当兵丁冲进后面空屋子搜查时,"却见有一个女子拳伏在那边墙角里。便都一拥上前,拉的拉,推的推,牵牵扯扯的把那女子拖了出来。可怜那个女子不言不语,只有眼中流泪"(《六月霜》第五回"诸标统纵兵大搜掠 富太守信口说雌黄"),而且在抓捕过程中,秋瑾显然还受到了人身污辱,被兵丁从裤裆里搜出了手枪。

诸如此类的"脆弱感"描写在以秋瑾为主人公的戏曲作品《六月霜传奇》中同样存在。① 所有这些着力展现女性柔弱一面的描写显然与秋瑾自己着力建构的自我形象完全不符,也严重歪曲了历史事实中秋瑾被捕时的沉着表现。在生命的最后一刻,"临刑之时"的秋瑾仍是"面不改色","遂从容步至轩亭口"②,"临刑时举目四瞩,始俯首就义"③。可谓壮怀激烈、慷慨赴难,至死不变英雄本色。而小说戏曲中呈现出的秋瑾形象则明显遭到了严重歪曲,那完全是一个"想象性的更符合公众理解力和接受度的女性形象"④,将男子气概的革命女英雄硬生生地演绎成了比窦娥还冤的苦情戏女主,将女豪杰为了革命理想而英勇献身的可歌可泣一变而为蒙受不白之冤且无力反抗的弱女子的悲悲切切,将为资产阶级民主革命流血牺牲的"女界第一人"强行纳入传统戏曲小说中的悲情女系列,在赚取读者大把同情泪的同时,将秋瑾身上在近代民族民主革命风潮下催生出的革命性、现代性等"新质"消解得一干二净。至于看似辩护词的所谓"家庭革命"的"革命宗旨"也与秋瑾本人高远的革命理想严重脱节。秋瑾之女王灿芝就对《六月霜》对于秋瑾革命境界的严重贬低表达了强烈不满,"惟观是书与事实不相符合者甚多,兹举一二,以告读者。书中谓先母乃家庭革

---

① 具体内容参见夏晓虹《晚清女性与近代中国》,北京大学出版社2004年版,第316、317页。
② 秋宗章:《大通学堂党案》,载郭延礼《秋瑾年谱》,齐鲁书社1983年版,第139页。
③ 许啸天:《〈秋瑾女侠遗容及就义图〉题记》,载郭延礼《秋瑾年谱》,齐鲁书社1983年版,第139页。
④ 周乐诗:《清末小说中的女性想象(1902—1911)》,复旦大学出版社2012年版,第69页。

命，非种族革命。其事载诸党史，已有定评，毋庸余之多言"①。正如前文所述，尽管此论，即认为秋瑾的革命仅限于性别领域的女界革命、家庭革命，很可能是时人在清廷的重压下为秋瑾曲意辩护而不得不采取的一种言说策略，如吴芝瑛在《记秋女侠遗事》等文中对秋瑾的一再剖白，但也很有可能是男性中心主义下的一种性别偏见，是男性中心主义潜在主导下的历史解读与文学书写，尽管操笔者未必是男性。

至于"秋瑾之死"何以迅速取代"徐锡麟之死"成为社会舆论的新热点，除了主持正义、讨回公道的道义良心之外，也很难否定没有大众趣味渗透其间。诚如夏晓虹所言："女性、鲜血，都是刺激文人创作的要素，不是小说的史实中，已天然具备'传奇'的基因。"② 所谓"饱刀铓，红雨热，断美人头"③，"我爱英雄尤爱色，红颜要带血光看"④，美人与鲜血的组合总能造成一种奇妙的感官刺激，激发男性文人/读者关乎革命的浪漫绮想。鲜血、暴力、女性与革命的结合也是清末革命小说惯常采用的"女豪杰"形象设定。"女豪杰"一定是有着惊人美貌的，如《东欧女豪杰》中出场的所有女性，相貌丑陋的"女豪杰"不是没有，如《女娲石》中的凤葵、魏水母，但往往遭到夸张的漫画式处理。而以秋瑾为主人公的"秋瑾文学"，如《六月霜》《六月霜传奇》《轩亭冤传奇》等则不约而同地着重凸显了秋瑾这位女革命者的"柔弱"，此种专注于"脆弱感"的描写显然有助于将秋瑾塑造成楚楚可怜的弱者形象，从而激发出读者的怜惜与同情，尤其是男性读者的怜香惜玉之心，但此种柔弱的女性形象绝不符合秋瑾自己的审美诉求。秋瑾欣赏的是"傲骨英风""英风傲骨""侠骨英风""精神豪快"的男性化性别气质。在其自传性弹词作品《精卫石》中，秋瑾

---

① 王灿芝：《读〈六月霜〉后之感想——关于先母秋瑾女士》，载郭延礼编著《解读秋瑾》（上册），山东教育出版社2013年版，第113页。
② 夏晓虹：《晚清女性与近代中国》，北京大学出版社2004年版，第316页。
③ 《六月霜传奇》，载阿英编《晚清文学丛钞·传奇杂剧卷》（上册），中华书局1962年版，第150页。
④ 么凤：《咏史八首》其七，转引自夏晓虹《晚清女性与近代中国》，北京大学出版社2004年版，第206页。

就将她的审美诉求投注到了对笔下女性人物的塑造上,如黄鞠瑞"却是生来有侠肠,年龄虽小性情刚。眉目含有英棱气,傲骨羞为浊世妆"①。此种女性美貌与英气的男性化气质相结合的"英气佳人"才是秋瑾真正倾心的性别气质。而"秋瑾文学"中众作者塑造的秋瑾形象除了包天笑《碧血幕》中"气秀而雄,神清而肃","刚健中含着婀娜,端严里带些妩媚"②的形象设定颇合秋瑾的审美趣味之外,其他基本舍弃了男性化的勃勃英气而仅聚焦于女性化的柔弱与无助。此种秋瑾形象的塑造显然有违历史事实,但却颇符合传统小说戏曲长期培养出来的大众趣味,为的是迎合广大受众的普遍接受度与理解度,而不是为了真实还原作为女革命者的秋瑾,尽管秋瑾的逝去并不遥远。

第四节 国族立场与性别立场夹缠下的"秋瑾之死"

关于秋瑾的遇害,"直接的凶手固是浙抚绍守",即浙江巡抚张曾敫与绍兴府太守贵福,"然而道路传言,促成此难发生的告密者亦有不可推卸的责任"③。种种迹象表明,告密嫌隙最大者即为胡、汤二人,即绍兴府学总办胡道南以及兼任商办浙江全省铁路有限公司总经理与预备立宪公会副会长的汤寿潜。至于告密的理由,则颇值得玩味。据郭延礼《秋瑾年谱》载,1907年(光绪三十三年)5月27日,绍兴府知府贵福得绍兴劣绅、山阴劝学所所长胡道南等密报云:"大通体育会女教员革命党秋瑾……,谋于六月初十日起事。"贵福于是星夜赴杭面禀浙江巡抚张曾敫,张曾敫于是向浙江巨绅汤寿潜咨问秋瑾其人,"因

---

① 夏晓虹编:《中国近代思想家文库 金天翮·吕碧城·秋瑾·何震卷》,中国人民大学出版社2015年版,第114、115、116、119、112页。

② 吴门天笑生(包天笑):《碧血幕》,转引自周乐诗《清末小说中的女性想象(1902—1911)》,复旦大学出版社2012年版,第60页。

③ 夏晓虹:《晚清女性与近代中国》,北京大学出版社2004年版,第309页。关于秋瑾案告密者的相关论述,具体内容参见夏晓虹《晚清女性与近代中国》,北京大学出版社2004年版,第309—318页。

汤素恶瑾，力怂恿之"①。据此记载，胡道南之所以告密当是确知了秋瑾密谋造反一事，遂将此消息急急密报给浙江巡抚，但极力怂恿抓捕秋瑾的汤寿潜是否也是出于政治层面的考量呢？据敬莺《女革命家秋瑾年谱简编》的说法，汤寿潜本人与秋瑾当有私人恩怨，因秋瑾"曾揭发过他在沪杭铁路的贪污案"，于是汤寿潜"怀恨在心，极力促捕"。王璧华《秋瑾成仁经过》一文中也提及秋瑾曾揭发过汤氏"吞没沪杭路款"事。如此一来，汤寿潜极力怂恿官府捉拿秋瑾很可能就是假公济私、公报私仇。至于确因知晓秋瑾造反事而密告的胡道南似乎也与秋瑾有私人恩怨，据王时泽的回忆："绍兴府学总办胡道南在日本留学时，因谈革命和男女平权问题，与烈士（笔者注：秋瑾）意见不合。"于是，秋瑾竟直斥之为"死人"，胡道南于是"怀恨在心，然烈士不之觉，且以胡为留学生，故不甚防之"②。也就是说，秋瑾的被告发自然有政治层面的原因，也在相当程度上是性格原因所致。接下来，我们就对秋瑾可能遭人构怨的一些性格特征稍作分析。

秋瑾的一大性格特点就是爱憎分明、疾恶如仇，且好面折人过，毫不留情。秋瑾的生前挚友徐自华曾对此表示过忧虑并加以告诫："女士擅辩才，口角不肯让人，遇顽固者，常当面讪诮。余戒之曰：'子太锋芒，恐招人忌'。"③ "今死非其罪，是必其平生太率直，口角取祸，人皆挟私愤而陷害之者。"④ 秋瑾的金兰姊妹吴芝瑛也认为秋瑾的性格因素是其招人嫉恨的主要原因，"性忼爽，遇有不达时务者，往往面折庭争，不稍假借，以此人多衔之"⑤。在自称曾对秋瑾的"全人格下过深刻的考察"的许则华（许啸天）看来，秋瑾疾恶如仇的性格特点给

---

① 郭延礼：《秋瑾年谱》，齐鲁书社1983年版，第111、112页。
② 转引自夏晓虹《晚清女性与近代中国》，北京大学出版社2004年版，第311页。
③ 徐自华：《秋瑾轶事》，《徐自华集》，郭长海、郭君兮辑校，浙江古籍出版社2014年版，第164页。
④ 徐自华：《秋瑾轶事》，《徐自华集》，郭长海、郭君兮辑校，浙江古籍出版社2014年版，第166页。
⑤ 吴芝瑛：《秋女侠传》，载郭延礼编著《解读秋瑾》（上册），山东教育出版社2013年版，第27页。

他留下了极其深刻的印象,"她不但嫉满如仇,她还疾恶如仇;友朋中如有失检的,她必严加纠正。她不但律人如此,律己亦是如此;不因循,不失信,不畏缩,不依赖"。正因为疾恶如仇,且严格律己律人,所以才遇有人过,就面折庭争而毫不假辞色。对于秋瑾而言,如此个性固然是其豪侠本性的自然外现,但对于被谴责、被批判的当事人而言,恐怕就不是什么美好的体验了。至于其"嫉恶如仇"之"恶"则涵盖甚广,"女子劣根性"的"恶","民族劣根性"的"恶","恶劣腐化家庭"的"恶","不良社会不良政治"① 的"恶"等统统都在秋瑾"嫉"的范围之内,她一概毫不留情地予以彻底革除。这里补充一个细节。王时泽曾在《回忆秋瑾》一文中转述过其母对秋瑾的印象,"我母亲多次谈到,秋瑾在校顽强苦学,毅力惊人,每晚做完功课,人家都已熄灯就寝,她仍阅读、写作到深夜,每每写到沉痛处,捶胸痛苦,愤不欲生,待到我母亲再三劝导,才停笔上床"②。每当感时伤事、愤忧国政,秋瑾就会有"捶胸痛苦,愤不欲生"的激烈表现,这固然是秋瑾爱国情怀的体现,但同时也表明了秋瑾是一个具有强烈性格,且情绪容易激动的人。这样一种性格特质的人当遭遇"嫉恶如仇"之事时,其"面折庭争"的激烈程度也就可以想见了。据郭延礼《秋瑾年谱》载,秋瑾曾于1905年秋召集过全体女留日学生大会,迫使陈撷芬抗命其父陈范欲将其嫁与粤商廖翼朋为妾事,"瑾召集全体女留日学生大会,鼓励陈撷芬反抗父命,迫使其父解除婚约"③。但实际情况要远比此平实的记述更为激烈。据冯自由《鉴湖女侠秋瑾》载:

> 陈范之女公子撷芬曾发刊女苏报于上海,名重一时,亦以党案随父居日,忽奉父命将嫁粤省商人廖翼朋为妾,留学界闻之大哗,瑾乃召集女同学开全体大会,向撷芬严厉警告。撷芬谓事出

---

① 许则华(许啸天):《读秋女侠遗集的感想》,载郭延礼《秋瑾年谱》,齐鲁书社1983年版,第130页。
② 转引自郭延礼《秋瑾年谱》,齐鲁书社1983年版,第76页。
③ 郭延礼:《秋瑾年谱》,齐鲁书社1983年版,第63、64页。

父命，不得不从。瑾曰"逼女作妾"即是乱命，事关女同学全体名誉，非取消不可。众鼓掌和之。撷芬觍然退席，婚事遂以瓦解。①

通过冯文的场面描写颇可见秋瑾当时不容任何分辩的强势姿态，从陈撷芬的"觍然退席"也足可见当事人在众人面前的惶愧与尴尬。值得注意的是，关于此事的批判是在全体留日女生大会的郑重场合下进行的，且秋瑾声言做妾与否"事关女同学全体名誉"，这显然与秋瑾一贯主张的女性自立自强、摆脱男权范围的女性解放立场以及"结团体"的"合群"思想相一致。在秋瑾看来，甘以妾侍人的屈从父命是向父权与夫权的双重臣服，是女子奴隶性的体现，是必须铲除的"女子劣根性"之"恶"。更为严重的是，如此自甘堕落者势必会对女界的团结进步造成恶劣影响，而秋瑾的革命理想之一就是女子自立、男女平权，使全体女性跳出男权牢笼而实现女性解放，"欲结二万万大团体于一致"，"使我女子生机活泼，精神奋飞，绝尘而奔，以速进于大光明之世界"②。正因为如此，秋瑾对女性物化、妓化、奴化的现实处境极为关注，对一些女性自甘堕落、不知振作的劣根性更是深恶痛绝，必痛加针砭而不遗余力。明乎此，也就不难理解秋瑾何以对陈撷芬的自甘为妾不知反抗如此愤慨了。

除了"口角不肯让人""常当面讪消"③ 之外，秋瑾的自负清高，革命路上试图"只手援祖国"（秋瑾《宝刀歌》）的"孤绝"也难免启人嫌怨。1907年（光绪三十三年）3月23日，秋瑾在寄给陈志群的信中曾做过一番自我剖析，"予也不求他人之知，惟行吾志；惟臂助少人，见徒论空言以欺世及自私自利宗旨不坚者，又不屑与语，故人以

---

① 冯自由：《鉴湖女侠秋瑾》，转引自郭延礼《秋瑾年谱》，齐鲁书社1983年版，第77页。
② 《〈中国女报〉发刊辞》，载夏晓虹编《中国近代思想家文库 金天翮·吕碧城·秋瑾·何震卷》，中国人民大学出版社2015年版，第96页。
③ 徐自华：《秋瑾轶事》，《徐自华集》，郭长海、郭君兮辑校，浙江古籍出版社2014年版，第164页。

瑾为目空一世者"①。不屑人言、目空一世，由此评价亦足可见秋瑾的自知之明。上述个性特征在彰显秋瑾强烈性格特质的同时，很可能是其易招人构恨，启人嫌怨的原因所在，并在客观上促成了秋瑾的被告密。不过当我们再回到秋瑾何以被人告发的原因这一问题时，不难发现还有一个重要原因，那就是秋瑾种种肆无忌惮的"出格"行为给传统性别秩序造成的颠覆性破坏。

据周建人得自辛亥革命的元老陈叔通先生的说法，在徐锡麟安庆起义失败后，秋瑾旋即在绍兴被捕。原本绍兴知府贵福是不敢杀秋瑾的，"因为她是留学生，满清政府是非常害怕洋人的"，据说因此还"开了一个绅士会征求意见"。当浙江巡抚张曾敭咨问当地巨绅汤寿潜秋瑾其人时，"汤其实并不知道秋瑾搞革命的事，只认为秋瑾经常穿了日本学生装骑了马在街上跑，太随便，不正派，因此说了一句'这个女人死有余辜'"②。这一判词几乎是促使张巡抚火速行动抓捕秋瑾的直接原因，但据夏晓虹的分析，"汤寿潜讨厌秋瑾的作派，差不多可以肯定；而一句表示憎恶的话会使得秋瑾送命，他倒也未必想到"③。也就是说，汤寿潜未必真有意假借官府的力量置秋瑾于死地，汤氏本人之所以认定秋瑾"死有余辜"并非出于政治立场的严重分歧，而是对秋瑾的做派，即那些挑战传统性别秩序的种种"出格"行为的痛恨。据前文分析可知，秋瑾是一个将赡养公婆、主持中馈、相夫教子等一切传统女性职守统统弃之不顾，自东渡日本踏上革命之路后就坚拒女性身份，以一身男装"混迹"于男性社会中的"另类"，是一个走在时代前列而无法被自己所处时代认同的女性先觉者。清末之际，尽管迫于亡国灭种的国族危局，一些小说中已经出现了女豪杰、女军人、女革命者等诸多关乎"新女性"形象的激情幻想，但这些女性形象终究只是文学想象的产物，真真切切地落实到现实生活中则还要等到20

---

① 郭延礼：《秋瑾年谱》，齐鲁书社1983年版，第107页。

② 周建人：《秋瑾的牺牲》，载郭延礼编著《解读秋瑾》（上册），山东教育出版社2013年版，第182、183页。

③ 夏晓虹：《晚清女性与近代中国》，北京大学出版社2004年版，第313页。

第八章　性别身份与文学内外的秋瑾形象建构　/　161

世纪20年代，即辛亥革命前后。因此，如秋瑾这般原本只应驰骋于文学想象中"另类"女性的"提前"现身，对于清末之际的社会大众，尤其是精英阶层造成了强烈的刺激与冲击，这样的女人在当时看来就是一个违反社会普遍道德认知的"异端"存在。小说《六月霜》中一位"白须老者"的话颇能代表当时的普通民众对秋瑾的看法：

> 你们往日都说秋女士好，我已早早看他不是个善终的人呢！你想一个女子，弄到了撇夫离家，自己便遂心适意的东飘西荡，嘴里又讲些什么家庭革命、男女平权的没理信话，这还算是个女子么？照今日的立宪时代，虽说女子也要自立，然而这自立的话，并不是无拘无束，可以撇了父母丈夫的自立。……若照秋女士的自立，真真叫做胡言乱道，算得什么呢！
> ——《六月霜》第七回"谈异事绅衿讥褚钩
> 　　　　说前因女士谏夫君"

在这位老者看来，秋瑾的"出格"言行显然违背了传统性别秩序，根本已算不得女人。应该指出，这很可能是当时相当一部分民众对于秋瑾的真实看法。事实上，秋瑾的"出格"做派并不止于自身，还延及她教过的女学生。据郭延礼《秋瑾年谱》载，1907年（光绪三十三年）春，秋瑾曾在绍兴城内仓桥诸暨册局设立体育会，自任会长。该体育会专门针对女学生而设，"旨在动员女学生学习军事体操"，"学习军事技术，编成女国民军"①，可以说秋瑾的做法是将当时流行的"军国民"思想贯彻于女性性别群体中的一种尝试。根据秋瑾一以贯之的革命理想，即"扫尽胡氛安社稷，由来男女要平权"②。女性势必要同男性一起投身到推翻清政府的革命洪流之中，并在这一过程中实现女性自身的解放，此一体育会的设立正是这一革命理想的初步践行。从

---

① 《秋瑾传略》，载郭延礼《秋瑾年谱》，齐鲁书社1983年版，第119、120页。
② 秋瑾：《精卫石》，载夏晓虹编《中国近代思想家文库 金天翮·吕碧城·秋瑾·何震卷》，中国人民大学出版社2015年版，第110页。

这一层面而言，这一意在培养"女国民军"的所谓"体育会"实际上带有女子军事速成学校的意味，有着为了排满革命而准备女子革命军的政治目的。出于保密的考虑，时人当不知晓体育会背后的政治意图，但即便如此，动员女学生练习体操这一行为本身就已极大地挑战了传统性别秩序，引发了士绅阶层的强烈反感。据陶成章回忆，"瑾亦自着男子体操洋服，乘马出入城中，士绅咸不悦瑾所为，群起而与之为难。瑾有众学生后援，与诸士绅力争，士绅虽不能敌，而其恨益滋矣"①。这一体育会因"屡遭地方上顽固派之反对"而招生困难，"且女生至体育会者也极少"②，最后很可能以流产告终，但秋瑾的那种"着黑色制服，骑马率学生赴野外打靶训练"③的颠覆性姿态只怕早已深深地刻印在了人们的脑海之中。

清末无政府主义者何震在赞美秋瑾"尚气节，重然诺"的同时，也认为其"言行不自检"④，曾发表过"女子复仇论"等激进言论的何震尚且如此，普通民众乃至于致力于维护传统伦理价值的士绅阶层对于秋瑾其人能作何种评价也就不难想见了。值得庆幸的是，国族话语是清末之际压倒一切的主流话语。尽管秋瑾因其种种所谓"不守妇道"的"出格"言行遭到了传统性别立场的强烈批判，但也同样因其违背传统性别秩序的"出格"言行，如男性气质、豪侠风概、尚武精神、跳出家庭范围为男性化的革命事业英勇献身等"新质"而赢得了国族立场的隆重礼赞，并成为辛亥革命前后引领众多女性积极投身革命的精神楷模。不过值得警醒的是，随着辛亥革命的胜利，"驱除鞑虏，恢复中华"的国族话语暂告退场，传统性别秩序的再度回潮几乎是不可避免的。对于风光一时的女豪杰、女革命者的评判标准也随之改变，

---

① 陶成章：《浙案纪略》，转引自周乐诗《清末小说中的女性想象（1902—1911）》，复旦大学出版社2012年版，第70页。
② 郭延礼：《秋瑾年谱》，齐鲁书社1983年版，第120页。
③ 郭延礼：《秋瑾年谱》，齐鲁书社1983年版，第104、105页。
④ 何震：《〈秋瑾诗词〉后序》，载夏晓虹编《中国近代思想家文库 金天翮·吕碧城·秋瑾·何震卷》，中国人民大学出版社2015年版，第182页。

曾经的"女界之伟人"沈佩贞民国之后的"英雌"陷落可资管窥,引导中国女性走上革命道路的"西方女杰",如罗兰夫人民国之后也渐趋落寞,如夏晓虹所言,"随着民国建立,时过境迁,罗兰夫人在晚清所具有的特殊魅力也渐渐消失,从而真正沉入历史,退出中国的现实舞台"①。罗兰夫人尚且如此,那么,总是被时人拿来与罗兰夫人相提并论的"中国女杰"——秋瑾如果能活到民国之后,其评价又将怎样呢?当然,历史不能假设。秋瑾于1907年(光绪三十三年)的仓促罹难自是秋瑾个人的不幸,但也因此其被永远地定格在了革命女英雄的光辉形象上,其以鲜血与生命熔铸的"巍巍铜像"将永远长存于革命的丰功伟业之中。从这一意义而言,秋瑾虽英年早逝,不过也算是死得其所、死得其时了。

---

① 夏晓虹:《晚清女性与近代中国》,北京大学出版社2004年版,第215页。

第三编

娶妻当娶意大里 嫁夫当嫁英吉利

第九章

"嫁夫当嫁"与"娶妻当娶"

——清末语境中的革命伴侣构想

清末之际,女性道德已明显从私领域转向公领域,这深刻地影响了世人对中国传统女杰的再接受,如对花木兰的评价与重塑,其他传统女杰在清末之际的接受状况亦是如此,如忆琴《论中国女子之前途》(1903)一文中即在王昭君、缇萦身上寄托了"爱国""爱同胞"的"志士"期待,"昭君犹在,吾将移其爱君之心使爱国;缇萦复生,吾将易其爱父之心使爱同胞,务令其宗旨与志士相等,其热诚与志士相等,其气焰与志士相等,咸能执干戈以卫祖国"[①]。楚南女子《中国女子之前途》(1903)同样认为:"苟女子一旦幡然而明,知国为至宝,彼岂不以其爱父母、与夫从一而终之爱情,移爱于国,移爱于同胞乎?"[②] 这两篇文章的题目相同、主张类似,都认为唯有变私领域之道德,如孝顺父母、夫唱妇随为公领域之道德,如爱国、爱同胞,未来的中国女界才有前途可言。此种言论在当时颇为主流,正因为如此,完全弃绝家庭责任而为国、为同胞奉献出一切的秋瑾才得到"第一人"的尊号。明夷女史《敬告女界同胞(为秋瑾被杀事)》(1907)一文中

---

① 忆琴:《论中国女子之前途》,载李又宁、张玉法主编《近代中国女权运动史料(1842—1911)》(上册),(台北)龙文出版社股份有限公司1995年版,第408页。
② 楚南女子:《中国女子之前途》,载李又宁、张玉法主编《近代中国女权运动史料(1842—1911)》(上册),(台北)龙文出版社股份有限公司1995年版,第394页。

高度赞美秋瑾："至于以国民之权利,民族之思想,牺牲其性命,而为民流血者,求之吾中国四千年之女界,秋瑾殆为第一人焉!""今则以巾帼而具须眉之精神,以弱质而办伟大之事业,唤起同胞之顽梦,以为国民之先导者,求之吾中国二万万人之女界,秋瑾又为第一人焉!"① 在这篇盖棺定论性质的文章中,令人无法无视的一点是,秋瑾之所以在慷慨赴死不久即能得此绝高之赞词,不仅是因"国民之权利,民族之思想",更因其"牺牲其性命,而为民流血",以一己之生命"殉"了自己的理想。

清末之际,在女性道德由私领域转向公领域的过程中,"殉"的道德被完美地保留了下来,似乎非做到"以死践道"才足以表达对"道"的忠贞与坚守,这是很耐人寻味的。在许多清末女杰传记的编纂中,作者一方面固然强化了女性为国为种的公德,以之为立传标准,"若徒有个人私德,称为贞女节妇者,世俗多知之,无待复述之,且与本编体例不合"②,但另一方面往往又渲染女性当为此种公德的实践付出生命的代价。《世界十女杰·叙》中这样写道:"中国女子占民数之半,以余所闻,则有殉夫者,殉姑者,有殉父母者,其下有殉其所欢者。所殉之人不同,所殉之法不同,要之牺牲于一人,而非牺牲于全国。纵翻尽列女、闺秀诸传,无以易我言也。"③ 从中可以看出,编纂者对"殉"的道德本身并无否定之义,他提出异议的只是不应"牺牲于一人",而应"牺牲于全国","殉"的道德对于女性而言并没有改变,只不过由殉夫、殉姑、殉父母的私人领域中的"殉"一变而为殉国、殉同胞的公共领域中的"殉"。"殉"的道德依然是女性"践道"的最高标准,也是国族话语下"新女性"的最高标准。

---

① 明夷女史:《敬告女界同胞(为秋瑾被杀事)》,载李又宁、张玉法主编《近代中国女权运动史料(1842—1911)》(上册),(台北)龙文出版社股份有限公司1995年版,第454页。

② 许定一:《祖国女界伟人传·凡例》,转引自夏晓虹《晚清女子国民常识的建构》,北京大学出版社2016年版,第51页。

③ 《世界十女杰·序》,转引自夏晓虹《晚清女子国民常识的建构》,北京大学出版社2016年版,第49页。

第一节 "国妻""国家的寡妇"与国族话语宰制下的"新女德"

"嫁夫嫁得英吉利，娶妇娶得意大利"出自柳亚子《读〈史界兔尘录〉感赋》（1904），原本仅为一时激发的浪漫感想，但到了马君武《祝高剑公与何亚希之结婚》诗（1907）中，"娶妻当娶意大里，嫁夫当嫁英吉利"就已切实转变成了对新婚夫妇的结婚祝词，"且由柳诗'嫁得''娶得'的叙述语调，变为'当娶''当嫁'的价值肯定，无疑更突出了以何种标准择妻选夫的实在内容"①。因其出现在结婚祝词中，鲜明地传达出了择选爱国志士作为结婚对象以成就"革命伴侣"的新婚恋观。"革命伴侣"的奋斗目标并非个体意义上的组建幸福小家庭，而是国族意义上的共赴国难、双双赴死。从这一层面而言，革命伴侣中的男性可称为"国夫"，革命伴侣中的女性直可称为"国妻"了。

在充斥着国族话语的清末小说中，有相当数量者都热衷于塑造一心为国而弃绝个体婚恋的"国妻"型新女性形象。据学者考证，"国妻"之称，最早出现在清末政治小说《自由结婚》中。②《自由结婚》第十四回"耄矣老夫回头是岸 壮哉巾帼光复成军"中写到光复党第三代女首领一飞公主在教诲新来的同志时就有所谓"守节的国妻"一说，但一飞公主所说的"国妻"，其实称之为"国家的寡妇"才更为准确。在一飞公主的长篇训诫中，我们可以清楚地看到私人领域中女性"为夫守节"的旧女德如何被巧妙地置换为公共领域中女性"为国守节"的新女德。一飞公主对守节并不反对，甚至认为这是女人唯一一件可以胜过男人的事情："我们女人的程度样样不如男人，说来都要羞死，独有一件事情，可见得我们有个极好极好的性

---

① 夏晓虹：《晚清文人妇女观》（增订本），北京大学出版社2016年版，第104页。
② 黄湘金：《史事与传奇——清末民初小说内外的女学生》，北京大学出版社2016年版，第189页。

质,胜过那些男人不啻十倍百倍。这是什么事情呢?就是能够替丈夫守节。"一飞公主还盛赞道:"咳!这是何等好性质吗?"但同时对女人仅"替一人守节"而深感惋惜,号召女人应"替国守节,替种守节","我们同心做去,达这目的,可不是我们第一件好事吗?"在一飞公主充满民族主义色彩的言论中,女人的丈夫原本是"本国本种可爱的丈夫",但被强盗(笔者注:暗指清廷)杀害"到如今已经几百年"了,却"绝不闻有守节的国妻,替他起来报仇"。女人的丈夫就是国家,亡国后的女性不仅应为"国家丈夫"守节,更要为"国家丈夫"报仇。在一飞公主慷慨激昂的鼓动下,新来的同志果然群情激昂:"个个咬牙切齿,把亡国之痛当作杀夫之仇,大叫誓灭蛮狗。因此光复党中人,尽是女中铁汉,痛心疾首,一副寡妇面孔,日夜只要报仇"(《自由结婚》第十四回"耄矣老夫回头是岸 壮哉巾帼光复成军")。

私人化的男女情爱在国族话语的强力碾压下变得不值一提,女性在缔结婚姻之前就已变成了"国家的寡妇","为国夫守节"进而"为国夫报仇",成了作为"未亡人"的"国妻"继续活下去的唯一理由。当然,有的"国妻"可能走得更远,不是苟全性命于世而是直接捐生以"殉夫"。《瓜分惨祸预言记》(1903)中的爱国女子王爱中在听闻中国即将遭列强瓜分后当即割喉自尽:"还我剪刀来,快快毕命,免待洋人来辱我,我是不愿作亡国的人"(《瓜分惨祸预言记》第三回"恶官吏丧心禁演说 贤搢绅仗义助资财")。《自由结婚》中有一个二十五六岁就死了丈夫的寡妇如玉就直接将"亡夫之痛"与"亡国之痛"相提并论,并认为"亡国之痛,过于亡夫,亡国之民,比寡妇更苦","我国亡了,我国亡了,我每想到这里,苦痛悲伤,比亡夫还要痛了十倍"(《自由结婚》第十七回"可怜有志青年竟拚诀绝 却喜公卿老妇也识驱除")。一飞公主也曾不无悲壮地慨言道:"总之,我既然把此身嫁与我最爱之大爱国祖国,尽心竭力,黾勉为之,希望不至辜负所天就是了"(《自由结婚》第十五回"一曲浩歌看步伐止齐愧杀天下男子 三雄执手愿隐帆匿楫避他恶海狂涛")。"夫者,天也。"(班昭《女诚·专心》）"以夫为天"的旧女德已在国族话语的改造下实现了向新女德的成功转型，"为国夫守节""为国夫报仇"乃至于"为国夫殉死"成为"国妻"理应遵守的新女德。

与旧女德的典范女性相呼应，国族话语宰制下的新女德同样热衷于塑造"坚贞抚孤"的寡妇形象。《瓜分惨祸预言记》中描绘了一个乌托邦世界——兴华邦，这是中国遭受瓜分惨祸之后，少数革命志士成功开辟出来的一方"干净之土"。作为这一独立王国的女性大统领，夏震欧将兴华邦视为自己的儿子，是惨遭瓜分的中国/国夫留下来的血脉/孤儿，因此，作为"国夫"的"未亡人"，夏震欧自觉地担负起了代夫抚孤的重任。小说中这样写道，当臣子询问大统领年纪已长，何不及时婚配时，夏震欧毫不犹豫地回答道："吾有一夫死了，今吾为抚遗孤，不得嫁人。"当众人质疑"陛下实未有夫，此言何谓？"时，她的答复更是掷地有声："这中国就是我夫，如今中国亡了，便是我夫死了。这兴华邦是中国的分子，岂不是我夫的儿子么？我若嫁了人，不免分心，有误抚育保养这孤儿的正事，以故不敢嫁人。"（《瓜分惨祸预言记》第十回"预言书苦制醒魂散 赔泪录归结爱国谈"）夏震欧的"代夫抚孤"既是国族意义的，又是性别意义的。国族话语的强力宰制不仅征用了女性个体的情感与婚姻，倡导以国家为爱人、以国家为丈夫的新道德观；而且，也规制了女性"丧夫"之后的人生取向，那就是作为"国夫"的"未亡人"抚孤保种，将自己的生命与复兴国族的伟业紧密联系，在复兴国族的伟业中找寻到自己的生存价值与存在意义。

第二节 "国妻""国夫"与国族话语征用下的"自由结婚"

与夏震欧这位女性大统领相呼应，《瓜分惨祸预言记》（1903）中的革命志士，作为夏震欧继任的男性大统领华永年也有着同样的言说逻辑，将惨遭列强瓜分的中国视为"已经亡失"的"强壮美丽之妻"，表示不愿婚娶，"以便专心谋国"（《瓜分惨祸预言记》第十回"预言书苦制醒魂散 赔泪录归结爱国谈"）。夏震欧与华永年都将国家视为自己的婚姻配偶，他们因此也就成了"国妻"与"国夫"，使得当时的流行话语"自由结婚"具有了国族层面的新意味。

"自由结婚"原本是清末语境中传播甚广且反响热烈的新婚恋观，对于饱受千年不平等两性观压制的广大女性而言尤具感召力。马君武即将婚姻自由权之有无视为文明与野蛮的分野，"专制婚姻，不由男女自自选合之婚姻也。此为世界极野蛮之俗，稍进文明之国民，断不如是"①。值得注意的是，此时"自由结婚"说的立论尚在两性的个体幸福上，不仅要求婚恋自由，也要求性别平等，"夫妻不平权，遂变本极自由平等之好关系，一为主，一为属，是诚极野蛮风俗，不可不改良也。此风不变，则夫妻之间，必无真爱情"②。革命派杂志《觉民》对于"自由结婚"说的宣扬更具有鼓动性与感染力，"我务将此极名誉、极完全、极灿烂、极庄严之一个至高无上、花团锦簇之婚姻自由权，攫而献之于我同胞四万万自由结婚之主人翁！"③ 但与此同时，作为清末的主流话语，国族话语迅速地征用了方兴未艾的"自由结婚"说，国族话语中自由结婚的目标就不再是个人的自由与幸福，而是国族立场的强国保种。《中国婚俗五大弊端说》（1907）一文即将夫妇和谐与国脉盛衰进行了因果关联，"夫人情意不洽则气脉不融，气脉不融则种裔不良，种裔不良则国脉之盛衰系之矣"④。可见，"舆论对婚姻自主权的看重，最关注的其实不是当事人的情感体验，而是在婚姻家

---

① 君武：《弥勒约翰之学说》，载莫世祥编《马君武集》，华中师范大学出版社1991年版，第145页。

② ［英］斯宾塞：《斯宾塞女权篇》，马君武译，载莫世祥编《马君武集》，华中师范大学出版社1991年版，第24页。

③ 陈王：《论婚礼之弊》，载高旭、高燮、高增原编，高铦、谷文娟整理《〈觉民〉月刊整理重排本》，社会科学文献出版社1996年版，第30页。

④ 陈王：《论婚礼之弊》，载高旭、高燮、高增原编，高铦、谷文娟整理《〈觉民〉月刊整理重排本》，社会科学文献出版社1996年版，第26页。

庭背后的国族命运"①。这一论调与倡导女性放足以畅通血脉,进而诞育佳儿的思路可谓异曲同工,都是因女性关乎未来国民素质的生育能力而要求为女性赋予相应的权利,其出发点无疑是对国族利益的考量,为国家民族诞育良种成为女性责无旁贷的国民义务。这一立足于国族立场的"自由结婚"论在《瓜分惨祸预言记》中就有生动的展现。小说中写道,作为兴华邦的首任大统领,夏震欧因为花强中、王爱中二人无婚配对象而烦恼,于是"便令于国中诸少年中,择有才行者嫁之"。王爱中表示要为死于乱军的未婚夫守节不嫁,夏震欧于是这样开导她:

> 大凡妇女,为国家生强壮之儿,为本族培聪明之种,是为天职。莫说你尚是童女,就是已嫁了人,丈夫死了,若年纪尚轻,也不可不嫁人。若自废弃那为国生材,为族传种之材能,殊为不可。所以文明各国,皆视再嫁为年轻寡妇所应行之事。惟是,若不能养练身体,浚开智慧,考求学问,操练技艺,并考究那求良种、育婴儿、教子女之法,则毋宁放弃生子之材,以免滋生劣种弱民,遗害于国。若是有智慧、有才德、有学问,而尚守迂儒之腐义,是自暴而且忘情于其国也。
> ——《瓜分惨祸预言记》第十回"预言书苦制醒魂散 赔泪录归结爱国谈"

由女性的生育能力而延展出的"为国生材,为族传种"是女性必尽的国民义务,非此,岂不辜负了"国民之母"之美名?于是,王爱中、花强中只好唯唯听命,各择佳偶成亲。王爱中、花强中各自的婚姻是出于为国家诞育未来国民的国民义务;夏震欧、华永年各自的不婚则为的是以"国妻""国夫"的"未亡人"身份"抚孤""守节"。

---

① 黄湘金:《史事与传奇——清末民初小说内外的女学生》,北京大学出版社2016年版,第188页。

个人的婚姻、情感乃至于生育皆以国族的名义被征用，作为个体的结婚或不婚皆非出于个体的意愿，这一点在《自由结婚》(1903)中的一对有情人黄祸与关关身上体现得尤为明显。小说中写到女主人公关关在与男主人公黄祸的母亲交谈时就表示："侄女和哥哥初见的时候，就你恋我爱，无限恩情布满脑海，有不期然而然的。这大约是天假之缘，非人力所能勉强的了。"但又因从前发过一誓，"说一生不愿嫁人，只愿把此身嫁与爱国（笔者注：即中国的爱称）"，因此，原本嫁于"爱国"做"国妻"的意愿如今不得不做出调整，"缔姻之事，请自今始，完婚之期，必待那爱国驱除异族，光复旧物的日子"。也就是说，情窦初开的关关同意了与黄祸的婚事，但必须等到民族独立后方可成婚。这样一种以国事为先的态度居然得到了黄祸母子的交口赞誉，黄祸的认同并不奇怪，因为他也是一位一心为国的革命志士，"爱国独立，你我完婚"的设想是他黄祸"拜天拜地，癠寐不忘"的景象；黄祸之母也能认同这桩以民族独立为先决条件的婚姻则令人殊感意外，因为这与中国传统文化中父母之于儿女婚姻的惯常心态并不相符，但显然黄母的设定同样也是以国事为先的爱国主义者，她称赞黄祸与关关可谓"天生你们一对怪杰"（《自由结婚》第六回"异种未锄鱼水成欢待他日 同舟共济鲸鳌远逝盼新洲"），对儿女婚姻的遥遥无期毫不在意。

在这里，私性化婚姻让位于"与国家结婚"的新理念，家族本位的传统婚姻道德也随之让位于国族立场的新婚姻道德，黄母就对小儿女能否及时婚配、诞育子嗣、接续香火之类的问题并不在意。应该说，无论是黄祸、关关，还是黄母，书中人物对于传统婚姻道德都采取了漠视态度，传统婚姻道德似乎全然退场，但其实不然，批书人就注意到了这一点。在关关表示"伯母有命不敢违"时，批书人这样批道："何不直说爱根不能断绝，倒要说伯母有命不敢违。若是因为伯母的命，所以不敢违，那就不是你的本心了，算什么自由结婚吗？关关那时讲到婚嫁的事情，还不能纯然大方，风俗害人，一至于此。"① 确乎其评，全然不以传统婚姻道德为念的关关依然躲在"父母之命"的挡箭牌后面，而不敢大大方方地承认自己的婚姻意愿，她的"有命不敢违"与《西厢记》中崔莺莺的"报德难从礼"是同样的思路，而且还多了一重当时甚为流行的国族话语的庇护。如学者所言，这是一个耻于言情的时代，"只有当拯救国族或振兴女界这类大题目成为'防护罩'时，青年男女的自由交往，才能获得无窒碍、无疑虑的发展空间"②。

事实上，关于何者为"自由结婚"，《自由结婚》这部小说也提出了不同于婚恋自由权的新解。在得知关关"生不愿嫁人，只愿把此身嫁与爱国"的壮志后，黄祸曾对"我国少年不中用"的话题发表过如下一番议论，认为"我国少年最多才干，最好冒险"，理由是我国少年最高兴做两件事，一是科举考试，另一个就是自由结婚。尤其是后者，这是人之天性，"无论何人，到了十五六岁，必有男女之情。既有了这种情，念念在此，不能忘记"，因此，"也有钻穴隙相窥的，也有爬墙上树跟人逃走的，也有生相思病的，也有生单思病的，也有吃了醋寻短见的，也有没好气郁闷死的"。总之，"为了这男女之情，连死都不怕了"。黄祸认为这就是一种"坚忍不拔"的好品质，如能将这样的好品质用在强国保种、救亡图存的正路上，国族复兴的伟业就必能取得成功，"倘若我国的人，认正路径，拿了这些性质，用在好好的志向上面，他们的成就，岂让那外国人吗？"在黄祸看来，争取结婚自由与争取民族独立具有趋同性，"所异只在志向一项而已"，因此，如能将"寻常儿女的情"去"做那英雄的事"，没有不成功的，"文明国里的人，求自由、求独立，说来都惊天动地，怎么样热心，怎么样坚忍，怎么样冒险，怎么样进取，其实依我看起来，也不过如此罢了"（《自由结婚》第六回"异种未锄鱼水成欢待他日 同舟共济鲸鳌远逝盼新

---

① 岭南羽衣女士、震旦女士自由花、轩辕正裔等：《中国近代小说大系·东欧女豪杰·自由结婚·瓜分惨祸预言记等》，百花洲文艺出版社1991年版，第156页。
② 黄锦珠：《晚清小说中的"新女性"研究》，转引自黄湘金《史事与传奇——清末民初小说内外的女学生》，北京大学出版社2016年版，第189页。

洲")。

　　黄祸的这番"只要用寻常儿女的情,做那英雄的事"的议论事实上正是作者本人的观点"描写儿女的状态,提倡爱国的精神"在小说中的演绎。在《自由结婚》第一回"万古恨伤心故国 自由花避地瑞西"中,犹太老人的强国梦,即"将来建立自由的国家,组织共和的政府,做到我犹太轰轰烈烈成世界第一等强国"折射出的正是清末民族民主革命的美好愿景,但这样的事业,"一定不是不知自由的人所能办得到的",犹太老人由此开始生发:

　　　　据老夫看起来,只有结婚自由是没有一个人不欢喜的,没有一个人不情愿替他死的。列位都知道男子要娶妻,女子要嫁夫,国无论野蛮文明,人无论聪明愚笨,总逃不了嫁娶,所以嫁娶的自由,人人都要争的。每年为了争这自由,死去不知多少人,可知这嫁娶自由是男女的无价之宝了。……哈哈!天下有那一事不要自由?为何许多男女都放着别的自由不管,独独于这嫁娶自由死命不肯舍呢?岂不是因为结婚为男女一生大事,结婚失了自由,就要终身受累吗?老夫且愿我自由的男男女女,爱一切自由如结婚一般,我祖国就不怕无自由之日了。

　　　　　　　　　　——《自由结婚》第一回"万古恨伤心故国
　　　　　　　　　　　　　　　　　自由花避地瑞西"

　　这段议论的论说逻辑以及推出的观点与黄祸的言论一般不二,大体如下:争取国族独立富强的民族民主革命是"知自由的人"才能办得到的;争取婚姻自由的青年男女是最知自由的人;如能将争取婚姻自由的精力转移到争取国族独立的民族民主革命上,那么,民族民主革命必然能够取得胜利。在这一逻辑推导下,青年男女缔结婚姻的目的发生了根本变化,由原本个体层面的共筑二人世界转变为国族层面的为民族民主革命而结成革命伴侣,或索性待革命成功后方结为伴侣。个体婚姻让位于国族复兴伟业,以争取自由结婚的执着去争取国家民族的独立解放。此种观点也不完全是小说作者的个人之见，1918年10月31日《大公报》刊载的《自由结婚辩》一文就认为"终身不嫁"的罗兰夫人才是"真能自由结婚者"①。尽管此文事实混淆，张冠李戴，但其将拒绝个体婚姻的革命者视为"真能自由结婚者"的观点无疑构成了对《自由结婚》这部小说的某种呼应。

诚如李奇志所言，"关关的少女情窦因黄祸的爱国热情而盛开，并随着两人的共同奋斗与日俱增，但个体的男欢女爱究竟不敌民族革命之爱的风起云涌，于是抑'私情'扬'爱国'成为了他们的最高追求。这样，两人起于私性化爱情的'自由结婚'就终结于与中国的'自由结婚'"②。此种国族立场的"自由结婚"早已丧失了争取婚姻自主权之最初意涵。从中我们也清楚地看出国族话语对于性别话语的大肆征用，此种情形在清末女性解放运动中十分普遍，"戒缠足"、"兴女学"、女子就业等具有女性解放色彩的新理念一经推出就会很快地与诞育强种、培养国民、生利兴业的国族意愿发生勾连，纯粹出于性别解放立场的思想言论并非没有，但在国族话语的强力规制下只能屈居"第二义"。即以高呼"二十世纪之世界，为女权革命之时代"③的《女界钟》（1903）而言，女权革命的必要性也因其实为民权革命之基础才获得了男性精英的热烈肯定。至于"国民之母"的桂冠也同样是因为与强国保种的国族期待存在因果关联才获得了合理性，所谓"女子者，国民之母也。欲新中国，必新女子；欲强中国，必强女子；欲

---

① 原文为"昔意国有罗兰夫人者，终身不嫁。人问之，曰：'已嫁得意大利矣！'噫，意大利曷尝娶之？举意大利之众，曷尝有一人娶之？彼以为我欲嫁之，则彼虽不娶我，我直作为嫁之可矣。若罗兰夫人，是真能自由结婚者！近今之人，能效之者，果何人耶？"《自由结论辩》，《大公报》1918年10月31日。

② 李奇志：《论清末民初思想和文学中的"英雌"话语》，博士学位论文，华中师范大学，2006年，第151页。

③ 金天翮：《女界钟》，载夏晓虹编《中国近代思想家文库 金天翮·吕碧城·秋瑾·何震卷》，中国人民大学出版社2015年版，第25页。

文明中国，必先文明我女子；欲普救中国，必先普救我女子，无可疑也"①。诚如夏晓虹所言："女子的命运决定了中国的前途，这才是妇女议题重要性的根本所在。"② 思虑及此，《自由结婚》以国族大义遮蔽自由结婚的原初意涵也就不难理解了。

第三节 "自由花"意涵的转变与"自由结婚"说的转向

《自由结婚》这部小说的作者显然用的是笔名，作者处标示为"犹太遗民万古恨著 震旦女士自由花译"。这一笔名具有丰富的象征意涵，即以"自由花"为例，在清末语境中，"自由花"意象总是与法国女革命者罗兰夫人紧密相连，"自由花"意象中蕴含的双重意涵，即民族解放的争取"民族自由"与性别解放的争取"婚姻自由"在《自由结婚》这部小说中均有体现。

罗兰夫人进入清末语境与梁启超《近世第一女杰罗兰夫人传》（1902）有莫大关系。该文一经刊出就引发众多女报纷纷转载，罗兰夫人在中国女界中的影响随之迅速扩大，在"经过不断的叙说、征引与诠释"后，罗兰夫人俨然成为一个"形象符号"，"集聚了丰富的意蕴，可以在众多场合作为权威与榜样出现"③。在这篇人物传记中，梁启超开篇即以气势磅礴的一连串排比句将罗兰夫人迅速定义为"十九世纪欧洲大陆一切之人物"之母以及"十九世纪欧洲大陆一切之文明"之母。何以如此？因为罗兰夫人是"法国大革命之母"，而法国大革命又是"欧洲十九世纪之母"④。遵循着梁启超的逻辑推导，罗兰夫人

---

① 金一：《〈女子世界〉发刊词》，载夏晓虹编《中国近代思想家文库 金天翮·吕碧城·秋瑾·何震卷》，中国人民大学出版社2015年版，"导言"第5页。

② 夏晓虹编：《中国近代思想家文库 金天翮·吕碧城·秋瑾·何震卷》，中国人民大学出版社2015年版，"导言"第5页。

③ 夏晓虹：《晚清女性与近代中国》，北京大学出版社2004年版，第203页。

④ 梁启超：《近世第一女杰罗兰夫人传》，载李又宁、张玉法主编《近代中国女权运动史料（1842—1911）》（上册），（台北）龙文出版社股份有限公司1995年版，第319页。

"革命之母"的形象被迅速地建构起来。

与罗兰夫人"革命之母"相呼应的另一身份标签就是"自由"。在梁启超的笔下，罗兰夫人是"生于自由，死于自由"，"自由由彼而生，彼由自由而死"的自由的化身，尤其是其牺牲前的那句名言"自由自由，天下古今几多之罪恶，假汝之名以行"，更将罗兰夫人与"自由"紧密地结合为一体。考察梁启超的原文，作为罗兰夫人身份标签之一的"自由"当为推翻封建专制后获得的民众的自由，"余惟祝我国民速得真正之自由"①，在法国当时的情形之下，唯有通过暴力革命手段推翻封建王权才能获得真正的自由，罗兰夫人于是被塑造成了法国大革命时期为自由而战的革命女英雄，清末女界最初也正是在国族立场这一层面接受了罗兰夫人的形象意涵。在革命派知识分子金天翮歌颂俄国虚无党的《自由血》（1904）一书中，就将罗兰夫人界定为"革命党女杰"，与"爱国女子贞德""无政府党女将军路易·美世儿"并置一处，她们在金天翮的心中都是"拼如蠖之首于战争之潮，掷惊鸿之身于革命之火"②的爱国英雌、革命女杰。在《女界钟》中，又直将罗兰夫人与越女、红线、聂隐娘、批茶、贞德、苏菲亚等中西方女杰相并置，认为"此皆我女子之师也"③，号召中国女界以罗兰夫人等女英雄为楷模积极投身民族民主革命。

但就清末中国的实际情况而言，在与近代民族解放运动相伴而生的女性解放运动中，罗兰夫人身上的"自由"标签有时会与民族民主革命相剥离，而更多地附着到女权革命上。在金天翮《女界钟》第六节《女子之权利》一文中，金天翮认为"今日女子应当恢复如下"六项权利，即"入学之权利""交友之权利""营业之权利""掌握财产

---

① 梁启超：《近世第一女杰罗兰夫人传》，载李又宁、张玉法主编《近代中国女权运动史料（1842—1911）》（上册），（台北）龙文出版社股份有限公司1995年版，第318、318、328页。

② 转引自夏晓虹《晚清女性与近代中国》，北京大学出版社2004年版，第195页。

③ 金天翮：《女界钟》，载夏晓虹编《中国近代思想家文库 金天翮·吕碧城·秋瑾·何震卷》，中国人民大学出版社2015年版，第41页。

之权利""出入自由之权利"以及"婚姻自由之权利"①。"权利者,伴自由而生者也"②,中国女子素无自由,也毫无权利可言。在阐释"婚姻之自由"时,金天翮就径直将之称为"自由花","婚姻之自由,我中国无此出产之自由花也,男女皆然"③。值得注意的是,"自由花"这一意象很快地就与作为"自由"化身的罗兰夫人相结合,成为罗兰夫人核心精神的象征符号。罗兰夫人身份标签——"自由"很快地就具有了双重意涵——"民族自由"与"婚姻自由",如《女界警词》(1908)对罗兰夫人的赞颂,"生撒自由花,死成自由神"④。此诗中的罗兰夫人是作为法国大革命时期的革命女杰而得到赞美的,"自由花""自由神"的赞语主要是基于革命的意涵。而在南社文人高旭《贺某某两君结婚》(1908)中,罗兰夫人又化身为自由结婚的爱神,"自由花"的意涵由革命转向了爱情,"平生意气羞黄金,买丝欲绣罗夫人。儿女英雄一时遇,自由花烂八千春"⑤。罗兰夫人的"自由花"已成为"儿女英雄"自由结婚的见证,罗兰夫人也就顺理成章地成了中国女性争取恋爱自主、婚姻自由的引路人,在"革命女杰"这一名号外平添了一重新意。在《自由结婚》这篇小说中,罗兰夫人"自由花"蕴含的双重意涵,即民族解放的争取"民族自由"与性别解放的争取"婚姻自由"在小说中均有体现,并从个体立场向国族立场进行了巧妙迁移:"愿我自由的男男女女,爱一切自由如结婚一般,我祖国就不怕无自由之日了。"(《自由结婚》第一回"万古恨伤心故国 自由花避地瑞

---

① 金天翮:《女界钟》,载夏晓虹编《中国近代思想家文库 金天翮·吕碧城·秋瑾·何震卷》,中国人民大学出版社2015年版,第27页。
② 金天翮:《女界钟》,载夏晓虹编《中国近代思想家文库 金天翮·吕碧城·秋瑾·何震卷》,中国人民大学出版社2015年版,第28页。
③ 金天翮:《女界钟》,载夏晓虹编《中国近代思想家文库 金天翮·吕碧城·秋瑾·何震卷》,中国人民大学出版社2015年版,第27页。
④ 大谩:《女界警词·自由》,《河南》第8期,1908年12月,转引自黄湘金《史事与传奇——清末民初小说内外的女学生》,北京大学出版社2016年版,第165页。
⑤ 高旭:《贺某友结婚》,载郭长海、金菊贞编《高旭集》,社会科学文献出版社2003年版,第91页。

西")就这样,"婚姻自由"的"自由花"在国族话语的强力统摄下被压制下去,"民族自由"的"自由花"成为青年男女共同追求的人生目标。随着"自由花"意涵的巧妙转变,国族话语也在悄无声息间完成了对"自由结婚"说的征用。

第四节 罗兰夫妇与吴樾夫妇

1902年,《新民丛报》曾刊登一组名为《史界兔尘录》的杂记,内有一则云:"英女皇额里查白终身不嫁。群臣或劝之嫁,答曰:'吾已嫁得一夫,名曰英吉利。'意相嘉富儿终身不娶。意皇尝劝之娶,对曰:'臣已娶得一妇,名曰意大利。'善哉爱国之言!"① 在这则杂记中,英女皇伊丽莎白的"嫁得英吉利一夫"与意大利首相加富尔的"娶得意大利一妇"均被视为"爱国"的体现,以国家为婚姻对象又是以个体层面的"终身不嫁""终身不娶"为前提的。显然,这则杂记传达的理念无外乎告诫青年男女应摒弃个体私情,而将全部的爱投注到国族复兴的伟业中,像爱自己的丈夫/妻子一样爱自己的国家,或者说,国家就是你的爱人。此种"张扬爱国公义,抑制个人私情的言说"② 在20世纪初的清末中国曾相当流行。在《理想的女豪杰》一诗中,摒弃私人情感生活的"嫁国"就被作者认定是女豪杰的人生理想:"磊磊此身惟嫁国,曼歌清状欲何如?"③ 年轻而浪漫的革命志士柳亚子深受该则杂记的灵感(inspiration),即所谓"一点烟士披里纯"的启发,又在"嫁国"之外明确增添了"殉国"的意涵。在《读〈史界兔尘录〉感赋》(1904)中,柳亚子这样写道:"嫁夫嫁得英吉利,娶

---

① 《史界兔尘录》,转引自夏晓虹《晚清文人妇女观》(增订本),北京大学出版社2016年版,第103页。
② 黄湘金:《史事与传奇——清末民初小说内外的女学生》,北京大学出版社2016年版,第187页。
③ 一尘:《理想的女豪杰》,转引自黄湘金《史事与传奇——清末民初小说内外的女学生》,北京大学出版社2016年版,第187页。

妇娶得意大里。人生有情当如此，岂独温柔乡里死。一点烟士披里纯，愿为同胞流血矣。请将儿女同衾情，移作英雄殉国体。"① 李奇志曾颇带调侃意味地评论道，"16岁的少年柳亚子尚未体验到'儿女同衾情'，就已准备将此'殉国体'了"②。确乎如此。"爱情随着革命的到来而与时俱进，其间的英雄主义精神日见浓厚。"③ 为了共同的革命理想，既情投意合，又志同道合的革命伴侣带着崇高的理想与甜蜜的痛苦双双赴死，"革命"与"爱情"的结合因此而平添了令人心碎又心醉的激情与浪漫，对于一个富于革命浪漫想象的青年革命者而言，还有什么比这更具吸引力呢？于是乎，爱情的基准由私人领域的才貌相当、情投意合变成了政治领域中政治信仰、政治理想、政治立场的高度一致，革命伴侣缔结婚姻的最高目标也不再是私人领域的琴瑟和谐、夫唱妇随，而是政治领域中的志同道合、共赴国难，"意味着夫妻双双去战斗、去革命、去赴死"④。

一如女杰典范多来自西方，革命伴侣的典范也往往来自西方，在清末语境中被频繁借用的就是法国革命者罗兰与罗兰夫人（笔者注：也翻译为"玛利""玛利侬"等）这一对革命伉俪。在推崇"爱国无妨兼爱花"的南社革命者中，罗兰与罗兰夫人的伉俪典范常被柳亚子写进诗中赠予同人中令人羡慕的革命伴侣，如在给远渡东瀛的刘申叔、何志剑（笔者注：即刘师培、何震）的赠诗中，柳亚子如是说："别有怀人千里外，罗兰、玛利海东头（谓申叔、志剑夫妇）。"⑤ 在写给高旭、何绍的新婚贺诗中，柳亚子再度征用了这一典故，"却羡女权新史

---

① 亚卢：《读〈史界兔尘录〉感赋》，《江苏》1904年第8期。
② 李奇志：《论清末民初思想和文学中的"英雌"话语》，博士学位论文，华中师范大学，2006年，第52页。
③ 李奇志：《论清末民初思想和文学中的"英雌"话语》，博士学位论文，华中师范大学，2006年，第53页。
④ 李奇志：《论清末民初思想和文学中的"英雌"话语》，博士学位论文，华中师范大学，2006年，第53页。
⑤ 柳亚子：《海上（题南社雅集写真）》，载中国革命博物馆编《柳亚子文集·磨剑室诗词集》（上集），上海人民出版社1985年版，第61页。

艳，更罗兰、玛利雄心贮"①。在刺杀出洋五大臣事件中壮烈牺牲的革命志士吴樾及其随后自杀的妻子也被当时舆论赞誉为堪与罗兰夫妇相比肩的革命夫妻，"吴夫人始以大义相勖，终则舍身相从，罗兰、玛丽，信其俦矣"②。不过，将吴樾夫妇与罗兰夫妇殉难前后的细节相比较，还是会发现一些性别层面的微妙不同。

以梁启超的人物传记《近世第一女杰罗兰夫人传》（1902）为据，相较于罗兰本人，罗兰夫人其实才是吉伦特党的真正首脑。为了展现罗兰夫人的女杰形象，梁启超极力凸显罗兰夫人在吉伦特党中的重要地位。每当罗兰与同僚商议大事，"必请夫人同列其席"，重要文牍"一一皆经夫人之手"，凡提交于议会及内阁的报告书"皆由夫人属草"，政府刊发的官报，"皆由夫人指挥其方针，监督其业务"，梁启超甚至将罗兰夫人视为法国新政府的真正首脑，称之为"红颜宰相"："使当时新政府之动力，日趋于共和理想者，皆罗兰夫人为之也。法国内务大臣之金印，佩之者虽罗兰，然其大权实在此红颜宰相之掌握中矣！"就这对革命夫妻殉难前后的细节来看，是罗兰夫人慷慨就义在先，原本出逃成功的罗兰自杀在后，"夫人殉国后数日，由巴黎至卢安之大道旁，有以剑贯胸而死者，则罗兰其人也"③，在革命伉俪双双赴死的过程中，罗兰夫人的示范作用是显而易见的。

但在吴樾夫妇的殉难事件中，吴樾无疑扮演了感召者与引导者的角色。在其《吴樾遗书·复妻书》中有这样一段话："吾所谓复仇者，非私子于我，而为我复仇也，吾之意欲子他年与吾并立铜像耳。……若云报吾之恩，吾何恩之有，子又何报之有。吾期望于子者，思想日

---

① 柳亚子：《金缕集·天梅将行婚礼，制词自纪，属步其韵。意有所寓，情见乎词。世有伯乐，当相识于牝牡骊黄之外耳》，《复报》第7期，1906年12月，转引自李奇志《论清末民初思想和文学中的"英雌"话语》，博士学位论文，华中师范大学，2006年，第53页。

② 佛哉：《刺客吴樾传略》后之"记者识"，《复报》第2期，1906年6月，转引自夏晓虹《晚清文人妇女观》（增订本），北京大学出版社2016年版，第112页。

③ 梁启超：《近世第一女杰罗兰夫人传》，载李又宁、张玉法主编《近代中国女权运动史料（1842—1911）》（上册），（台北）龙文出版社股份有限公司1995年版，第324、328页。

渐发达，智力日渐进步，而导以民族之主义，爱国之精神者，亦为同胞起见也。"在这里，吴樾引导妻子斩断私人情感投身于国族伟业的意图是非常明显的，唯如此，方能成就一心为国为同胞的"革命夫妻"典范，也才能有资格他年"并立铜像"。吴樾还以罗兰夫人相感召，"不见夫法之罗兰夫人，以区区一弱女子，而造此惊天动地之革命事业"，要求其妻同罗兰夫人那样做勇于为国捐躯的革命女志士。关于吴樾妻在吴樾牺牲后的自杀动机究竟是出于私人情感的"殉夫"，还是政治情感的"殉国"，在《吴樾遗书·与妻书》中似乎可以找到答案。其中一段文字这样写道：

> 向人则曰我不流血谁流血，此即我不死谁死之代名词耳。及至可以流血之日，而彼则曰，我留此身，将有所待。待之又久，而此身或病死，或他故而死。吾知其将死之际，未有不心灰意冷勃发天良，直悔前言之不践。与其今日死，不如昔日之不生也。然悔之何及，徒益悲伤耳。……与其悔之他时，不如图之此日。抑或者苍天有报，偿我以名誉于千秋，则我身之可以腐灭者，自归于腐灭，而不可以腐灭者，自不腐灭耳。……子其三覆思之，如以吾言为然，则请为子画善死之策，如以为否，则将留此书于临死之日，再一阅之，以证吾之见地如何。①

在这里，吴樾清楚地表达了宁愿"死得其时"，也不愿"日后追悔"的死志，"与其今日死，不如昔日之不生也"，"与其悔之他时，不如图之此日"，且坚定地相信腐灭的仅仅是肉体，而精神则可以因其刺杀清廷大臣的革命壮举而获得永生。吴樾以之自勉，也以之激励着妻子，在这段引文的最后，"请为子画善死之策"这几句话已清楚地表明了吴樾期待着妻子也能同他一样早下决心，"死得其时"而不要"日后追悔"。果然，吴樾牺牲不久，吴樾妻就自裁身亡。究其死亡动机，

---

① 《天讨·民报临时增刊》，1907年4月月25日。

吴樾之死自是殉国，吴樾妻之死则可以说既是殉夫，也是殉国，而且是在丈夫革命意志感召下的殉国。无论如何，革命伴侣的双双赴死在清末舆论中迅速构建起了"罗兰夫妇"式革命夫妻的本土典范，吴樾渴望与其妻"并立铜像"的愿望得以实现。

由男性充当女性革命路上的感召者与引导者的记叙在一些由男性革命者以女性口吻拟写的诗中也时常可见。报纸上登载的某志士送未婚妻北行并赠诗一事就极大地激发了南社革命者高旭的想象力，于是模仿这位未婚妻的女性口吻为其补写了六首诗。在高旭那富于革命激情的浪漫想象中，这位革命志士的未婚妻当是去执行刺杀任务，所谓"左手快枪右炸弹"，此种手持武器、左右开弓的战斗姿态与《理想的女豪杰》一诗中"爆弹钢刀在手边""朝刺将军暮皇帝"[①] 中的女刺客形象完全一致，都是清末语境之于女革命者形象的典型想象。接下来，高旭继续驰骋如奔马般的肆意想象，表示要将刺杀成功后装入革袋中的敌人鲜血倒入杯中充作准革命夫妇的合欢酒，"归来说是蚩尤血，倾入杯中引合欢"，这几乎是"壮志饥餐胡虏肉，笑谈渴饮匈奴血"（岳飞《满江红·怒发冲冠》）的意象沿用，都是以食用敌人的血肉来表达对敌人的切齿仇恨，不同的是，鲜血与合欢酒的重叠赋予了传统意象以几分血色浪漫的意味。同时，高旭也设想到了女革命者刺杀行动失败后的下场，但仍以昂扬的革命激情代女革命者慷慨发声，"万一屠鲸事不成，女儿殉国最光荣"。因为以身殉国既可以成就"金闺国士"的美名，也可以实现"黄金铸像"[②] 的期待，这显然要比老死温柔乡的庸常生活来得更激情、更浪漫。

[①] 一尘：《理想的女豪杰》三首，转引自夏晓虹《晚清文人妇女观》（增订本），北京大学出版社2016年版，第111页。

[②] 高旭：《报载某志士送其未婚妻北行，赠之以诗，而诗阙焉，为补六章》，载郭长海、金菊贞编《高旭集》，社会科学文献出版社2003年版，第94页。

第五节　公私领域的割裂：男性凝视下的革命伴侣想象

在男性革命者渴望慷慨赴死的革命激情中，总少不了女性革命者的身影。在"巾帼须眉相将携手以上二十世纪之舞台，而演驱除异族，光复河山、推倒旧政府、建设新中国之活剧"[①]的革命历程中，"须眉"是"巾帼"的感召者与引导者，"巾帼"是"须眉"的追随者与仰慕者，男性无疑是女性的精神导师，是女性的革命启蒙者。将此种性别层面上启蒙与被启蒙的关系置放在清末女性解放运动的时代背景下是如此，置放在"五四"个性解放、女性解放的时代背景下也是如此。徐子东教授在谈到鲁迅先生《伤逝》时曾就涓生与子君的交往状态，即涓生在破屋中大谈"家庭专制，谈打破旧习惯，谈男女平等，谈易卜生，谈泰戈尔，谈雪莱……"[②]，而子君只是一个"总是微笑点头"的听众这一幕做过如下一番精彩的解读：

> 作者安排男主角同时在做三件事情。第一，男青年追求女青年；第二，男老师为一位女学生上课；第三，男性文人试图唤醒被礼教束缚的中国女性，或者更广义的象征——由男人代表的知识分子，正试图唤醒女性代表的沉睡的弱势的大众。这就是"五四"爱情小说的一个基本模式，20世纪二、三十年代的爱情小说几乎都贯穿这个模式。[③]

如果说在"五四"爱情小说中，男性是女性冲破封建枷锁，追求个性解放的启蒙者；那么，在旨在维护国族利益、志在强国保种的清

[①] 亚卢：《哀女界》，载李又宁、张玉法主编《近代中国女权运动史料（1842—1911）》（上册），（台北）龙文出版社股份有限公司1995年版，第466页。
[②] 鲁迅：《彷徨》，百花文艺出版社2018年版，第179页。
[③]《徐子东重读鲁迅》，喜马拉雅音频节目。

末女性解放运动中,男性同样是女性的精神导师。只不过"五四"时期的启蒙要点在于个体层面的个性解放、婚恋自由,而清末时期的启蒙要点则恰恰在于弃绝私人情感而投身于国族伟业(即所谓"嫁国"),主张男女不仅要结成革命伴侣,更应以为国捐躯,双双赴死为缔结婚姻的终极目标(即所谓"殉国")。这样一种国族意志凌驾于个人意志的婚恋理想即便到了张扬个性解放的"五四"前夕仍有市场,1918年10月31日《大公报》刊载的《自由结婚辩》一文即认为罗兰夫人的"终身不嫁"才是"真能自由结婚者"①。尽管此文张冠李戴,但其告诫青年男女当弃绝私人情感而献身国事的意图是十分明确的。

柳亚子曾赋诗纪念他做过的一个绮丽的梦,"梦中偕一女郎从军杀贼,奏凯归来,战瘢犹未洗也",与之并肩杀敌的"女郎"不知从何而来,"梦回瑶想一惺忪,突兀何由见此雄"。这位革命女性之死给柳亚子造成了强烈的视觉冲击,"最是令人忘不得,桃花血染玉肌红"②。在鲜血与雪肤的鲜明对比造成的视觉冲击下,我们不难感受到某种具有性意味的快感,而此种快感正是建立在受难的女性身体上,受难女性由此"迅速转化为男性审美愉悦的想望对象"③,使男性革命者从女性的身体凝视中获得极端化的审美体验。此种从女性革命者的死亡姿态中获得审美体验的心态并非个例,如"我爱英雄犹爱色,红颜要带血光看"④,李奇志称之为"革命审美愉悦",不过如果去掉"革命"的宏大叙事,而仅从性心理的角度来看,倒可以分明体察到近乎施蛰

---

① 原文为"昔意国有罗兰夫人者,终身不嫁。人问之,曰:'已嫁得意大利矣!'噫,意大利曷尝娶之?举意大利之众,曷尝有一人娶之?彼以为我欲嫁之,则彼虽不娶我,我直作为嫁之可矣。若罗兰夫人,是真能自由结婚者!近今之人,能效之者,果何人耶?"《自由结婚辩》,《大公报》1918年10月31日。

② 亚子:《梦中偕一女郎从军杀贼,奏凯归来,战瘢犹未洗也,醒成两绝纪之》,转引自李奇志《论清末民初思想和文学中的"英雌"话语》,博士学位论文,华中师范大学,2006年,第55页。

③ 李奇志:《论清末民初思想和文学中的"英雌"话语》,博士学位论文,华中师范大学,2006年,第55页。

④ 么凤:《咏史八首·之七》,转引自李奇志《论清末民初思想和文学中的"英雌"话语》,博士学位论文,华中师范大学,2006年,第55页。

存先生笔下石秀杀嫂时的某种心态，"但不知道从你肌肤的裂缝里，冒射出鲜血来，究竟奇丽到如何程度呢"，"看着这些泛着最后的桃红色的肢体，石秀重又觉得一阵满足的愉快了"①。的确，"男性革命志士如痴如醉地把女性革命志士的流血献身视为审美鉴赏的最好对象"，但这已不是单单一句"那时代志士的文人习气"② 就能解释清楚的了，其中隐含的男性心理颇值得玩味。

最后，让我们将视线重新聚焦到清末语境中最早塑造革命伴侣罗兰夫妇的人物传记——梁启超的《近世第一女杰罗兰夫人传》（1902）。尽管罗兰夫人是该篇人物传记着力塑造的女性形象，梁启超也以饱含热情的排比句为之奉上了一连串母性光环，但其中的男性中心视角仍无法令人忽视。应该说，梁启超确实肯定了罗兰夫人在政治领域中的卓越功绩，甚至认为相较于罗兰本人，罗兰夫人这位"红颜宰相"才是法国新政府的真正首脑，可是一旦回归私人领域，罗兰夫人就在梁启超的笔下被塑造成了一个谨守妇德的传统女性形象。文中虚构了罗兰夫人的一段日记，借以披露罗兰夫人的痛苦心声，"余自知女子之本分，故虽日日于吾前开集会，吾决不妄参末议。虽然，诸同志之一举一动，一言一议，吾皆谛听牢记，无所遗漏，时或欲有所言，吾必啮吾舌以自制"③。除了凸显罗兰夫人的传统妇德外，梁启超又着力刻画了罗兰夫人诸如慈爱、不忍、柔弱的女性气质以及惊为天人的绝世美貌，前者如入狱后尽管自己粗衣恶食但仍不忘散尽金银接济诸囚，早已置生死于度外，但一谈及女儿就"几哽咽不能成声"等等，后者则集中体现在罗兰夫人出庭时的外貌描写，"夫人着雪白之衣，出于法廷，其半掠之发，如波之肩，澄碧之两眼，

---

① 施蛰存：《石秀》，载刘凌、刘效礼编《施蛰存全集》第一辑《十年创作集》，华东师范大学出版社2011年版，第123页。

② 李奇志：《论清末民初思想和文学中的"英雌"话语》，博士学位论文，华中师范大学，2006年，第55页。

③ 梁启超：《近世第一女杰罗兰夫人传》，载李又宁、张玉法主编《近代中国女权运动史料（1842—1911）》（上册），（台北）龙文出版社股份有限公司1995年版，第322页。

与雪衣相掩映,一见殆如二十许妙龄绝代之佳人"①。值得注意的是,对女革命者的女性气质与惊人美貌的描写也同样出现在俄国女虚无党人苏菲亚的人物传记中。鲁迅先生《祝中俄文字之交》(1932)一文回顾清末民初的中俄关系时就曾提及清末中国甚为流行的俄国女虚无党人苏菲亚,"那时较为革命的青年,谁不知道俄国青年是革命的、暗杀的好手?尤其忘不掉的是苏菲亚,虽然大半也因为她是一位漂亮的姑娘"②。苏菲亚本人是否果然美貌见仁见智,③ 但在清末革命志士的想象中,苏菲亚必定是美貌的,而且是集诸多传统美德,如孝顺、慈爱于一身的美好女性。换言之,政治领域中的苏菲亚与私人领域中的苏菲亚是割裂开来的:政治领域中的她必须是勇敢的、刚强的,为了国家和民族而勇于弃绝家庭、割舍爱情乃至于毫不犹豫地奉献生命;私人领域中的她则必须是美丽的、孝顺的、慈爱的,具有传统女性观下几乎所有的女性美德。

此种公私领域割裂开来的模式在男性精英建构革命夫妇典范时,同样被运用到了对革命伴侣中女性革命者的塑造上,典型者如梁启超笔下的罗兰夫人。在《近世第一女杰罗兰夫人传》中,公共领域中的罗兰夫人被塑造成吉伦特党的真正党魁——"红颜宰相",是在诸多方面"僭越"了男性政治公共空间的反传统女性,是慨然走上断头台的"以身许国之一烈女";但在私人领域中,罗兰夫人则须自觉地回归到传统的女性身份,是"一区区纤纤之弱女子",是"口欲言而唇微龁"的"强自制"的"美人",是"慈善""多情"的"妙龄绝代之佳人"。在国族立场与男性性别立场的夹缠下,男性精英对于女性革命者的期待是双重的,既要在政治领域中跟上革命伴侣的步伐,并最终成

---

① 梁启超:《近世第一女杰罗兰夫人传》,载李又宁、张玉法主编《近代中国女权运动史料(1842—1911)》(上册),(台北)龙文出版社股份有限公司1995年版,第327页。

② 鲁迅:《祝中俄文字之交》,《鲁迅杂文集·南腔北调集》,同文书店1934年版,第49页。

③ 1907年(光绪三十三年),旅法的中国无政府主义者在巴黎出版的华文杂志《新世纪》第二十七号上就曾介绍过俄国虚无党成员苏菲亚并附有照片。

就"并立铜像"的革命夫妇佳话,又要在私人领域中继续做革命丈夫的贤德妻子,以满足即便成为革命志士也难以彻底根除的男性中心主义立场,在"英雄"与"英雌"并举的新婚恋理想中,新旧两性道德的夹缠不清依然存在。

第 十 章

清末小说中的国族叙事与女性身体

晚明"主情论""情教论"的倡导者冯梦龙曾有言:"梁夫人不为娼,则不遇蕲王。不遇蕲王,则终身一娼而已。夫闺阁之幽姿,临之以父母,涎之以媒妁,敌之以门户,拘之以礼法,婿之贤不肖,盲以听焉。"① 由此言论来看,冯梦龙似乎认为妓女是封建时代最有可能实现"结婚自由"的女性。所谓"父母之命,媒妁之言""门当户对"之类的封建婚姻道德并不适用于被弃置在礼法空间之外的特殊女性群体,此类女性不仅"天然"豁免了封建婚姻道德的种种规制,而且因"职业"原因,其与众多男性多层面交往的可能性也远非良家女性所能想象。《卖油郎独占花魁》(《醒世恒言》第三卷)中刘四妈劝诱不愿就范的莘瑶琴顺从接客的那番长篇说辞可为冯梦龙观点的生动注解。《杜十娘怒沉百宝箱》(《警世通言》第三十二卷)尽管以悲剧作结且最终证明所遇非人,但杜十娘终究还是依照自己的意愿择选了丈夫。被排斥在礼法空间之外的妓女也是封建时代极有可能在政治领域中崭露头角的女性群体,如明末清初的李香君等,"这些女性发挥政治作用的途径主要是通过影响与她们有亲密接触的上层社会的男性而实现

---

① (明)冯梦龙辑评:《情史》,浙江古籍出版社2011年版,第78页。

的"①，且往往被塑造成在爱国情感与政治操守上远比男性精英更为纯粹、更为坚定的女性典范。妓女在一定程度上的婚恋自由度以及与政治生活发生关联的可能性为清末之际"爱国妓女""女色救国"之类的叙事模式提供了可资利用的传统文化资源，在具有狂欢色彩的国族叙事的热烈激荡下，催生出了诸如爱国妓女投身革命洪流以美色报国或者良家女子不惜自堕风尘以身体救国之类的另类叙事。

第一节　为国"舍身"：另类的女性楷模

关于"妓女救国"，清末之际流传甚广的"赛二爷"故事可堪代表，赛金花本人也由只知"巫山云雨"的"神女"摇身一变为舍身救国的"女神"，并在20世纪30年代的"国防文学"中进一步强化成了"爱国妓女"的光辉形象，成为当时政治批判的言说工具。② 冯梦龙笔下慧眼识英雄于尘埃之中的侠妓梁红玉也在清末国族叙事中脱离了红拂女、卓文君之类为了个体爱情而敢于私奔的"自由结婚"限阈而被赋予了为民族独立解放而斗争的国族价值，从而成为柳亚子热烈讴歌的"民族主义女军人"③。

清末之际，对于妓女的国族价值的深入开掘不仅着眼于本国传统文化资源，尤其是"侠妓"资源的借用，更有近代日本妓女的爱国事迹可资利用与发挥。在积极倡导女性投身民族革命的刊物《女子世界》中，其第六期（1904年6月）就刊载了日本妓女安籐夭史的爱国事迹，《中国民族主义女军人梁红玉传》则刊载于紧随其后的《女子世界》第七期（1904年7月），中国古代妓女与日本近代妓女的英雄事迹可谓

---

①　李奇志：《论清末民初思想和文学中的"英雌"话语》，博士学位论文，华中师范大学，2006年，第157页。

②　值得注意的是，在20世纪30年代的"国防文学"中，夏衍创作了两部传记话本剧本《赛金花》与《秋瑾传》，赛金花与秋瑾是夏衍择选出的两位清末女性，这是否意味着在鼓动爱国热情的文学创作中，"爱国名妓"赛金花的文学意义及其产生的社会价值与秋瑾这位无论政治生活还是私人生活均无可指摘的鉴湖女侠可大体相提并论。

③　松陵女子潘小璜：《中国民族主义女军人梁红玉传》，《女子世界》1904年第7期。

交相辉映，共同扩充了爱国妓女的世界谱系。据载，安籐夭史是流落于哈尔滨为娼的日本女性，为驻扎当地的俄国军官所狎昵。"日俄战争爆发后，她窃出军事地图，乘火车出山海关奔逃至北京，将地图交给日本公使。"① 在这篇名为《记日本娼妇安籐夭史事》的传记文章中，作者假想了窃图之前安籐的心理活动，并赋予其纯乎天性的爱国主义信念："吾虽命薄为娼，漂流异地，然未尝一日忘祖国也。累世受祖国之恩，可无报乎？"② 《女子世界》刊载的这篇文章《记日本娼妇安籐夭史事》很可能是安籐夭史"窃图救国"事迹的最早故事来源，有学者因该篇人物传记大量充斥着的过于细腻的对话、心理描写而对该文的真实性存有极大的怀疑，而且，"搜索日俄战争期间的各类日文报刊，均未寻得安籐夭史的踪迹"③。尽管如此，人物的真实与否并不妨碍安籐夭史"窃图救国"事迹在清末社会的迅速传播，不仅"被广泛转载"，而且被"改编为弹词、传奇与京剧，搬演于舞台之上"④。清末畅销小说《孽海花》中就写到了一个继承爱人遗志，不惜自戕身体将清国军事地图千辛万苦带回日本的女子——花子。小说写到这位日本女性将三张副图裁剪为六份，"用极薄的橡皮包成六个大丸子，再用线穿了，临上船时，生生的都吞下肚去，线头含在嘴里，路上碰到几次检查，都被她逃过。靠着牛乳汤水维持生命"，待医生将地图从花子身体中取出后，该女子已然是"性命只在呼吸之间了"（《孽海花》第二十八回"棣萼双绝武士道舍生　霹雳一声革命团特起"）。这位日本

---

① 黄湘金：《史事与传奇——清末民初小说内外的女学生》，北京大学出版社 2016 年版，第 334 页。

② 竹庄（蒋维乔）：《记日本娼妇安籐夭史事》《女子世界》第 6 期，1904 年 6 月，转引自黄湘金《史事与传奇——清末民初小说内外的女学生》，北京大学出版社 2016 年版，第 334 页。

③ "此文充满对话与心理描写，过于细致，而且笔者搜索日俄战争期间的各类日文报刊，均未寻得安籐夭史的踪迹。"具体参见崔文东《翻译、国族、性别——清末女作家汤红绂翻译小说的文化译写》，（台湾）《中国文哲研究集刊》2017 年第 50 期，注释 74。

④ 崔文东：《翻译、国族、性别——清末女作家汤红绂翻译小说的文化译写》，（台湾）《中国文哲研究集刊》2017 年第 50 期。

女性身上显然有安籐夭史的影子，曾朴很可能就是依据"日妓窃图救国"的社会传闻塑造了这一人物形象。

安籐夭史的爱国事迹在清末社会迅速传播，并在言说方式上发生了耐人寻味的微妙变化。《北京女报》1905年12月16日刊载《妓女有大志》一文，文中再度提及了安籐夭史的事迹，"又有一个妓女，到东三省，特为和俄国武官交好，暗中把地图偷去，送给日本军营"①。原本流落在中国东北被迫为娼的日本女性摇身一变为有着明确政治任务的女间谍，并将出卖身体作为"职业"以掩护自己的真实身份。在该文巧妙的言说策略下，安籐夭史在整个窃图事件中的主动性得到了明显增强，其从事下流的职业经历也由原本的"被迫"转为"自愿"，作者号召女性如安籐夭史一般"自愿"为妓，舍身救国的创作意图也于其中展露无遗。值得注意的是，在《妓女有大志》一文中，与安籐夭史事迹并置的是另一个妓女的光辉事迹，即山东两姊妹如何舍身为妓，供养五个兄弟读书的故事，"一切学费膳费，都是出在这姐俩身上"，待姐姐筹够巨款出洋游学前，还郑重地嘱托继续为妓的妹妹，"要牺牲一身，供给这五个兄弟读书"。该文的最后这样写道，"可见妓女之中，也很有大英雄，大豪杰。如今我们中国山东省，也有这样的人，这也是中国的进步"②。在这位作者看来，"中国的进步"的表征之一就是女性勇于为家、为国献身为妓。为家族，尤其为国族勇于自我牺牲的崇高感极大地洗刷了妓女身份的不道德感，从而使得妓女有资格升级为"大英雄""大豪杰"，其潜台词无外乎号召广大女性以妓女为楷模为国"舍身"，一如传统小说《金云翘传》宣扬的为家"舍身"一样，只不过在国族话语下将女性的"舍身"由"为家"转变而为"为国"。在《记日本娼妇安籐夭史事》的结尾处，作者就借"记者曰"表达了这样的观点："安籐氏者，日本之所谓丑业妇，人民之最

---

① 《妓女有大志》，《北京女报》1905年12月16日，转引自黄湘金《史事与传奇——清末民初小说内外的女学生》，北京大学出版社2016年版，第345页。
② 《妓女有大志》，《北京女报》1905年12月16日，转引自黄湘金《史事与传奇——清末民初小说内外的女学生》，北京大学出版社2016年版，第344、345页。

下等者也，而犹知爱国；且其雄谋伟略，临机应变，不动声色，而玩俄将军于股掌之上，虽豪杰之士容或不及焉。以彼视此，而吾国二万万女子，其愧死矣！"① 在作者的严厉声讨下，当"愧死"的自然有"吾国二万万女子"中同操妓业的妓女群体，但其矛头所指，显然绝不仅止于此。

第二节 "女色救国论"——救国狂想曲下的文学操演

辛亥革命时期，由上海妓女张侠琴、唐天琴创办的中华女子侦探团养成所，志愿为革命军培养女性谍报人员，其创办理由如下：

> 窃闻女子从戎，佳人杀敌，播为美谈。因不仅梦里关山，闺中刀尺，为尽吾人之天职也。然挟红粉为行军之饵，借美人为诱敌之谋，必牺牲躯壳，始克为此。中国风俗所囿，礼教为防，名誉观念，重于死生，是以日本虽有女子侦探之设，而我中国良家妇女所不能为不肯为也。②

为良家妇女"所不能为不肯为"之事，显然是有违道德操守的"色诱"，没有道德包袱的妓女于是"天然"成为女间谍的"最佳人选"，"因择我中国良家妇女所不能为不肯为之事，发起女子侦探团，冀稍尽国民之一份子义务"③。事实上，辛亥革命时期曾涌现出形形色色的女性革命团体，除了女子侦探团之外，尚有女子军事团、女子决死队、女子劝捐会、女子光复军、女子救护队、女子北伐队等，女性正在以各种各样的方式参与到汹涌澎湃的革命浪潮之中。辛亥革命时

---

① 竹庄（蒋维乔）：《记日本娼妇安籐夭史事》《女子世界》1904 年第 6 期，转引自黄湘金《史事与传奇——清末民初小说内外的女学生》，北京大学出版社 2016 年版，第 334 页。
② 谈社英编著：《中国妇女运动通史》，妇女共鸣社 1936 年版，第 37—38 页。
③ 谈社英编著：《中国妇女运动通史》，妇女共鸣社 1936 年版，第 38 页。

期的女子救国已在相当程度上落实到进步女性的实践行动上，但在清末之际，此类头角峥嵘的革命女性基本上还处于蛰伏状态，文学书写中的女革命者形象更多的只是想象的产物。清末小说中的女性革命畅想可以说是辛亥革命时期女性革命实践的一次富于想象力的"预演"。

极具创意性的清末小说《女娲石》就在文学层面上"预演"了辛亥革命时期的"女色救国论"。小说开篇出场的中国女史钱挹芳由埃及艳后克利奥帕特拉超乎寻常的"外交手段"而引发了一段感慨："唉！世界上的势力全归女子，那有男子能成事的么？"次日，就在《女学报》上发表了一通"女尊男卑"的言论：

> 第一项说道："女子是上帝的骄子，有一种天赋的能力，不容他英雄豪杰，不入我的彀中。"第二项说道："今日世界，教育经济，以及理想性质，都是女子强过男子。"第三项说道："男子有一分才干，止造得一分势力，女子有了一分才干，更加以姿色柔术，种种辅助物件，便可得十分势力。"
> ——《女娲石》第一回"感时势唤起女真人 祷英雌祭陨天空石"

在同等才干的情况下，女子可以凭借"姿色柔术"以及"种种辅助物件"完胜男子，正是拥有此种"天赋的能力"，金女史才信誓旦旦地宣称"女子强过男子"，女性的美色一变而为女子"救国"的"特殊武器"，而不再指称传统文化语境中的"祸国"红颜。在此种颇为清奇的思路下，小说中的女性革命团体除了禁绝情欲、"专讲暗杀"的花血党之外，无不利用女性的"特殊武器"以实现救国的宗旨，如将绝色少女嫁与政府要员以伺机行刺的中央妇人爱国会，"设有百大妓院三千勾栏"，专要"一般国女，喜舍肉身"，"不惜身体"，"在花天酒地演说文明因缘"（《女娲石》第九回"秦夫人发明电马 瑶女士误击气球"）的春融党等。值得注意的是花血党首领秦夫人的一番评价，她认为"喜舍肉身"的春融党要远比"专讲暗杀"的花血党更为强大：

"所以他的势力比我还强百倍。"(《女娲石》第九回"秦夫人发明电马 瑶女士误击气球")究其理由,在作者看来,展露性魅力的"色诱"远比单纯动用暴力的"暗杀"更适合女革命者,是最适合女革命者发挥"天赋的能力"的革命手段,这恐怕也是此类清末小说一再将"美女"与"革命"紧密勾连的原因所在。除了明显戏仿《水浒传》中李逵、阮小七的凤葵、魏水母这些"母夜叉"式的"另类"女杰之外,《女娲石》中的女革命者几乎个个貌若天仙,开篇出场的钱挹芳"生得有沉鱼落雁之容,闭月羞花之貌",年过三旬的花血党首领秦夫人也是风韵犹存的"美妇人",小说的女主人公金瑶瑟更是"面映朝霞,目横秋水"的绝代佳人,小说作者还以"真个太真再世,飞燕复生"(《女娲石》第二回"痛国难假扮歌妓 探宫帷巧遇嬖优")的香艳比拟暗示了金瑶瑟的性魅力,而金瑶瑟也正是一位勇于"以色救国"的奇女子。她原本是女子改造会的领袖,后忧心国事索性舍身为妓,"我本想在畜生道中,普渡一切亡国奴才"。于是,"便在京城妓院学习歌舞。又加姿色娟丽,谈笑风雅,歌喉舞袖,无不入神。京城内外,都大大地震动起来"(《女娲石》第二回"痛国难假扮歌妓 探宫帷巧遇嬖优")。

这样一位小小年纪就组建女性团体、多次出国留学、精通英日两国语言的杰出女性在"以色救国"这一革命路径的择选上并没有表现出良家女子理应有的迟疑与挣扎,托身勾栏的救国大业失败后她又毫不犹豫地转而冒名入宫行刺胡太后,在为革命事业辱身、舍身、献身上表现得极为决绝,近乎无情、忘我的状态。在《自由结婚》中也写到了一个为了救国而甘愿自堕风尘的良家女子如玉,她的改造功力着实令人叹服,经她"从半夜到天明"的连哭带骂和讥讽,顽固如落后学生甘师古者"经他这一夜的改造,觉得前后显然是两个人了",足见改造效果之显著,但这更多的只是男性作者一厢情愿的救国狂想,"作者对这种女性爱国思路,没有从女性心理和精神上做很多的展开和探索"[1],这位如

---

[1] 周乐诗:《清末小说中的女性想象(1902—1911)》,复旦大学出版社2012年版,第52页。

玉姑娘为了启发民众的爱国心，宁愿"仿着野蛮宫女之例，自戕其身，托迹勾栏，去救那些无知少年"，结果造成了"生殖无器"的"不男不女"的状态。其间究竟经历了多少身体痛苦以及精神摧残，小说作者并不关心，只是着力写其神奇的改造能力——只需一夜工夫就能让顽固落后的青年脱胎换骨。男主人公黄祸在听完甘师古转述的这段奇遇后，感兴趣的也只是这位"不男不女"的美人舍身救国之法的奇特之处，"这真是牺牲一身以救同胞，我爱国也有这种人，不愧为将来爱国独立史的一大特色"（《自由结婚》第十三回"自治旗幡今出现 多情儿女喜重逢"）。其他一些清末革命小说也写到了女革命者的身体受辱，如《女娲石》中的金瑶瑟主仆二人被人触摸下体，《六月霜》中的秋瑾被人从裤裆里搜出手枪等，但女性于此并没有做出任何反应，或者说，小说作者有意地漠视了女性革命者在进入男性政治公共空间后可能遭遇到的性别困境以及相应的私人感受。值得注意的是，《自由结婚》的后几回还写到了关关与如玉等六位同志入狱后的情形，他们不可避免地遭受了狱卒的敲诈勒索以及种种刁难，身为女性的两位美女革命者关关与如玉更有遭到非礼的危险。对此，小说做了这样的情节处理——为了避免"小姐"受辱，如玉主动要求"献身"：

> 再说关关、如玉那房的狱卒，也问他们勒索洋二十元，可巧两人身边都不名一钱，几乎迫得要死。如玉无可奈何，只得同关关商量明白，用起他的老本领来对付他们，就低声低气的说道："我们小姐年纪甚轻，身边一钱不带，我又不过一个婢女，那里有得多金。今天辛苦了你们，没有什么孝敬，实对不住得极了。列位若然不嫌粗俗，我倒有一个法子，我想最好把小姐移到他哥哥的房里去，等我一个人独住一房，那时我可以唱一支曲子给列位听听。"狱卒们贪色之心，胜似贪财，从前看见关关威风凛凛，倒觉有些怕惧，所以只敢要钱，不敢转旁的妄念。现在听得如玉的话，喜出望外，便一口应承，把关关送入黄祸房中。于是搬了许多凳，拿了许多酒肉，还到如玉房里，摆起本来面目，放肆无忌

悍，几乎无所不至。

——《自由结婚》第十七回"可怜有志青年竟拚诀绝
却喜公衙老妇也识驱除"

小说作者为何特意安排如玉代替关关承受这一切被侮辱、被损害的痛苦呢？究其深层心理而言，只怕与托身勾栏的如玉早已多次"舍身"救国而关关尚是"守身"如玉的处子有关。徐子东教授在"重读鲁迅"时曾由鲁迅先生《论睁了眼看》（1925）中的一段文字联想到了《金陵十三钗》，并由此生发了一段相当精辟透彻的议论。鲁迅先生《论睁了眼看》一文主要论说的是国民性中普遍存在的"瞒"与"骗"，如大难临头之时，总会塑造几个忠臣烈女的光辉典范，在热泪盈眶地感动于她们忠贞不辱、可歌可泣的殉难壮举后而忘却"光复旧物"，或追凶追责等更为根本的事情，"在事实上，亡国一次，即添加几个殉难的忠臣，后来每不想光复旧物，而只去赞美那几个忠臣；遭劫一次，即造成一群不辱的烈女，事过之后，也每每不思惩凶，自卫，却只顾歌咏那一群烈女"①。徐子东教授由此议论联想到了《金陵十三钗》，并进而联想到了莫泊桑的名作《羊脂球》，这段议论是这样的：

> 我在电影院里看《金陵十三钗》时想到了莫泊桑的《羊脂球》，平常看不起妓女，紧要关头又要靠妓女牺牲来帮助大家渡过难关，莫泊桑对这种行为是批判的。这跟《金陵十三钗》很不一样，一班爱国妓女身携武器，代替女学生去参加明知是危险的日本人的盛典，这是催人泪下、是被歌颂的。我们不禁要想，假如在这个庆典上，秦淮河歌女被集体奸污……是不是妓女的被奸污，就好过女学生被欺负呢？如果她们带着武器舍生反抗，最后成为鲁迅说的"烈女"，那歌颂这样的烈女，又是一种怎样的，对南京

---

① 鲁迅：《论睁了眼看》，《坟》，人民文学出版社1980年版，第252页。

的纪念呢?①

　　临难之际，地位低下的妓女被推上前台承受种种苦难，一旦时过境迁生命安全无虞后，再在众人鄙夷的冷眼中被打回原形，其中究竟折射出怎样的幽微人性值得我们深刻反思，以妓女代替女学生受难的情节设置也很难从人性的升华或者救赎上就能获得全然的解释。反观在国族危局的促迫下生成的清末革命小说以及相关言论，在要求女性为了革命事业而无条件地牺牲自我乃至于奉献一切时，女性为之不惜辱身、舍身以至于献身也就成了题中的应有之义。而且，此种一方的无条件牺牲并不仅限于国族与女性之间，即便在女性性别内部也同样存在，原本就无道德感可言的妓女或类似不被正统伦理秩序接纳的边缘化女性更有可能承受双重的自我牺牲，《自由结婚》中的如玉就是如此。当然，不同于对女革命者私人感受的普遍漠视，《自由结婚》的作者倒是确实写到了如玉在遭受非人折磨后极度悲苦的个体体验："如玉此时心中无限悲伤，正苦无处发泄，便借着一曲歌声，放高喉咙，泉涌而出。"（第十七回"可怜有志青年竟拚诀绝　却喜公衙老妇也识驱除"）但在接下来长篇大论的控诉中，如玉着重表达的依然还是"亡国之痛胜于亡夫之痛"的爱国道理，自己的悲歌哭号不过是引来知县老夫人聆听爱国宣讲的契机而已。她似乎完全感觉不到个体的痛，即便有的话，也很快地勾连起"亡国之痛"的国族话语。的确，在"亡国"的深创剧痛中，个体的痛似乎也就算不得什么了。

　　综上可知，一些清末女性革命小说着力展现的并不是丰盈的女性个体的主体性抉择，女性的身体/物质遭到了"匪夷所思"的开发与利用，而女性自身的感受/精神则在革命叙事中被完全遮蔽。"政治运动对女性身体的强行征用，并不指向女性解放的真谛"②，从中暴露出的其实是"中国男性在政治上一筹莫展时，对中国女性的狂想"，"这与

---

　　① 《徐子东重读鲁迅》，喜马拉雅音频节目。
　　② 程亚丽：《从晚清到五四：女性身体的现代想象、建构与叙事》，博士学位论文，山东师范大学，2007年，第64页。

其说反映了女权意识的浮现，不如说折射出男性自恋的最后怪招"①。此种革命叙事中隐含的男性中心主义视角关注的只是"救国"名义下沉默的"身体"，"以色救国"的爱国女子究其实质不过是男性文人的救国狂想曲得以尽情谱写的工具化存在。

第三节　以国族的名义——"抑情"

清末之际，由于女性价值的衡量维度已由旧女德的"身家主义"转为新女德的"国家主义"，与"国"相联系的新女性符号，如"国母""国妻""国女"等皆强化着这样一种新理念，即女性从此以后须将自己的一切由奉献给"一家"转而奉献给"一国"，国家代替家庭成为女性的新效忠对象。在这一过程中，作为生命个体的女性自身的情感、欲望、家庭需求，乃至于生育权等均遭到了无情的压抑。这是一个渲染仇恨的时代，也是一个耻于言情的时代。《狮子吼》中的豪杰型女性女钟对运动会上英姿飒爽的狄必攘一见倾心，不觉芳心暗许，"狄君真个是英雄，不知要什么女豪杰，方可配得他呢？"但又转念一想，"有了加里波的，自然有玛利侬，不要替他担心"，于是"想到此处，不便往下再想，只得截住了"（《狮子吼》第五回"祭亡父叙述遗德　访良友偶宿禅房"）。这位女豪杰对于个体情感的压抑已然到了在思想上想都不敢想的程度，即便已产生的"思想"也须在"加里波""玛利侬"，即当时流行的"嫁夫当嫁"与"娶妻当娶"的国族话语下才敢稍露头角。《自由结婚》中的黄祸与关关这对少男少女初次谈心时畅谈的"心事"就全都是国家事，而毫无儿女情。二人难得携手出游，但见"风声飒飒，红叶满山"，在这样的自然美景中感受到的不是小儿女单独相处的甜蜜，而是感怀国事，纷纷流泪，关关"靠在一颗树上，又喜又悲，爱国之泪，纷纷如雨。黄

---

① [美]王德威：《被压抑的现代性——晚清小说新论》，宋伟杰译，北京大学出版社2005年版，第186页。

祸听了，也觉得十分心酸"（《自由结婚》第六回"异种未锄鱼水成欢待他日 同舟共济鲸鳌远逝盼新洲"）。随着二人交往的逐渐深入，黄祸与关关始终没有向对方吐露一丝情话，竭力维持公事公办的革命同志关系，唯以"国事"为念，全无"私情"可言。在二人交往的最初阶段，关关得知黄祸家境贫寒而有心接济时就遭到了黄祸的坚决拒绝。关关这样劝解道：

  大德不逾闲，小德不妨出入。哥哥如此英雄，难道还要学那拘谨小儒，守着什么清洁主义？妹妹真莫明其妙了。我们的身体原是国家所有的，我们吃要饱，着要暖，也不过为保养这七尺躯，替国家尽力办事起见。现在妹妹发愿助哥哥，就是这个意思，并非有私于哥哥，哥哥还是受了妹妹的东西罢！
  ——《自由结婚》第四回"奴颜婢膝遭魔难
    暮鼓晨钟醒世人"

  显然，关关竭力表明自己接济黄祸完全是出于一片为国的公心而绝无任何私情掺入其间，否认自己之于黄祸的朦胧情愫。当关关的母亲责备关关常跑去照顾黄母而冷落自己时，关关也是站在国家大义的立场上，振振有词地宣称无论是与黄祸交好，还是主动照顾黄母都是出于爱国公心："黄祸是黄将军人杰的儿子，他的母亲是将军的夫人，将军为国而死，为民而死，儿心中敬他，所以同他儿子做了朋友，同他夫人义如母子，也算儿尽些爱国的心。"（《自由结婚》第五回"鸿雁于飞声驰衡宇　螟蛉有子祸起萧墙"）当二人被官府抓住凶多吉少时，关关在知县的喝问下没有退缩，而是坚决表示要与黄祸同生共死，此时她的立论仍是站在"公"的立场上："我同他（笔者注：黄祸）是最亲爱的同胞，患难相共，死生相共。他为了做真大爱国国民而死，我亦不愿偷生人世了。"（《自由结婚》第十七回"可怜有志青年竟拚诀绝　却喜公衙老妇也识驱除"）
  关关之于黄祸以及黄母的种种关心自然是出于小儿女的爱慕之情，

但如此纯真的情感竟然始终无法大胆地表达出来,而总是在为国为民的"大义"下遮遮掩掩。黄祸之于关关的情感表达方式同样如此。关关轻生投水后,悲恸欲绝的黄祸当即也要投水,追随关关而去,这当然是恋爱男女的殉情之举,但黄祸这样解释他的求死动机:"咳!罢了!罢了!留此无用孤身,于国家有什么益处,不如早早随了妹妹至九泉之下,还可不失数年来交好之情哩!"(《自由结婚》第十一回"薄命红颜竟令男凡哭倒 无珠白眼诚哉管学多才")在旁人宽慰关关或许被人救起也未可知后,黄祸又回心转意不想死了。这显然是关关很可能尚在人间,天从人愿或许还能相见的"念想"所致,但黄祸并没有承认此种"私人情感"的存在。黄祸后来曾跟旁人这样解释他与关关的关系:"我生平没有什么嗜好,只是有了两件极爱的东西,第一是爱国(笔者注:即中国的爱称);第二就是关妹。关妹不死,爱国断不至于亡了。"(《自由结婚》第十三回"自治旗幡今出现 多情儿女喜重逢")换言之,黄祸虽然承认关关是他生平两件极爱的东西之一,但爱关关的根本原因并非出于儿女私情,而是爱国情感。不知是出于什么逻辑,黄祸竟然断言"关妹不死,爱国断不至于亡了"。换言之,关妹若死了,爱国也就跟着死了。这也就可以解释在关关投水后,黄祸如此失态的原因,那绝非为了爱情,而是由关关的死预见到了国家的不将久矣,是为着亡国的预兆才起了轻生之念。总之,这是殉国,而非殉情。

由于黄祸与关关二人都赞同先国事,再私事,"完婚之期,必待那爱国驱除异族,光复旧物的日子",但国事飘零,一时难以振作,只怕二人的婚事也就遥遥无期了,"你我两个人的前途,究竟不知怎么样儿啊!我实在不敢预料"(《自由结婚》第六回"异种未锄鱼水成欢待他日 同舟共济鲸鳌远逝盼新洲")。私人情爱的诉求被强行压抑,形而下的自然情欲更如洪水猛兽,"容易把个爱国身体堕落情窟,冷却为国的念头",女性对于自身身体的处置也没有任何自主权可言,"你须知道你的身体,先前是你自己的,到了今日,便是党中的,国家的,自己没有权柄了"(《女娲石》第七回"刺民贼全国褫魂 谈宗旨二侠入党")。总之，关于女性的一切都将受到国族话语的强行压制。这是一个"无情的情场"，"主人公要不为了政治而忘情，要不为了礼义（名教）而绝情，要不为了金钱而薄情"①。但由压制情欲而造成的生育问题又与强国保种的国族诉求发生了冲突，于是只好求诸科学技术的生育狂想："女子生育并不要交合，不过一点精虫射在卵珠里面便成孕了，我今用个温筒将男子精虫接下，种在女子腹内，不强似交合吗？"（《女娲石》第七回"刺民贼全国褫魂 谈宗旨二侠入党"）或者通过灵活调整道德标准而使之合理化。小说《瓜分惨祸预言记》中，兴华邦独立国大统领夏震欧就对"室女守贞""好女不嫁二夫"等传统伦理教条殊为不屑：

> 大凡妇女，为国家生强壮之儿，为本族培聪明之种，是为天职。莫说你尚是童女，就是已嫁了人，丈夫死了，若年纪尚轻，也不可不嫁人。若自废弃那为国生材，为族传种之能，殊为不可。所以文明各国，皆视再嫁为年轻寡妇所应行之事。惟是，若不能养练身体，浚开智慧，考求学问，操练技艺，并考究那求良种、育婴儿、教子女之法，则毋宁放弃生子之材，以免滋生劣种弱民，遗害于国。若是有智慧、有才德、有学问，而尚守迂儒之腐义，是自暴而且忘情于其国也。
> ——《瓜分惨祸预言记》第十回"预言书苦制醒魂散 赔泪录归结爱国谈"

在这位女统领看来，为国家诞育强壮国民是女性的神圣天职，并以此为据对"守贞"的传统女性道德予以否定。不过值得玩味的是，在这位女豪杰看来，只有那些有资格、有能力诞育强壮国民的女性才有资格行此非行不可之"天职"，而那些没有资格、没有能力成为"国

---

① 陈平原：《中国现代小说的起点——清末民初小说研究》，北京大学出版社2010年版，第207页。

民之母"的女性则被剥夺了生育权,为的是"以免滋生劣种弱民,遗害于国"。女性生育权的有无全在国族利益的维护与否,女性自身没有任何权柄。

清末之际,无论是思想言论,还是文学书写,国族与女性的关系往往是以后者对前者的无条件服从作为基本的关系准则,而这在倡导"合群"理念的清末时期被认为是正当且合理的。"自由者,天下之公理,人生之要具,无往而不适用者也。虽然有真自由,有伪自由,有全自由,有偏自由,有文明之自由,有野蛮之自由。""野蛮时代个人之自由胜,而团体之自由亡;文明时代团体之自由强,而个体之自由减。"① 此种理念在一些清末小说中也有体现,如《孽海花》开篇就写到了一个富于寓言色彩的"极野蛮自由的奴隶国"——奴乐岛。那里的国民"享尽了野蛮奴隶自由之福",歌舞升平、醉生梦死,最终倾覆于孽海之中:

> 约莫十九世纪中段,那奴乐岛忽然四周起了怪风大潮,那时这岛根岌岌摇动,要被海若卷去的样子。谁知那一般国民,还是醉生梦死,天天歌舞快乐,富贵风流,抚着自由之琴,喝着自由之酒,赏着自由之花,年复一年,禁不得月啮日蚀,到了一千九百零四年,平白地天崩地塌,一声响亮,那奴乐岛的地面,直沉向孽海中去。
>
> ——《孽海花》第一回"一霎狂潮陆沉奴乐岛
> 卅年影事托写自由花"

此番"陆沉"景象的描述传达的是中日甲午海战后愈演愈烈的时代恐惧感。在曾朴看来,造成"陆沉",即亡国惨剧的重要原因就是民众尽享个人主义的"野蛮自由"而全不知国家、社会、团体。在清末国族危局迫促下的"慌乱世相"中,个体层面的诉求本身总是带有某

---

① 梁启超:《新民说》,黄坤评注,中州古籍出版社1998年版,第98、102页。

种不合时代精神的意味,个体自由的压制与否已然成为划分文明时代与野蛮时代的重要标志。在这样一种要求"合群"、结团体、爱国的时代里,女性为了国族意志而做出某些个人牺牲才是符合时代精神的正确选择。

第四节　双重立场夹缠下的"国女"崇拜

在以国族的名义压抑女性的情感诉求,强化女性的身体操控的同时,一些清末女性乌托邦小说也同样以国族的名义利用女性的情欲,征用女性的身体,此种甘愿为国家奉献身体的女性在《女娲石》中获得了"国女"的尊号。卧虎浪士在《〈女娲石〉叙》中这样写道:"我国今日之国民,方为幼稚时代;则我国今日之国女,亦不得不为诞生时代。"[①]可见,"国女"是独立于"国民"的女性专属称谓。相较于"国民之母"这一贴附于女性生殖功能的称谓而言,"国女"一词中女性的主体性得到了进一步凸显,但构词上的"微调"并没有改变《女娲石》之于女性想象的叙事轴心,即"在民族国家需要的时候,动员女性以姿色献身民族国家的独立和解放事业"[②]。小说对于此类"国女"的崇拜已然到了无以复加的程度,女主人公金瑶瑟更是获得了众多女性政治团体的一致推崇,花血党首领秦夫人初见金瑶瑟的反应就是"滚滚下拜",口称"呵呀!原来爱种族、爱国家、为民报仇的女豪杰,失敬了,失敬了"(《女娲石》第六回"天香院女界壮观　秦夫人科学独辟")。白十字会会员楚创立初见金瑶瑟时的反应则是"慌忙跪在地下",并请罪道:"有眼不识国女,死罪,死罪。"(《女娲石》第十回"湘云大开洗脑铺　瑶瑟参观国医场")"以色救国"的"国女"在《女娲石》中并不止于金瑶瑟,也有"不惜身体""喜舍肉身","在花

---

① 卧虎浪士:《〈女娲石〉叙》,载陈平原、夏晓虹编《二十世纪中国小说理论资料·第一卷(1897年—1916年)》,北京大学出版社1989年版,第131页。
② 李奇志:《论清末民初思想和文学中的"英雌"话语》,博士学位论文,华中师范大学,2006年,第154页。

天酒地演说文明因缘"(《女娲石》第九回"秦夫人发明电马 瑶女士误击气球")的春融党,何以金瑶瑟能获得如此显赫的"江湖"名声呢?究其原因,无外乎金瑶瑟"色诱""刺杀"两手兼用,实现了双重意义的革命献身。

从这一角度而言,清末畅销小说《孽海花》中的俄国女革命者夏雅丽也堪称一位"国女",可以说完美地贴合了《女娲石》作者海天独啸子对于"国女"的一切想象。夏雅丽是一个可以为了英雄业而舍弃儿女情的女革命者,在好不容易有机会与同志加爱人的克兰斯见面时,夏雅丽的反应是这样的:"克兰斯,别这么着,我们正要替国民出身血汗,生离死别的日子多着呢,那有闲工夫伤心。快别这么着,快把近来我们党里的情形告诉我要紧。"(《孽海花》第十六回"席上逼婚女豪使酒 镜边语影侠客窥楼")这样一位自觉压抑个体情感的女革命者后来不仅为了革命事业弃情、辱身,割舍与克兰斯的爱情而毅然嫁给自己甚为厌恶的表哥加克奈夫,为的就是伺机谋杀加克奈夫以谋夺他的财富充实虚无党的政治资金。之后,夏雅丽更是单枪匹马地对沙皇发起了"独狼"式的暗杀行动,功败垂成,最终为革命事业献出了年轻的生命。应当承认的是,如果没有革命叙事的外衣,为了谋夺财产而策划婚嫁并谋杀亲夫、进而伪装杀人现场的美貌佳人是令人恐惧的存在,无疑是传统性别视角下的"祸水红颜""蛇蝎美人",但在以国族利益为第一考量的革命叙事中,夏雅丽的行为则因其双重意义上的献身而被赋予了悲壮的崇高感。

值得玩味的是,她的恋人——革命者克兰斯对于夏雅丽下嫁敌人一事的态度。在其他女革命者表示夏雅丽下嫁加克奈夫可能别有隐情时,克兰斯的反应十分激烈,"但觉耳边霹雳一声,眼底金星四爆,心中不知道是盐是醋是糖是姜,一古脑儿都倒翻了",只大喊一声:"贱婢!杀!杀!"然后就"往后便倒,口淌白沫"。待被众人救起后,仍是高呼:"你们别管,给我刀,杀给你们看!"当晚克兰斯就去行刺夏雅丽,且下手时毫不犹豫,"趁着怒气,不顾性命,扬刀挨人"。当其他女革命者猜测夏雅丽的婚事"大有可疑",很可能是"辱身赴义"

时,克兰斯仍坚持己见,直至夏雅丽被害的噩耗传来后,克兰斯方才相信夏雅丽的忠贞,"咬牙切齿,痛骂民贼,立刻要去报仇雪恨"(《孽海花》第十七回"辞鸳侣女杰赴刑台 递鱼书航师尝禁脔")。在革命伟业的召唤下,女革命者为革命牺牲了爱情,奉献了身体,最后献出了生命。夏雅丽的形象塑造完美贴合了清末国族话语之于女革命者的所有想象,此种甘愿奉献而不求回报的革命女杰也因此被送上了"国女"的神坛。但在满足国族立场的女性想象的同时,传统的男性中心主义视角却对女革命者的"辱身"动机提出了强烈质疑。尽管克兰斯在行刺当夜目睹了夏雅丽对着自己(笔者注:克兰斯)的小影暗自垂泪的情景,后来又发现了小影上面添写的一行字,"斯拉夫苦女子夏雅丽心嫁夫察科威团实行委员克兰斯君小影",也因此明白了"夏雅丽对他垂泪的意思"而"不免一阵心酸"(《孽海花》第十七回"辞鸳侣女杰赴刑台 递鱼书航师尝禁脔"),但最终让克兰斯彻底放下芥蒂的仍是夏雅丽的死。换言之,夏雅丽最终只能"被动"地"以死明志",方能证明自己在道德上的纯洁无瑕。在双重意义的"献身"后,夏雅丽还必须完成双重意义的赴死,才能同时满足国族立场与男性中心主义立场对于女革命者的双重期待——为国捐躯的同时,自证清白。如此一来,留给女革命者的恐怕也就只有死路一条了。

李奇志认为,无论是英雌们"被禁欲的身体",抑或是英雌们"做祭品的身体","民族革命的巨大挡箭牌,终归还是挡不住男性社会性别视角在新的时代环境中,对女性身体的话语塑造和控制"①。其实,关于"女性身体的话语塑造和控制",并不仅止于清末这一"新的时代环境"。女性的辱身失节,尤其屈身事敌导致的失节对于男性性别尊严造成严重损害。当此之时,女性唯有"以死明志",才能既保全了自己的贞节,也使得男性性别尊严得以保全。清初话本小说家李渔在一篇小说的开篇就针对此问题发表过如下议论:

---

① 李奇志:《论清末民初思想和文学中的"英雌"话语》,博士学位论文,华中师范大学,2006年,第162页。

明朝自流寇倡乱，闯贼乘机，以至沧桑鼎革，将近二十年，被掳的妇人车载斗量，不计其数。其间也有矢志不屈或夺刀自刎，或延颈受诛的，这是最上一乘，千中难得遇一；还有起初勉强失身，过后深思自愧，投河自缢的，也还叫做中上；又有身随异类，心系故乡，寄信还家，劝夫取赎的，虽则腆颜可耻，也还心有可原，没奈何也把他算做中下。最可恨者，是口餍肥甘，身安罗绮，喜唱呔调，怕说乡音，甚至有良人千里来赎，对面不认原夫的，这等淫妇，才是最下一流，说来教人腐心切齿。

——《连城璧》外编 卷之一 "落祸坑智完节操
　　　　　　　　借仇口巧播声名"

当此之时，女性唯有一死，且要死得及时。因为女性的名节关乎男性的性别尊严，屈身事敌的女性更是如此。惯于为女性角色安排道德困境（如守贞与尽孝的矛盾）的传统小说要求女性"以死明志"，"倒宁可一死，既不失身，又能全孝，这便亘古难事"（《型世言》第六回"完令节冰心独抱 全姑丑冷韵千秋"）。张扬新女德的清末小说又何尝不是在国族立场与男性中心主义立场的夹缠下给女革命者同样设置了两难的道德困境？"死"，对于夏雅丽以及夏雅丽式的"国女"而言无疑是"最好"的结局。

第五节　解放？驯化？——女性解放议题的复杂性

在有关女性解放的清末乌托邦叙事中，女性之于国族复兴的重要性获得了前所未有的凸显与夸张。所谓"妇女一变，而全国皆变矣"①。一直处于被压抑状态的女性似乎摆脱了历史无意识的沉默状态

---

① 卧虎浪士：《〈女娲石〉叙》，载陈平原、夏晓虹编《二十世纪中国小说理论资料·第一卷（1897年—1916年）》，北京大学出版社1989年版，第130页。

而浮出地表，从来不被视为问题的女性问题得到了前所未有的热烈关注，于是"戒缠足""兴女学"，鼓励女性社会性就业、要求社交自由、婚恋自由等女性解放的议题纷纷出炉，不仅女性进化程度的高低成为国家民族文明的衡量标尺，而且诸如"文明之母""国民之母""社会之母""女国民"之类的新符号体系的建构也将女性自身的价值维度由家内空间转移到了社会公共空间，由伦理空间转移到政治空间，在相夫教子、谨守妇德的传统女性被视为"旧"而遭到时代的摒弃时，为了国族复兴而奔走呼号，在民权革命中实现女权革命的"新女性"成为被热烈追捧的时代骄女。清末之际的思想言论与文学书写时常会给人这样一种强烈的印象，即这是一个"尊女贬男"的时代。在金天翮《女界钟》（1903）第四节"女子之能力"中，就专门依据外国科学家，即所谓"客乌才、开德来二氏"以及"斐鲁氏"的生理学研究成果论证女子的脑围并不逊于男子，从而证明了"女子者，天所赋使特优于男子者也"的观点，从科学的角度证明了"女子优越论"的可靠性，"二十世纪天造之幸运儿，其以女子为之魁矣"①。在《女娲石》（1904）的开篇，金捴芳女史就断言："女子是上帝的娇子"，作为花血党党训的 所谓"三守"更可视为"尊女贬男"的女权宣言：

> 第一，世界暗权明势都归我妇女掌中，守着这天然权力，是我女子分内事。第二，世界上男子是附属品，女子是主人翁，守着这天然主人资格，是我女子分内事。第三，女子是文明先觉，一切文化都从女子开创，守着这天然先觉资格，是我女子分内事。
> ——《女娲石》第七回"刺民贼全国褫魂 谈宗旨二侠入党"

由于女性"天然"优于男性，因此，女性不仅应彻底颠覆"男尊女卑"的传统性别秩序，也应夺取世上的一切"暗权明势"，将男子从

---

① 夏晓虹编：《中国近代思想家文库 金天翮·吕碧城·秋瑾·何震卷》，中国人民大学出版社2015年版，第16页。

政治空间中彻底清除出去，"从今以后，但愿我二万万女同胞，将这国家重任一肩担起，不许半个男子前来问鼎"（《女娲石》第一回"感时势唤起女真人 祷英雌祭陨天空石"）。这是一种从性别领域延展到政治领域的全面"夺权"，女权革命从其发动伊始就被紧紧地绑缚在民权革命的战车上，一体同心，同进同退。这一基调早在被誉为"女界黑暗狱之光线""女界革命军之前驱""女界爆裂丸之引电"① 的《女界钟》（1903）中就已确定下来，所谓"民权与女权，如蝉联跗萼而生，不可遏抑也"②。也正是在这部振聋发聩的著作中，金天翮重新界定女性的价值取向在于"公德"而非"私德"。紧接着，金天翮又从近乎性别本质主义的论调出发断定女子"公德"的操守"天然"优于男子，"夫男子好冷眼，而女子重热心，男子尚刚质，而女子多柔肠"。因此，金氏断言，"爱国与救世乃女子之本分也"③。

女权革命从其发起之始，就是以紧密地附着于民权革命的姿态而获得其存在价值与存在合理性。应当承认，《女界钟》（1903）热烈畅想的这一女权革命路径是第三世界女性解放的必由之路。就第三世界的现实状况而言，不可能绕开民族解放而单独谈女性解放。"很明显，男女平等是各种女权主义认同的斗争目标。但是，性别歧视不是第三世界的妇女所受的惟一的和最主要的压迫，所以一个仅仅把消灭性别歧视作为通向消灭妇女受压迫的道路的狭隘的女权主义是无法解决第三世界妇女所受的压迫的。"④ 正因为如此，将女权革命与民权革命紧密结合，在民族解放中实现女性解放是清末女性解放运动的应有之义与必由之路，但与此同时，女权革命，乃至于关乎女性的新符号体系

---

① 夏晓虹编：《中国近代思想家文库 金天翮·吕碧城·秋瑾·何震卷》，中国人民大学出版社2015年版，第42页。

② 夏晓虹编：《中国近代思想家文库 金天翮·吕碧城·秋瑾·何震卷》，中国人民大学出版社2015年版，第7页。

③ 夏晓虹编：《中国近代思想家文库 金天翮·吕碧城·秋瑾·何震卷》，中国人民大学出版社2015年版，第10页。

④ 《共同的主题，不同的环境与背景——第三世界妇女与女权运动》，载王政、杜芳琴主编《社会性别研究选译》，生活·读书·新知三联书店1998年版，第307页。

的重新设定以及新价值系统的重新界定与重新阐释也就几乎无法逃脱男性化国族话语的强力规制。女性从夫权/家内空间/传统妇德中"被要求"解放出来,又在国权/政治空间/新女德的强力规制下被重新驯化,而无论哪种标准,其制定者皆为男性精英,"男性创造了女性的词、字,创造了女性的价值,女性形象和行为规范,因之也便创造了有关女性的一切陈述"。即使是进入这一话语体系的女性精英也不过是习得了男性精英的言说方式而代男性发声,"她借用他的口吻、承袭他的概念、站在他的立场、用他规定的符号系统所认可的方式发言,即作为男性的同性进入话语"①。从这一意义而言,"中国近代女性解放运动,是一个女性身体被解放的过程,也是一个被重新驯化、被操控的过程"②。在这一过程中,性别立场与国族立场是夹缠不清的,鼓励女性积极投身民权革命的国族立场的男性精英视角与要求女性谨守传统性别秩序的男性中心主义视角也是夹缠不清的。价值尺度上的矛盾与混乱导致了此类清末小说叙事逻辑的难以把控,但也开辟出了多维阐释的可能性。

---

① 孟悦、戴锦华:《浮出历史地表——现代妇女文学研究》,北京大学出版社2018年版,第12页。
② 程亚丽:《从晚清到五四:女性身体的现代想象、建构与叙事》,博士学位论文,山东师范大学,2007年,第58页。

第十一章

清末革命小说中的"仇恨"叙事

"革命总是被对过去的疯狂仇恨控制,没有从可恶的过去里窜出来的敌人,革命就不能存在,不能发展和成长。当这个敌人实际上不再存在,人们就把他杜撰出来。"① 清末革命小说有相当数量者都着力于"仇恨"情绪的渲染。此种仇恨情绪可能是民族仇恨,可能是性别仇恨,也可能是民族仇恨与性别仇恨的奇妙结合体。

第一节 "说明"成癖——清末特色的民族主义书写

夏晓虹指出:"对于明清之际的研究,过去的一百年里曾经出现过两次高潮:一是民族革命风头正健的 20 世纪初,一是三四十年代艰苦卓越的抗日战争时期。而每一次的追溯历史,都以激发民众的救亡意识为主旨。"②《明季稗史汇编》《明季北略》《明季南略》诸书在 1887 年(光绪十三年)的集中再版重新唤起了清末国人之于明季亡国痛史的历史记忆。据柳亚子的回忆,陈天华编撰的《清秘史》就是"一部

---

① [俄]尼古拉·别尔嘉耶夫:《论人的奴役与自由》,张百春译,上海人民出版社 2019 年版,第 171、172 页。

② 夏晓虹:《晚清女性与近代中国》,北京大学出版社 2004 年版,第 114 页。

以野史来提倡革命排满的东西"①。到了20世纪初民族革命风起云涌之际，清末革命派报刊更形成了"无报不谈明末事"②的言论氛围。清末之际的"说明"成癖恰如同明末之际的"说宋"成癖一般，实为"'当代史'的一种隐喻形式"③，虽言历史，实指当下。恰因为如此，重新唤起的历史记忆也就在新的时代需求下难逃重构的命运。

渲染民族仇恨的清末革命小说在政治态度上往往就是如激进革命派的主张"驱除异族，光复旧物"，典型者如近代资产阶级革命志士陈天华的革命小说《警世钟》（1903）、《猛回头》（1903）、《狮子吼》（1905）。《狮子吼》是陈天华未完成的作品，仅完成前八回。在完成的前八回中，作者用了一个楔子外加两回的篇幅对清末中国所处的世界大势以及中国历代封建王朝的兴衰更迭，尤其是清王朝的历史做了颇费篇幅的概述与回顾。其中，以狭隘的种族主义相号召，鼓动民众推翻清政府、光复中华旧物的革命思想极为突出。值得注意的是，小说中透露出了陈氏排满革命的思想来源，即达尔文《进化论》、赫胥黎《天演论》以及将"优胜劣汰、物竞天择"的达尔文学说由自然界推演到人类社会的"社会达尔文主义"。小说这样写道：

> 人既和各动物相争得了胜，一群人内又相争竞起来，弱的不敌强的，便想联合伙伴，敌住人家；联合他人，又不如联合自己一族，于是把同祖先同姓氏的人叫做"同种"。把那不同祖先不同姓氏的人叫做"异种"。对于同种的人相亲相爱，对于异种的人相贼相恶，是为种族的竞争。愚弱的种族被那智强的种族所吞灭，如那下等动物被那中等动物所吞灭一般。
>
> ——《狮子吼》第一回"数种祸惊心惨目　述阴谋暮鼓晨钟"

---

① 柳亚子：《五十七年》，转引自夏晓虹《晚清女性与近代中国》，北京大学出版社2004年版，第119页。
② 夏晓虹：《晚清女性与近代中国》，北京大学出版社2004年版，第115页。
③ 赵园：《明清之际士大夫研究》，北京大学出版社1999年版，第231页。

"社会达尔文主义"为"种族竞争"时代下盛行一时的种族主义提供了"科学"依据，也为主张排满的资产阶级革命派提供了理论基础。正如陈天华在小说中表白的写作意图："（沙俄对中国主权领土的蚕食鲸吞）其最大根源，更在种族竞争上。故在下编著此书，远远地从种族上说起，非是故讲闲话，乃是水寻源头的办法。"（《狮子吼》第一回"数种祸惊心惨目 述阴谋暮鼓晨钟"）

在清末革命小说中，国家问题往往直接等同于种族问题，爱国精神往往直接表现为带有强烈种族情绪的民族主义。应该说，带有强烈种族情绪的民族主义是西方舶来的民族主义与彼时的清末国情相结合后生成的具有清末特色的民族主义。在《狮子吼》"民权村"这个充满了"仇满排外主义"的乌托邦世界中，人们讲求的政治价值观就是爱国精神、国民意识以及带有强烈种族色彩的民族主义。小说的正面人物——聚英馆学堂的总教习文明种就认为国民教育的核心要义就在于灌输民族主义，并对民族主义做了如下一番解释：

> 大凡人之常情，对于民族的人相亲爱，对于外族的人相残杀，这是一定的道理。慈父爱奴仆，必不如爱其子孙。所以家主必要本家的人做，断不能让别人来做家主；族长必要本族的人当，不能听外族来当族长。怎么国家倒可容外族人来执掌主权呢？即不幸为异族所占，虽千百年之久，也必要设法恢复转来，这就叫做民族主义。
>
> ——《狮子吼》第三回"民权村始祖垂训 聚英馆老儒讲书"

从此番言论可知，民族主义是天经地义、不证自明的。《自由结婚》中也有相同论调："我（笔者注：黄祸）的宗旨，就是现在世界上第一件最要紧的，同我们爱国顶顶顶要紧的民族主义，爽爽快快说来，就是自爱本族，抗拒外族。这正是天经地义。"（《自由结婚》第十七回"可怜有志青年竟拚诀绝 却喜公廨老妇也识驱除"）"本族"与"外族"的水火不容是近乎本质主义的，孤悬海外的民权村当年的建村宗旨就是为了躲避异族的杀戮、拒绝异族的统治。

革命之要义在于推翻君主专制、实现民权共和,而"排满"则被资产阶级革命派普遍视为实现革命目标的必由之路。化名为"爱读《革命军》者"的章士钊在《读〈革命军〉》(1903)一文中指出:"夫革命之事,亦岂有外乎去世袭君主、排贵族特权、覆一切压制之策者乎?是以排满之见实为革命之潜势力,而近日革命者所必不能不经之一途也。"① 可见,"去世袭君主,排贵族特权,覆一切压制"是资产阶级革命的终极目标,而实现这一终极目标的"策""途"即是"排满"。作为极具煽动力的全民动员手段,推翻清政府的民族革命与反封建专制的民权革命结合一体,西方舶来的民族主义与中国历史上的"华夷之辨"巧妙嫁接,共同为清末之际旨在实现民主共和的资产阶级革命提供了历史依据与理论依据。尽管当时的有识之士,如蔡元培反复辨析旨在建立民主共和政体的民权革命与旨在推翻清政府的种族革命并不可混为一谈,"故近日纷纷'仇满'之论,皆政略之争,而非种族之争也","是以其动机虽在政略上,而联想所及不免自混于昔日种族之见",但仍"故虽明揭其并非昔日种族之见,而亦不承认也"②。其不承认的是什么呢?无外乎"排满""仇满"之类带有强烈民族情绪的宣传口号是推翻专制、恢复民权、实现共和这一资产阶级革命诉求的最有效动员手段,所谓革命的"潜势力"、革命的"助力"是也。由此,"仇满""排满"的种族情绪、种族仇恨也就成了清末资产阶级革命的应有之义,种族革命与民权革命实为一体两面的互证关系。

出于鼓动策略的考虑,"反抗异族统治便成为革命派讲说清朝史的一条贯穿的红线"③,"驱除鞑虏,光复中华"的革命口号在热烈召唤爱国精神的同时,未尝不在客观上刺激着积郁百年的种族情绪的肆意

---

① 转引自夏晓虹《晚清女性与近代中国》,北京大学出版社2004年版,第120页。
② 蔡元培:《释"仇满"》,载沈善洪主编《蔡元培选集》,浙江教育出版社1993年版,第1211、1212页。
③ 夏晓虹:《晚清女性与近代中国》,北京大学出版社2004年版,第122页。

宣泄。此类主张民权革命的小说大量充斥着仇满言论也就不难理解了。《自由结婚》借男主人公黄祸之口表达了对维新改良，亦即小说中的"运动政府、运动官场"的不满，其中的逻辑就很值得玩味：

> 咳！政府本是异族，几百年前偷了我国的神器，点了我国的江山。我们生长爱国（笔者注：即中国的爱称），不愿做爱国的国民则罢，要做爱国的国民，一定咬牙切齿，不杀尽他们暂不肯罢手，那里还可以去运动他呢？这运动两个字，包含了希望的意思，就是说政府不好，我们总要想个法子叫他好。他能够好，我们谢天谢地，感激不尽，他不能够好，我们就学汤武的故事，诛独夫锄民贼，也没有什么不可以的。咳！这句话，若是在别国都说得去，若是在我国古代也说得去，若是在我国现在的时候，就万万说不去了。妹妹，你想现在的政府，既然是异族，还要有什么希望？他好是他的好处，他不好是他的害处，同我们的国一点没有什么干涉，要你去管他做什么呢？况且他若是要好，我们的国民就永远做他的奴隶，没有翻身的日子。幸亏他今日不好，所以我们国民受了满肚皮的气，还能记着他从前进来的时候，怎么样杀戮人民，怎么样奸淫妇女，怎么样抢掠财产，念念在心，不敢忘去。
>
> ——《自由结婚》第四回"奴颜婢膝遭魔难
暮鼓晨钟醒世人"

由此可知，黄祸其实并不反对维新改良，即所谓"运动政府"，但其认为异族政府不必实施改良，否则就永无奴隶翻身的日子，"沉沉奴隶之辱，戚戚亡种之悲"[①]，且只能做"二重奴隶"，即清政府为西方列强的奴隶，全体民众为清政府的奴隶。小说还写到思想开通的赵氏

---

① 松陵女子潘小璜：《为民族流血无名之女杰传》，转引自夏晓虹《晚清女性与近代中国》，北京大学出版社2004年版，第133页。

将自己儿子作的几篇文字逐一讲给思想顽固的妙音太太听,借以启发她的种族意识与革命精神。这几篇"生龙活虎的诗文"就是《亡国遗闻》《恢复论》《独立策》《革命歌》,从题目上不难看出革命精神的培养与种族意识的激发二者之间的紧密联系。在赵氏开导妙音太太的话语中,也运用了同样的言说策略:

> 这样看来,一家人无论男女无论老少,个个都有责任,那能你说不管,我说不管呢?一个国也不过一个极大的人家罢了,倘若国内的人,个个要好,个个能干,个个担负责任,国那有不兴的道理?倘若个个怕事,你推我让,那偷食的狗,扒墙摸壁的贼,就要乘机进来了。我们国里的人,向来不晓得自己有了这件最贵重的国家,各人都以为国家与他无干,自己弃了主人翁的权利,把大权都交托给这一二个人。这一二个人就作起威福来,作践百姓,无所不至,弄得后来狗果然进来了,贼果然进来了。你想国里有了狗同贼,我们百姓那能一日安宁?我且不说别的,只看现在龙庭上高高坐着的薰天皇后,逍遥行乐,只吃饭不做事,只杀百姓不杀敌人,拿我们这些无主之物作礼物送给他人,这都是我们放弃责任让他狗贼进来的缘故。
>
> ——《自由结婚》第十四回 "耄矣老夫回头是岸 壮哉巾帼光复成军"

启发妙音太太的国民意识,即"天下兴亡,匹夫有责"的"主人翁的权利"是此篇言论的主旨。在论说放弃主人翁权利的严重后果时,赵氏巧妙地将国民意识的严重缺失与异族政府的专制统治做了因果勾连。在赵氏的反复启发下,原本不问政治的妙音太太终于痛下决心,成立了旨在推翻异族政府,恢复中华旧物的"光复党",成为这个女性乌托邦世界的初代领袖。

在"无报不谈明末事"的明季亡国痛史的宣讲热情中,关于先民在明末之际惨遭异族掳掠奸淫的"仇恨"被唤醒,并在言论表达与文学书写的重复咀嚼中被不断地强化。《狮子吼》民权村先祖临终前这样告诫子孙:"这个仇恨,我已不能报了,望你们能报。你们不能报,你们的子孙总要能报。万一此仇竟不能报,凡此村的人,永世不许应满洲的考,不许做满洲的官。有违了此言的,即非此村的人,不许进我的祠堂。"此村中人果然"永远守着他始祖的遗言,二百余年,没有一个应考做官的。名在满洲治下,实则与独立国无异"(《狮子吼》第三回"民权村始祖垂训 聚英馆老儒讲书")。反清、排满的种子就这样世代延续,使民权村最终成为革命风潮的发源地。陈天华《警世钟》(1903)中内含《十个须知》,其中一条就是"须知种族二字,最要认得明白,分得清楚"①。在其编写的说唱文学《猛回头》(1903)中,由于少了故事情节设置、人物形象塑造等小说构思上的束缚而更现出宣传口号式的大声疾呼,甚至肆意谩骂,诸如"列位呵!'有恩不报非君子,有仇不报枉为人',这两句话岂不是我们常常讲的吗?试看我们的仇一点报了没有?不独没报,有这个报仇的心思没有?""咱家说到此处,喉咙也硬了,说也说不出来,只恨我无权无力,不能将这等自残同种的混帐忘八蛋千刀万段,这真真是我的恨事了!"② 此种论调,不一而足,"世仇""仇恨""报仇""恨事"之类的字样大量充斥其间。

对于仇恨情绪的反复渲染在清末革命小说中非常普遍。《猛回头》中对异族政府"十八省中愁云黯黯,怨气腾霄,赛过十八层地狱"的仇恨,《自由结婚》中对"父仇"的"不共戴天之仇",对"国耻"的"九世大仇",《瓜分惨祸预言记》中对"瓜分惨祸"的"天愁地惨"的仇恨等,仇恨叙事均指向了国家民族的深仇大恨。《自由结婚》的男主人公"黄祸"的命名也是缘于无法消解的刻骨仇恨,黄老夫人这样告诫儿子:"唉!汝生的那一天,正遇此非常大祸(笔者注:黄父被害),所以我就替汝取了这祸的名字。汝顾名思义,宜如何奋勇勉力,

---

① 刘晴波、彭国兴编:《陈天华集》,湖南人民出版社2008年版,第72页。
② 刘晴波、彭国兴编:《陈天华集》,湖南人民出版社2008年版,第43、23页。

替国雪耻,替父报仇吗?"并将黄祸的复仇对象细分为三类:"现在要雪国耻、报父仇,有三大仇人,是用得着吃刀的。第一仇人是异族政府;第二仇人是外国人;第三仇人是同族奴隶。"(《自由结婚》第三回"巾帼老英雄片言警弱女　将军真人杰一死为同胞")从此,黄祸幼小的心灵中就被深深地种下了仇恨的种子,有了明确的人生目标,那就是"报仇","一定要报洋人欺我的仇","一定先要报那异族政府的仇","家奴是一定也要斩的",而欲报此仇就必须革命,"我们同志的人,一定要结个大大的团体,把革命军兴起来"(《自由结婚》第九回"嫠妇怀忧歌革命　党人尚义恼家奴")。革命志向在强烈的复仇意志下得以坚定,为了使革命意志更加坚定,仇恨更需要反复地渲染,不断地强化。正所谓"热血志士虽然有报仇的心肠,怕只怕容易忘记,愁只愁没有时时刻刻提醒的人"(《自由结婚》第四回"奴颜婢膝遭魔难　暮鼓晨钟醒世人"),苦大仇深的黄老夫人每天早上五点披衣而起,向南吟诵"三哀诗":"一哀国耻之未雪;二哀夫仇之未报;三哀教子之无方。"这每天一遍的强化效果无疑是显著的,"诵时凄惨异常,惊天地,泣鬼神,就是冥顽不灵的人听了也要痛入骨髓"(《自由结婚》第三回"巾帼老英雄片言警弱女　将军真人杰一死为同胞")。光复党的女首领一飞公主同样深谙此道,为了持续巩固光复党的"内部坚固颠扑不破",每周例行两次"演说大会","演说那异族进来时候,怎么样残酷,我们亡国时候,怎么样凄惨",听得人"毛发直竖起来,都拍案大叫,誓与异族政府不共戴天。因此人心渐渐团结,坚固非常"(《自由结婚》第十五回"一曲浩歌看步伐止齐愧杀天下男子　三雄执手愿隐帆匿楫避他恶海狂涛")。

　　仇恨情绪的反复渲染可以有效地加强会党的内部团结,坚定成员的革命意志,使得人人都能成为"誓与异族政府不共戴天"的"女中铁汉",传统小说戏曲热衷于塑造的"为夫报仇""为父报仇"的贞女烈妇形象一变而为清末革命小说中"为国报仇"的女革命党员的人物形象,"报仇"行动不变,但"报仇"动机已然在由"家"而"国"的新理念下做出了符合时代精神的重大调整。同时,仇恨的反复渲染也有助于强化人们的杀戮冲动，并以革命的名义将之合理化。在主张暴力手段推翻清政府的清末革命小说《瓜分惨祸预言记》（1903）中，"扬州十日""嘉定三屠"的历史记忆被再度唤醒，频繁迭出于历史与现实的交错之中，并使得革命志士对于清政府的血腥复仇获得了不证自明的合理性。此种血腥复仇已然到了种族灭绝的程度，"更将二百年来坐蠹吾民，兼有杀我祖宗、奴我全种之大仇恨的异妖杀个净尽"（《瓜分惨祸预言记》第六回"策义兵佳人握胜算　建自治海国竖新旗"），革命志士更是全然不顾惜性命，"一片血诚，甘心殉国"（《瓜分惨祸预言记》第三回"恶官吏丧心禁演说　贤搢绅仗义助资财"）。小说多次铺写了革命志士愤而殉国的悲壮场面，被慷慨演说唤起革命热情的学生们高喊着"为国死呵！为国死呵！男儿呵！男儿呵！男儿为国死呵！"热血澎湃、奔赴沙场，但凡有怯懦贪生、临阵退缩者就会被革命党"清理门户"，"我们自家便派个人去杀死他"（《瓜分惨祸预言记》第二回"传警报灾祸有先声　发誓词师生同患难"）。显然，这部小说试图通过亡国惨祸的预想来激发民众的团结心、爱国情、杀敌志，这一创作意图是十分明显的。

"杀"几乎是这部小说解决一切问题的撒手锏：杀洋人、杀官兵、杀土匪。在反复渲染的国仇叙事中，指向自我的"殉"的意念总是最先出现在革命者的脑海之中。看到国家即将遭受瓜分惨祸，男主人公黄勃最先想到的就是"死"："快把刀来将我杀死了，再来碎尸万段的斩了，尚是不能蔽我的罪。""如今他亡了，我也不曾有丝毫报答他，我尚能算得一个人么？"（《瓜分惨祸预言记》第二回"传警报灾祸有先声　发誓词师生同患难"）小说的女性人物王爱中也不落人后，乍听国家将被列强瓜分的传闻就立即举剪刺喉、壮烈轻生："还我剪刀来，快快毕命，免得洋人来辱我，我是不愿作亡国的人的。"（《瓜分惨祸预言记》第三回"恶官吏丧心禁演说　贤搢绅仗义助资财"）《自由结婚》中有爱国思想的女豪杰关关对甘做英国洋行买办的表兄深恶痛绝，其裁制手段也是一杀了之："妹妹屡次想刲刃其胸，杀一警百。惟妹妹细思，自己虽然无才无学，究不值拼此狗奴才，因此千忍万忍，至今没有动手。然而杀心既起，蓬蓬勃勃苦难抑制。"在此郁郁难平的杀戮冲动下，关关对一只颈系白铜铃的小狗也产生了强烈仇恨，认为此"无耻"小狗"受了人的无理羁绊，还不自己晓得惭愧，反而昂首骄人"，一如其甘做洋奴的表兄，于是在"移情"的作用下转而要结果小狗的性命，"妹妹因为不能杀人，所以先杀这狗"（《自由结婚》第二回"千年长梦认贼作子 两小无猜借狗骂人"）。杀意如此强烈以至于竟到了物我莫辨的非理性程度，此时的关关不过才十一二岁的年纪。

有学者指出，清末是一个"豪气冲天的时代"，"所有落后和不文明的事务，都被寄希望于一杀了之"①。"鸦片烟鬼杀！小脚妇杀！年过五十者杀！抱传染病者杀！"②"民贼""男贼"更是不共戴天，非杀不可。当旨在推翻清政府、光复中华旧物的民族革命暗流涌动之时，勃勃不可抑制的仇恨已在文学书写中无法遏制地宣泄出来，并为现实中的革命事业鼓动着民气、制造着舆论、积蓄着力量。

第二节 "仇男"——性别仇恨的言论表达与文学书写

嗜杀冲动在宣扬"性别仇恨"的思想言论与文学书写中同样存在，并在女权立场下典型地体现为"仇男"意识。在近代女权革命的激进派看来，男性就是女性解放的"革命对象"，必杀之而后快，《女娲石》（1904）中的女豪杰魏水母就是此种"仇男"意识的典型代表。据魏水母介绍，这一将男子蔑称为"野猪"的杀人团伙是由三个女人组成，且分工明确，"三人分头行事，大姊专在山野，截杀路男；次姊专在城市，盗杀居男；止有咱最不肖，止在古渡野泊，诱杀舟男"，其最终目标是"不许世界有半个男子"。如此仇视男子的理由就是千年封

---

① 周乐诗：《清末小说中的女性想象（1902—1911）》，复旦大学出版社2012年版，第31页。

② 刀余生：《侠客谈》，转引自周乐诗《清末小说中的女性想象（1902—1911）》，复旦大学出版社2012年版，第31页。

第十一章　清末革命小说中的"仇恨"叙事

建社会的性别不平等:"说起来,咱老娘的姊妹,被你们压了两千余年,拉着夫纲牌调到还威风。咱老娘今夜正要与姊妹报仇雪恨。"(《女娲石》第十四回"捉革命追赶女豪 屠男类截杀古渡")对男性的强烈仇恨根源于对性别不平等的深刻认知,类似表述在小说《女狱花》(1904)的女主人公之一沙雪梅身上有着更为显豁的体现。这是一个"杀人不眨眼的女魔王",在一拳打死试图用传统妇德束缚她的丈夫后,居然感到"心中很是爽快"。她曾就传统性别秩序下女性遭受的种种不公正对待作过长篇演说,得出的唯一结论就是"杀男":

> 咳!种种不平等之事,我也说不能尽,请众位仔细想想,男贼待我们,何尝有一些配偶之礼?直当我们做宣淫的器具,造子的家伙,不出工钱的管家婆,随意戏弄的玩耍物。咳!男贼既待我们如此,我们又何必同他客气呢,我劝众位,同心立誓,从此后,手执钢刀九十九,杀尽男贼方罢手!①

对传统性别秩序的强烈质疑来自女性对种种性别不平等遭遇的深刻体验。此种男权压制下的深切痛苦曾深入沙雪梅的潜意识,并转化为一个富于象征意义的梦。在梦中,沙雪梅看见"老老少少、贫贫富富的无数女子"与"一群一群的牛牛马马一同跪着,旁边摆着从来未见过的各种刑具"。当沙雪梅对这一荒诞的情景产生困惑,"难道这许多女子都得罪了官长吗?且即都得罪了官长,何以与一群一群的牛马同跪着呢?"并发声质问"我有何罪,要跪在这里?"时,她所得到的众男子的答复是"你并没有什么罪,这是你辈做奴才的本分"②。传统性别秩序下的女性不仅没有话语权,更没有基本人权,正如沙雪梅控

---

① 王妙如:《女狱花》第八回,转引自李奇志《论清末民初思想和文学中的"英雌"话语》,博士学位论文,华中师范大学,2006年,第147页。
② 思绮斋、问渔女史、王妙如:《中国近代小说大系:女子权·侠义佳人·女狱花》,转引自周乐诗《清末小说中的女性想象(1902—1911)》,复旦大学出版社2012年版,第50页。

诉的那样，是诸如"宣淫的器具，造子的家伙，不出工钱的管家婆，随意戏弄的玩耍物"之类物化、工具化的存在，女性不过是男性主体世界中的客体而已。对女性奴隶处境的切实体验与深刻认知激发了沙雪梅向男权社会讨回公道的抗争意识，但此种抗争意识并不是以实现性别平等为目标，而是以一种性别不平等（女尊男卑）取代另一种性别不平等（男尊女卑），甚至索性置全体男性于死地为目标，"难道杀了一个男贼，就罢了么？我欲将你们男贼的头，堆成第二个泰山；将你们男贼的血，造成第二条黄河"（《女狱花》第六回）①。为了实现这一"宏图大志"，沙雪梅要"组织一党，将男贼尽行杀死，胯下求降的，叫他们服侍女人，做些龌龊的事业。国内种种权利，近归我们女子掌握"（《女狱花》第八回）②。对传统性别秩序的强烈不满被置换为对男性个体的身体清除。应该看到，沙雪梅虽然深切地体认到性别不平等是女性性别群体饱受长期压制的根源所在，但其对于女性解放的理解显然是极其片面的，充其量是再造一种新的性别不平等，并使女性在"女尊男卑"的新性别秩序下实现"性转"而逆袭为新的"压迫者"。

此种文学书写中呈现的极端化的"仇男"言论究竟从何而来？似可追溯到清末无政府主义者何震的"女子复仇论"，但二者之间又存在不容忽视的根本差异。作为何震的振聋发聩，足以撼动视听的代表作，《女子复仇论》（1907）开篇即慨言道："呜呼！吾女界同胞，亦知男子为女子之大敌乎？亦知女子受制于男已历数千载之久乎？古人言'虐我则仇'。今男子之于女子也，既无一而非虐，则女子之于男子也，亦无一而非仇。"③ 显然，"女子向男子复仇，是起于男尊女卑的性别

---

① 王妙如：《女狱花》第六回，转引自李奇志《论清末民初思想和文学中的"英雌"话语》，博士学位论文，华中师范大学，2006年，第148页。
② 王妙如：《女狱花》第八回，转引自李奇志《论清末民初思想和文学中的"英雌"话语》，博士学位论文，华中师范大学，2006年，第146页。
③ 何震：《女子复仇论》，载夏晓虹编《中国近代思想家文库 金天翮·吕碧城·秋瑾·何震卷》，中国人民大学出版社2015年版，第144页。

不平等，表现了反抗强权即男性压迫者的女性自觉"①。何震"女子复仇论"的因果架构与上述宣扬"仇男"意识的女权小说基本一致。何震在《女子宣布书》（1907）中表达了同样的观点，"告女界同胞，男子者女子之大敌也"，并以实现性别平等为目标，"女子一日不与男子平等，则此恨终不磨"②。须注意的是，何震所说的性别平等是绝对化的性别平等，"夫吾等所谓'男女平等'者，非惟使男子不压抑女子已也；欲使男子不受制于男，女子不受制于女，斯为人人平等"③。换言之，性别平等在两性性别群体之间以及同性性别群体内部都应得到实现，"男与男平权，女与女均势，而男女之间，亦互相平等"④，这才是何震所期待的"真自由、真平等"⑤。在此种绝对化的性别平等中，自然不应存在"仇男""杀男"等极端化情绪。况且，何震也曾明确表示，"盖女子之所争，仅以至公为止境，不必念往昔男子之仇，而使男子受治于女子下也"⑥，但即便如此，在何震的另一些言论中，也确实存在将暴力作为实现绝对化性别平等的必要手段，如《女子宣布书》（1907）就公然宣称："不知女界欲求平等，非徒用抵制之策已也；必以暴力强制男子，使彼不得不与己平。"此种暴力手段就是一杀了之，"女界起而诛之"，否则，宁愿"同归于尽，永不受制于男"⑦。

---

① 夏晓虹：《晚清文人妇女观》（增订本），北京大学出版社 2016 年版，第 283 页。
② 何震：《女子宣布书》，载夏晓虹编《中国近代思想家文库 金天翮·吕碧城·秋瑾·何震卷》，中国人民大学出版社 2015 年版，第 140 页。
③ 何震：《女子解放问题》，载夏晓虹编《中国近代思想家文库 金天翮·吕碧城·秋瑾·何震卷》，中国人民大学出版社 2015 年版，第 188 页。
④ 何震：《女子复仇论》，载夏晓虹编《中国近代思想家文库 金天翮·吕碧城·秋瑾·何震卷》，中国人民大学出版社 2015 年版，第 145 页。
⑤ 何震：《女子解放问题》，载夏晓虹编《中国近代思想家文库 金天翮·吕碧城·秋瑾·何震卷》，中国人民大学出版社 2015 年版，第 186 页。
⑥ 何震：《女子复仇论》，载夏晓虹编《中国近代思想家文库 金天翮·吕碧城·秋瑾·何震卷》，中国人民大学出版社 2015 年版，第 145 页。
⑦ 何震：《女子宣布书》，载夏晓虹编《中国近代思想家文库 金天翮·吕碧城·秋瑾·何震卷》，中国人民大学出版社 2015 年版，第 141、140、141 页。

将何震"女子复仇论"的相关言论与《女狱花》(1904)等清末女权小说相比较，可以看出针对同一议题的思想言论与文学书写二者之间的微妙异同。《女狱花》关注的是女性解放的路径问题，作者王妙如以沙雪梅领导的"激烈党"与许平权领导的"平和党"为鲜明对比，借双方的互相辩难探讨了女权运动究竟应走激烈路线还是应走平和路线的问题，表达了"改革之事，须有激烈党之破坏，方有平和党之建立"(《女狱花》第五回批点)[①]的辩证观点。而何震"女子复仇论"的提出，则并不仅指向女权革命，而是以社会革命为旨归，"吾所倡者，非仅女界革命，乃社会革命也，特以女界革命，为社会革命之一端"[②]。之所以将女权革命与社会革命相联系，就是因为"世界固有之社会，均属于阶级制度"，"非破坏固有之社会，决不能扫除阶级，使之尽合于公"。而"世界固有之阶级，以男女阶级为严"，因此，"欲破社会固有之阶级，必自破男女阶级始"。所谓"破男女阶级"，就是实现男女平等，"即无论男女，均与以相当之教养，相当之权利，使女子不致下于男，男子不能加于女，男对于女若何，即女对于男亦若何"。而一旦实现男女平等，就必能实现阶级平等，"夫以男女阶级之严，行之数千载，今也一旦而破之，则凡破坏社会之方法，均可顺次而施行，天下岂有不破之阶级哉"！如此严密的逻辑论证推导出的观点就是"男女革命"，或者说"女界革命"，是实现一切社会革命的前提与基础，"非男女革命与种族、政治、经济诸革命并行，亦不得合于真公"[③]。

综上可知，何震虽倡导女界革命，但其女界革命的最终指向实为社会革命，这是何震提出"女子复仇论"、创办女子复权会的真正宗旨

---

① 王妙如：《女狱花》第五回批点，转引自李奇志《论清末民初思想和文学中的"英雌"话语》，博士学位论文，华中师范大学，2006年，第149页。

② 何震：《女子宣布书》，载夏晓虹编《中国近代思想家文库 金天翮·吕碧城·秋瑾·何震卷》，中国人民大学出版社2015年版，第140页。

③ 《〈天义报〉广告》，载夏晓虹编《中国近代思想家文库 金天翮·吕碧城·秋瑾·何震卷》，中国人民大学出版社2015年版，第137、138页。

所在，从而与纯然出乎性别革命的女权诉求存在根本差别。也就是说，虽然都是对"仇男"意识的极端化表达，但何震"女子复仇论"终究追求的是性别平等，与《女狱花》中沙雪梅领导的"激烈党"意图实现"性转"的"新"性别不平等有着本质区别。更为重要的是，何震"女子复仇论"的根本宗旨并不止于性别革命，而是指向包括"种族、政治、经济诸革命"在内的一切社会革命，而沙雪梅领导的"激烈党"则局限于性别领域而与更大范围的社会革命发生了严重脱节。相较而言，何震的将女界革命与社会革命相结合的思路倒是与《女狱花》中许平权领导的"平和党"宗旨可堪一比。与沙雪梅"仇男""杀男"的激进女权路线相比，"平和党"的取径是男性精英更为青睐的"女权革命"与"民权革命"一体两面、相互促进的革命路线，并以此为据，对"女革男命"的激进女权论提出了疑问："女子与男人，同国土，同宗教，同言语，同种族，爱情最深，革命安能成呢？"（《女狱花》第八回）[①] 至于性别上的不平等，则应更多地从女性自身找原因："讲求独立则方法仅有两条：一条是除去外边的装饰，一条是研究内里的学问。"（《女狱花》第十一回）[②]"从此后将恨男子强权的心思，变为恨自己无能的心思，将修饰边幅的时候，变为研究学问的时候，恐须眉男子，将要崇拜我们了，安敢逞强权呢？"[③]

总之，相较于沙雪梅的激进女权路线，许平权的平和女权路线不仅参与到了彼时更具号召力的民族民主革命之中，而且，对男性的态度十分友好。小说安排的沙雪梅一方革命不成，最终自焚而死的结局也显现出了作者王妙如在两条女权路线之间的取舍。应该说，将旨在争取女性解放的性别革命/女权革命与社会革命/民权革命相结合是国

[①] 王妙如：《女狱花》第八回，转引自李奇志《论清末民初思想和文学中的"英雌"话语》，博士学位论文，华中师范大学，2006年，第148页。

[②] 王妙如：《女狱花》第十一回，转引自李奇志《论清末民初思想和文学中的"英雌"话语》，博士学位论文，华中师范大学，2006年，第148页。

[③] 转引自周乐诗《清末小说中的女性想象（1902—1911）》，复旦大学出版社2012年版，第55页。

家主权遭受严重践踏的清末中国的社会现实所决定的,"一个仅仅把消灭性别歧视作为通向消灭妇女受压迫的道路的狭隘的女权主义是无法解决第三世界妇女所受的压迫的"①,性别革命/女权革命只有与社会革命/民权革命相结合,在社会革命/民权革命的斗争中才能实现女性的解放,仅局限于性别领域而脱离社会革命的性别革命/女权革命是不可能实现的。从这一层面而言,何震的"女子复仇论"也好,《女狱花》作者在两条女权革命路线之间的取舍也好,都是顺应了彼时中国国情的正确选择。但与此同时,一个不容忽视的既定逻辑也得以生成,即与社会革命/民权革命的结合与否,将成为性别革命/女权革命是否获得存在合理性的终极标尺,这一点尤其体现在针对那些违背传统性别道德的"革命女杰"的价值评判上。正因为如此,同样是持"仇男"论调的女豪杰,《女娲石》中的花血党就是小说正面描写的对象,而《女娲石》中的魏水母以及《女狱花》中的沙雪梅则在不同程度上被做了丑化、漫画式的夸张处理,究其原因,当与前者虽有违传统性别道德,但终究以国家民族为念,故尚能容忍,甚至被视为女性参与社会革命/民权革命的方式而给予肯定,其"仇男"论调在客观上有助于女性更为坚定地投身到革命浪潮之中而不会被儿女情所牵绊,从而避免"把个爱国身体堕落情窟,冷却为国的念头"(《女娲石》第七回"刺民贼全国褫魂 谈宗旨二侠入党")。而后者则根本就是男人的噩梦,既无助于社会革命/民权革命,又直接威胁到了男性的性别统治地位,因而遭到正统社会的普遍质疑。此种纯然追求性别解放的女性形象在文学书写中往往被处理为积极投身革命事业的正面女性形象的陪衬,在丑化、漫画式的夸张处理下沦为笑料的噱头。

随着清末民族民主革命的退潮,失去了国族话语"庇护"的"新女性"们,其评判标准重又回归了传统价值体系,男性中心主义再度掌控了界定、规范"新女性"的话语权。清末之际,在国族话语的强

---

① 《共同的主题,不同的环境与背景——第三世界妇女与女权运动》,载王政、杜芳琴主编《社会性别研究选译》,生活·读书·新知三联书店1998年版,第307页。

力召唤下呈现出的种种"新质",如尚武、男性化、热心国事、自由结婚、"闹革命"等突破、颠覆传统女性道德规范的行为举止、思想言论均遭到了男性性别视角的重新审视与重新评估。待革命退潮后,风行于民初的鸳鸯蝴蝶派"以对新女性的全面否定,重拾旧女德,开始新一轮的言情"①,清末革命小说中曾备受推崇的种种女性之"新"从此褪去了曾经耀眼的光环,文学书写中的女性形象在此后相当长的一段时间里重又返回到个人的狭小天地,在传统女德的规制下细细品味着个体的小小悲欢,一度轰轰烈烈的清末"革命女杰"们成为历史的背影,隐退在并不遥远的记忆中,并等待着时代的再次召唤。

第三节 历史记忆的重构与预设路径的偏离

封建时代的女性性别群体历来被排斥于政治领域之外,关心国事绝非女性的分内之事。然而,以"天下兴亡,匹夫有责,匹妇亦有责"的国民意识相号召,倡导女性走出家门投身革命的资产阶级革命浪潮则对女性典范提出了符合时代需求的新要求,即要有"爱国与救世"的"公德"②,要成为"高尚纯洁、完全天赋之人","摆脱压制、自由自在之人","思想发达、具有男性之人","改造风气、女界先觉之人","体质强壮、诞育健儿之人","德性纯粹、模范国民之人","热心公德、悲悯众生之人","坚贞激烈、提倡革命之人"③。总之,在关乎女性典范的新构想中,女性不仅要承担"国民之母"的抚育重任,争做女界革命的先觉者,而且,还须具备公德意识、国民意识、尚武

---

① 周乐诗:《清末小说中的女性想象(1902—1911)》,复旦大学出版社2012年版,第330页。

② 夏晓虹编:《中国近代思想家文库 金天翮·吕碧城·秋瑾·何震卷》,中国人民大学出版社2015年版,第10页。

③ 夏晓虹编:《中国近代思想家文库 金天翮·吕碧城·秋瑾·何震卷》,中国人民大学出版社2015年版,第24页。

精神、革命意志，成为合格的"女国民"以便担负起时代赋予女性的又一重任——与须眉男子共同奋战于争取国家民族独立解放的革命征程，"相将携手以上二十世纪之舞台，而演驱除异族、光复河山、推倒旧政府、建设新中国之活剧"①。如此一来，时代召唤下的"新女性"势必踏进男性专属的政治公共空间，由"为家献身"的"私德"转而"为国献身"的"公德"，其间，"角色转化"的变与不变颇值得玩味。

一些"新女性"名词，诸如"国母""国妻""国女"纷纷诞生于清末革命小说之中，从中可以清晰地看出"旧女德"/家族中心主义如何被巧妙地置换为"新女德"/国家中心主义的言说策略。以"国妻"概念得以运行的逻辑为例，其关节点无外乎将家族中心主义的"替一人守节"巧妙地"顺延"为国家中心主义的"替国守节，替种守节"，"守节"的道德品质并未遭到任何质疑而只是置换了对象而已。应该说，这样一种从"旧女德"中"顺延"出"新女德"的言说策略基本上是一种"正迁移"，有助于向来缺乏国家意识的女性性别群体更容易理解献身国族的意义与价值，从而生成同情共理的"共鸣"基础。《自由结婚》中的光复党首领一飞公主就是以此种言说策略成功地激发了新成员的革命意识："我且再作个譬喻给你们听听，比方把我们自己当作妻，把我们所爱戴的皇帝大臣当作丈夫，我们做妻的自然应该帮着丈夫管理国政，才算尽了责任。若是皇帝大臣死去，别国别种人来做皇帝，难道我们再算他的妻不成？这正是同我们死了丈夫，强盗乘机来做丈夫一个样子，我们那可承认他呢？"一飞公主巧妙地在"为夫守节"与"为国守节"二者之间建立起了类比关系，在迁就普通女性理解能力与认知水平的同时，成功地激发了女性群体的民族仇恨，获得了良好的演说效果："新来的人听得公主这番议论，个个咬牙切齿，把亡国之痛当作杀夫之仇，大叫誓灭蛮狗。因此光复党中人，尽是女中铁汉，痛心疾首，一副寡妇面孔，日夜只要报仇。"（《自由结婚》第

---

① 亚卢：《哀女界》，载李又宁、张玉法主编《近代中国女权运动史料（1842—1911）》（上册），（台北）龙文出版社股份有限公司1995年版，第466页。

十四回"耄矣老夫回头是岸 壮哉巾帼光复成军")类似的"国妻""国女"形象在《瓜分惨祸预言记》《女娲石》中也都有体现。

在女性与国家之间建立类比关系的言说策略早在清末第一部新小说《新中国未来记》(1902)中就已得到了运用：

> 外患既已恁般凶横，内力又是这样腐败，我中国前途，岂不是打落十八层阿鼻地狱，永远没有出头日子吗？我今有一个比喻。譬如良家妇女，若有人去调戏他，强污他，他一定拼命力拒，宁可没了身子，再不肯受这个耻辱；若是迎新送旧惯了的娼妓，他还管这些吗？什么人做不得他的情人！你看联军入京，家家插顺民旗，处处送德政伞，岂不都是这奴性的本相吗？①

将迎新送旧的妓女与"插顺民旗""送德政伞"的"顺民"相对比，"顺民"也就与历来为人所不齿的妓女画上了等号。在国家意识、国民意识普遍缺失的封建专制时代，这样一种将政治伦理与性别伦理相类比的言说策略无疑是浅显易懂的、快捷有效的。此种言说策略也有助于获得女性性别群体之于民族民主革命的深刻认同，从而将女性召唤进争取国家民族独立解放的革命事业中，如此一来，巾帼须眉方能共演"驱除异族，光复河山、推倒旧政府、建设新中国之活剧"②。不过，一旦开启了女性性别群体的革命意识，其革命激情的宣泄并非总如男性精英预想的那般必然投注到政治革命的预定轨道之中，而是很可能旁出别溢，开启伸张女权的性别革命。

《自由结婚》《女娲石》等清末小说都曾表达过激进的女权主义观点，即取代男性成为民族革命的领导者，"从今以后，但愿我二万万女同胞，将这国家重任一肩担起，不许半个男子前来问鼎"(《女娲石》第一回"感时势唤起女真人 祷英雌祭陨天空石")。对政治权力的争夺

---

① 梁启超：《新中国未来记》，广西师范大学出版社2008年版，第70页。
② 亚卢：《哀女界》，载李又宁、张玉法主编《近代中国女权运动史料（1842—1911）》（上册），（台北）龙文出版社股份有限公司1995年版，第466页。

显然超出了男性精英的预期。在此类言论中，激进女性毫不掩饰对男性群体的蔑视："唉！世界上的势力全归女子，那有男子能成事的么？""况且，今日时代比十九世纪更不相同。君主的手段越辣，外面的风潮越紧，断非男子那副粗脑做得到的。"只有将男性彻底驱逐出政治空间，让女性独占政治革命的领导权，"我中国或者有救哩！"（《女娲石》第一回"感时势唤起女真人 祷英雌祭陨天空石"）。由"男尊女卑"转而为"女尊男卑"，传统性别秩序的颠覆固然有清末男性精英大倡"女子优越论"的直接影响，同时也与"男降女不降"的历史记忆在清末社会的再度调用密切相关。

秋瑾在其自传性弹词作品《精卫石》（1905）中就曾借女主人公黄鞠瑞之口表达了对男性群体的深恶痛绝："因思姊姊同妹妹，聪明才智岂输男？见那般、缩头无耻诸男子，反不及昂昂女子焉。""如斯比譬男和女，无耻无羞最是男。"秋瑾认定男性群体"无羞无耻"的主要原因就是男性群体在国族危难之际的变节辱志、节操丧尽，"投降献地都是男儿做，羞煞须眉作汉奸"①。再结合《精卫石》强烈的仇满意识："保种保国保家庭。何能压制由异族，奴我同胞四亿人？"②可确知秋瑾意指的国族危难之际当为明清易代之时，正是"男降女不降"的历史叙事得以生成并迅速传播的时期。夏晓虹指出，清末革命志士在调用"男降女不降"这一历史叙事时采用了"分而治之的策略"，即将"男降女不降""放入民族革命的语境中，而剥离其与缠足的关联，另从妇女解放的角度贬斥缠足"③。换言之，清末的男性精英们对"男降女不降"的历史叙事做了有选择的遗忘以及有意识的重构。在有选择的历史遗忘中重构历史记忆将有助于凸显女性在国族危亡之际临难不屈的政治操守，而"男降女不降"诞生的历史语境（明末）与这一言说资源再度调用的当

---

① 秋瑾：《精卫石》，载夏晓虹《中国近代思想家文库 金天翮·吕碧城·秋瑾·何震卷》，中国人民大学出版社2015年版，第115页。
② 秋瑾：《精卫石》，载夏晓虹《中国近代思想家文库 金天翮·吕碧城·秋瑾·何震卷》，中国人民大学出版社2015年版，第110页。
③ 夏晓虹：《晚清女性与近代中国》，北京大学出版社2004年版，第132页。

下语境（清末）彼此之间又存在深刻的呼应关系，被推为道德标杆的女性性别群体理应积极参与到"驱除异族，光复中华"的清末民族革命之中，坚贞不屈，视死如归，一如百年前的女性前辈在满人入关之际、王朝更迭之时的英勇表现一样。"男降女不降"于清末之际的记忆重构与再度征用为的就是召唤女性群体积极投身于革命洪流之中，这是历史的呼应，更是时代的召唤。与此同时，"女尊男卑"也顺势成了题中的应有之义，在前所未有地强化女性群体性别尊严的同时，更坚定其投身革命洪流，积极参与政治生活的强大信心。由此而生成的鼓动性文字在清末革命派刊物中大量存在，典型者如柳亚子的慷慨言论：

> 神州陆沉，迄今二百六十一载矣。须眉男子，低首伪廷者，何只千万！独女界豪杰，发愤民族，或身殉故国，或勠力新邦，事虽无成，抑愈于甘心奴隶者万万矣。……自今以后，二万万女同胞，更有缵"男降女不降"之遗绪，而同心协力，共捣黄龙者乎？中国万岁！女界万岁！①

柳亚子调用了"男降女不降"的历史叙事以证明"女尊男卑"的"女子优越论"，其目的就是号召清末女性继承"男降女不降"的精神遗产，积极投身到推翻异族政府的革命事业中，"对女性理想价值的重新认定与建构，使传统的女性史叙述得以介入当下的'女界革命'，为后者的理论表述提供了历史依据"②。然而，由"男降女不降"的历史依据推演出的"女子优越论"以及由此高扬的女性性别尊严并不会仅仅自限于"女界革命"这一性别革命的范围之内，而是以其前所未有的女性力量对男性专属的政治公共空间发起了强烈冲击，要求将德操卑下的男性彻底剔除出政治生活。至此，激进女性在性别领域与政治领域中的"双重夺权"已显豁非常，不仅要求颠覆传统性别秩序，"只

---

① 转引自夏晓虹《晚清女性与近代中国》，北京大学出版社2004年版，第124页。
② 夏晓虹：《晚清女性与近代中国》，北京大学出版社2004年版，第133页。

想把男人骑胯下当作奴隶看待,以报我女人的九世大仇"(《自由结婚》第一回"万古恨伤心故国 自由花避地瑞西"),而且要夺取并独占民族革命的领导权,"从今以后,但愿我二万万女同胞,将这国家重任一肩担起,不许半个男子前来问鼎"(《女娲石》第一回"感时势唤起女真人 祷英雌祭陨天空石")。而无论是政治领域,还是性别领域,对"复权"的强烈诉求势必返回头来加深激进女性对于男性群体的刻骨仇恨,"不许世界有半个男子"(《女娲石》第十四回"捉革命追赶女豪 屠男类截杀古渡"),以至于清末革命小说中的"仇男"意识愈演愈烈,在一些文学书写中竟到了必杀之而后快的极端化程度。有相当数量的清末小说都热衷于构建男性缺席的女性乌托邦世界,似乎成就革命伟业的历史重任就只能托付给女性群体了。此种文学书写在彼时的思想言论中也有呼应,典型者当为"女中华"的相关表述,例如:"今日之世界,女子之世界也;今日之中华,女子之中华也。""吾知今后中华非须眉之中华,而巾帼之中华也。"①"则他日以纤纤之手,整顿中华者,舍放足读书之女士,其谁与归!"②凡此言论无不在强化着这一观点,即女性是整顿中华、再造中华的唯一力量。

  男性精英之所以在选择性遗忘下重构"男降女不降"的历史记忆,其根本动机是为了重新确认并建构女性的理想价值,使女性得以在政治德操与性别尊严的双重加持下信心倍增,从而积极主动地参与到波澜壮阔的革命伟业之中。一些女性也确如男性精英所愿,但更有激进女性从中体认到了女性自身的独立价值,启发了女性的权力意识而不愿就范于男性精英的预设路径,在力争性别领域中"复权"的同时,进而要求政治领域中的绝对权力,"相将携手舞台上"的只能是"兰闺姊妹花"③,而并非男性精英预想的"巾帼"与"须眉"一起登上舞台。这一预想的"偏离"未尝不是男性精英一再宣扬的"女子优越论"造成的某种"反噬"。

---

① 转引自夏晓虹《晚清女性与近代中国》,北京大学出版社2004年版,第137、136页。
② 转引自夏晓虹《晚清女性与近代中国》,北京大学出版社2004年版,第137、138页。
③ 转引自夏晓虹《晚清女性与近代中国》,北京大学出版社2004年版,第137页。

第十二章

另类的"新女性":傅彩云与《孽海花》

第一节 《孽海花》的元叙事与两个叙事维度

《孽海花》(1903)是最畅销的清末小说之一。在小说开篇富于象征意味的元叙事中,作者曾朴首先为读者提供了"奴乐岛"的地理信息:"在地球五大洋之外,哥伦布未辟,麦哲伦不到的地方,是一个大大的海,叫做'孽海'。那海里头有一个岛,叫做'奴乐岛'。地近北纬三十度,东经一百八十度。"(《孽海花》第一回"一霎狂潮陆沉奴乐岛 卅年影事托写自由花")用这一使用经纬度以标示地理位置的做法告知读者此时的世界秩序已然建立在了西方地理科学的基础上,"普天之下,莫非王土。率土之滨,莫非王臣"的传统天下观已然崩溃。"在地球五大洋之外,哥伦布未辟,麦哲伦不到的地方"以及海中小岛的位置设定又提示读者这个所谓的"奴乐岛"处于西方主导的世界新秩序的边缘位置,而绝非中国人惯常认为的世界中心。对于彼时的清末国人而言,这一象征的本体真是再清楚不过了。

在接下来的文字中,作者就自然而然地将叙事的重心转移到了这一个"象征的本体"——"清朝"上来,且巧妙地使用了陌生化的叙事策略,有意运用嘲讽的笔调煞有介事地为中国读者介绍起清朝的科举来,仿佛读者都是些"来自某个异邦的民众"①,而原本熟识的科举制也就在来自异邦的陌生眼光的凝视下现出了某种"异国情调",而这也正是作者希望达到的叙事效果。结合小说的叙事可知,这一陌生的眼光显然来自西方。在这里,作者有意识地采用了西方的视角,引入了西方的维度,将潜在的小说读者想象为西方人,利用西方视角反观熟悉的清末中国,并在这一视角的凝视下,将原本天经地义、不证自明,或者是约定俗成、习焉不察的东西加以陌生化,进而呈现出不可思议、不可理喻乃至于怪异、荒谬的一面,从而使得人们从不证自明的天经地义中,从习焉不察的习以为常中警醒过来,跳出传统思维与固化视野的双重限制,将清末中国置放在西方主导的世界新秩序中加以重新审视,并在此基础上进一步探索东西方碰撞交流时的应对策略与应有姿态。

一 口吞"辽东鹤"的"日中巨蟒"——西方维度的引入

(一)"陆沉"的时代恐惧感

小说《孽海花》中龚尚书做过一个充满了象征意味的梦。他对自己的梦境做了如下这番描绘:

> 不想前天,我又做了个更奇的梦,我入梦时好象正当午后,一轮斜日沉在惨淡的暮云里。忽见东天又升起一个光轮,红得和晓日一般,倏忽间,那光轮中发出一声怪响,顿时化成数百丈长虹,长蛇似地绕了我屋宇。我吃一吓,定睛细认,哪里是长虹,红的忽变了黑,长虹变了大蟒,屋宇变了那三尊神像的正殿。那大蟒伸进头来,张开大口,把那上首神像身边的白鹤,生生吞下肚去。我狂喊一声,猛的醒来,才知道是一场午梦。
>
> ——《孽海花》第二十五回"疑梦疑真司农访鹤

---

① [美]胡缨:《翻译的传说——中国新女性的形成(1898—1918)》,龙瑜宬、彭珊珊译,江苏人民出版社2009年版,第33页。

第十二章　另类的"新女性":傅彩云与《孽海花》　/　237

七擒七纵巡抚吹牛"

沉没在惨淡暮云中的"一轮斜日"恰与东天升起的"和晓日一般"的"光轮"形成了鲜明的对照,这正是双方力量对比已然发生深刻逆转的中日关系的绝妙隐喻。在这预示着"只怕国运要从此大变"的不祥之梦中,被化身为红日大蟒的日本"张开大口","生生吞下肚去"的"白鹤"显然又与《搜神记》《搜神后记》以来辽东丁令威得道成仙、化鹤归里的古代仙话故事相影射而直接与"辽东"发生了关联。① 恰如龚尚书《失鹤零丁》中的自伤之言:"失鹤应梦疑不祥,凝望辽东心惨伤!""白鹤",亦即"辽东"正有被新兴日本一口吞噬的危险,而辽东的危局恰也正是清末国族危局的缩影。

在小说开篇"奴乐岛陆沉孽海"的元叙事中,奴乐岛陆沉事件发生的时间正是1904年,即日俄战争爆发之时。这场帝国主义列强为了争夺中国辽东半岛与朝鲜半岛控制权而发动的不义之战引发了清末国人亡国灭种、国将不国的深重危机:"祸事!祸事!日俄开仗了,东三省快要不保了!""岂但东三省呀!十八省早已都不保了!"元叙事的潜台词告诉我们,导致中华陆沉的不正是日本吗?虽然中国近代史的开端通常被认为是中英第一次鸦片战争(1840),但真正普遍触发清末国人危机意识的实为中日甲午战争(1894)。梁启超曾有言:"唤起吾国四千年之大梦,实自甲午一役始也。"② 在此之前,日本不过是东方的一蕞尔小国,"岛夷""倭奴"而已,然"逮甲午东方事起,以北洋精炼而见败于素所轻蔑之日本,于是天下愕眙"③。自晋代《世说新语·轻诋》首次写作"神州陆沉,百年丘墟"以来,始赋予亡国灭种之义

---

① 以丁令威得道成仙、化鹤归里的仙话故事为据,"辽东鹤"已然成为中国古典文化中表达物是人非、思乡恋土的惯用意象。
② 梁启超:《戊戌政变记(附录一 改革起原)》,《饮冰室合集》(专辑 第一册),中华书局1954年版,第113页。
③ 严复:《论教育与国家之关系——在环球中国学生会演说》(1906),载王栻主编《严复集》,中华书局1986年版,第166页。

的"陆沉"①一词也正是在中日甲午之战后才频繁见诸时人笔端。"陆沉"已然成为中日甲午战争后清末国人表达国族危机的高频词语,而此种深重的时代恐惧感正是历来被视为"蕞尔小国"的日本造成的。

何以由日本引发的国族危机勾连起"陆沉"一词而不是其他的文学性表述呢?这当与沉淀在集体无意识中的深重的民族忧患意识有着深刻的关联。"陆沉"就其本义而言,指的是"洪水淹没陆地或陆地沉入水中"②这一自然灾害,凝结着自远古先民大洪水时代以来就深深烙刻在民族精神深处的恐怖记忆,反映了大陆民族之于水/海洋的深刻恐惧。而近代日本,尤其是甲午战争后的日本则是这一水/海洋威胁的具象化存在,代表着来自水/海洋的邪恶力量。这一邪恶力量势必将像早已沉淀为原始恐惧的大洪水一样席卷陆地,最终导致大地的倾覆——"陆沉"。清末小说《孽海花》开篇沉入孽海的奴乐岛,《老残游记》(1903)开篇"眼睁睁就要沉覆"(《老残游记》第一回"土不制水历年成患　风能鼓浪到处可危")的破船都是借由"陆沉"意象构成了充满象征意味的元叙事。

应该说,清末小说中"陆沉"的文学性表述在相当程度上是对康有为国族危机相关言论的形象演绎。康有为《保国会序》(1898)有言:

> 举四万万圆颅方趾聪明强力之人,二万万方里膏腴岩阻之地,而投之不测之渊,掷之怒涛之海,悬诸绝岸之下,施以凌迟之刑,羁以牛马之络,刲之缚之割之鬻之,而是四万万之人者,寝于覆屋之下,锁于漏舟之中,跃于炎炎薪火之上,以舞以歌,以食以

---

① 关于"陆沉"一词的词义演变,具体论述参见单正平《晚清民族主义与文学转型》,中国大百科全书出版社2020年版,第115—120页。

② 单正平:《晚清民族主义与文学转型》,中国大百科全书出版社2020年版,第115页。

第十二章 另类的"新女性":傅彩云与《孽海花》

哺,未闻大声疾呼,揭鼓长号者,则是真死矣,亡矣不可救矣。①

在康有为此论中,清末中国的国族危局就是用"覆屋""漏舟"的意象加以象征的。其中,"投之不测之渊,掷之怒涛之海,悬诸绝岸之下"诸语描述的也正是一只即将倾覆于怒涛中的"漏舟",而"漏舟"之人却对形势之危急全然不知,依然"以舞以歌,以食以哺"。时局之危迫与民众之不觉悟与《孽海花》中倾覆在即仍"醉生梦死,天天歌舞快乐,富贵风流"的奴乐岛民众状态构成了思想言论与文学书写的互文,其背后发生勾连作用的则是共通的社会心理——对亡国的深刻恐惧以及亡国在即而不自知的深重焦虑。② 须明确的是,此种对于"陆沉"的恐惧心理,对于明治日本的深刻忌惮其实还有更深层面的原因。如果我们将视野由东亚一隅扩展到整个世界,就能清楚地看到中国与日本的关系其实内含着东方与西方的关系。从黄种人战胜白种人这一人种学角度而言,1904年的日俄战争对于日本而言,毫无疑问是一次对"西方"的胜利,但颇令人玩味的是,这场胜利却被托尔斯泰视为"西方的物质主义战胜了俄罗斯的亚洲灵魂"③。的确,作为西化程度最高的亚洲国家,近代日本早已实现"脱亚入欧",成为西方模范下亚洲地区的最佳样板,成功进入殖民帝国主义序列并参与到了帝国主义瓜分中国的狂潮之中。换言之,西方帝国殖民主义的触角已然顺

---

① 康有为:《保国会序》,载汤志钧编《康有为政论集》(上册),中华书局1981年版,第230页。

② 其实,以"陆沉""破船""漏舟"等意象象征清帝制中国的书写方式早在1793年马戈尔尼出使中国的日记中就已出现,"中华帝国只是一艘破败、疯狂的战船。如果说它在过去的150年间依旧能够航行,那是因为侥幸出了几位能干的船长。一旦碰上一个无能之辈掌舵,一切将分崩离析,朝不保夕。即使不会马上沉没,也是像残骸一样随波逐流,最终在海岸上撞得粉碎,而且永远不可能在旧船体上修复。"西方眼光以及百年以后深受西方影响的中国维新派精英们准确地扣住了老大帝国的脉门,侧写出了清帝国令人恐惧的未来景象。具体论述参见周宁著/编注《历史的沉船(中国形象:西方的学说与传说)》,学苑出版社2004年版,第22页。

③ 张春晓:《他者的声音——反思后殖民理论的二元结构》,北京大学出版社2021年版,第127页。

着西化的日本而延展到了中华帝国的家门口，西方的威胁已然迫在眉睫，即将登堂入室。对于彼时的清末中国而言，日本造成的时代恐惧感其实来自对西方的恐惧，"欧风美雨，驰卷中原，陆沉矣，丘墟矣，亡无日矣"①。陷中华于"陆沉"危机的日本背后熊熊蒸腾的正是"西方"的强大阴影。

相较于日本，近代国人对于西方的恐慌更带着一种近乎迷信的非理性色彩，几乎到了"谈洋色变"的程度。此种深刻的恐慌在《官场现形记》（1905）、《二十年目睹之怪现状》（1905）等清末谴责小说中皆有生动的文学性再现，虽不乏夸张渲染之处，然而检览清末笔记就会发现此类夸饰性的文学描写多有现实依据。对洋人的妖魔化想象，如天津教案中的洋人传教士形象，在经过社会谣言的扭曲、渲染后更加剧了清末国人对洋人的恐慌心理，并一步步地沉淀进集体无意识的深渊之中。在日本乃至于西方殖民帝国主义势力虎视眈眈的环伺下，亡国灭种的危机意识与集体无意识的"恐洋症"更是彼此激荡、恶性循环，其间催生出的恐惧、恐慌与焦虑最终凝结为带有原始恐惧色彩与浓重末世意味的"陆沉"这一亡国意象，并高频出现在时人的思想言论与文学书写之中，并成为清末国人的普遍共识。

（二）"三千余年一大变局"：清末中国的世界意识

李鸿章在同治十一年（1872）《复议制造轮船未可裁撤折》中有"三千余年一大变局"的观点表述，在光绪元年（1875）《因台湾事变筹画海防折》中也有类似表述。当此"数千年未有之变局"，清末国人，尤其是清末知识精英当如何应对西方呢？其中，有极度恐洋如胡林翼者，初见外国轮船"鼓轮西上，迅如奔马，疾如飘风"就惊得"变色不语，勒马回营，中途呕血，几至坠马"，其后但凡论及洋务，便"摇手闭目，神色不怡"，曰"此非吾辈所能知也"②。有极端排斥西方文明，"恶西学如仇"如徐桐者，私宅位于东交民巷的他深耻于与

---

① 邓实：《中国地方自治制论》，《政艺通报》1904 年 3 月号。
② 《洪杨异闻》，载李春光《清代名人轶事辑览》（第三册），中国社会科学出版社2000年版，第1121页。

洋人为邻，不仅在大门口张贴"望洋兴叹，与鬼为邻"的门联，且每与洋人照面，总是以扇遮面以示视而不见，目中无洋人之意。正史以及文人笔记中的此类记载颇能反映清末士林之于西方的普遍心态，尤其是徐桐的以扇遮面，就其深层的心理动机而言，与中国历代中央王朝对于那些无法绥之以德/武的戎狄就象征性地将其放之化外之地，"没看见便不存在"的心理策略完全一致，其背后发挥作用的仍是华夏中心主义。在华夏中心主义主导的天下观中，这些所谓的"化外之地"，或者说"蛮夷之地"，"虽然隐然存在，却根本不值得加以关注"①。当然，相较于或恐慌自贬、或盲目自大的前两者，更有认清当下形势、积极寻求应对之策的李鸿章，正是他对清末中国所处的国际环境做出了客观评估，并做出了"数千年未有之变局"的正确判断。

　　落实到小说《孽海花》中，曾朴也对清末官场风习乃至士林风貌做了多层次的生动展示，尤其通过对几位重要的男性角色，如金雯青、陈骥东等人物形象的塑造表达了作者试图重塑知识精英的愿望。应当说，重塑知识精英的愿望与"陆沉"的时代恐惧感下催生出的"内省精神——自我怀疑、自我批判、自我否定"②有着密切关联，而西方则成为打破"旧我"之后如何重塑"新我"这一自我重构过程中的重要镜像。因此，如何应对西方/西学是曾朴尝试重塑近代知识精英时无法绕开的一个重要课题，这也与曾朴本人对于西方乃至于世界格局的认知有着密切关联。

　　曾朴本人就是世纪之交，即19世纪末至20世纪初的那一代知识分子的典型，是"由旧文人与新文人（尚未成型的现代知识分子）构成的一种特别的混合体"③，有着自我革新的明确意愿，并将此种意愿

---

① ［美］胡缨：《翻译的传说——中国新女性的形成（1898—1918）》，龙瑜宬、彭珊珊译，江苏人民出版社2009年版，第27页。
② 单正平：《晚清民族主义与文学转型》，中国大百科全书出版社2020年版，第136页。
③ ［美］胡缨：《翻译的传说——中国新女性的形成（1898—1918）》，龙瑜宬、彭珊珊译，江苏人民出版社2009年版，第29页。

落实到了长期的实践行动中。在 1928 年写给胡适的长信中，曾朴自述自己学习西语乃至于世界文学的一个绝大刺激就是中日甲午战争。正是中日甲午战争的爆发，使得曾朴痛彻地觉悟到"中国文化需要一次除旧更新的大改革，更看透了故步自封的不足以救国，而研究西洋文化实为匡时治国的要图"①。此段自述表明了曾朴那一代知识分子的迫切需求，即"重新认识世界，并想象学者在这一重建的世界秩序中扮演的重要角色"②。因此，曾朴学习西语，研究西洋文化的主要动机之一就是"经世致用"，为的是"匡时治国的要图"。其"经世致用"的学术路径已然跳出了传统文化的圈子，而是向西方寻求救国之法、强国之道。从这一角度而言，曾朴可以说是近代中国具有世界意识的文人。然而，曾朴做外交官的志向在报考总理衙门章京的失败中受挫，这可能也是促发曾朴将更多的精力投注到法国文学的系统翻译（在近三十年的时间里，曾朴有系统地翻译了五十多种法国文学作品，特别是小说和戏剧），寄探寻国家富强之路的希望于文学创作中的一个重要原因。此种世界意识也同样体现在曾朴的文学创作中。在文学领域中，曾朴颇具格局地将中国文学置放在了世界文学的视域中加以观照，怀着试图在世界文学体系中建构中国文学主体性的强烈愿望。因此，西方维度在曾朴的小说创作中同样是必不可少的。其创作的《孽海花》更是将中国置放在了天下观濒临崩溃之际的全新的世界图景与文化地图中，来探索古老的中华帝国在东西方的激烈碰撞中所应采用的理想姿态。

二 沉溺于孽海中的自由之花——性别维度的引入

如果说日本及其背后的西方殖民帝国主义的威胁是导致奴乐岛陆沉孽海的外因。那么，奴乐岛陆沉的内因又是什么呢？依据小说《孽

---

① 曾虚白：《曾孟朴年谱》，载魏绍昌编《孽海花资料》，中华书局上海编辑所 1982 年版，第 158 页。

② ［美］胡缨：《翻译的传说——中国新女性的形成（1898—1918）》，龙瑜宬、彭珊珊译，江苏人民出版社 2009 年版，第 30 页。

海花》的说法，其内因就在于奴乐岛从来没有过真正的自由而岛上民众却毫不自知。在作者的笔下，奴乐岛"从古没有呼吸自由的空气"，但"那国民却自以为是"，"抚着自由之琴，喝着自由之酒，赏着自由之花"，自以为奴乐岛是一个"自由极乐"之国，"醉生梦死，天天歌舞快乐，富贵风流"，但此种自由显然仅仅停留在"吃""穿""功名""妻子"的物质欲望层面，是丧失了精神内核的"伪自由"，亦即作者所说的"野蛮奴隶自由"。当奴乐岛民众"享尽"此野蛮奴隶自由之福时，也就是奴乐岛"死期"将至之日，果然"约莫十九世纪中段"，那奴乐岛便"直沉向孽海中去"（《孽海花》第一回"一霎狂潮陆沉奴乐岛　卅年影事托写自由花"）。从这一层面而言，与"陆沉"的时代恐惧感发生关联的实有更深一层的文化焦虑，即传统伦理道德秩序的崩溃。

"自由"是奴乐岛陆沉事件中出现的高频词语。小说中提及的"不自由，毋宁死"一说让我们窥见了清末"自由"说的重要来源之一，即梁启超的《近世第一女杰罗兰夫人传》（1902）。借助这篇情感充沛、脍炙人口的人物传记的迅速传播，罗兰夫人已然被众多的中国读者，尤其是女性读者奉为自由神。然而，该传记文章的写作初衷并不是借塑造罗兰夫人形象以讴歌自由，而是借罗兰夫人的那句名言"自由自由，天下古今几多之罪恶，假汝之名以行！"道出了对不加约束的自由巨大破坏力的深刻警惕。"以自由为名"的巨大破坏力如果落实到国家政治层面，就会导致暴力的滥用，一如在法国大革命引发的暴乱中，始于追求自由而最终被自由送上断头台的罗兰夫人的命运；如果落实到社会风气，尤其是两性关系的层面上，毫无疑问又将导致社会普遍道德，尤其是性道德的堕落，而后者显然在小说的元叙事中被认定为奴乐岛陆沉的又一个重要原因。

在这个充满了象征意义的元叙事中，"自由花"的意象不能不引人注意。除了元叙事外，该意象也出现在小说第一回回目中，即"一霎狂潮陆沉奴乐岛　卅年影事托写自由花"。可见，"自由之花"绝非仅仅是与"自由之琴""自由之酒"并置一处的泛泛之谈。"自由花"究竟所指为何？奴乐岛陆沉以后，小说中写到爱自由者在上海见到了"一盆极娇艳的奇花，一时也辨不清是隋炀帝的琼花呢？还是陈后主的玉树花呢"，显然，无论是前者还是后者，这"奇花"都带有国家倾覆的亡国意味，且随着奴乐岛的陆沉，"自由之花"也随之沉没于孽海之中而成为"孽海之花"，"沉没/沉溺于孽海之中的自由之花"，这是否就是"孽海花"的寓意所在？其寓体就是小说的女主人公——"酷爱自由"的傅彩云，傅彩云这朵"自由花"也正是由"卅年影事"来托写的，"自由花"与傅彩云之间因此形成了一种同构关系，小说对丧失道德精神内核的"伪自由"的批判基本上都集中到了傅彩云身上。

在清末民初的两性话语中，"自由"就其具体使用情况来说总是带着些贬义的色彩，用来揭露、贬斥、嘲讽贞操观念淡薄、两性关系混乱等有违传统礼法的种种乱象。如李定夷"警世小说"《自由毒》(1915) 中有言："回头猛省待何日，平等自由误煞人。男也无行女也荡，自由毕竟误苍生。女荡男狂，妖形怪状；自由自由，廉耻道丧。反手为云覆手雨，大家不是好东西。"① 值得注意的是，李定夷这篇"警世小说"《自由毒》原本名为《自由花》，此种改动颇有意味，似乎是在提醒读者，"看似娇艳的自由之花，却可能是致人死命的毒药"②。这与《孽海花》元叙事中呈现的"沉溺于孽海之中的自由花"，亦即"孽海花"的意象可谓异曲同工，有着共通的象征意义，象征着自由之花的罪恶。

不可否认的是，男权社会中对两性关系中滥行自由的批判一般主要集中在女性身上，将"自由"与"女性"勾连一处的"自由女"这一负面词语由此诞生。据学者考察，"自由女"一词最早出现于1906年《祖国文明报》。其创刊号中即有题为《看看看！自由女害及亚扎仔》的评论文章，该文将接受新学后"倡女权，唱自由之说"，但行为

---

① 李定夷：《（警世小说）自由毒》，转引自黄湘金《史事与传奇——清末民初小说内外的女学生》，北京大学出版社2016年版，第217页。

② 黄湘金：《史事与传奇——清末民初小说内外的女学生》，北京大学出版社2016年版，第202页。

"放挞不拘"的所谓"救世之女志士"称为"自由女",指斥其所行之自由实为伪自由、野蛮自由。[1] 1908 年《中外小说林》载有题为《自由女游花地》一文,其文末有可堪"自由宣言"的文字,"但系人想自由,须要自便。首先要跳出,个个专制圈"[2]。所谓"专制",无外乎传统礼法道德对于"自由"诉求的束缚与压制,从中亦可见"自由女"要求的"自由"是有违礼法的,带着反礼教的自由主义、个人主义色彩。在 1913 年《中华教育界》刊载的《论近日风化之坏及其挽救之法》中,作者自言当其乘船从广东返往上海,途经香港之时,"闲居无聊,手日报读之,见某报载有'自由女现形记',某某报屡载有'自由男''自由女'纪事",因而感慨女校风化之坏,"华服敷粉,竞尚修饰,……女学生与妓女实难判别,无怪人之指摘"[3]。由此,"自由女"、女学生与妓女三者之间建立起了三位一体的同构关系,"自由女"几与妓女无异。[4]

此种清末民国以来几乎一以贯之的联想在《孽海花》的女主角傅彩云这位出身妓女的"自由女"身上有着更为鲜活的呈现。傅彩云思考逻辑与行事原则的核心就是要求"自由"——人身自由、社交自由,尤其是性自由。傅彩云的"自由宣言"在小说第三十回"白水滩名伶掷帽 青阳港好鸟离笼"中得到了集中体现。通过对傅彩云心理活动的长篇铺排,读者清楚地看到了傅彩云之所以不愿为金雯青守节的根本原因就在于不愿受到封建礼法的制约而丧失种种人生自由。而一旦获得自由后,傅彩云也并不打算将嫁人作为今后的人生出路,因为嫁人只会妨碍她的自由:"况且一嫁人,就不得自由,何苦

---

[1] 汉铎:《看看看!自由女害及亚扎仔》,转引自黄湘金《史事与传奇——清末民初小说内外的女学生》,北京大学出版社 2016 年版,第 211 页。
[2] 一笑:《自由女游花地》,转引自黄湘金《史事与传奇——清末民初小说内外的女学生》,北京大学出版社 2016 年版,第 212 页。
[3] 转引自黄湘金《史事与传奇——清末民初小说内外的女学生》,北京大学出版社 2016 年版,第 212 页。
[4] "自由女"的相关论述,具体参见黄湘金《史事与传奇——清末民初小说内外的女学生》,北京大学出版社 2016 年版,第 210—216 页。

脱了一个不自由，再找一个不自由呢？"(《孽海花》第十三回"白水滩名伶掷帽　青阳港好鸟离笼")傅彩云要求的自由显然是有违当时普遍伦理道德的，以至于她的"自由宣言"让周围人听来都不觉瞠目结舌，如闻天外来音。显然，傅彩云所要求的"自由"正是丧失了道德精神内核而一味满足个人欲望的"野蛮奴隶自由"，在《孽海花》的元叙事中，对此种伪自由、野蛮自由的肆意满足正是奴乐岛陆沉的重要原因之一，这一寓意也与小说中将"沉溺于孽海之中的自由花"与"隋炀帝的琼花""陈后主的玉树花"相勾连后产生的亡国联想是一致的。

且不仅如此，"野蛮奴隶自由"不仅是政治层面上导致国家陆沉的重要原因，而且是两性层面上导致男性毁灭的直接原因。小说第二十三回"天威不测蕞语中词臣　隐恨难平违心驱俊仆"交代得很清楚，虽然金雯青在因献假地图而遭到弹劾以及撞破小妾私情的双重打击下大病了一场，但随着事态的逐渐平息以及傅彩云的小意安抚，金雯青已然大病痊愈且精神甚好，"每日起来只在房中与彩云说说笑笑，倒无一毫别的动静"(《孽海花》第二十三回"天威不测蕞语中词臣　隐恨难平违心驱俊仆")。金雯青暴卒的直接原因实乃其偶然间从车夫的闲谈中得知傅彩云又与戏子孙三儿有染的强烈刺激。随着金雯青的死，其政治生涯随之戛然而止，而这一切的"祸首"正是强烈要求"野蛮奴隶自由"的傅彩云。由此，情欲、两性、政治、国家借助傅彩云这一"自由女""自由花""孽海花"的载体发生了奇妙的勾连，这也符合《孽海花》一以贯之的内在叙事逻辑，即政治成败（无论是男性个体的政治前途，还是整个国运的兴衰更迭）的动因总会溯源至情欲，而情欲又总是与女性（往往是"女祸"）相关联。由此，在清末政治外交的宏大叙事与情欲生活的私人叙事的并置与穿插中，性别维度已被悄然引入其间，在作用于两性关系的同时，也作用于国家政治生活，从而构成了《孽海花》政治与情欲的双重叙事。

第二节 性别视角下的"西方美人"与中国知识分子

一 东西方的性别化想象

19世纪末20世纪初,《天演论》标举的"物竞天择之理"引发的意识形态革命使得救亡图存、强国保种的民族主义热情空前高涨,其重要的论说策略——"社会有机体论"亦深入人心。亡国灭种的国族危机使得男性精英试图在西方主导的世界体系中重建国家身份的努力只能导向"弱女""病夫"等女性化、病态化的身份隐喻,并与西方列强的强壮肌肉形成鲜明对比。为此,不甘屈从于女性化国家想象的清末知识分子,如梁启超就对东西方的性别化关系进行了全新想象,他在《论中国学术思想变迁之大势》(1902)"总论"中对性别化的东西方关系进行了热烈畅想:

> 盖大地今日只有两文明:一泰西文明,欧美是也;二泰东文明,中华是也。二十世纪,则两文明结婚之时代也。吾欲我同胞张灯置酒,迓轮俟门,三揖三让,以行亲迎之大典。彼西方美人必能为我家育宁馨儿以亢我宗也。①

在梁启超的这一全新想象中,"中/男/强/主体"与"西/女/弱/辅助"的东西方关系借由性别维度的引入而得以近乎本质主义地凝固下来,西方只能以"西方美人"的女性化角色来实践为"男性东方"诞育宁馨儿的生育功能,从而实现"以亢我宗",即补强东方的辅助作用。正是借由与性别维度的巧妙捆绑,东西方关系被强行纳入中国传统伦理秩序中,成为可堪与"夫妇""君臣"相类比的"一伦",从而

---

① 梁启超:《论中国学术思想变迁之大势》,《饮冰室文集》(第二册),北京日报出版社2020年版,第175页。

在中国传统伦理秩序，尤其是中国传统性别文化中，获得了不证自明的存在合理性。

应该说，此种所谓"中男西女""中体西用"的东西方关系是出于东方男性精英的一厢情愿的热烈想象，但想象的过程本身对于重建国家身份而言又是绝对必要的。想象的过程也是话语权力运作的过程，归根结底，"东方/西方"总是"处于表述之中，被话语权力生产和塑造着"，其本身"就是话语权力的产物"①。在文本表述中，东方知识精英对东方主义视角下的东方想象进行了一种"反写"，从反东方主义之道而行之的西方主义的角度，揭露并批判西方话语在再现东方过程中的潜在的权力运作，重新定位东方与西方的权力关系，并在性别隐喻的层面堂而皇之地展现出来。

二 成功？失败？——男性知识精英之于东方主义的"反写"

将研究西洋文化作为匡时治国的要图，并想象着知识分子能在探索东西方沟通路径的过程中发挥重要作用的曾朴，其《孽海花》关注的主要群体就是"身陷于激烈变异的世界中的传统学者"②及其扮演的角色。在《孽海花》的士林格局中，大体可以看到两种知识分子。其中一种是既不关心朝政时局，也不过问国际事务，虽身处"千年未有之大变局"而毫不自知，仍醉心于功名仕途、旧学考据、狎妓结社，沉溺于天朝上国的迷梦中而不自拔的旧式文人。应该说，这些旧式文人的精神状态颇能反映清末政坛的普遍氛围。小说第八回这样写道：

> 时局变更，沧桑屡改，朝中歌舞升平，而海外失地失藩，频年相属，日本灭了琉球，法国取了安南，英国收了缅甸。中国一

---

① 张春晓：《他者的声音——反思后殖民理论的二元结构》，北京大学出版社 2021 年版，第 79 页。

② [美] 胡缨：《翻译的传说——中国新女性的形成（1898—1918）》，龙瑜宬、彭珊珊译，江苏人民出版社 2009 年版，第 30 页。

切不问，还要铺张扬厉，摆出天朝空架子。记得光绪十三年，翰林院里还有人献了一篇《平法颂》，文章辞藻，比着康熙年代的《平漠颂》、乾隆年代的平定《金川颂》，还要富丽哩！

——《孽海花》第八回"避物议男状元偷娶女状元 借诰封小老母权充大老母"

与之形成鲜明对比的另一种清末文人则是拥抱西方、接受西学、努力向西方寻求救国之路的新派知识分子。在小说第十八回谈瀛会上新派知识分子风发泉涌的精彩议论中，洋务、变法、强军、兴业、办学堂、开民智等清末帝国从西方引入的各种时髦主张基本被囊括殆尽。

在"新/西方/现代/进步"与"旧/东方/传统/落后"并存两立的世界格局、知识格局乃至于中国的士林格局中，我们的男主角金雯青则处在一种"既不在这里，也不在那里"的含混状态。首先，无论就其接受的学术传统、治学路径，还是标榜的政治志向乃至于人生趣味而言，金雯青都是中国传统文化涵养出来的典型的旧派知识分子，并且在传统知识体系中取得了"状元"这一巅峰资本，迎来了人生的高光时刻。但也正是在走上巅峰之时，金雯青却赫然发现在不知不觉间整个世界早已换了天地，众人高谈阔论的全都是西方的政治、经济、学术，而自己则像听天书一般如坠云雾，只能惭愧、尴尬、沉默。传统的"词章考据的学问"已是"不尽可以用世的"了，如今在这"五洲万国交通时代"讲究的是"通外国语言文字"，懂"一切声、光、化、电的学问，轮船、枪炮的制造"，如此"才算得个经济"，才算"周知四国，通达时务"（《孽海花》第二回"陆孝廉访艳宴金阊 金殿撰归装留沪渎"）。

显然，这是一套全新的知识体系，其背后统罩着的则是一个全新的世界秩序/世界格局。"当一个人面对的世界，不再有他自己的语言与文化带来的那种熟悉的舒适感，而是通过来自外部的一种奇怪的凝视展现开来,这时他将感到一种迷失感。"① 此种迷失感"令人不适却又持续存在,它意味着发现自己正被他人观看,以及不得不从一个显然十分陌生的视角认识自己"②。这一"陌生的视角"来自全新的知识体系带来的全新的精英评价标准,在这一全新的精英评价标准的重新审视下,金雯青不得不认识到自己是多么贫乏无知,从而促发了身份认同的严重焦虑,并使他进一步地认识到了更新知识结构的必要性与迫切性,尽管其出发点仍是传统的"官本位","学些西法,识些洋务"的直接目的不过是为了能被"派入总理衙门当一个差",这样"才能够有出息"(《孽海花》第三回"领事馆铺张赛花会 半敦生演说西林春")。金雯青其后果然作为外交官被派往欧洲四国,如愿以偿地赶上了时代新潮流。然而,金雯青对西学萌发的向往之情却自始至终都没有落实到行动上,身处西方的便利似乎更加剧了其画地为牢的执念,进而将整个使馆变成了书斋,屏蔽了作为外交官理应处理的各种外交事务,"倒把正经公事搁着,三天不管,四天不理",而只"一天到晚抱了几本破书",一心一意地做《元史补证》的考据,并希望通过对高价购得的所谓"中俄交界图"的校勘与考证,以实现"整理整理国界,叫外人不能占据我国的寸土尺地"(《孽海花》第十三回"误下第迁怒座中宾 考中书互争门下士")的济世理想。

拒绝接触西方(尽管人已身在西方),抱持旧学考据不放,固执地坚信以文献考据的传统治学路径得到的知识仍能在西方主导的新世界秩序中发挥现实作用、解决现实问题。出洋后对旧学/东方的固守与出洋前对西学/西方的憧憬就此在金雯青身上形成了鲜明的对照。究竟是什么使得曾一度渴望追赶时代潮流的金雯青转变了态度而退守原地,一如徐桐那样"以扇遮面"呢?金雯青在出洋轮船上与"西方美人"的一场邂逅可以为我们带来东西方性别隐喻层面上的富于象征意义的

---

① [美]胡缨:《翻译的传说——中国新女性的形成(1898—1918)》,龙瑜宬、彭珊珊译,江苏人民出版社2009年版,第26页。

② [美]胡缨:《翻译的传说——中国新女性的形成(1898—1918)》,龙瑜宬、彭珊珊译,江苏人民出版社2009年版,第28页。

解读。

　　在出洋轮船上与夏雅丽的交集是金雯青生平第一次也是唯一一次与"西方美人"的交锋。此种交锋是现实层面的，更是象征层面的。对于新科状元金雯青这一东方男性精英而言，即使面对"西方美人"也仍下意识地采用居高临下的俯视视角，并在充满了权力意味的"凝视"下，将这位"西方美人"强行拆解为"粉白的脸、金黄的发，长长的眉儿、细细的腰儿，蓝的眼、红的唇"等各个部位并加以微妙情色意味的物化"观赏"，最终将这位"二十来岁非常标致的女洋人"等同于一幅绝妙的"中国仕女图"，强行取消了其异国情调而将之中国化，一如秦楼楚馆、酒筵歌席上可以恣意调笑的风月女子。之后，在金雯青的一再怂恿下，来自俄国的油画名家毕叶在未经当事人同意的情况下就对这位"西方美人"实施了催眠术。看到夏雅丽在毕叶的操纵下有如人偶一般顺从地行动并对自己嫣然一笑时，金雯青更是乐不可支，获得了"比着那金殿传胪、高唱谁某的时候，还加十倍"（《孽海花》第九回"遣长途医生试电术　怜香伴爱妾学洋文"）的巨大快感。

　　应该说在整个过程中，夏雅丽这位"西方美人"都被强行置放在了被动的、失语的、顺从的女性化境地，而金雯青这位东方男性精英则通过此种压制就此站定了支配位置。毫无疑问，这是华夏中心主义之于西方的女性化想象，既是传统天下观俯视四夷的天朝心态使然，也是对东方主义的一种性别层面上的"反写"，暗合了如梁启超等男性精英热烈畅想的"中男西女"的东西方性别化想象。然而，此种想象事实上仅停留在金雯青一厢情愿的臆想之中。在接下来的情节发展中，深感受到侮辱而手持雪亮小手枪赶来寻仇的夏雅丽将金雯青这位自居为世界中心的东方男性精英逼进了女性化的绝境。面对着这位"西方美人"的暴力恐吓与勒索，金雯青的反应只是"吓倒在一张榻上发抖"，"被那一道的寒光一逼，倒退几步，一句话也说不出"，"一句不懂"，"无语"（《孽海花》第十回"险语惊人新钦差胆破虚无党　清茶话旧侯夫人名噪赛工场"），臆想中的"中男西女"被毫不留情地在现实层面逆转为"中女西男"。

此次巨大的挫败对于金雯青而言，可以说是双重意义上的"阉割"，既是性别层面的，也是东西方关系层面的。此种双重意义上的"阉割"又恰恰发生在出洋的轮船上。换言之，金雯青在尚未抵达西方之时，就已遭遇到了一次象征性的失败，并在相当程度上预示着金雯青外交官生涯的黯淡前景。果不其然，抵达欧洲后的金雯青除了最初几次必要的外事活动外，就一头扎进了元史考据的故纸堆里，在鲜活的西方场域中居然圈起了一方自我封闭的小天地，"膨胀好古的热心"（《孽海花》第十四回"两首新诗是谲官月老　一声小调显命妇风仪"），对外面的世界一概视而不见、充耳不闻。他的这一系列"表演"又毫无疑问地进一步固化了东方主义视角下之于东方的刻板印象，即沉默的、被动的、落后的，无法自我言说的、无法自我更新的，总之，是永远无法进入现代进程的。

金雯青"遭遇"西方的过程本身就是一个耐人寻味的典型案件。一个试图抵制西方话语的宰制，试图（尽管此种"试图"更多地仅仅处于潜意识层面，但潜意识层面的反应往往具有本人都不自知的真实）保持东西方关系中的男性化立场，并坚信传统知识体系价值的东方男性精英最终却"配合"了西方眼光对于东方的刻板印象，在被动与无奈中实践了"自我东方化"而毫不自知。抗拒东方主义的结果最终却是走向了东方主义的"自我东方化"，这可以说是金雯青"遭遇"西方过程中的最大悖论。

第三节　"西方美人"镜像下的"仿写"与"戏仿"

一　颠倒乾坤的放诞美人——来自维亚太太的认证

让我们接下来将关注点转向小说《孽海花》的女主人公傅彩云。在与傅彩云接触较深的两位"西方美人"中，夏雅丽是傅彩云的德文老师，为傅彩云进入西方世界打开了语言的通道。但相较而言，化

第十二章 另类的"新女性"：傅彩云与《孽海花》

名为"维亚太太"的德国皇后，亦即"联邦帝国大皇帝飞蝶丽皇后，世界雄主英女皇维多利亚的长女，维多利亚第二"（《孽海花》第十二回"影并帝天初登布士殿 学通中外重翻交界图"）则给予了傅彩云更为深远的影响，可以说是傅彩云的精神导师。在与德国皇后的神秘会面中，傅彩云被莫名地带到了一个"十色五光的玻璃宫"前，这座玻璃宫殿是如此"耀耀烁烁"以至于"忽觉眼前一片光明"，"眼睛也睁不开"。之后，傅彩云又被不明就里地推进了一扇镜子门后，在一个"满室奇光异彩"，"但觉眼光缭乱"的"窈窕洞房"里见到了神秘的维亚太太。这个由玻璃与镜子组合而成的"映像之地"① 显然具有玄妙的象征意义，在相当程度上暗示了维亚太太这位"西方美人"与傅彩云这位"中国美人"之间的镜像关系。在这里，傅彩云的"放诞"得到了西方文化的认证。如小说文本所示，此种"放诞"的品格一定是在摆脱身份地位束缚后才能将其"风情韵致""真趣艳情"肆意地绽放出来，其僭越身份、有违道德的一面是确定无疑的。然而在中国传统伦理道德中，被视为道德堕落的"放诞"在维亚太太这位"西方美人"秉持的西方价值体系中却得到了全新的阐释，"放诞的美人"与"权诈的英雄"并置一处，都被认为是拥有"龙跳虎踞的精神，颠乾倒坤的手段"的"天地间，最可宝贵的"（《孽海花》第十二回"影并帝天初登布士殿 学通中外重翻交界图"）两种人物。维亚太太无疑向傅彩云灌输了一种全新的价值观，而后者显然对此欣然接受。②

随后，傅彩云与维亚太太，即德国飞蝶丽皇后的合影小照恰似为证明了这场如梦似幻的经历绝非虚幻，同时在象征层面上暗示了傅彩云早已开启并即将完成的一次华丽转身。借由搴如这一国人之眼所见，傅彩云这位昔日的"中国美人"已然与"西方美人"无异，充满了异

---

① ［美］胡缨：《翻译的传说——中国新女性的形成（1898—1918）》，龙瑜宬、彭珊珊译，江苏人民出版社2009年版，第51页。

② 相关论述可参见［美］胡缨《翻译的传说——中国新女性的形成（1898—1918）》，龙瑜宬、彭珊珊译，江苏人民出版社2009年版，第51、52页。

国情调，因为在"一张一尺大的西法摄影"上，赫然便是"两个美丽的西洋妇人"（《孽海花》第十一回"潘尚书提倡公羊学　黎学士狂胪老鞑文"）。这同时也是傅彩云借由"变装"完成的又一次越界，且与初次"变装"有着本质上的不同。傅彩云的初次"变装"，即以小妾的身份公然僭越凤冠霞帔的诰命服饰，完全是金夫人慷慨借予下的被动接受。① 虽然僭越了贵贱尊卑的等级秩序，但依然只是传统伦理价值体系内的位序调整而已。而此次与"精神导师"维亚太太合影时的西式服装的"变装"则标志着傅彩云即将彻底挣脱中国传统伦理价值的规制而就此在西方价值观的认证下更加肆无忌惮地踏上"放诞美人"的颠倒乾坤之路。

　　读者可以清晰地看到，尽管"放诞"是傅彩云一以贯之的典型品质与典型表现，但在出洋前后还是有着层级上的显著不同。出洋前的傅彩云基本上是被动的、失语的，她的第一次所谓的"变装"越界是他人赐予的结果，其与金雯青貌似一见钟情的初会也只是相信所谓"前世孽缘"的金雯青一厢情愿的想象，完全不明就里的傅彩云不过是在妓女的职业素养下习惯性地配合而已。其出洋前的基本状态是被动的、失语的，既是金雯青欲望投射下那个烟台名妓的替代品，也是金夫人妇德焦虑下选中的替代品，全然无法掌控自己的命运。但出洋后，尤其是得到维亚太太的权威认证后，傅彩云就在"放诞美人"的成长之路上高歌猛进，不断升级蜕变，不仅数次侃侃而谈，长篇大论地发表其显然有违封建道德的自由宣言，令旁观者瞠目结舌，而且还将其自由宣言成功地落实到了实践上。傅彩云先是利用戏子孙三儿离开金家，然后又通过向菊笑的牵线搭桥与上海的"四庭柱"攀上关系，利

---

① 在此次被动的"变装"中，小说还借金夫人之口进一步加剧了活动于公共空间的女性的不道德感。与金夫人在公开场合表示的因身体孱弱而无法出洋的理由不同，真正使其畏难的其实是"见客赴会，握手接吻"的社交需求，这与金夫人"系出名门"的身份教养全然扞格，但原本妓女出身的傅彩云则全无此方面的顾虑。在金夫人彰显女德的同时，在中国传统道德看来将会遭到道德质疑的出洋任务就被移交给了原本就被排斥在道德评价之外的傅彩云，傅彩云"固有"的不道德感由此得到了又一次的确认。

用自己的美色与外交手腕在宝子固与金狮子之间巧妙周旋，最后在陈骥东等人的保护下在上海这一近代中国最为西化的大都市中开设私寓，重张艳帜，最终过上了梦寐以求的自由人生，成了自我的主宰。此时的傅彩云虽已人在国内，但其生存环境（上海）与生活方式（妓女式的性自由与社交公开）可以说是西方在中国本土的完美移植，而傅彩云此时的身份——西化的高级交际花更与小说中一再指涉的"茶花女"高度契合，同样代表着西方在中国本土的成功移植（尽管未必是"完美"的），而绝非传统狎邪小说中的妓女形象所能牢笼。

二　复制失败的"西方美人"阐释框架

"西方美人"是国族话语下近代中国女性自我更新的西方范本。在小说叙事中蕴含着的三条"西方美人"的阐释框架中，除了"放诞的美人"在傅彩云的身上得到成功印证与完美实践之外，其他两条"西方美人"的阐释框架，即为群为国而勇于辱身取义、杀身成仁的俄国女虚无党人夏雅丽/索菲亚，以及为了成全心爱的男子而甘愿牺牲自我的玛德/茶花女，都在试图向傅彩云这个"中国美人"身上复制时发生了这样那样的挫败，而此两条"西方美人"的阐释框架（尤其是第一条），其实才是中国男性精英试图让中国女性加以效法的最佳范本。

梁启超曾言："今日之为中国谋，莫善于鉴俄。"① 同为幅员辽阔的君主专制帝国，俄国虚无党人的成功经验似乎对中国的革命党而言特别具有借鉴意义。"1902—1911年间，至少有三十个关于俄国革命的故事以中文出版，翻译和原创都包括在内"②，主张以暴力手段推翻清政府的柳亚子早在1905年即倡议"与其以贤母良妻望女界，不如以英雄豪杰望女界"③，号召二万万女子"献身应作苏菲亚，夺取

---

① 梁启超：《俄人之自由思想》，《梁启超全集》，北京出版社1999年版，第371页。
② [美]胡缨：《翻译的传说——中国新女性的形成（1898—1918）》，龙瑜宬、彭珊珊译，江苏人民出版社2009年版，第128页。
③ 安如（柳亚子号）：《论女界之前途》，载中华全国妇女联合会妇女运动历史研究室编《中国近代妇女运动历史资料（1840—1918）》，中国妇女出版社1991年版，第212页。

民权与自由"①。著名的无政府主义者何震在1907年社会主义讲习会第一次会议上直言："盖今日欲行无政府革命，必以暗杀为首务也。"②同年刊发于《中国新女界》的一篇文章更是将女性与暗杀加以直接关联，认为"暗杀是妇女参与革命的最好方式"③。正是在这样一种激进的革命浪潮的鼓动下，"左手快枪右炸弹"④"朝刺将军暮皇帝"⑤的女刺客、女暗杀者形象得以迅速地流行开来，并成为当时各种进步报刊、小说热衷塑造的女革命者典范，女性/美貌与暴力/血腥的结合由此成为时尚的革命话语。在风靡一时的俄国虚无党风潮之下，著名的虚无党人索菲亚也就成了清末以来最具影响力的"西方女杰"/"西方美人"之一，并作为"中国美人"的精神导师频频出现在清末小说中，其中最为典型的就是《东欧女豪杰》的苏菲亚与华明卿，《孽海花》中的俄国女虚无党人夏雅丽显然也是以索菲亚为人物原型塑造的。

　　按照中国男性精英的设想，"西方美人"是"中国美人"的精神导师，是中国女性自新的理想范本。在《孽海花》中，夏雅丽这位"西方美人"与傅彩云这位"中国美人"之间的师生关系在教授德语这一点上被象征性地建立起来。一如男性精英之于新女性的期待，学习西语是新女性的必备条件之一。傅彩云不仅热衷于学习德语，而且表现出了卓越的语言天赋，"不到十日，语言已略能通晓"（《孽海花》第九回"遣长途医生试电术　怜香伴爱妾学洋文"），然而，傅彩云热衷于学习西语，并不是如冯桂芬期待的那样，用来学习西方的现代学

---

①　亚卢（柳亚子）：《读山阴何孟广得韩平卿女士为义女诗，和其原韵》其三，《女子世界》1905年第11期。
②　公权：《社会主义讲习会第一次开会记事》，转引自夏晓虹《晚清女子国民常识的建构》，北京大学出版社2016年版，第223页。
③　转引自［美］胡缨《翻译的传说——中国新女性的形成（1898—1918）》，龙瑜宬、彭珊珊译，江苏人民出版社2009年版，第131页。
④　高旭：《报载某志士送其未婚妻北行，赠之以诗，而诗阙焉，为补六章》，载郭长海、金菊贞编《高旭集》，社会科学文献出版社2003年版，第94页。
⑤　一尘：《理想的女豪杰》三首，转引自夏晓虹《晚清文人妇女观》（增订本），北京大学出版社2016年版，第111页。

问以服务国家,也没有如她的语言老师夏雅丽那样成为一个救国女子。小说中的夏雅丽时时处处都表现出了对个体情感的高度自制,"仿佛浪漫情感作为一种个人的放纵,是与伟大的民族解放事业不协调的"①。而这一点恰恰是傅彩云极度缺乏的,更不要说为群为国而辱身/舍生取义的自我牺牲与家国情怀了。事实上,当得知夏雅丽刺杀沙皇的英雄壮举时,傅彩云正陶醉于与英俊将军瓦德西的阳台奇缘而对此全无反应。②

至于在夏雅丽教授下获得的语言资本,则不折不扣地转化为傅彩云反转传统性别秩序的重要力量。傅彩云对语言资本的第一次运用就是巧妙而隐蔽地参与到了夏雅丽威胁金雯青以榨取钱财的敲诈事件中,在获取经济利益的同时,一举颠覆了男性权威,金雯青与傅彩云二人的关系也正是通过此次事件发生了微妙变化。③ 试图在"西方美人"面前保持男性主体性的金雯青遭受了一次文化层面上的精神阉割而不得不屈从于被动、失语的女性化处境,而原本在掌控之中的"中国美人"也在"西方美人"的"启迪"下开始迅速离心,让金雯青再度遭受到了性别层面上的又一次精神阉割,最终沦为对小妾的频繁出轨束手无策的无能丈夫。④ 至于一再与傅彩云构成镜像关系的另一位"西方美人"——茶花女则随着故事情节的发展被证明为仅仅与傅彩云的交际花形象发生了影像上的重叠,为了心爱的男子而牺牲自我的德操则

---

① [美]胡缨:《翻译的传说——中国新女性的形成(1898—1918)》,龙瑜宬、彭珊珊译,江苏人民出版社2009年版,第57页。

② 小说《孽海花》这一回,即第十五回的回目即将"瓦德西将军私来大好日"与"斯拉夫民族死争自由天"两相并置,私情成为堪与革命相提并论的话题。

③ 相关论述可参见[美]胡缨《翻译的传说——中国新女性的形成(1898—1918)》,龙瑜宬、彭珊珊译,江苏人民出版社2009年版,第54页。

④ 此两次重大的挫败分别出现在出洋的轮船上(之于"西方美人"夏雅丽的挫败)以及回国的轮船上(之于"中国美人"傅彩云的挫败。正是在回国的轮船上,金雯青首次察觉了傅彩云的出轨,尽管傅彩云在此之前就已多次红杏出墙),从而形成了文本上的呼应。而且,金雯青往返西洋的轮船皆为"萨克森"号,"萨克森"号在金雯青临死前的呓语中再度出现,并与威武雄壮的毛奇将军的画像一起成为已然登堂入室、迫近病榻而令孱弱的中国文人倍感恐惧的西方势力的象征。

被毫不留情地摒弃掉了。①

余论 未完成的叙事——如何解决傅彩云的模糊性

应当说，傅彩云身上具备许多新女性的品质，如外国语言、西方经历、经济独立、社交公开乃至于性自由等，这些议题在清末女性解放运动中都是相当进步的，并成为今后几十年间新女性建构中必不可少的基本要素。但傅彩云本人（包括傅彩云的原型——赛金花）却绝难说就是新女性，"很难作为一个完全正面的新女性形象出现"②。因为虽然具备了几乎所有的品质，但傅彩云显然并不进步。其所有行为的动机都缺少一个可以使其行为合法化的高尚目标，而从来都只是将纯个人主义的物质享受与身体享乐，即所谓的"奴隶野蛮自由"作为自己一切行动的出发点与归宿。傅彩云的存在，无疑为男性精英一厢情愿的设想提供了无法忽视的反证，证明了那些接触了新知识、新观念乃至于新世界的女性将会呈现出各种始料不及、旁逸斜出的生命姿态。她们并不一定会按照男性精英预定的方向那样成长为群为国而勇于奉献、甘于牺牲的爱国女子，反而构成了颠覆传统性别秩序的严重威胁，这样一种局面显然是男性精英所不愿看到的。

据曾朴的儿子曾虚白所言，《孽海花》原本是要以庚子国变收束全篇的。如若果真如此，那么，傅彩云的形象就会升华为力劝瓦德西不要乱杀无辜，从而解北京民众于倒悬之苦的爱国侠妓，其与瓦德西那充满了暧昧意味的国际风流史由此也将在相当程度上实现合法化。诚如曾虚

---

① 在小说中，茶花女的形象其实投射到了两位女性身上，一位是傅彩云，另一位则是陈骥东的英国情人玛德。前者投射了茶花女美艳、风流的交际花的一面，后者则投射了茶花女为了成全爱人而牺牲自我的德操的一面。对于此种富于自我牺牲精神的道德操守，傅彩云明确地表示了鄙薄，这一点从傅彩云对于玛德的评价中即可看出。

② 周乐诗：《清末小说中的女性想象（1902—1911）》，复旦大学出版社2012年版，第164页。

白所言:"若把她跟瓦德西的一段浪漫史做全书的总结"将会是"一个游历的高潮结法",但不幸的是,因为曾朴"日就衰颓的精力,不让他完成这最后的努力"①。小说失去了高潮的结尾,傅彩云也由此失去了"自证清白"的机会,而始终保持在了一个无法用任何"阐释框架"②加以阐释的暧昧状态。

此种意义不明的暧昧状态显然有违男性精英建构新女性的预想方向而让人心有不甘,在这一未完成的叙事中呈现出的傅彩云形象缺少一个解释,一个让男性精英感到满意的解释。这也可以在相当程度上解释在"后《孽海花》时代"大量书写的赛金花故事中,无论是小说还是话剧,总是倾向于将赛金花塑造成爱国侠妓的原因,这一倾向在抗战爆发后达到高潮,尽管关于赛金花本人是否具有爱国思想的质疑始终未曾停歇过。③

---

① 虚白:《虚白附识》,载魏绍昌编《孽海花资料》,上海古籍出版社1962年版,第201页。

② 《孽海花》从东西方的双重视角为傅彩云的形象阐释提供了多个阐释框架,如东方视域下的林黛玉、潘金莲、名妓 [具体分析参见 [美] 胡缨《翻译的传说——中国新女性的形成(1898—1918)》,龙瑜宬、彭珊珊译,江苏人民出版社2009年版,第67、78页] 以及西方视域下的索菲亚、茶花女,这些阐释框架下的东西方女性形象都与傅彩云的形象发生了程度不同的重合,但却都无法将傅彩云完全纳入各自的阐释框架中,任何一个阐释框架都无法使傅彩云的形象获得有效而完全的解释。在绝大多数的情况下,傅彩云的形象更多的仅仅是对这些东西方女性形象的一种"戏仿"而已,现有的阐释框架最终被证明都是失败的。傅彩云在相当程度上是无法被定义的,且由于小说的未完成,而不得不处于一个没有归属的暧昧状态。

③ 关于赛金花在庚子国变中是否具有爱国行为的争议,参见周乐诗《清末小说中的女性想象(1902—1911)》,复旦大学出版社2012年版,第164—170页。

尾　声

落寞的收场

——民初妇女参政运动

将女权运动与民权运动相结合，在争取民族独立解放的过程中实现女性解放，并最终获得妇女参政权，这是号召女性投身革命的男性精英们为清末女性解放运动勾勒出的实践路径与美好愿景。与此同时，由男性精英领导女界革命这一事实本身使得一些女性先觉者不免顾虑重重。林宗素对发起"女权革命"的男性革命者金天翮赞誉有加，称其为"中国女界之卢骚"，但同时对由男性精英领导女界革命颇感踌躇，因为"权也者，乃夺得也，非让与也"。女性只有依靠自身的力量，"先具其资格，而后奋起夺得之，乃能保护享受于永久"①。思想极端激进的何震更直言，男性精英热衷于女性解放必有不可告人之目的：

> 特以女子之职务，当由女子之自担，不当出于男子之强迫；女权之伸，当由女子抗争，不当出于男子之付与。若所担责务，由男子强迫，是为失己身之自由；所得之权，由男子付与，是为仰男子之鼻息。名为解放，实则解放之权，属于他人，不过为男

---

① 夏晓虹编：《中国近代思想家文库　金天翮·吕碧城·秋瑾·何震卷》，中国人民大学出版社2015年版，第4页。

子所利用,而终为其附属物而已。故吾谓女子欲获解放之幸福,必由女子之自求,决不以解放望之男子。若如今日中国之妇女,日以解放望其男,而己身甘居被动之地位,是为无自觉之心。既无自觉之心,故既为男子所利用,而犹欲称颂男子,岂非无耻之尤甚者乎?①

此段论证严密、言辞犀利的文字真可谓诛心之论,昭示了女权革命与民权革命之间的复杂关系。民权革命需要二万万女子的大力支持,而彼时的女权革命也须融入民权革命的宏大叙事中才能获得意义与价值。民权革命为女权革命提供了价值阐释的根基,也就"自然而然"地掌控了女权革命的最终解释权。脱离了民权革命的纯粹的女权革命,或者说单纯要求个人自由而与国族话语毫无关联的女性解放往往招致基于传统性别道德的负面评价。在革命风潮退去后的民初小说中,那些纯乎个体诉求的"新女性"往往被贬斥为荡检逾闲的"自由女"即为明证,民初妇女参政运动的急先锋沈佩贞之所以由清末之际的"女豪杰"堕落为民国初年的"女流氓",也与民族民主革命成功后国族话语的迅速退潮密切相关。

值得注意的是,女豪杰身上体现出的种种男性化做派恰恰是清末男性精英们极力构建的女性理想价值,清末革命小说中的正面女性形象其实都不同程度地带有中国传统小说中"泼悍妇""淫奔女"的特点,前者如男性化的女杰,后者如妓女化的"国女",在清末革命小说中基本上都是作为可堪表率的正面形象出现的,是清末语境中竭力塑造的"新女性"。然而时过境迁,随着民族民主革命的成功,不得不与之剥离开来的女权革命无法再从民权革命的宏大叙事中获得意义与价值,曾一度被压制下去的男性中心主义视角重新上位,再次充当起女性形象塑造与女性价值建构的裁判标尺。民初之际,"新女性"(无论

---

① 何震:《女子解放问题》,载夏晓虹编《中国近代思想家文库 金天翮·吕碧城·秋瑾·何震卷》,中国人民大学出版社2015年版,第187页。

是小说中,还是现实中)招致的负面评价以及鸳鸯蝴蝶派主动回归传统道德女性的塑造都与此种风向的转变有着脱不开的干系。从这一层面而言,当年何震等激进女性抱持的高度警惕,"男子之解放妇人,亦利用解放,非真欲授权于女"①,虽言辞偏激,却不可谓全无道理,某种程度上确乎历史的先见。

不知是幸也不幸,旨在争取妇女政治权益的民初妇女参政运动果然以失败告终,这在相当程度上验证了上述针对女性加入民族民主革命的质疑绝非毫无根据的杞人忧天。作为女权革命论的忠实拥护者与实践者,许多兼具女权主义者身份的革命女性都将以参政权为旨归的女权运动与推翻清朝专制、建立民主共和国的民族民主革命紧密结合一处。她们对未来的国民政府抱有热烈的憧憬,坚信"共和国既建设矣,国内必无不平等之人,男女平权,无俟辞费"②。昔日"战事未息则进而荷戈军队之间"的英勇战斗,正是为了今日"共和告成则进而效力于政客之列"③的政治抱负,革命期间女革命者们对于革命事业的全面参与以及全方位支持也成为女性向国民政府要求参政权的重要政治资本。在女性参政团体神州女界共和协济社的上孙中山先生书中即自豪地总结了中国女界不让须眉的革命业绩,"此次改革,女子幸能克尽天职,或奔走呼号捐募饷糈。或冒枪烟弹雨救护军士。或创立报章发挥共和鼓吹民气。或投笔从戎慷慨赴敌。莫不血忱奋涌,视死如归,侠肠毅力,奚让须眉"④。但被寄予无限热望的民初妇女参政运动最终还是在经历了饱受质疑的"大闹南京参议院"事件等徒劳无功的维权斗争后宣告失败,"男女平权"的纲领终究未能写入《中华民国临时约

---

① 何震:《女子解放问题》,载夏晓虹编《中国近代思想家文库 金天翮·吕碧城·秋瑾·何震卷》,中国人民大学出版社2015年版,第187页。
② 《神州女界共和协济社上孙中山书》,载谈社英编著《中国妇女运动通史》,妇女共鸣社1936年版,第62页。
③ 《中华女子竞选会缘起》,载谈社英编著《中国妇女运动通史》,妇女共鸣社1936年版,第52页。
④ 《神州女界共和协济社上孙中山书》,载谈社英编著《中国妇女运动通史》,妇女共鸣社1936年版,第62页。

法》。1912年2月26日，随着南京临时政府陆军部遣散令的正式下达，曾为国民政府的建立出生入死的女革命者、女军人们也被全部遣散，①至此，女性被全面驱逐出了军队、政府等男性"专属"空间。

正如唐群英向国民政府发出的强烈质疑表明的那样："在革命起义的时候，我们女性从事特务工作、组织炸弹敢死队，和男性一样冒着生命和财产危险从事一些艰巨而危险的任务。为什么现在革命成功了，而女性权益却没有被考虑进去！"② 曾经无比信奉革命派男性精英倡导的女权革命论，并自觉地以"先尽义务，后享权利"相号召的革命女性完全有理由为自己从曾经的男性同盟者那里遭受到的背叛而感到愤怒，但重新掌权的男权精英们却并不这么想。从1912年2月28日刊发于主流媒体《民立报》上的一篇署名文章《我对妇女参政的怀疑》引发的长时间论战中，我们可以清楚地看到社会舆论对于女性参政一事的极端不信任。该文章的立论建立在性别本质主义的"自然差异论"上，认为由于天生的性别差异，女性更适合于主持中馈、抚育子嗣等家族事务与家内劳动，而男性更适合从事政府管理、政策决策等社会公共事务。因此，男女各司其职、各有分工仅仅是自然的性别差异使然，并不意味着性别上的不平等，女性不必为此愤愤不平，更不必幻想进入国家政治生活领域，因为那将是一种"牝鸡司晨"式的反自然行为，必将导致家庭的解体进而危害整个社会。这一观点被随后跟进的《女子参政论》（《大公报》，1912年3月27、28日）、《女子要求参政权之暴动》（《大公报》，1912年3月30日）等文章普遍接受，成为反对女子参政的代表性观点。

显然，内外有别的传统性别秩序依然在发挥着强大的制约力，辛亥革命时期曾大力倡导的性别平等、男女平权等观点则被选择性遗忘。社会舆论对妇女参政运动者们的人身攻击也主要集中在她们那些有违

---

① 刘巨才编著：《中国近代妇女运动史》，中国妇女出版社1989年版，第353页。
② 《女士打骂参议院》，《正宗爱国报》1912年12月11日，转引自［澳］李木兰《性别、政治与民主——近代中国的妇女参政》，方小平译，江苏人民出版社2014年版，第104、105页。

"妇德"的不当言行上，这一点从当时主流媒体上刊登的文章题目，如《女子要求参政权之暴动》（《大公报》，1912年3月30日）、《女子大闹参议院记》（《盛京时报》，1912年3月31日）、《女子以武力要求参政权》（《申报》，1912年3月24日）、《女子打骂参议院》（《正宗爱国报》，1912年12月11日）、《女会员大展威风》（《申报》，1912年8月20日）、《女子大闹同盟会》（《民立报》，1912年8月18日）等即可看出。妇女参政运动者们的过激言行被视为国家政治生活中的荒唐笑料而被大肆嘲笑，如《申报》就时常登载诸如妇女参政运动者用大脚踢倒警察、男性议员被愤怒的女权主义者掌掴受伤等内容的讽刺漫画，"趣文"与"心直口快"等专栏还对妇女参政运动的领导人沈佩贞进行了辛辣的讽刺与调侃。一篇题为《劝沈佩贞女士改名说》的文章甚至奉劝沈女士应尽快将名字中的"贞"字去掉，因为她的种种言行，如抽烟、短发、大脚、与男性议员公然辩论、在参议院议事厅大吵大闹等已远远超出了传统妇德的容忍范围，其道德操守已然遭到了严重质疑。① 在传统性别秩序的标尺之下，这些有违"妇德"的激进女性如果不被诋毁为"无丈夫主义"的"独守闺房的女人"②，就会被指认为"光怪陆离，非中非西，非男非女，非僧非尼"③ 的所谓"第三种人"。

民初妇女参政运动始终未能获得社会的普遍认同，它的最终失败虽与袁世凯复辟帝制、解散国会议会、废除宪法以及取缔妇女参政团体、禁止妇女参与公共集会、关闭女子政法学校等一系列破坏共和民主、破坏女权运动的反动举措有着直接关联，但根本原因则在于过于依附于男性化国族立场而丧失了女性自身的性别主体性立场。事实上，早在维新派倡导女界改造运动之初，即已有女性对妇女运动由男性掌控一事有所警惕，《女学报》的主编陈撷芬就认为："即有以兴女学，

---

① 具体内容参见［澳］李木兰《性别、政治与民主——近代中国的妇女参政》，方小平译，江苏人民出版社2014年版，第119、121页。
② 林宗素：《女子参政同志会宣言书》，《妇女时报》1912年第5期。
③ 《民立报》1912年3月24日。

复女权为志者，亦必以提倡望之男子。无论彼男子之无暇专此也，就其暇焉，恐仍为便于男子之女学而已，仍为便于男子之女权而已，未必其为女子设身也……呜呼，吾再思之，吾三思之，殆非独立不可！"①但鉴于当时中国女界的整体状况，女性解放乃至于女权斗争也只能转交由男性精英来领导，这是清末女界的客观现实所决定的。对此，一些坚定的女权主义者也不得不表示认同，"今兹之不得不暂时俯首听命于热心之男子者，亦时势所无可如何矣"②。因此，在中国近代这一特殊的历史时期，鉴于中国女界的普遍未觉醒状态，女性解放乃至于女权复兴也只能紧紧地依附于男性化国族立场，以符合国族意愿与国族利益的方式展开。

客观来说，女性革命与民族主义革命的紧密结合为女性性别主体性的觉醒提供了启蒙与契机，也最大限度地正当化、合法化了女性走出家内空间、背离传统性别角色，甚至公然进入男性空间等种种"僭越"行为，但这只是革命阶段的特殊情况使然。当国家兴衰、种族存亡成为国家政治生活中的头等大事时，女性解放不可能先于民族解放而实现，女权运动合法性的获得也只能以从属于民族民主革命为其绝对前提。但也正因为如此，一旦革命成功，旨在推翻清朝专制的民族民主革命宣告结束后，失去了国族依托的女权运动也就丧失了其继续存在的理由与意义。她们于是被要求重新接受传统性别秩序的规制，就像她们的先辈，那位从战场归来就自觉恢复女装的花木兰那样，曾经风行一时的男性化、暴力化的女英雄主义就此消歇，"培养博大慈祥之健全的母性"③的贤妻良母主义在沉寂多年后再度成为民初"新女性"构想的主流话语。在经历了一个曾经如此激动人心的折返跑后，

---

① 陈撷芬：《独立篇》，载中华全国妇女联合会妇女运动历史研究室编《中国近代妇女运动历史资料（1840—1918）》，中国妇女出版社1991年版，第245页。

② 中华全国妇女联合会妇女运动历史研究室编：《中国近代妇女运动历史资料（1840—1918）》，中国妇女出版社1991年版，第301页。

③ 《国民党中央执委四次全体会议宣言中之教育方针》，转引自杜学元《中国女子教育通史》，贵州教育出版社1995年版，第494页。

女性，终究还是未能挣脱传统性别秩序的向心力，在短暂地进入线性前进的男性时间后，又被重新拉回进了循环的、封闭的家内时空之中，曾经许下的男女平权的诺言最终沦为无法支取的空头支票，二万万女子要待"五四"运动兴起后，才能真正重新举起女性解放的大旗。

从早期维新派倡导的女界改造运动到革命派推行的女权革命，中国近代女性解放运动总体而言始终未能跳出国族话语的强力统摄，并在国族话语的热烈召唤下成为民族民主革命历程中不可分割的重要组成部分。纵观这一历史时期中国女性被赋予的种种"新女性"期待，如贤妻良母、国民之母、女国民、女豪杰、女革命者、女军人等，都程度不同地带有男性中心主义的女性工具化色彩。维新派要求女性固守传统性别职守的同时，进一步兼顾国族利益的所谓"解放"让人不免生疑，而民初妇女参政运动的最终失败也为当初革命派热烈倡导的女权革命投下了阴影。虽鉴于当时中国女界的普遍未觉醒状态，近代女性解放运动由男性精英领导确有其不得已之处，但紧紧依附于男性化国族立场的严重后果却导致了女性自身性别主体性的长时间"休眠"以及自身性别立场的极大丧失，这对于近代女性解放运动的发展来说显然是不利的，许多女性先觉者都已然认识到了这一点。如何在男性领导的国族复兴伟业中真正实现女性自身的主体性价值而不再沦为工具化存在，如何在消解国族话语种种"他性"指认的同时又能避免被男性主义倾向所同化，如何能真正地跳出传统性别秩序的规制而不会被视为"不男不女"的"第三种人"，凡此种种亟待解决的问题都留给了"五四"时期再度复兴的女性解放运动，而此一阶段积累的种种经验教训也都将作为宝贵的历史文化遗产，成为下一阶段中国女性解放运动可资利用的先期资源。[①]

[①] "尾声：落寞的收场——民初妇女参政运动"的主体部分节选自施文斐《"国族"与"性别"纠缠下的女界改造与女性主体性重构——近代妇女运动与民族主义运动的双重变奏》"四、国族立场？女性立场？——妇女参政运动及对女性加入民族革命的反思"，略有改动。施文斐：《"国族"与"性别"纠缠下的女界改造与女性主体性重构——近代妇女运动与民族主义运动的双重变奏》，《山东女子学院学报》2020年第2期。

参考文献

阿英编:《晚清文学丛钞·传奇杂剧卷》,中华书局1962年版。

陈景磐:《中国近代教育史》,人民教育出版社1979年版。

陈平原、夏晓虹编:《二十世纪中国小说理论资料·第一卷(1897年—1916年)》,北京大学出版社1989年版。

陈平原:《中国现代小说的起点——清末民初小说研究》,北京大学出版社2010年版。

陈铮编:《黄遵宪全集》,中华书局2005年版。

程亚丽:《从晚清到五四:女性身体的现代想象、建构与叙事》,博士学位论文,山东师范大学,2007年。

单正平:《晚清民族主义与文学转型》,中国大百科全书出版社2020年版。

董文成、李勤学主编:《中国近代珍稀本小说》,春风文艺出版社1997年版。

杜学元:《中国女子教育通史》,贵州教育出版社1995年版。

高旭、高燮、高增原编,高铦、谷文娟整理:《〈觉民〉月刊整理重排本》,社会科学文献出版社1996年版。

[美]高彦颐:《闺塾师——明末清初江南的才女文化》,李志生译,江苏人民出版社2005年版。

郭长海、金菊贞编:《高旭集》,社会科学文献出版社2003年版。

郭延礼编著:《解读秋瑾》,山东教育出版社2013年版。

郭延礼、郭蓁编:《秋瑾集 徐自华集》,中华书局2015年版。

郭延礼:《秋瑾年谱》,齐鲁书社1983年版。

［美］胡缨：《翻译的传说——中国新女性的形成（1898－1918）》，龙瑜宬、彭珊珊译，江苏人民出版社 2009 年版。

黄克武编：《中国近代思想家文库？严复卷》，中国人民大学出版社 2014 年版。

黄世祥编：《马君武集》，华中师范大学出版社 1991 年版。

黄湘金：《史事与传奇——清末民初小说内外的女学生》，北京大学出版社 2016 年版。

［美］季家珍：《历史宝筏：过去、西方与中国妇女问题》，杨可译，江苏人民出版社 2011 年版。

［澳］李木兰：《性别、政治与民主——近代中国的妇女参政》，方小平译，江苏人民出版社 2014 年版。

李奇志：《论清末民初思想和文学中的"英雌"话语》，博士学位论文，华中师范大学，2006 年。

李又宁、张玉法主编：《近代中国女权运动史料（1842—1911）》，（台北）龙文出版社股份有限公司 1995 年版。

梁启超：《新民说》，黄珅评注，中州古籍出版社 1998 年版。

梁启超：《新中国未来记》，广西师范大学出版社 2008 年版。

梁启超：《饮冰室文集》，北京日报出版社 2020 年版。

岭南羽衣女士、震旦女士自由花、轩辕正裔等：《中国近代小说大系·东欧女豪杰·自由结婚·瓜分惨祸预言记等》，百花洲文艺出版社 1991 年版。

刘巨才编著：《中国近代妇女运动史》，中国妇女出版社 1989 年版。

刘晴波、彭国兴编：《陈天华集》，湖南人民出版社 2008 年版。

［美］曼素恩：《缀珍录——18 世纪及其前后的中国妇女》，定宜庄、颜宜葳译，江苏人民出版社 2022 年版。

孟悦、戴锦华：《浮出历史地表——现代妇女文学研究》，北京大学出版社 2018 年版。

［俄］尼古拉·别尔嘉耶夫：《论人的奴役与自由》，张百春译，上海人民出版社 2019 年版。

欧阳健：《晚清小说史》，浙江古籍出版社1997年版。

璩鑫圭、唐良炎主编：《中国近代教育史资料汇编·学制演变》，上海教育出版社2007年版。

沈善洪主编：《蔡元培选集》，浙江教育出版社1993年版。

石峻主编：《中国近代思想史参考资料简编》，生活·读书·新知三联书店1957年版。

思绮斋、问渔女史、王妙如：《中国近代小说大系：女子权·侠义佳人·女狱花》，百花洲文艺出版社1993年版。

谈社英编著：《中国妇女运动通史》，妇女共鸣社1936年版。

汤志钧编：《康有为政论集》，中华书局1981年版。

［美］王德威：《被压抑的现代性——晚清小说新论》，宋伟杰译，北京大学出版社2005年版。

王政、杜芳琴主编：《社会性别研究选译》，生活·读书·新知三联书店1998年版。

魏绍昌编：《孽海花资料》，中华书局上海编辑所1962年版。

夏晓虹编：《中国近代思想家文库 金天翮·吕碧城·秋瑾·何震卷》，中国人民大学出版社2015年版。

夏晓虹：《晚清女性与近代中国》，北京大学出版社2004年版。

夏晓虹：《晚清女子国民常识的建构》，北京大学出版社2016年版。

夏晓虹：《晚清文人妇女观》（增订本），北京大学出版社2016年版。

［美］夏志清：《中国古典小说史论》，胡益民等译，江西人民出版社2001年版。

徐自华：《徐自华集》，郭长海、郭君兮辑校，浙江古籍出版社2014年版。

钟心青、平坨、吴双热、李定夷等：《中国近代小说大系：新茶花·十年梦·兰娘哀史·茜窗泪影等》，百花洲文艺出版社1996年版。

周乐诗：《清末小说中的女性想象（1902—1911）》，复旦大学出版社2012年版。

朱有瓛主编：《中国近代学制史料》（第二辑 下册），华东师范大学出版社1989年版。